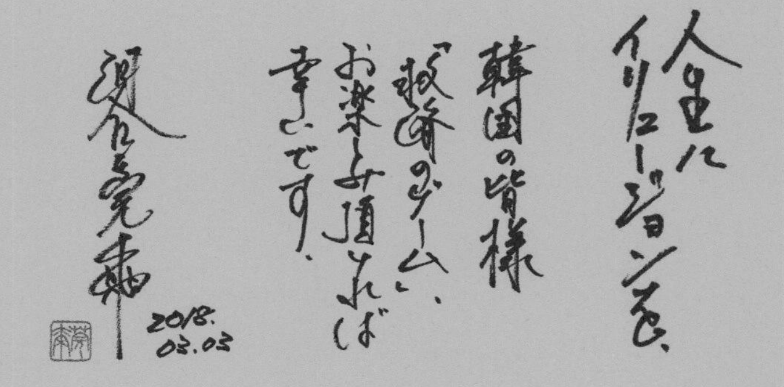

인생에서 환상을.

한국의 독자 여러분,
『구제의 게임』을
재미있게 읽어주시면 고맙겠습니다.

2018년 3월 3일
가와이 간지

구제의 게임

KYUSAI NO GAME
Copyright ⓒ 2015 by Kanzi Kawai
All rights reserved.
Original Japanese edition published in 2015 by Shinchosha Publishing Co., Ltd.
Korean translation rights arranged with Shinchosha Publishing Co., Ltd.
through Eric Yang Agency Co., Seoul.
Korean translation rights ⓒ 2018 by Jakkajungsin Publishing Co.

이 책의 한국어판 저작권은 에릭양 에이전시를 통해 저작권자와 독점 계약한 작가정신에 있습니다. 저작권법에 의해 한국 내에서 보호를 받는 저작물이므로 무단 전재 및 복제를 금합니다.

구제의 게임

救済のゲーム

가와이 간지 장편소설

이규원 옮김

자가 정신

차례 /

일러두기

* 본문의 주는 모두 옮긴이의 것입니다.

프롤로그 1

1851년 여름

캄캄한 밤의 밑바닥이 시뻘건 화염에 타고 있다.

타오르는 것은 산자락의 작은 마을이다. 기나긴 세월을 평화롭게 살아온 마을이 무자비한 붉은 불길에 휩싸이고, 활활 타오르고, 남김없이 불타서 이제 검은 숯이 되고 있다.

'잿빛 눈의 늑대'는 마을이 내려다보이는 나지막한 언덕 중허리에서 그 무참한 광경을 말없이 바라보고 있다. 길게 기른 은빛 머리칼, 머리에는 깃털 수십 개로 만든 장식, 볼에는 물감으로 그린 기하학무늬, 목에는 파란 돌을 매단 목걸이를 여러 겹 감았다. 그리고 삼베로 지은 헐렁한 옷과 가죽 허리띠에 가죽 샌들.

그는 아메리카원주민 노인이다. 지금 남김없이 불타 사라지려 하는 마을의 장로, 그 마을의 추장이다. 붉게 그을린 얼굴에는 깊은 주름이 나이테처럼 층층이 파이고, 그 이름대로 잿빛을 띤 눈에는 긍지와 고결함과 지성, 그리고 깊은 슬픔이 가득했다.

"때가, 다했구나……."

잿빛 눈의 늑대는 갈라진 목소리에 만감을 담아 중얼거렸다.

노인은 눈길을 오른쪽 아래로 돌렸다. 그곳에 어린 소녀가 서 있다. 소녀 역시 다기지게 눈물을 참으며 화염에 스러져가는 마을을 바라보고 있다. 노인은 소녀의 가녀린 어깨에 가만히 오른손을 얹고 천천히 고개를 들어 올렸다. 그러고는 두 사람 머리 위로 우뚝 선 거대한 나무를 우러러보았다.

나무는 키가 10미터는 돼 보였다. 지면에서 5미터 정도까지는 가지가 없다. 큰 뱀이 감아 오르듯 뒤틀린 줄기는 마치 활활 타오르는 불길이 그대로 돌로 변한 것처럼 보였다. 어른 다섯 명이 양팔을 벌려야 간신히 에워쌀 정도로 굵고, 장구한 세월을 견디어온 거죽은 빛이 바랜 것처럼 희었다. 줄기를 한참 올라가서야 가지가 뻗어나가고, 가지 끝에는 자잘한 초록 잎들이 무성하게 모여 있다.

나무는 그들의 선조가 이 땅에 왔을 때부터 내내 이 자리에 있었다. 전해오는 이야기에 따르면 그들의 선조는 까마득하게 머나먼 옛날 바다 너머 서쪽 대륙에 살다가 아득한 북쪽의 땅을 지나 이곳으로 건너왔다. 당시 서쪽 대륙과 이쪽 대지는 뭍으로 이어져 있었던 것이다. 그리고 대대손손을 거치며 남으로 남으로 내려와 200대 조쯤에 마침내 이곳에 당도했다고 한다.

이야기가 참말이라면 이 나무의 수령은 무려 4,000년이 넘는다.

불로불사나 다름없는 생명력을 기려, 그의 부족은 대대로 자신들을 지켜봐준 이 나무를 언제부터인가 '신의 나무'라 부르며 숭배하게 되었다.

신의 나무 옆에는 가느다란 이파리무늬가 빽빽이 조각된 지름 15센티미터, 높이 3미터 정도 되는 낡은 나무기둥이 서 있다. 태평양 북서 연안에서 볼 수 있는, 전설이나 설화를 구현한 토템폴과는 다르다. 일족의 선조를 기리는 나무기둥이었다.

이 신비하게 생긴 거목의 뿌리 위에 잿빛 눈의 늑대는 천천히 무릎을 꿇었다. 소녀도 그 옆에 쪼그리고 앉았다. 노인은 신의 나무를 다시 우러러보며 양팔을 크게 벌리고 목 안에서부터 소리를 끌어냈다.

"신의 나무시여……."

그는 떨리는 입술로 기도를 올렸다.

"신의 나무시여, 하늘로 오르는 우리 형제들의 영혼에 부디 영원한 안식을 주소서."

'그자들'이 마을에 처음 나타난 것은 사흘 전 오후였다.

그날은 '아홉 번째 달의 일곱 번째 날'. 부족의 달력은 달이 차고 기우는 주기 28일을 한 달로 헤아렸으며, 이날은 서양의 그레고리력으로 8월 14일에 해당한다. 해마다 한 번 치르는 조상을 기리는 축제를 사흘 앞두고 온 마을이 활기로 넘쳐나고 있었다.

한여름 눈부신 햇살 속에서 남자들은 이른 아침부터 말을 타고 사냥에 나섰다. 축제 때 조상에게 바칠 살집 좋은 멧돼지나 사슴을 잡기 위해서였다. 여자들은 우물가에서 수다를 떨며 대대로 물려받아온 축제용 옷가지를 정성스레 말리면서 깃털 장식을 손보고 있었다.

늙은이들은 기다란 나무관에 달린 붉은 돌(캐틀리나이트) 파이프를 여럿이 돌려가며 담배를 피우고 담소를 나누었다. 이 붉은 돌은 선조가 북쪽 부족과 교역하여 구했다는 귀중한 물건으로, 축제나 의식을 치를 때만 꺼내서 사용했다. 축제를 목전에 둔 지금 그것을 미리 피운다고 잔소리하는 사람은 없었다. 들뜬 분위기에 흥분한 아이들은 공연히 높은 소리를 질러대며 어른들 사이를 뛰어다녔다.

그들은 '큰 아가리'라 불리는 이 협곡에 사는 아메리카원주민 일족이었다. 용맹 과감한 기질 때문에 다른 부족들이 요세미티(살인자)라 부르며 두려워하는 '아와니치 족'에 속했으나 이들은 그중에서도 특히 온순한 일족으로, 부족의 내분을 피해 고도가 높은 이 땅에서 살고 있었다.

멀리서 말발굽 소리가 들려왔을 때 주민들은 이상하다고 생각했다. 사냥 나간 남자들이 돌아올 시간이 아니었고, 무엇보다 소리가 달랐다. 들어본 적이 없는 딱딱한 울림이었다. 쇠붙이를 모르는 그들은 편자가 내는 소리를 알지 못했다.

언덕 위로 나타난 것은 말을 탄 남자 두 명이었다. 놀랍게도 두 명 모두 살갗이 하얬다. 금빛 머리카락에 같은 색깔의 콧수염, 챙 넓은 타원형 모자를 쓰고 푸른 옷을 위아래로 입고 목에는 빨간 스카프를 둘렀다. 왼손은 고삐를 쥐고 오른손에는 나무 손잡이가 달린 까맣고 번들거리는 긴 막대기를 들고 있었다.

두 남자는 처음 보는 커다랗고 검은 말을 타고 있었다. 언덕 위에서 마을 쪽으로 모래먼지를 일으키며 곧장 달려와 마을 입구를 표시하는 두 개의 기둥 사이를 그대로 지나 말을 탄 채 마을 안으로 들어섰다.

호기심에 가득 찬 아이들이 하얀 사람들이 탄 두 마리 말 주위로 모여들었다. 당황한 여자들은 아이들을 불러들여 천막 안에 들어가 있게 했다.

두 명의 하얀 사람들은 마을 중앙에 있는 광장에 말을 세웠다. 그러고는 말 위에서 주위를 둘러보고 주민들에게 뭔가 얘기했다. 전혀 알아들을 수 없는 말이었다. 주민들이 서로 얼굴을 마주 보며 어리둥절해하자 두 사람은 어깨를 으쓱하고는 주민들의 머리를 손가락으로 하나씩 가리키기 시작했다. 인원을 헤아리는 것 같았다.

마을 안쪽 천막에서 한 노인이 나왔다. 추장인 잿빛 눈의 늑대였다. 두 하얀 사람들도 그 노인의 깃털장식이 가장 큰 것을 보고 특별한 인물임을 알아챈 듯했다. 두 사람은 주민들을 헤아리던 손짓을 멈추고 노인을 응시했다.

"하얀 사람이여."

잿빛 눈의 늑대는 미소를 지으며 따뜻하게 말을 건넸다.

"길을 잃었소? 아니면 어디로 여행을 하는 중이오?"

하얀 사람 둘은 서로 얼굴을 마주 보고는 다시 어깨를 으쓱해 보였다. 잿빛 눈의 늑대가 말을 계속했다.

"말이 통하지 않아 안타깝군. 하지만 말은 안 통해도 마음은 통할 수 있는 것. 당신들이 아주 멀리서 온 것을 알겠소. 귀한 손님을 대접하는 것은 살아생전에 누리기 힘든 기쁨이지. 우리는 당신들을 환영하겠소."

추장의 말에 주민들 표정이 그제야 누그러졌다. 피부색이나 얼굴 생김, 옷차림은 다르지만 그래도 손님이 분명하다고 추장이 선언했기 때문이다. 그렇다면 평소 손님을 대접하듯 진심으로 환대하면 된다.

"하얀 사람이여, 일단 말에서 내려 여기 앉아 편히 쉬는 것이 어떻소?"

추장은 두 사람에게 손짓 몸짓으로 뜻을 전하며 권했다. 하얀 사람들은 그제야 웃음을 보였다. 그들도 추장의 생각을 읽은 듯했다. 주민들도 흐뭇한 표정을 지었다. 역시 추장의 말이 옳다. 마음은 통하게 마련이다.

하지만 하얀 사람들은 다시 한번 마을을 둘러보고는 불쑥 고삐를 당겨 말을 돌려세웠다. 그리고 짧은 기합소리와 함께 말 옆구리를 차더니 그대로 마을을 달려 나갔다.

"저런, 벌써 돌아가나. 성미도 급하지."

"풀잎차라도 마시고 가지."

그렇게 아쉬워하는 주민들에게 추장이 말했다.

"급한 볼일이 있는 게지. 다시 올지도 몰라. 그때는 정성을 다해 대접해야 해."

"하지만 추장, 잿빛 눈의 늑대여."

초로의 사내가 얼굴에 불안을 드리우며 말했다.

"저렇게 하얀 살갗과 움푹 팬 눈은 처음 보았소. 입고 있는 옷과 까맣고 커다란 말도 우리네 어느 부족하고도 달라요. 게다가 생전 처음 들어보는 이상한 말을 하지 않았소. 정말 저 사람들과 마음이 통하겠소?"

추장이 대답했다.

"사람 마음이 피부 색깔이나 얼굴 생김, 들고 있는 물건이나 입에 담는 말에 따라 정해진다는 건가?"

"아뇨, 그런 건 아니지만."

사내가 얼른 손을 내두르자 추장은 고개를 크게 끄덕였다.

"통하다마다. 신령과 거대한 자연 앞에서는 누구나 다 형제다. 어디 사람뿐인가. 이 세상에 살아 있는 것들이 다 형제다. 그것이 우리 조상의 가르침이야."

주민들도 고개를 크게 끄덕였다. 그리고 그 하얀 사람들이 다시 찾아오면 진심으로 대접하자고 다짐했다.

그로부터 사흘 뒤 아침.

마침내 기다리고 기다리던 축제일이다. 남녀노소 할 것 없이 모두 선조에게 물려받은 아름다운 축제 옷을 입고, 얼굴에는 물감으로 기쁨을 표현하는 치장을 하고, 마을 중앙 광장에 모였다. 어느 얼굴에나 환한 웃음이 넘쳤다.

오늘의 일정은 관습으로 정해져 있다. 사냥해온 동물을 먼저 조상의 영혼에 제물로 바치고 일족의 평화와 건강을 위해 기도한다. 기도가 끝나면 여자들이 모두 나서 만든, 평소에는 좀처럼 맛볼 수 없는 진수성찬을 서로 권해가며 배가 터지도록 먹는다. 추장은 그동안 소중히 보관해온 향 좋은 담뱃잎을 남자들에게 나눠주고 아이들에게는 건과일로 만든 달콤한 과자를 나눠준다.

해가 지면 춤을 춘다. 남녀 모두 북소리에 맞춰 노래하고 춤추면서 한 해의 피로를 날려버린다. 술을 마시는 관습은 없다. 알코올의 힘을 빌리지 않아도 노래와 춤으로 정신이 충분히 고양된다.

평소 호감이 있던 남녀에게 이 축제의 밤은 더없이 좋은 구혼의 날이다. 예전에 뒷산으로 슬쩍 사라져버린 남녀도 있었다고 한다. 그러나 오늘은 한 해에 딱 한 번 있는 축제의 날, 어지간한 일은 너그럽게 봐준다.

모두들 광장에서 잿빛 눈의 늑대가 나오기를 이제나저제나 기다리고 있었다. 추장의 선언이 있어야 축제가 시작되기 때문이다. 마침내 추장 천막의 문이 위로 쳐들리고 안에서 잿빛 눈의 늑대가 모습을 나타냈다.

그 모습을 보자 주민들이 감탄하는 함성을 올렸다. 머리를 장식한 맹금류 깃털로 만든 모자, 목에는 색색의 보석, 멧돼지 엄니, 향

나무 따위를 꿰어 만든 목걸이가 여러 겹으로 감겨 있었다. 그리고 뺨과 가슴에 물감으로 그린 기하학무늬는 신의 모습을 연상케 하는 특별한 위엄을 풍겼다.

잿빛 눈의 늑대는 광장 한가운데로 나오자 동쪽으로 돌아섰다. 그리고 두 손을 높이 쳐들며 하늘을 우러렀다.

"헤아릴 수 없이 많은 조상이시여."

주민들은 쥐죽은 듯 조용해져 온순한 얼굴로 추장의 말에 귀를 기울였다.

"이 세상 태초까지 거슬러 올라가는 우리 일족의 조상이시며 지금은 하늘의 별에 계시는 위대한 조상이시여, 이 자손들은 당신의 은혜와 인도에 하루하루 깊이 감사드리고, 당신을 늘 존경하고 두려워하며 무릎을 꿇고 받들어 모십니다."

추장은 멀리까지 낭랑하게 울려 퍼지는 목소리로 노래하듯 외쳤다. 그 목소리가 주민들 머리 위를 조용히 흘러갔다.

"그리고 늘 저희와 함께 있는 영원한 나무 신의 나무시여."

추장의 목소리는 한층 위엄을 띠었다.

"바라옵나니 앞으로도 맑은 날이나 궂은 날이나 더운 날이나 추운 날이나 넉넉한 해나 배고픈 해나 살 때나 죽을 때나, 그리고 다시 태어날 때에도 부디 그 위대한 힘으로 영원히 저희 일족을 지켜주소서."

"지켜주소서."

주민들이 입을 모아 따라 말했다.

그때였다.

멀리서 말발굽 소리가 들려왔다. 지면으로 희미한 진동이 전해졌다.

사흘 전과 같은 말발굽 소리에 여자들은 하얀 사람들이 다시 찾아왔다는 것을 알았다. 남자들이 여자들에게 물었다.

"이게 그 소리인가?"

"정말 처음 듣는 말굽소리군."

여자들은 고개를 끄덕이며 저마다 대답했다.

"그래요, 하얀 사람이에요."

"키가 크고 이상한 옷을 입었어요."

아이들도 재잘거리기 시작했다.

"축제날이라고 놀러오는 거죠?"

"손님이네요!"

좀처럼 없던 손님 방문에 모두 들뜬 듯했다.

"하지만……."

젊은 남자 하나가 불안스레 중얼거렸다.

주민들은 마을 입구로 달려가 말발굽소리가 들려오는 언덕 쪽을 바라보았다. 그곳에는 과연 사흘 전과는 비교할 수 없을 만큼 풍성한 흙먼지가 일어나고 있었다. 그 흙먼지 속에서 말을 탄 하얀 사람들의 모습이 점차 드러났다. 말이 족히 백 마리는 넘어 보였다. 말들 사이로 마차도 몇 대 보였다.

"와, 굉장해요, 엄마! 커다란 검은 말이 엄청나게 많아요. 멋지다! 말이 끌고 있는 커다란 상자는 뭘까? 상자 앞에 사람이 타고 있나? 나도 타볼 수 없을까?"

한 사내아이가 하얀 사람들이 다가오는 쪽으로 뛰기 시작했다.

"얘, 기다려! 이제 축제가 시작되잖니. 어서 돌아와!"

어머니가 한숨을 짓고는 아이를 따라 달려갔다. 아이는 아랑곳하지 않고 천진난만하게 오른손을 흔들며, 흙먼지를 날리면서 땅을 울리는 말들을 향해 힘차게 뛰어갔다.

갑자기 멀리서 땅, 하는 메마른 소리가 울렸다. 달려가던 아이의 머리에서 빨간 물 같은 것이 튀어올랐다. 아이는 눈에 보이지 않는 몽둥이에 머리를 얻어맞은 것처럼 고개가 옆으로 툭 꺾였다. 그리고 몸을 비틀거리며 두세 걸음 걷다가 괴상한 자세로 풀썩 쓰러졌다.

주민들은 무슨 일이 일어났는지 알 수 없었다. 아이의 어머니는 순간 멈춰 섰지만, 쓰러진 아이를 향해 다시 구르듯 달려가 땅바닥에 무릎을 꿇고 아이를 안아 올렸다.

아이의 머리는 절반이 사라지고 없었다. 머리에 크게 뚫린 붉은 구멍에서 피가 콸콸 쏟아져 나왔다. 어머니는 황급히 오른손으로 그 커다란 구멍을 막아보았다. 하지만 피는 꿀럭꿀럭 넘쳐났다.

어머니 입에서 가늘고 긴 비명이 새어 나오고, 그것은 마침내 귀를 찢는 절규가 되어 황야에 울려 퍼졌다.

"무슨 일이야?"

"아이가 쓰러졌어."

"누구 짓이야?"

"하얀 사람이?"

"하지만, 어떻게?"

"활도 창도 쓰지 않았는데?"

"저 검고 긴 막대기는 뭐지?"

"저 막대기를 사용했나?"

"놈들이 마법사인가?"

쇠붙이를 모르는 주민들이 총이란 것을 알 리 없었다. 때문에 아이가 총에 맞아 죽었다는 사실을 좀처럼 이해할 수 없었다. 무엇보다 무고한 아이를 가차 없이 죽이는 인간이 있다는 사실을 전혀 상상하지 못했다.

모래먼지 속에서 나팔소리가 드높이 울려 퍼졌다. 하얀 사람들이 탄 말들이 일제히 속도를 높여 마치 계곡의 폭포처럼 발굽소리로 땅을 흔들며 마을을 향해 돌진했다. 죽은 아들을 안고 있는 여인이 그들의 진로에 가로섰다.

"어이! 돌아와!"

"위험해!"

주민들은 저마다 그 여인을 향해 외쳤다. 하지만 여인은 말들의 굉음으로 부족들의 외침을 듣지 못하는 듯했다. 하얀 사람들이 탄 말들이 여인을 집어삼킬 때, 선두를 달리던 하얀 사람들이 까맣고 긴 막대기 끝을 여인의 뒤통수로 향했다.

다시 땅, 하는 메마른 소리가 울렸다. 여인의 머리가 파열했다. 머리카락이 뒤로 날아가고 얼굴은 새빨간 안개가 되어 사라졌다. 머리를 잃은 여인의 몸뚱이는 놀라는 것처럼 젖혀졌고, 두 손은 여전히 아들의 시신을 꼭 안은 채 눕듯이 쓰러져 미동도 하지 않았다.

상황이 이렇게 되자 이제는 의심할 여지가 없었다. 하얀 사람들이 아이와 어머니를 저 까맣고 긴 막대기로 죽인 것이다.

"하얀 사람의 짓이다!"

"아이와 어머니를 죽였다!"

"왜?"

"무엇 때문에 죽였지?"

"몰라!"

"일단 사람들을 지켜야 해!"

"마을을 지켜야 해!"

남자들은 축제 옷차림 그대로 화살과 창, 도끼, 손도끼를 들고 안장도 얹지 않은 갈색 말에 올라탔다.

"여자들과 아이들과 노인들은 신의 나무 산에 숨어!"

한 젊은이가 말의 배를 걷어차 하얀 사람들을 향해 돌진했다. 다른 젊은이들도 날카로운 괴성을 내질렀다. 하얀 사람들 무리는 이제 가까이까지 와 있었다.

총성이 울렸다. 선두에서 말을 달리던 젊은이가 말과 함께 공중제비를 돌며 나뒹굴었다. 뒤따르던 젊은이가 총을 쏜 하얀 사람을 향해 말 위에서 활을 쏘았다. 그 화살이 가슴에 깊숙이 박혀 하얀 사람이 말에서 굴러떨어졌다. 활을 쏜 젊은이 몸에서 무수한 핏방울이 터져 올랐다. 젊은이는 단말마의 비명을 지르며 말에서 떨어져 데굴데굴 구르다가 멈췄다.

늠름한 젊은이 하나가 말을 끌고 잿빛 눈의 늑대에게 달려갔다.

"추장, 얼른 이 말을 타고 피해요! 그리고 이웃 계곡에 사는 일족에게 도움을 청하세요."

"내 탓이다……. 놈들을 손님이라고 말한 내 탓이다."

추장은 입술이 터져라 깨물며 피눈물을 흘리고 있었다.

젊은이가 고개를 가로저었다.

"추장 잘못이 아닙니다. 선조의 가르침도 옳아요. 인간이나 동물이나 다 형제예요. 하지만 놈들은 인간도 동물도 아닙니다. 악마예요!"

젊은이는 격한 분노에 겨워 이를 득득 갈았다.

"어서 도망쳐서 이웃 마을에 전해줘요, 추장. 하얀 악마가 쳐들어왔다고. 우리가 그 하얀 악마와 싸우고 있다고. 우리도 자랑스러운 요세미티라고."

추장은 젊은이가 죽기로 작정했음을 눈치챘다.

"나도 싸우마. 무기를 줘."

젊은이가 추장을 보며 씩 웃었다.

"노인은 거치적거리기만 하지, 도움이 안 돼요."

젊은이는 장로를 번쩍 안아 올려 말에 태우고 마을 뒷산 쪽으로 말머리를 돌려놓고는, 함성을 지르며 말 엉덩이를 손으로 철썩 후려쳤다. 말이 전력을 다해 질주하여 금세 시야에서 사라졌다. 마을 남자들은 모두 용감하게 싸웠다. 하지만 총으로 무장한 100명이 넘는 기병대를 대적할 수는 없었다. 총탄이 소나기처럼 쏟아지고 남자들은 한 명 한 명 쓰러져갔다. 그럴 때마다 하얀 사람들 쪽에서 귀에 거슬리는 날카로운 환호성이 터졌다.

하얀 사람들은 말과 마차를 타고 마을로 쏟아져 들어왔다. 그들은 여자든 노인이든 인정사정없었다. 미처 피하지 못한 주민들은 몰이를 당하는 토끼처럼 총의 표적이 되었다. 한 하얀 사람이 말에서 내려 주민 처녀를 붙잡아 괴성을 지르며 옷을 갈기갈기 찢어 벗기기 시작했다.

불과 몇십 분 만에, 평화롭던 마을에는 살아 있는 주민이 한 명도 남지 않게 되었다. 온통 시체뿐이었다. 시체들은 모두 한쪽 귀가 잘려 있었다. 하얀 사람들은 누가 귓바퀴를 많이 모았는지 서로 가죽주머니 속을 확인하며 요란하게 웃었다.

하얀 사람들은 주민들의 시신을 마을 한가운데에 쌓아올렸다. 그리고 주인이 사라진 천막을 부수어 주변에 쌓아올리고 기름을 한가득 뿌려 불을 놓았다. 불길이 높이 타오르며 시꺼먼 연기를 꾸역꾸역 피워 올렸고 이내 하늘이 컴컴해졌다.

해가 지고 있다.

잿빛 눈의 늑대는 산 하나를 넘어 이웃 마을 영역에 들어왔다.

그곳에 와서야 그는 이변을 알아차렸다. 경계심 많은 이웃 마을은 늘 정해진 자리에 감시자를 세워놓곤 했다. 그런데 오늘은 그 감시자가 보이지 않았다.

추장은 말에서 내렸다. 그리고 이웃 마을이 보이는 곳까지 나무 사이를 조심스레 기어가서 살펴보았다.

마을이 있던 곳에는 까맣게 타버린 천막의 잔해만 조금 남아 있었다. 한가운데에 커다란 모닥불 흔적 같은 것이 있고, 검은 숯 더미가 원형을 이룬 채 남아 있었다. 그 숯 더미에서는 나뭇가지 같은 것들 수십 개가 삐죽삐죽 튀어나와 있었다.

바람을 타고 이상한 냄새가 날아왔다. 아주 오래전 어렸을 적에 맡아보았던 냄새였다. 그 시절에 돌림병으로 주민 몇 명이 죽고 나자 당시 추장이 시신을 불태우라고 명령했다. 사람 몸이 타는 냄새를 맡은 것은 그때 이후로 이 순간이 처음이었다. 나뭇가지처럼 보이는 것들은 사람의 팔다리 뼈였다.

잿빛 눈의 늑대는 오열을 터뜨리며 다시 나무 사이를 조심스레 기어서 말을 세워둔 곳까지 돌아왔다. 그는 다시 말을 타고 자기 마을을 향해 달렸다.

이웃 마을은 이미 몰살당한 상태였다. 아마 하얀 사람들 짓일 것이다. 다른 마을도 마찬가지일 것이다. 이제 누구에게 도움을 청하기는 틀렸다. 그렇다면…… .

나는 마을의 최고 어른이다. 설사 하얀 인간들에게 죽임을 당하더라도 내 마을로 돌아가야 한다.

주위는 캄캄해져 있었다. 추장은 마을 뒷산에서 말에서 내리고, 천 안장과 재갈과 등자를 벗겨 말을 맨몸으로 풀어주었다. 그러고서 발소리를 죽이며 산길을 걷는데 문득 덤불에서 작은 목소리가 들려왔다.

"할아버지?"

막 다섯 살이 된 마을의 소녀였다. 머리부터 발끝까지 검붉은 피가 덕지덕지 들러붙어 있었다.

"오오, 살아 있었구나! 어떻게 된 거냐, 다쳤니?"

소녀는 추장을 보고 안심했는지 봇물 터진 듯 울면서 입을 열었다.

"오빠와 함께 도망치는데 하얀 악마가 쫓아와 오빠 머리를 까만 막대기로 때렸어요. 오빠가 내 위에 엎드려 저를 숨겨주었어요. 그리고 절대로 움직이지 말라고 했어요. 오빠는 피를 많이 흘리다가 움직이지 않게 되었고, 점점 차가워졌어요. 너무 무서웠어요. 하지만 저는 오빠 말대로 움직이지 않았어요. 하얀 악마가 떠난 뒤에 산으로 도망쳐 온 거예요."

추장은 이 용감한 꼬마 소녀를 위해 묵도했다. 만약 살아남는다면 마을을 이끌 훌륭한 젊은이가 될 것이다. 추장은 소녀 앞에 쪼그리고 앉아 눈물과 흙과 피로 범벅이 된 뺨을 손가락으로 가만히 닦아주었다.

"정말 잘했다. 장하구나."

마을은 전멸했을 것이다. 추장은 그렇게 판단하지 않을 수 없었다. 다행히 도망친 주민이 더 있을지 모르지만 이제 그의 부족은 끝났다. 아니, 우리 대지의 형제는 모든 부족이 멸망할 것이다. 이 대지에서 우리의 역사가 끝나고 저들의 역사가 시작되려는 것이다.

추장은 일어섰다.

"자, 신령님께 가자."

"신령님이, 도와주시나요?"

"아무렴, 신령님께 기도를 올리자꾸나."

추장은 소녀의 손을 잡고 신의 나무를 향해 산비탈을 오르기 시작했다.

하얀 자들에게 발각될지 모른다. 그렇게 되어도 어쩔 수 없다. 인생을 꽃피워보지도 못한 소녀가 가엾기는 하지만, 주변 마을이 전부 불타버렸으니 도망치더라도 살아남기 어려울 것이다.

체력은 이미 한계를 넘은 지 오래지만 추장은 소녀의 손을 끌고 꿋꿋이 걸음을 옮기기 시작했다.

신의 나무 밑에 당도한 잿빛 눈의 늑대와 어린 소녀는 까만 하늘로 연기를 피워 올리며 불타는 마을을 바라보았다.

뚜뚝, 하고 추장 뒤쪽에서 나뭇가지 부러지는 소리가 났다. 추장은 절망하며 천천히 돌아다보았다. 키 작은 나무들 사이로 사람의 영혼처럼 보이는 둥근 불빛이 보였다. 땅에 드리운 관목의 그림자가 영혼처럼 너울너울 흔들렸다. 마침내 부석부석 소리와 함께 나무들 사이에서 커다란 검은 그림자가 나타났다.

그것은 키가 큰 하얀 사람이었다. 금빛 머리칼, 같은 빛깔의 콧수염, 위아래로 푸른 옷을 입고 검은 가죽장화를 신었다. 그는 왼손에 횃불을 들고 검고 긴 막대기를 오른쪽 옆구리에 끼고 히죽거리며 추장과 소녀에게 다가왔다. 막대기 끝에는 불길하게 번뜩이는 칼이 장착되어 있었다. 총검이다.

"나를 원망하지 마라, 영감. 새비지 소령님의 명령은 너희를 이 지역에서 몰아내라는 것뿐이었지만, 공교롭게도 내 소대원들이 모두 거친 놈들이라서 말이야. 뭐, 너희들이 황금이 나오는 땅에서 살고 있었다는 게 잘못이지."

말을 알아들을 수는 없지만 추장은 이자가 지금 자기들을 죽이려 한다는 것을 알 수 있었다. 다른 이들보다 가슴에 단 장식이 많은 것을 보아하니 집단의 우두머리일 것이다.

추장은 작은 소리로 중얼거렸다.

"신의 나무시여, 이 어린아이를 지켜주십시오."

그리고 허리춤에서 흑요석을 갈아 만든 칼을 뽑아 들고 하얀 사람을 향해 과감하게 덤벼들었다. 동시에 총성이 울려 퍼졌다. 추장은 배를 불로 지지는 듯한 통증을 느꼈다. 온몸에서 맥이 빠지고 손아귀가 풀려 칼이 떨어졌다. 추장은 바닥에 고꾸라지며 무릎을 꿇었다.

"할아버지!"

소녀가 울면서 노인에게 달려들었다. 추장은 손을 자기 배에 갖다 대보았다. 손이 피에 젖었다. 맥박이 뛸 때마다 더운 피가 상처에서 쿨럭쿨럭 흘러나왔다. 죽는구나…… . 추장은 그렇게 확신했다.

“어이, 꼬마, 안 도망치니? 하긴 밤중에 산속으로 도망쳐봤자 코요테 먹이나 되겠지. 노리개로 삼기에는 너무 어리니, 네 엄마가 간 곳으로 보내주마.”

하얀 사람은 그렇게 말하며 비열하게 웃고는 두 사람을 내려다보는 위치까지 바짝 다가섰다. 그리고 갑자기 개머리판으로 소녀의 정수리를 내리찍었다. 퍽, 하는 둔탁한 소리와 함께 소녀의 목이 덜컥 흔들리더니 해괴한 모양으로 뒤틀렸다. 소녀는 추장에게 매달린 채 숨을 거두었다.

“어찌 이런, 끔찍한 짓을…….”

추장의 입에서 많은 피와 함께 절망이 새어 나왔다. 하지만 하얀 사람은 이미 추장에게 아무 관심도 없는 모습이었다.

그는 횃불을 땅에 박아 세우고 접은 천을 주머니에서 꺼내 펼쳤다. 쌍두독수리가 자수된 깃발이었다. 그는 주위를 둘러보고 1.5미터쯤 되는 나뭇가지를 주워서 총검으로 잔가지를 쳐낸 뒤에 깃발에 달린 끈을 묶었다.

“자, 그럼 부대기를 게양해볼까.”

그렇게 말하고 하얀 사람은 신의 나무의 줄기에 장화 발을 딛고 나무를 오르기 시작했다. 밑창에 묻어 있던 진흙과 피가 나무줄기에 옮겨 묻었다.

“그러지 마. 그 나무는…….”

자신이 죽는 것은 아무래도 상관없지만 흙발로 신의 나무를 더럽히는 것은 용납할 수 없었다. 추장은 감기려는 눈을 안간힘으로 부릅뜨고 분노를 담아 하얀 사람을 노려보았다.

"뭐라고 떠드는 거야?"

그는 휘파람을 불며 신의 나무를 올랐다. 마침내 신의 나무 중간쯤에서 뻗어나간 하얗고 굵은 나뭇가지에 다다르자 그곳을 딛고 섰다.

"마리포사 대대 제13소대장 그레고리 제퍼슨 대위, 오늘 여기서 야만스럽고 사나운 미개인들을 멋지게 섬멸하다!"

하얀 사람은 부대기를 높이 올리고 껄껄 웃으며 그렇게 외쳤다.

그때 갑자기 주위가 새하얘졌다. 동시에 빠지직, 하는 굉음이 울렸다.

신의 나무 위에 있던 하얀 사람이 인간의 목소리라고는 생각할 수 없는 끔찍한 소리로 절규했다. 그 순간 검은 하늘 전체에 고막을 찢는 굉음이 울려 퍼졌다. 마치 하늘에 사는 거대한 생명체가 분노하여 포효하는 듯했다.

번개였다. 하늘에서 발사된 신의 화살이 섬광이 되어 하얀 사람이 들고 있던 나뭇가지에 떨어져 손끝에서 발끝까지 온몸을 관통했다.

몇 초 뒤 신의 나무 바로 옆에서 푸욱, 하는 무겁고 둔탁한 소리가 들려왔다. 깊은 수렁에 통나무가 박히는 듯한 소리였다. 추장은 소녀의 시신을 꼭 안은 채 사력을 다해 윗몸을 일으키고 흐릿해진 눈으로 그 소리가 난 곳을 바라보았다.

"우우……."

추장은 공포에 사로잡힌 나머지 미처 언어로 이루지 못한 소리를 뱉어냈다.

그곳에 까맣게 그을린 사람 몸뚱이가 있었다. 번개를 정통으로 맞아 머리카락과 옷이 새카맣게 탄화되어 하얀 연기를 희미하게 피워 올리고 있었다. 그러나 추장이 공포에 사로잡힌 까닭은 그것만이 아니었다. 하얀 사람의 몸뚱이가 사지를 활짝 펴고 엎드린 자세로 지상 2미터 높이에 붕 떠 있었던 것이다.

이런 일이 있을 수도 있나? 지름 15센티미터나 되는 나무기둥이 그의 배에서 등으로 관통해 있었다. 나무기둥 꼭대기로 떨어진 그가 기둥 표면을 자신의 피로 빨갛게 칠하며 주룩주룩 내려가다가 기둥 중간쯤에 간신히 멈춘 것이었다.

하얀 사람은 살려달라고 애원하는 것처럼 두 팔을 앞으로 뻗고 헤엄치듯 두 다리로 느릿느릿 허공을 차고 있었다. 마치 때까치가 나무가시에 박아둔 개구리 같았다. 그의 등에서 자라난 것처럼 보이는 피에 젖은 나무기둥 꼭대기에는 벼락으로 까맣게 탄 깃발이 엉겨 붙어 있었다.

하얀 사람은 입에서 거품 섞인 검붉은 피를 쏟아내며 잠시 움찔움찔 경련하다가 이윽고 움직임을 멈추었다.

"신의 나무시여……."

추장은 두려움의 목소리를 쥐어짜냈다. 인간의 영역을 뛰어넘은 이 무서운 장면은 신의 나무가 내린 징벌이라고 할 수밖에 없었다.

톡, 하고 추장의 볼에 물방울이 떨어졌다. 물방울은 점차 많아져 마침내 비가 되고 주변 일대를 부드럽게 적시기 시작했다. 죄 없이 몰살당한 일족의 슬픔을 하늘이 씻어주려는 것이다. 추장은 그렇게 생각했다.

잿빛 눈의 늑대는 어느새 머나먼 옛날로 생각을 달리고 있었다.

선조의 전설에 따르면 우리도 머나먼 옛날 얼음의 시대에 바다 너머 서쪽 대지에서 북쪽의 뭍을 걸어서 이쪽 대지로 건너왔다. 그리고 이 땅에 살던 짐승과 새와 물고기를 사냥하고 몰아내어 자리를 잡았다.

그렇다면 우리를 죽이고 이 대지를 차지한 하얀 인간들도 언젠가는 다른 누군가에게 공격을 받는 날이 올 것이다. 그것이 위대한 자연의 섭리일 것이다.

추장은 신의 나무 밑에 불거진 뿌리등걸에 등을 기대고 앉았다. 그리고 소녀의 시신을 품에 안고 비에 젖지 않도록 자기 옷으로 감싸주었다. 소녀의 얼굴은 잠든 것처럼 편안해 보였다. 추장은 소녀의 머리칼을 가만히 쓸어주며, 빗방울의 상쾌한 감촉과 청량한 산 공기를 음미했다.

그리고 잿빛 눈의 늑대는 어느새 찾아온 잠에 평온한 마음으로 몸을 맡겼다.

프롤로그 2

1974년 겨울

얼굴로 술병이 날아왔다.

소년이 반사적으로 목을 움츠리자 술병이 은발머리를 아슬아슬하게 스치며 뒷벽의 벽돌에 부딪쳤다. 유리 깨지는 소리가 요란했다. 차가운 액체와 유리조각들이 머리로 쏟아져 내렸다. 싸구려술 냄새가 소년의 코를 찔렀다.

"무슨 짓이야, 당신! 아들한테?"

옆에 있던 어머니가 놀라서 소년의 머리를 품에 꼭 안았다.

"아, 토니, 어쩌니, 피가!"

토니라는 소년은 미지근한 액체 한 줄기가 이마를 타고 천천히 흘러내리는 것을 느꼈다. 술병 조각에 두피가 찢어진 듯했다. 어머니가 얼른 앞치마로 피를 닦아주고 상처를 지혈했다.

"헬렌, 술 가져와!"

식탁 너머에 앉은 아버지가 혀 꼬부라진 소리로 악을 썼다. 지저분한 오른쪽 구둣발을 식탁 위에 난폭하게 들어 올리며 혼탁한 눈으로 허공을 게슴츠레 더듬고 있었다.

어머니는 겁에 질려 간신히 목소리를 쥐어짜냈다.

"제발, 오늘은 그만 좀 마셔."

아버지는 식탁에 올린 오른발을 귀찮다는 듯이 번쩍 쳐들었다가 다시 힘껏 내던졌다. 쿵 하는 커다란 소리와 함께 무거운 나무 식탁이 흔들리고 위에 있던 식기들이 쨍그렁거렸다. 어머니는 몸을 흠칫 떨면서 토니의 머리를 다시 꼭 껴안았다.

"술 가져오라니까! 똑같은 말 반복하게 하지 마!"

어머니는 아들의 머리를 쓸어주고 일어나 부엌으로 잔달음질했다. 그녀가 싸구려 럼주 병을 안고 돌아오자 아버지는 그것을 낚아채 뚜껑을 돌려 따고 병나발을 불며 단숨에 입안으로 흘려 넣었다. 입가로 새어 나온 액체가 수염이 덥수룩한 목을 타고 가슴과 셔츠를 적셨다.

토니로서는 이해할 수 없는 일이었지만, 어머니는 아버지의 술주정을 두려워하면서도 어떻게 돈을 마련하는지 늘 술을 준비해놓았다.

아버지는 손등으로 입술을 훔치고 후우 하고 길게 숨을 뱉어냈다. 그러고는 가래 걸린 걸걸한 목소리로 분하다는 듯 목청을 높였다.

"골프라고?"

아버지는 다시 럼주를 병나발로 한 모금 마셨다.

"골프라면 부잣집 놈들이나 즐기는 놀이인데, 산수도 제대로 못하는 가난뱅이 놈이 뭐가 잘났다고 그런 걸 하겠다는 거냐? 빌어먹을 놈 같으니!"

"프로골퍼가 되겠다는 게 아니에요. 프로캐디가 되고 싶다는 거예요."

토니는 공포를 무릅쓰고 말문을 열었다.

"프로캐디가 되면 돈을 벌 수 있어요. 그럼 빚쟁이들이 왔을 때 벌벌 떨며 숨지 않아도 돼요. 돈만 있으면 엄마도 이 집 저 집 손 벌리며 돌아다닐 필요도 없고, 기운 자리 없는 말끔한 옷을 입을 수 있다고요. 그리고 난로에 장작을 실컷 때면서 식구들 모두 따뜻하고 좋은 음식을 배불리 먹을 수 있다니까요."

"이 새끼가……."

아버지는 럼주 병을 식탁에 내려놓고 상체를 앞으로 들이밀었다. 술 냄새 나는 입김이 토니 얼굴로 고스란히 불어왔다.

"나를 빗대서 빈정거리는 거냐? 이 술주정뱅이에 빚쟁이에 무능력한 놈아, 너는 식구들한테 그렇게 못해주잖아, 라는 거냐?"

아버지는 벌떡 일어나 식탁 가장자리를 양손으로 잡고 왼쪽으로 뒤집어버렸다. 식탁 위에 있던 럼주 병, 접시와 잔, 버터 통이 바닥으로 떨어져 요란한 소리를 내며 깨졌다.

그는 뒷걸음질 치는 토니의 머리카락을 오른손으로 움켜쥐고 벽으로 확 떼밀었다. 토니는 벽에 부딪히는 순간 몸을 돌려 뒤통수가 깨지는 사태를 간신히 면했다. 그러나 얼굴과 가슴을 부딪쳐 신음을 흘리며 뒤로 넘어졌다.

"그만해, 여보!"

어머니가 뒤에서 아버지에게 매달렸다. 아버지는 어머니의 손을 간단히 뿌리치고 왼손으로 그녀의 멱살을 쥐어 바짝 끌어당겼다.

"네가 오냐오냐하니까 이 빌어먹을 꼬마 놈이 애비한테 기어오르지!"

어머니의 왼쪽 뺨이 짝 하고 커다란 파열음을 냈다. 어머니는 뒤로 날아가 바닥에 나뒹굴었다. 아버지가 어머니 위에 올라타 연거푸 뺨을 때렸다.

"미안해. 여보, 잘못했어."

어머니는 비명을 지르며 잘못했다는 말만 반복했다. 진심이 어떻든 폭력에서 벗어나기 위해 어쩔 수 없었다.

마침내 어머니 위에서 상체를 일으킨 아버지가 비틀거리며 일어섰다. 어머니는 얼굴을 양손으로 감싸고 흐느껴 울기 시작했다.

"뭐, 잘됐네. 이 밥버러지 놈이 나가버리면 이놈 밥값을 술값으로 쓸 수 있으니까. 어이, 꼬마, 어디로든 없어져버려! 다시는 돌아오지 마!"

아버지는 몸을 돌려 휘청거리며 걸어가 난폭하게 문을 열어젖혔다. 냉랭한 밤공기가 집 안으로 훅 밀려들었다. 그는 그대로 밖으로 나가며 팔을 뒤로 휘둘러 문을 부서져라 닫았다. 그 충격으로 문 격자창의 금 간 유리 한 조각이 바닥에 떨어져 날카로운 소리를 내며 깨졌다.

"미안하다, 토니. 하지만 부디 아빠를 용서하렴."

어머니는 바닥에 주저앉은 채 오열했다. 토니는 어머니 곁에 앉아 아이를 다독이듯 등을 쓸어주었다. 어머니의 등은 어느새 한결 작아져 있었다.

"불쌍한 사람이야. 그렇게 성실하던 사람이 불경기 때문에 하루아침에 일자리를 잃고. 그래서 술로 마음을 달래는 수밖에 없었어. 전부 술 때문이야. 알고 보면 좋은 사람이란다. 일자리만 찾으면 틀림없이……."

"알아요, 엄마. 알고 있어요."

그이는 불쌍하고, 전부 술 때문이고, 사실은 좋은 사람이고……. 그것이 아버지에게 폭행당했을 때 어머니가 풀어놓는 정해진 이야기였다. 토니는 어머니가 왜 그토록 참혹한 꼴을 당하면서도 아버지를 싸고도는지 통 이해할 수 없었다. 토니가 아버지를 비난할 때마다 어머니는 울어버릴 것 같은 표정으로 아버지를 변호했다. 그래서 언제부턴가 아버지 비난을 그만두었다. 하지만 그런 아버지 곁에 어머니를 두고 떠나자니 마음이 놓이지 않았다.

"엄마, 정말 여기 남을 거예요? 저런 인간은 놔두고 저랑 같이 가요. 캐디 훈련생으로 일하는 동안은 급료가 얼마 되지 않지만, 제가 손님 기분을 잘 맞추니까 팁을 많이 받을 거예요. 같이 이 집을 나가서 어디다 셋집을 얻는 거예요. 엄마는 거기서 느긋하게 뜨개질이나 하면 돼요. 지금처럼 아침부터 밤까지 일하지 않아도…….”

“고맙다. 너는 정말 착한 아이야.”

어머니는 아들을 향해 돌아앉아 양손으로 아들의 머리를 안고 계속 쓸어주었다.

“하지만 토니, 저 사람은 내가 없으면 안 돼. 내가 없으면 아무것도 못하는 사람이야. 그러니까 내가 여기 있어줘야 해. 틀림없이 저 사람도 언젠가는 마음을 고쳐먹고 예전의 자상한 모습으로 돌아와줄 거야.”

그런 일은 있을 수 없어, 하고 토니는 생각했다. 하지만 더 설득해도 소용없음을 알고 있었다. 토니는 하는 수 없이 고개를 끄덕였다.

어머니는 부어오른 얼굴에 따뜻한 웃음을 띠고 아들의 양 어깨에 손을 얹었다.

“자, 일어나야지. 그 사람이 돌아오기 전에 출발해. 나는 괜찮으니까.”

토니는 고개를 끄덕이고 당장 필요한 물건들만 챙겨 넣은 배낭을 둘러멨다.

“훌륭한 프로캐디가 될 거예요. 그래서 돈을 많이 벌어서 엄마한테 부칠게요. 무슨 일이 있어도 엄마를 편안하게 모실게요.”

“아, 토니, 사랑스러운 내 아들!”

어머니도 일어나 토니를 꼭 안았다.

"언제나 하느님이 곁에 계시다는 걸 잊지 말아라. 그리고 이걸 받으렴. 은으로 만든 거니까 급전이 필요할 때는 팔아서 써. 하느님도 용서해주실 거다."

어머니는 앞치마 주머니에서 은구슬과 십자가가 달린 묵주를 조심스레 꺼냈다. 그것을 아들 손에 쥐여주고 다시 아들을 힘껏 안았다.

마침내 어머니는 아들을 놓아주고 두 팔을 마주 잡은 채 얼굴을 지그시 들여다보았다.

"내 걱정은 하지 마라. 틀림없이 가까운 장래에 너를 누구보다 필요로 하는 사람이 나타날 거다. 모든 것을 바쳐서 그 사람을 도우렴. 그 사람은 평생 친구가 될 테니까."

그리고 어머니는 꿈꾸는 표정으로 토니에게 내처 말했다.

"너는 성공할 거야. 나는 알아. 너는 장차 수백 명, 아니 수천 수만 명 앞에서 우레 같은 박수와 환호를 받게 될 거야. 그리고 평생의 친구와 함께 아름다운 초록 융단 위를 자랑스럽고 당당하게 걸어갈 거야. 너는 틀림없이 그렇게 될 거야……."

01

PGA챔피언십

갑자기 쾌청한 하늘을 깨는 듯한 환호성이 터졌다.

수천 명, 아니 수만 명으로 보이는 엄청난 인파가 일제히 소리를 지르고 휘파람을 불며 힘차게 박수를 쳤다.

8월 10일 일요일, US프로골프협회가 주관하고 PGA투어가 운영하는 'PGA챔피언십'의 최종일. 'US오픈', '마스터스', '브리티시 오픈'과 함께 4대 메이저로 꼽히는 이 대회에서 마지막 조를 도는 두 선수가 최종 18번 홀*에 다다른 것이다.

그중 한 선수인 닉 로빈슨이 천천히 티잉 그라운드†에 오르자 갤

---

* 골프에서, 볼을 쳐서 넣는 구멍인 홀의 수는 정규에 따르면 18개로, 1번 홀부터 18번 홀이라 불림.

† 티잉 그라운드(teeing ground): 골프에서 처음 공을 치는 출발 장소.

러리*의 흥분은 정점에 달했다. 박수와 환호성이 거대한 폭포의 굉음처럼 울려 퍼지고 땅을 구르는 발소리는 땅울림이 되어 주변을 뒤흔들었다.

나이 54세, 신장 183센티미터, 체중 84킬로그램, 수십 년에 이르는 훈련과 절제가 만들어낸 늠름한 체구, 바람에 나부끼는 금발, 여름 하늘처럼 파란 눈동자, 갈색의 가는 체크무늬 바지에 검은 가죽골프화, 까만 폴로셔츠. 일찍이 여성 팬을 열광케 하던 감미로운 마스크에는 이제 깊은 주름이 여러 가닥 패었지만, 그것도 이 골프계의 슈퍼스타에게 품격과 위엄을 주는 요소에 속했다.

갤러리의 박수가 어느새 일정한 박자를 띠어 록 콘서트의 앙코르 요청처럼 규칙적인 리듬으로 울리고 있었다. 거기에 맞춰 닉, 닉, 하고 이름을 연달아 외쳤다. 소리들 사이로 날카로운 휘파람이 연신 하늘로 울려 퍼졌다.

로빈슨은 눈부신 듯 주위를 둘러보고 꼭 다물었던 입술 근육을 풀어 미소를 지으며 오른손을 가볍게 쳐들고 갤러리에게 응답했다. 갤러리 쪽에서 다시 엄청난 환성이 끓어올랐다. 아무리 쾌활하고 축제를 좋아하는 미국 골프 팬이라지만 참으로 기이한 흥분 상태라고밖에 할 수 없었다.

이유는 분명했다. 현재 클럽하우스† 리더, 즉 홀아웃‡한 선수 중

---

* 갤러리(gallery): 골프 경기를 관전하는 관중들.
† 클럽하우스(club house): 휴식, 탈의 등을 위한 골프장 내 편의시설 건물.
‡ 홀아웃(hole out): 홀에 공을 넣음으로써 해당 홀의 플레이가 끝나는 것.

가장 상위에 있는 세계 랭킹 1위 테드 스탠저가 최종일에 맹렬하게 추격하여 2오버파*로 경기를 마쳤다. 그리고 로빈슨의 스코어는 현재 1오버파이다.

54세의 노장 닉 로빈슨이 4대 메이저대회의 하나인 PGA챔피언십에서 마지막 한 홀을 남기고 단독 토너먼트 리더, 말하자면 단독 1위에 있는 것이다.

'골프 신의 총애를 받는 남자'. 닉 로빈슨이 그렇게 불리는 이유는 그 이력을 보면 누구나 금방 이해할 수 있다.

PGA투어의 승수는 프로골프 초창기의 천재 샘 스니드와 어깨를 나란히 하는 최다승 타이 기록인 82승. 4대 메이저대회의 통산 승수는 최다승 기록인 19승. 로빈슨이 이 최종 18번 홀을 규정타수대로 4타로 마치면 PGA투어 통산 83승, 4대 메이저 통산 20승이라는 전대미문의 투어 신기록을 세운다. 더불어 54세로 PGA투어에서 우승하는 것은 역시 샘 스니드가 1965년에 기록한 최고령 우승 연령 52세를 2년이나 경신하는 것이다.

이 당당한 전적도 전적이지만 로빈슨이 팬에게 사랑받은 진짜 이유는 신사적이고 공정한 태도 때문이다. 골프 팬뿐만 아니라 동료 골퍼들과 기자들도 그를 깊이 존경했다. 골프에 임하는 진지한 자세는 모국인 미국보다 오히려 골프 발상지 영국에서 높은 평가

---

* 오버파(over par): 18홀을 기준 타수인 파(par) 이상으로 한 바퀴 도는 일.

를 받아 '미국에서 태어나버린 영국인'이라고 부를 정도였다.

로빈슨이 마지막 승리를 거둔 것은 42세 때, 역시 4대 메이저대회의 하나인 마스터스에서 극적으로 역전 우승한 것이었다. 그 후 12년간 통산 승수에서나 메이저 승수에서나 일 획을 긋게 될 1승을 남긴 채 로빈슨은 승리를 거두지 못해왔다. 시니어투어 출전 자격을 얻는 50세를 벌써 몇 해 전에 넘긴 지금, 이제 로빈슨이 레귤러투어에서 승리하는 것은 무리수이다……. 누구나 그렇게 생각하고 있었다.

그러나 마침내 오늘 마지막 기회가 이 위대한 선수에게 찾아온 것이다.

그 순간을 목격하여 역사의 증인이 되고자 캘리포니아 요세미티 국립공원에 있는 '홀리파인힐 골프코스'에는 전 세계에서 골프 팬들이 속속 밀려들고 있었다. 공식 발표에 따르면 연습 라운드를 포함한 7일간의 갤러리가 놀랍게도 연인원 60만 명을 돌파했다.

올해 PGA챔피언십이 열리는 홀리파인힐 골프코스는 파72로 코스 레이트* 76.8. 즉 핸디캡† 0 플레이어라도 5오버파를 한다고 할

---

* 코스 레이트(course rate): 골프코스의 길이, 지형 등을 고려하여 측정한 난이도.

† 핸디캡(handicap): 골프 실력이 서로 다른 선수들이 공정한 입장에서 경기할 수 있도록 실력 수준을 수치로 표시하여 평가하는 것. 실제 스코어와 코스에서 산출된 기준 타수의 차이가 바로 핸디캡으로, 한 코스의 기준 타수보다 많이 치는 타수를 뜻한다. 예를 들어 파 72코스에서 72타로 플레이가 가능한 사람의 핸디캡은 0이며, 90타로 플레이가 가능한 사람의 핸디캡은 18(90-72=18)이다. 핸디캡의 수치가 낮을수록 골프를 잘 치는 사람이다.

만큼 유난히 어려운 코스였다.

무엇보다 이 코스는 해발 1,800미터라는 고지대에 있어서 기압이 낮고 공기가 희박하여 평지보다 비거리*가 늘어난다. 거리 감각이 흔들린다. 상공에 부는 바람도 매우 변덕스러워, 샷 직후에 풍향이 바뀌어 공이 좌우로 어긋나는 경우도 흔하다. 그래서 비거리가 좋은 선수일수록 공이 코스를 벗어나거나 OB†나 덤불, 냇물, 벙커 같은 해저드‡에 빠질 위험이 높다.

극단적으로 좁은 페어웨이§와 이름뿐인 퍼스트 컷을 벗어나버리면 키가 20센티미터가 넘는 키쿠유 잔디 러프¶가 기다리고 있다. 동아프리카 원산의 이 잔디는 탄력이 풍부하고 클럽헤드**에 달라붙기 때문에 정확한 콘택트가 어렵다.

게다가 그 러프에는 좌우 숲에서 커다란 나뭇가지가 튀어나와 있어서, 날아오는 공을 가로채는 공중 해저드를 형성하고 있다.

운 좋게 공이 페어웨이에 떨어져도 다음 샷이 쉽지 않다. 산악코스 특유의 너울진 지면이어서 페어웨이에는 평평한 곳이 별로 없다. 플레이어는 전후좌우 어느 쪽으로든 비탈진 자리에서 샷을 강

---

* 골프클럽(골프채)으로 공을 쳤을 때 구르는 것을 제외한 거리, 즉 공이 날아가는 거리.

† OB(out of bounds): 플레이가 허용되지 않는 지역.

‡ 해저드(hazard): 골프코스에서 코스의 난이도나 조경을 위해 설치한 장애물. 그중 벙커(bunker)는 움푹 파인 곳에 모래를 깐 것을 가리킨다.

§ 페어웨이(fairway): 티잉 그라운드와 그린을 연결하는 홀의 중앙 부분으로 잔디가 잘 깎인 지역. 올바르게 친 공의 정상적인 통로라는 뜻.

¶ 러프(rough): 페어웨이 양옆에 기다란 잔디가 나 있는 정비되지 않은 지역.

** 클럽헤드(clubhead): 골프클럽의 머리 부분.

요받는다.

공을 그린*에 올려도 안심하기에는 이르다. 그린 잔디는 크리핑 벤트그래스의 일종인 펜크로스인데, 공교롭게도 포아애뉴아 잔디가 혼생하고 있다. 포아애뉴아 잔디는 자라는 속도가 일정하지 않은 잡초로, 공 구르기를 예측하기가 힘들다.

그 결과 올해 PGA챔피언십은 사흘째를 마쳐도 언더파†가 한 명도 없었고, 육체적으로나 정신적으로나 소모전 양상을 보이고 있었다. 출전 선수들 사이에서 '좋은 샷이 제대로 보상받지 못한다', '공정하지 않다'라는 원망 섞인 항의나, '차라리 벌칙게임 같다'라는 비명이 흘러나올 정도였다.

역으로 생각하면 이 가혹한 세팅이 출전 선수 중에서 경험이 가장 풍부한 로빈슨에게 우승 기회를 주었다고도 할 수 있다.

마지막 조 두 명을 제외하면 이미 모두 홀아웃 상태였다. 때문에 수만 명에 이르는 갤러리는 거의 모두 닉 로빈슨이 있는 마지막 조를 에워싸고 있었다.

로빈슨의 동반 경기자는 역시 미국인인 테리 루이스. 사흘째인 어제까지 로빈슨을 2타 차로 추격했지만, 오늘은 스코어가 크게 무너져 현재 6오버타로 공동 7위. 우승 가능성은 이미 없었다.

---

* 그린(green): 홀 주변에 잔디를 깔아 융단처럼 손질한 지역으로, 퍼트를 하기 위한 잔디밭.
† 언더파(under par): 규정된 파보다 적은 타수로 홀인하는 것.

최종 18번 홀은 458야드의 파4홀. 왼쪽으로 살짝 휘어진 도그레그, 왼쪽으로 개 뒷다리처럼 굽은 코스이다. 양쪽 가장자리에는 다른 홀과 마찬가지로 숲이 길게 이어져 있다.

먼저 공을 티업*한 것은 17번에서 버디†를 한 루이스였다. 루이스는 드라이버‡를 양손으로 잡고 공 뒤쪽에서 천천히 왜글§을 한 번 해본 뒤 긴장한 표정으로 어드레스¶에 들어갔다. 진행요원들이 '정숙' 보드를 일제히 쳐들었다. 수런거리던 관객들이 쥐죽은 듯 조용해졌다.

우승 경쟁에서는 탈락한 루이스이지만 상금과 랭킹 포인트가 걸려 있어서 순위를 더 떨어뜨릴 수는 없었다. 당연히 이 티샷**은 중요했다. 하지만 그것과는 전혀 다른 이유로 루이스는 무거운 압박을 느끼고 있었다.

여기서는 절대로 실수하면 안 된다…….

루이스는 그렇게 다짐하고 있었다. 프로골퍼라면 누구나 존경하고 숭배하는 닉 로빈슨이 역사적 승리를 눈앞에 두고 자기 바로 뒤

---

* 티업(tee up): 공을 치기 위해 티 위에 공을 올려놓는 것.

† 버디(birdie): 한 홀에서 기준 타수보다 1타 적은 타수로 홀인하는 것.

‡ 드라이버(driver): 1번 우드를 말하며, 골프클럽 중 가장 비거리가 길어 주로 티샷에서 많이 사용됨.

§ 왜글(waggle): 백스윙이나 스트로크 전에 클럽헤드를 공 위에서 앞뒤로 몇 차례 움직이는 준비운동.

¶ 어드레스(address): 스윙 전에 발 위치를 정하고 클럽 페이스(club face)를 공에 맞춰놓는 것.

** 티샷(tee shot): 각 홀의 최초의 샷. 보통 티잉 그라운드에서 공을 티업하여 친다.

에 티샷을 한다. 로빈슨에게 나쁜 인상을 줄 수 있는 엉성한 샷은 스스로도 결코 용서할 수 없었다.

어드레스 위치에서 몇 차례 왜글을 한 뒤 루이스는 한순간 동작을 멈췄다. 그리고 천천히 신중하게 테이크백*을 시작하고 단숨에 드라이버를 풀스윙† 했다.

딱, 하는 경쾌한 소리가 창공에 울렸다. 루이스의 공은 페어웨이 중앙을 향해 실을 끌고 날아가는 것처럼 똑바로 뻗었다. 갤러리 사이에서 안도의 한숨과 커다란 박수가 일어났다. 그들 역시 이번 샷이 루이스에게 가지는 의미를 이해하고 있었다.

중요한 샷을 무사히 마친 루이스는 후우, 하고 길게 숨을 내쉬며 티‡를 줍고 오른손등으로 이마의 땀을 훔쳤다.

"굿 샷, 훌륭해!"

로빈슨이 루이스를 칭찬했다. 루이스는 모자챙을 잡아 감사를 표하고서 역할을 마친 무대 위 배우처럼 뒤로 물러났다.

드디어 로빈슨이 애용하는 워너 사의 골프공 프로XV를 티업했다. 다시 진행요원이 일제히 보드를 쳐들었다. 18번 홀 티잉 그라운드가 쥐죽은 듯 조용해졌다. 숲속 나뭇잎에 바람이 스치는 소리와 멀리서 지저귀는 새소리 말고는 거의 정적 상태가 되었다.

---

* 테이크백(take back): 백스윙을 하기 위해 클럽을 뒤로 빼는 동작.
† 풀스윙(full swing): 백스윙 정점에서 클럽이 지면과 수평 이하가 될 때까지 힘껏 휘둘러 올리는 스트로크로, 풀샷과 같다.
‡ 티(tee): 골프공을 올려놓는 작은 받침.

로빈슨은 공 뒤로 물러나 페어웨이를 바라보았다. 공을 보낼 코스를 이미지로 그려보는 듯했다. 그리고 몸 정면에서 드라이버를 그립*하고 천천히 공 앞으로 나아갔다. 공 정면에 서서 몸을 미세하게 움직이며 헤드를 서서히 내리고, 마침내 정지. 완벽하게 아름다운 자세에서 그의 특징인 오른발 힐업†과 함께 역동적인 백스윙을 시작했다.

탑에서 턴으로 들어가는 순간.

페어웨이 쪽에서 갑자기 강풍이 불었다. 그리고 뭔가가 로빈슨의 왼쪽 눈으로 날아들었다. 예상치 못한 자극에 로빈슨의 근육이 민감하게 반응하며 수축하자 스윙 리듬이 살짝 흐트러졌다. 하지만 이미 시작된 스윙은 멈출 수 없었다.

갤러리 쪽에서 커다란 비명이 터졌다. 헤드 중심을 벗어났음을 분명히 알려주는 둔한 타격음과 함께 공이 오른쪽으로 크게 치우치며 날아갔다. 공은 강풍을 타고 오른쪽으로 흘러 페어웨이 오른쪽 숲에 떨어졌다. 아아, 하는 탄식과 웅성거림이 18번 홀을 에워싼 갤러리 전체에 잔물결처럼 번져갔다.

로빈슨은 숲으로 사라져가는 공을 피니시‡ 자세로 잠시 추적하고 있었다. 오른쪽으로 많이 어긋나기는 했지만 그래도 260야드는

---

* 그립(grip): 골프클럽 같은 경기용구를 손으로 잡는 것. 혹은 잡는 법이나 잡는 부분을 가리키기도 함.

† 힐업(heel up): 발뒤꿈치를 드는 동작.

‡ 피니시(finish): 스윙을 끝낸 후의 동작.

날아간 것 같았다. 숲으로 깊이 들어가지도 않았다. OB 경계를 보여주는 하얀 말뚝까지는 아직 상당한 거리가 있어 보였다. 잠정구*를 쳐둘 필요는 없을 것 같았다.

공의 행방을 확인하자 로빈슨은 천천히 목제 티를 주워 바지 오른쪽 주머니에 넣었다.

"날벌레였나?"

로빈슨에게 그렇게 물은 것은 그의 캐디 토니 라이언이었다.

로빈슨과 동갑인 54세, 짧게 친 은발, 같은 색의 콧수염, 하얀 칠부바지에 하얀 폴로셔츠. 로빈슨과 거의 같은 신장이지만 체형은 매우 날씬하다. 온화한 미소를 짓는 표정을 보면 누구라도 그의 성격을 짐작할 수 있었다.

로빈슨은 어깨를 가볍게 으쓱해 보이고 라이언에게 드라이버 그립을 내밀었다. 그리고 손가락으로 왼쪽 눈을 가볍게 비비며 진지하게 말했다.

"다음에 여기 올 때는 고글을 가져와야겠어. 할리 타는 사람들이 쓰는 그거 말이야."

"자네라면 미러 코팅 렌즈가 어울리겠네."

라이언은 웃는 얼굴로 대답하고 드라이버를 받아 들었다.

"저 숲은 나무들도 그다지 밀집해 있지 않아. 바닥에 낙엽이 살

---

* 타구가 분실되거나 워터해저드 등에 빠졌을 것을 염려하여, 그 결과를 확인하기 전에 잠정적으로 치는 공.

짝 쌓여서 그리 나쁜 상태도 아니고. 그러니까 세컨드 샷으로 페어웨이로 내보내는 데는 아무 문제도 없어. 그리고 서드 샷으로 핀에 바짝 붙여놓은 다음 퍼터*로 컵†에 집어넣으면, 그다음 할 일은 차게 식혀둔 샴페인 병을 따는 것뿐이야."

그렇게 말하고 라이언은 드라이버에 헤드커버를 씌우고 캐디백에 조심스레 집어넣었다. 그리고 짐짓 태연하게 작은 목소리로 물었다.

"괜찮은가?"

로빈슨도 태연한 표정으로 대답했다.

"뭐가?"

"날벌레 때문만은 아니지?"

로빈슨은 미소를 지었다.

"이번 홀이 끝이잖아. 그 정도는 버틸 수 있어."

로빈슨은 지난 나흘간 난코스와 격투하느라 지병이라고 할 수 있는 왼쪽 팔꿈치의 관절통이 재발했다. 아무렇지도 않은 양 행동하고 있지만, 라이언은 몇 홀 전부터 로빈슨이 통증을 숨기며 플레이한다는 것을 눈치채고 있었다.

로빈슨의 대답에 웃는 얼굴로 고개를 끄덕인 라이언은 캐디백을 어깨에 메고 숲을 향해 뛰기 시작했다. 1초라도 빨리 공 위치를 확

---

* 퍼터(putter): 골프공을 홀에 밀어 넣기 위해 사용하는 골프클럽.
† 컵(cup): 가장 최종적으로 공을 넣어야 하는 홀과 같은 역할을 해주는 도구.

인하고 싶었다. 라이언의 뒷모습이 금세 작아졌다.

로빈슨은 걸음이 급해지지 않도록 조절하며 라이언을 따라 걷기 시작했다. 맥박과 호흡을 흐트러뜨리고 싶지 않았다. 그의 모든 신경은 이미 다음 샷에 집중하고 있었다.

프로골퍼 닉 로빈슨과 캐디 토니 라이언은 이미 33년간이나 콤비를 이뤄왔다. 두 사람의 프로 데뷔는 둘 다 스물한 살일 때, 플로리다 주에서 열린 미니투어 시합에서였다.

미국 남자 프로골프 투어에는 두 종류가 있다. PGA투어가 운영하는 미국 전역 및 북미 투어가 있고, 그 밖에 미니투어라 불리는 지방 투어가 있다. 전자에는 PGA, 그 2군 시합이라고 할 수 있으며 스폰서 이름이 들어간 하부 투어, 그리고 50세가 넘는 시니어 선수가 출전하는 챔피언스 투어 등 세 가지가 포함된다. 각각 고액의 상금이 걸려 있는데, 각 투어마다 출전 자격이 필요하다.

한편 미니투어는 하부 투어 출전을 목표로 하는 프로골퍼들이 실력을 연마하는 가장 밑에 있는 투어이다. 대부분의 시합은 출전 자격을 설정하지 않지만, 그 대신 스폰서가 제공하는 상금도 없다. 출전 선수들이 200달러에서 500달러의 참가비를 내고, 그렇게 모인 돈을 상금으로 나눈다.

시합 첫날, 골프장에 도착한 로빈슨에게 캐디마스터가 이렇게 말했다. 당신이 예약한 캐디가 오는 길에 자동차 타이어가 빠져 경기 시작 시간에 맞추지 못할 것 같다, 게다가 안타깝게도 다른 캐디들은 전부 예약이 되어 있어 그를 대신할 캐디를 조달할 수도 없다.

미니투어 수준에서 전속 캐디를 고용하는 선수는 드물다. 당시 로빈슨도 시합마다 대회 장소가 되는 골프장 측으로부터 소속 캐디를 소개받아왔다. 경기 시작 시간이 거의 다 되었으므로 로빈슨은 캐디를 포기했다. 그래서 몸소 캐디백을 메고 클럽하우스를 나서는데 한쪽에 젊은 사내가 서 있는 것이 눈에 들어왔다.

그는 현행범으로 체포된 좀도둑이 경찰서에서 사진 촬영을 하는 것처럼 가슴 앞에 네모난 마분지를 들고 심각한 표정으로 서 있었다. 마분지에는 굵은 유성 펜으로 '실력 있는 캐디'라고 적혀 있었다. 다른 출전 선수와 캐디들이 의아해하는 얼굴로 혹은 쿡쿡 웃는 얼굴로 사내를 곁눈질하며 지나가고 있었다.

로빈슨과 그 젊은 사내의 눈길이 마주쳤다. 이런, 하고 낭패한 순간 사내가 말을 걸었다.

"안녕하세요?"

그는 캐디백을 멘 로빈슨에게 수줍은 미소를 보냈다.

"출전 선수시죠? 혹시 캐디가 없으시면 저에게 백을 맡겨주실래요?"

그가 토니 라이언이었다.

라이언은 차분하면서도 열정이 느껴지는 말투로 로빈슨에게 이야기했다. 자신은 열다섯 살 때 프로캐디가 되기 위해 시골 골프장에서 캐디 일을 시작했다. 그 뒤 각지의 골프장을 전전하며 경험을 쌓았는데, 보다 큰 무대에 서기 위해 프로 미니투어 시합에 찾아왔다. 하지만 아무도 관심을 보이지 않아 낭패하던 참이다. 부디 이 시합에서 당신의 캐디로 일하게 해달라.

다른 골퍼들이 라이언에게 관심을 보이지 않은 이유를 로빈슨은 금방 짐작할 수 있었다. 누가 봐도 돈이 궁해 보이는 초라한 모습이었던 것이다. 일부러 준비한 마분지도 역효과만 내고 있다고밖에 말할 수 없었다.

로빈슨은 망설인 끝에, 무게 20킬로그램이 넘는 골프백을 몸소 메고 도는 것보다는 나을 것 같아서 라이언에게 이 시합의 캐디를 맡기기로 했다.

프로 시합 경험도 없다는 낯선 캐디였으므로 로빈슨은 아무것도 기대하지 않았다. 다행히 쓸데없이 수다스러운 사람처럼 보이지 않았고, 그저 골프백과 용품을 빠뜨리지 않고, 코스에서 넘어지지 않고 잘 따라다니고, 클럽헤드에 새겨진 숫자와 알파벳만 읽을 줄 알면 된다. 기대한 것은 그것뿐이었다.

하지만 함께 라운드를 하다 보니 라이언이 얕잡아볼 수 없는 캐디라는 것을 알게 되었다. 라이언은 그 코스가 처음이라고 했지만, 대신 코스를 걸어 다니며 이미 꼼꼼하게 사전조사를 해둔 터였다.

라이언은 모든 홀의 해저드 위치나 경사, 풍향을 완벽하게 읽어냈다. 그리고 로빈슨이 거리를 물으면 즉각 정확한 수치로 대답해주었다. 라이언의 야디지* 북을 곁눈으로 들여다보니 다양한 색깔

---

* 야디지(yardage): 홀이나 코스의 거리를 야드 단위로 표시한 숫자.

의 필기구로 숫자나 주의사항이 깨알만큼 작은 글자로 빼곡히 적혀 있었다.

라이언은 그린 점검도 게을리하지 않았다. 어느 홀의 버디 트라이에서 로빈슨이 가벼운 훅 라인*으로 읽었을 때, 라이언은 오히려 슬라이스 라인†이라고 단언했다. 퍼팅‡에 자신 있는 로빈슨은 그 말을 흘려듣고 자기가 읽은 대로 퍼팅했다. 그런데 공은 라이언이 말한 대로 오른쪽으로 흘러 컵을 비껴갔다.

망연자실한 로빈슨에게 라이언이 위로하듯 말했다.

"착시현상이에요. 차를 타고 달릴 때 급한 내리막이 계속되다가 완만한 내리막으로 접어들면 꼭 오르막처럼 느껴지죠? 이 그린은 전체적으로 오른쪽으로 기울어 있어서 이 근방의 우경사가 좌경사처럼 보이는 겁니다."

그 뒤 로빈슨은 그린에서는 반드시 라이언에게 의견을 묻기로 했다. 그리고 그 시합 예선을 멋지게 통과하여 최종적으로 공동 4위라는 훌륭한 성적으로 프로 데뷔를 장식했다.

무엇보다 로빈슨이 33년간이나 라이언과 콤비를 짠 이유는 라이언의 '닉 다루기' 때문이었다. 지금이야 인격자로 알려진 로빈슨이지만, 그 시절에는 활화산이라 불릴 정도로 다혈질이었다. 사소한

---

* 훅 라인(hook line): 공중을 날아가는 공이 왼쪽으로 휘는 선.

† 슬라이스 라인(slice line): 공중을 날아가는 공이 오른쪽으로 휘는 선.

‡ 퍼팅(putting): 퍼터로 공을 치는 것으로, 잔디 표면 위로 공이 굴러 홀을 향해 다가가도록 하는 것.

실수에도 마음이 초조해져서, 잡음을 낸 갤러리에게 화를 내고 클럽 헤드로 잔디를 내리치거나 난폭한 욕설을 내뱉은 적도 많았다.

그럴 때 라이언은 천연덕스럽게 화제를 바꾸어 로빈슨의 마음을 가라앉혀주었다. 그리고 라운드가 끝나면, 게임 중에 분노를 터뜨려봐야 득 될 게 아무것도 없음을 로빈슨에게 차분하게 조언했다. 다른 사람이 그랬더라면 주먹다짐을 벌였겠지만 왠지 로빈슨은 라이언 말만큼은 순순히 경청할 수 있었다.

아마도 라이언이 독실한 크리스천이기 때문이었을 것이다. 라이언은 시합을 끝내고 맞는 월요일이면 반드시 코스 근처 교회를 찾았다. 급료의 대부분을 고향집 어머니에게 송금하고, 남은 돈도 도움이 필요한 사람들에게 희사했다. 그런 점에서도 로빈슨은 라이언을 결코 함부로 대할 수 없었다.

라이언은 또, 당시로서는 드문 일이지만 '프리샷 루틴'의 중요성을 로빈슨에게 이해시켰다. 루틴이란 '정해진 순서'라는 뜻이다. 매번 샷 전에 의식을 치르듯 일정한 순서를 밟음으로써 긴장되는 상황에서도 평소와 같은 동작이 가능해진다. 이것이 프리샷 루틴의 의도이다.

처음에 로빈슨은 이것을 귀찮아해서 좀처럼 시도하려 하지 않았다. 하지만 샷 때마다 라이언은 어금니를 문 듯한 말투로 닉을 설득했다.

"너를 위해서야, 닉."

라이언은 끈기 있게 로빈슨을 설득했다.

“제발 프리샷 루틴 습관을 가져줘. 주술 같은 거라고 생각하면 돼. 틀림없이 너에게 도움이 될 거야.”

로빈슨은 결국 이 프리샷 루틴을 받아들였다. 라이언이 백에서 클럽을 꺼내 그립을 수건으로 닦고 닉에게 건네준다. 닉은 그것을 받아들고 스윙을 한번 해보고 나서 어드레스에 들어간다. 이 순서를 습관으로 만들었다. 그러자 신기하게도 실수를 한 직후라도 다음 샷에 안정적으로 임할 수 있게 되었다.

언젠가부터 로빈슨은 클럽을 내던지거나 욕설을 내뱉지 않게 되었다. 그리고 몇 년이 지난 어느 날 자신이 투어 동료들에게 ‘가장 신사적인 플레이어’로 불린다는 것을 알고 내심 크게 놀랐다.

라이언이라는 캐디를 얻고 로빈슨은 거침없이 진격하기 시작했다. 미니투어에서 잇달아 승리하여 1년 만에 하부 투어로 승격했고, 거기에서도 우승을 따냈다.

덕분에 로빈슨은 매일 수백 타인지 수천 타인지 모를 샷을 하고 있었다. 시합이 있는 날에도 다른 선수들이 돌아간 뒤 연습장에 남아 샷을 반복하고, 연습 그린에서는 어두워서 공이 보이지 않을 때까지 퍼트를 했다.

“의학사전에서 ‘골프중독’이라는 병명을 찾아보면 증례 항목에 닉 로빈슨 이름이 나온다는군.”

감탄한 동료가 그렇게 농담할 정도였다.

캐디 라이언 역시 전심전력으로 그를 도왔다. 이른 아침 러닝부터 동행하여 몇 킬로미터를 함께 뛰고, 샷 연습에서는 티업이나 공

줍기를 해주고, 때로는 목표물이 되어 연습장 잔디 위에 섰다. 퍼팅 연습에서는 컵 옆에서 몇 시간이나 쪼그리고 앉아, 로빈슨이 친 공을 주워 도르르 굴려주었다. 시합이 있던 날은 로빈슨의 샷, 퍼트, 매니지먼트 전부를 분석하여 그에게 반성 재료와 과제를 제시했다.

"가끔은 쉬는 게 어때?"

보다 못한 로빈슨이 라이언에게 그렇게 말을 건네기도 했다. 그럴 때면 라이언은 어김없이 쓸쓸해 보이는 미소를 지으며 고개를 가로저었다.

"그런 소리 마. 자네가 싸우는 걸 돕는 게 내 인생의 보람이야."

그리고 스물세 살 때 로빈슨은 연말 퀄리파잉 테스트, 이른바 Q 스쿨을 통과하여 마침내 최상위 무대인 PGA투어로 승격했다.

로빈슨과 라이언 콤비가 PGA투어에서 처음으로 우승을 다툰 시합에서는 이런 일도 있었다.

최종일에 공동 1위로 맞이한 16번 홀. 공이 세미러프*에 들어가자 로빈슨은 8번 아이언으로 치기로 했다. 그런데 클럽을 접지하다가 그만 공을 살짝 건드리고 말았다. 치기 전에 공을 건드리면 의도적이었든 아니든 1벌타를 받는다. 그러나 그것은 아주 미세한 움직임이었다. 아마 본인 말고는 아무도 알아채지 못했을 것이다. 라이언은 다음 샷을 대비하여 그린 주변을 점검하러 가 있었기 때문에 로빈슨 옆에 없었다.

---

* 세미러프(semirough): 러프 지역에 있는 잔디로 너무 길지도 짧지도 않은 지역.

로빈슨은 그때 이상한 기미를 느꼈다. 누군가 자신을 지그시 쳐다보고 있는 것 같았다. 나는 시험을 당하고 있다. 신이나 악마, 혹은 뭔가 인간을 초월한 존재가 함정을 파놓고 내가 어떻게 행동하는지를 관찰하고 있다……. 로빈슨은 왠지 그렇게 느꼈다.

로빈슨은 어드레스를 풀고 마커 선수와 경기위원에게 자기가 공을 건드렸다고 신고했다. 그리고 공을 원래 위치에 돌려놓고 1벌타를 받고 샷을 했다. 그 16번 홀에서는 보기*를 했다. 결국 그 1벌타 때문에 로빈슨은 우승 스코어에 1타가 부족하여 아쉽게 첫 우승을 놓쳤다.

시합이 끝난 뒤 그는 라이언에게 사과했다.

"미안해. 모처럼 첫 우승의 기회였는데. 클럽을 놓기 전에 공을 잘 봐야 했어. 우승했으면 자네한테 보너스를 줄 수 있었을 텐데."

"천만에."

라이언은 눈을 크게 뜨고 놀라워하며 이렇게 말했다.

"자네의 공정하고 훌륭한 처신에 비하면 우승컵이나 상금은 아무 가치도 없어. 내가 자네의 캐디란 사실이 오늘처럼 자랑스러웠던 적이 없었어."

로빈슨은 가슴이 뜨거워졌다. 정직하게 신고하길 잘했다는 사실을 절감했다. 그리고 이런 캐디와 콤비를 이룬 행운을 신에게 감사했다. 물론 라이언에게는 쑥스러워서 차마 표현하지 못했지만.

---

* 보기(bogey): 한 홀에서 기준 타수(par)보다 1타수 많은 스코어로 홀인하는 것.

그 시합 직후 로빈슨이 상상도 못 한 일이 일어났다. 매스컴이 이 무명의 젊은 골퍼가 취한 공정한 행동을 최대급 찬사로 대서특필한 것이다. 인터뷰 요청이 쇄도했다. 마침내 닉 로빈슨의 얼굴과 이름이 미국 전역, 아니 전 세계에 알려졌다.

로빈슨은 자신이 유명해지고 있다는 것을 그제야 실감했다. 당혹스럽기도 했지만, 한편으로는 전부터 이렇게 될 줄 알고 있었던 것 같은 묘한 기시감도 있었다.

그다음 시합에서 매스컴과 골프 팬이 주목하는 가운데 로빈슨은 라이언과 함께 2위와 5타 차를 두고 당당하게 첫 우승을 거머쥐었다. 로빈슨의 인기는 이 우승을 계기로 폭발했다. 그는 눈 깜짝할 사이에 세상이 찾던 새로운 영웅이 되었다.

이 승리는 닉 로빈슨의 투어 통산 82승의 첫 승이었고, 전설의 슈퍼스타로 가는 첫 발자국이 되었다.

먼저 캐디백을 멘 라이언이 공을 찾으러 숲으로 들어갔고, 그 뒤를 로빈슨이 따랐다.

그곳에는 수많은 갤러리가 가까이서 로빈슨을 보려고 밀려들고 있었다. 선수를 위해 공 위치를 마크하는 자원봉사자도 와 있었지만, 공 옆에 꽂는 작은 깃발을 여전히 손에 들고 있었다. 아직 공을 찾지 못한 것이다. 무선 헤드셋을 장착한 경기위원과 동반 경기자 테리 루이스도 다가왔다.

숲속을 걷는 로빈슨 앞으로 문득 확 트인 공간이 나타났다. 그 공간 중앙에 높이가 약 10미터나 되는 기묘하게 생긴 거목이 서 있었다. 나무 밑은 커다란 바위들이 박혀 있는 땅이고, 1미터쯤 옆에는 '수리지修理地'를 알리는 파란 말뚝이 빙 둘러 세워진 채 가는 줄이 쳐져 있었다.

"이 나무가……."

거목을 올려다보며 입을 연 로빈슨에게 먼저 도착해 있던 라이언이 고개를 끄덕였다.

"그래, 신의 나무야. 이곳 홀리파인힐 골프코스라는 이름이 유래된 전설의 나무."

나무의 정식 이름은 브리슬콘파인. 학명은 피누스 롱가에바라는 소나무과 식물이다. 대부분은 요세미티 국립공원의 화이트마운틴 산맥을 중심으로 하는 고지대에 자생한다. 고산지대에는 군락지도 있지만, 산악지대라고는 해도 이렇게 비교적 낮은 지대에, 더구나 홀로 서식하는 경우는 보기 힘들다.

브리슬콘파인의 가장 두드러진 특징은 지구상에서 가장 장수하는 나무 가운데 하나라는 것이다. 가령 메테술라로 명명된 가장 유명한 개체는 수령 4,800년이 넘는 것으로 알려져 있다. 메테술라는 구약성서에 등장하는 유대인 족장의 이름으로 969살까지 살았다고 한다. 그리고 이 신의 나무는 수령이 대략 4,500년이라고 한다. 즉 예수 그리스도가 태어나기 2,500년 전부터 이 자리에 있었다는 말이다.

신의 나무라 불리는 이유는 일찍이 이 땅에 이 나무를 신으로 받들며 신앙하는 아메리카원주민 부족이 살았던 데 기인한다. 그러나 19세기 중반, 금광을 찾아 몰려온 유럽인들에 의해 원주민 부족 대부분이 무참하게 살육되었다. 그 때문인지 신의 나무에는 원주민의 불길한 전설이 남아 있다.

한 기병대 소대가 이곳에 살던 원주민을 몰살하고 마을을 없애버렸다. 기병대 대장은 승리의 깃발을 세우려고 신의 나무에 올라갔다가 나무의 노여움을 샀다. 그는 벼락을 맞아 나무에서 떨어져 옆에 서 있던 나무기둥에 몸통이 꿰뚫려 즉사했다…….

나중에 이주해 온 유럽인도 원주민의 이 섬뜩한 전설을 알게 되었다. 신의 나무는 재앙이 깃든 나무로 두려움의 대상이 되어, 벌목되지도 않고 내내 이 자리에 살아왔다.

1860년 초 요세미티가 캘리포니아 주립공원으로 지정되기 직전, 풍광이 뛰어난 이 일대를 샌프란시스코 관광개발회사가 매입하여 별장지로 개발했다. 그 후 1888년 뉴욕 교외 욘커스에 미국 최초의 골프장이 탄생하자 골프 열기는 순식간에 미국 전역으로 확산되고 잇달아 골프장이 만들어지기 시작했다. 그래서 이 요세미티 별장지를 골프장을 핵으로 하는 거대 리조트로 개조하자는 계획이 등장했다.

1890년 요세미티는 주립공원에서 국립공원으로 지정되지만, 당시까지만 해도 규제가 느슨했던 탓에 이 개조 계획이 허가를 받았다. 공사 중 신의 나무를 베어버리자는 의견도 있었지만, 토목작업을 하던 인부들이 모두 그 작업을 거부한 탓에 결국 신의 나무는 그대로 남았다.

그렇게 완성된 리조트는 신의 나무에 착안하여 '더 홀리파인힐 리조트'로 명명되었다. 나아가 1984년 이 리조트를 포함한 요세미티 국립공원 전역이 유네스코 세계유산으로 지정되었다. 아마 앞으로도 신의 나무는 여기서 계속 나이테를 늘려나갈 것이다.

현재 홀리파인힐 골프코스에서는 캘리포니아 주 관광국의 요청으로 신의 나무를 보호하는 작업을 하고 있다. 그리고 올해 PGA 챔피언십에서는 나무 둘레에 파란 말뚝을 박고 줄을 쳐서 수리지로 지정하고, 그 구역 안에서 플레이하지 못하는 대신 릴리프, 즉 벌타 없이 공을 꺼내도 좋다고 인정하고 있었다.

"없는데."

로빈슨은 어두운 표정으로 근처를 둘러보았다.

"그렇게 멀리 벗어난 것 같지는 않아. 금방 찾을 줄 알았는데."

라이언이 덤불 속에서 허리를 구부리고 움직이며 말했다.

"틀림없이 있어. 내가 꼭 찾아서 보여주지."

로빈슨은 평정을 가장하고 있지만 내심 초조했다. 공 찾는 시간은 규칙상 5분간이다. 만약 그 시간에 찾지 못하면 로스트볼로 처리되어 티잉 그라운드까지 돌아가 서드 샷을 해야 한다. 그렇게 되면 이번 홀은 4타, 즉 파로 홀아웃하기가 거의 불가능하다고 할 수밖에 없다.

5타 보기라면 어떻게든 해낼 수 있을지 모른다. 그러나 그 경우에는 테드 스탠저와 우승 결정전을 벌여야 한다. 플레이오프*는 세 개 홀의 합계 타수로 결정한다. 그래도 결판이 안 나면 이튿날 다시 18홀을 돌게 된다.

로빈슨의 왼쪽 팔꿈치는 거의 한계에 와 있었다. 라운드를 더 하면 제대로 움직여주지 않을 것이다. 그리고 플레이오프 상대는 세계 랭킹 1위로 한창 물이 오른 선수이다. 로스트볼로 처리된다면 로빈슨의 상황은 절망적이라고 볼 수밖에 없다.

로빈슨은 손목시계를 보았다. 숲에 들어온 지 3분이 지났다. 상의하기 위해 라이언을 쳐다보니 그는 어느새 똑바로 선 채 작심한 표정으로 신의 나무를 말없이 올려다보고 있었다.

"토니?"

로빈슨은 그 표정에서 막연한 불안감을 느끼고 무심코 라이언의 이름을 불렀다.

"저기 있는지도 모르겠군."

라이언이 긴장한 목소리로 말했다.

"저기? 신의 나무 위에?"

로빈슨이 되물었다. 라이언은 고개를 크게 끄덕였다.

"그렇게 생각할 수밖에 없어. 숲속 바닥이라면 앞뒤로 50야드 범위를 이 잡듯이 뒤졌어. 물론 로프 안쪽도. 하지만 없어. 이렇게 많은 갤러리, 자원봉사자, 경기위원들까지 나섰는데 아무도 찾지 못했어. 남은 가능성은 저 위밖에 없네."

---

* 플레이오프(play-off): 연장전.

라이언은 얼굴을 위로 향하고 로프 안에 우뚝 서 있는 신의 나무 위쪽을 손으로 가리켰다. 밑동에서 약 5미터까지는 가지를 뻗지 않고 여러 가닥이 꼬인 것처럼 생긴 줄기가 복잡하게 얽혀 올라가고 있다. 5미터를 지나면서부터는 초록 잎들이 달린 굵은 나뭇가지가 사방으로 뻗어 있다. 그 부분이라면 공이 쉽게 걸릴 것처럼 보였다.

라이언이 경기위원에게 물었다.

"이 로프 안쪽은 수리지죠?"

"그렇습니다."

경기위원이 심각한 얼굴로 고개를 끄덕였다. 라이언은 내처 질문했다.

"수리지에 있는 나무에 공이 올라간 경우는 벌타 없이 구제받을 수 있는 거죠?"

"네, 규정이 그렇게 되어 있긴 합니다만……."

경기위원은 편치 않은 표정으로 말을 이었다.

"설마 공이 이 나무 위에 있겠습니까? 수리지 주위에는 다른 나무들도 있으니 다른 데 올라갔을 가능성도 있습니다. 그러므로 이 나무 위에 공이 있다고 확실히 증명하기 전에는……."

"로스트볼이 되겠죠. 1벌타 먹고 다시 돌아가서 친다?"

라이언은 고개를 숙이고 가만히 생각에 잠겼다. 그리고 캐디백을 조심스레 땅바닥에 뉘어놓고 신의 나무로 걸어가 파란 말뚝에 쳐져 있는 로프를 넘어갔다.

"이봐, 토니, 뭘 하게?"

로빈슨의 물음에 라이언은 당연하다는 투로 말했다.

"올라가보려고."

로빈슨은 그 말에 당황했다.

"토니, 이건 세계유산 보호수야. 그리고 이 나무에 얽힌 전설을 알잖아? 이건……."

로빈슨은 잠시 말을 멈추었다가 다시 이었다.

"이건, 신의 나무잖아."

라이언은 줄 안쪽에 섰다. 그리고 로빈슨을 돌아다보았다.

"닉, 나는 반드시 자네를 우승자로 만들겠네. 그래서 투어 통산 83승, 메이저 통산 20승이라는 대기록을 세우게 하겠어. 그건 자네만의 영광이 아냐. 골프라는 종목의 위대한 기념비가 되고 영원한 목표가 될 거야."

라이언은 말을 계속했다.

"그러려면, 조금이라도 가능성이 있다면 나는 공을 찾아보겠네. 무슨 저주나 천벌을 받더라도 말이지."

그는 씩 웃으며 덧붙였다.

"내가 목숨을 잃는 한이 있더라도."

라이언의 웃는 얼굴에는 흔들림 없는 각오가 보였다. 로빈슨은 그 강력한 의지를 거스를 말을 찾지 못했다.

라이언은 신의 나무 밑으로 다가섰다. 뒤틀린 줄기에 손과 발을 의지할 자리가 충분해서 올라가는 데는 어려움이 없어 보였다. 줄기에 손을 대려던 라이언이 주저하는 모습으로 갑자기 나무에서 물러났다. 그리고 구두를 벗고 양말만 신은 채로 섰다. 크리스천인 라이언에게 이 나무는 이교의 신이지만, 그래도 구둣발로 오르는 것은 불경하다고 느껴졌다.

그런 라이언을 보고 주위 갤러리가 웅성거리기 시작했다.

"이봐, 캐디가 신의 나무에 올라가는 거야?"

"좋지 않은 생각 같은데. 수령이 4,500년이나 된 보호수잖아?"

"너무 오래된 나무라 가지가 뚝 부러지지나 않을지."

"그런 것보다, 자네 모르나? 재앙이 깃들어 있대, 저 나무에는."

"재앙? 정말?"

"그래, 그 이야기를 듣고 나는 절대로 저 나무에 가까이 가지 말아야겠다고 생각했지. 저 나무에 오르면 벼락을 맞고 떨어지다가 기둥에 몸통이 관통되어 죽는다잖아. 나라면 절대로 저렇게 하지 않겠어."

경기위원은 곤혹스러운 얼굴로 로빈슨과 라이언을 번갈아 쳐다보았다. 그는 가능하면 올라가지 않기를 바랐다. 그러나 공을 찾지 말라고 할 수도 없었다. 역사적 경기 기록이 걸린 중대한 국면이었던 것이다.

라이언은 신의 나무 앞에 서자 가슴에 작게 십자가를 그었다. 그리고 우듬지를 올려다보고 뒤틀린 줄기를 꽉 붙잡고는 혹처럼 튀어나온 곳에 오른발을 디뎠다. 몸을 밀어 올리려고 왼발에 힘을 주었다. 발밑에 떨어져 있던 작은 나뭇가지가 뚝 하고 작은 소리를 냈다.

그 순간 새 날갯짓 소리가 요란하게 일어났다. 나뭇가지 부러지는 소리에 놀랐는지 수십 마리나 되는 새떼가 숲에서 일제히 날아올랐다.

곁에 있던 경기위원이 깜짝 놀라 몸을 움츠렸다. 라이언도 순간 동작을 멈추고 하늘로 달아나는 새떼를 쳐다보았다. 그러고는 후우 하고 숨을 내쉬고 그대로 신의 나무에 오르기 시작했다.

로빈슨의 가슴에 불길한 예감이 스쳤다. 관객의 동요와 경기위원의 곤혹스러워하는 모습을 보니 더 이상 자기 때문에 소동이 커지게 놔둘 수 없었다.

"토니, 그만해."

로빈슨이 조용한 목소리로 단호하게 말했다.

강한 의지가 담긴 말투에 나무에 달라붙어 있던 라이언이 돌아다보았다.

로빈슨이 말을 이었다.

"이제 됐으니까 그만해, 토니. 로스트볼로 처리하자고."

"말도 안 돼! 우승을 포기할 건가?"

라이언이 울어버릴 듯한 표정으로 소리쳤다.

"티샷을 놓친 내 잘못이야. 아마 이것도 신이 정한 운명이겠지. 모든 것을 감수하고 이제 그만 깨끗이 티잉 그라운드로 돌아가자고."

"하지만……!"

라이언은 신의 나무에서 물러나려 하지 않았다.

로빈슨은 온화한 말투로 라이언에게 말했다.

"토니, 내년에 이 골프장에서 US오픈이 열려. 나는 여기로 다시 돌아올 생각이야. 그러니까 캐디가 나무의 재앙으로 죽어버리면 곤란하다고."

그리고 허리에 양손을 얹고 연극배우 같은 몸짓으로 한숨을 지었다.

"게다가 자네나 나나 나이 먹을 만큼 먹었잖아. 자네도 나무를 타본 지 40년은 지났을걸. 나무한테 벌 받기 전에 손이 미끄러져서 추락사하고 말 거야. 그럼 내년 US오픈에서 누가 내 백을 메나? 이 나무가 메주겠어?"

갤러리 쪽에서 와락 웃음소리가 터졌다.

경기위원이 이 기회를 놓칠세라 불안감이 조금 가신 얼굴로 다가왔다.

"그럼 로빈슨 씨, 규정된 5분은 아직 지나지 않았지만 로스트볼로 판정해도 되겠죠?"

로빈슨은 눈을 감았다.

로스트볼을 인정하는 순간 투어 신기록 83승도 메이저 20승도 최연장자 우승도 꿈처럼 사라진다. 아마 레귤러투어에서 우승할 기회는 두 번 다시, 아니 영원히 오지 않을 것이다. 하지만 그것이 나의 운명일 것이다.

로빈슨은 눈을 떴다. 그리고 경기위원에게 대답하기 위해 숨을 들이마셨다.

그때였다. 뒤쪽에서 커다란 목소리가 18번 홀에 울려 퍼졌다.

"찾았다!"

그 자리에 있던 사람들 모두 목소리가 날아온 방향으로 일제히 고개를 돌렸다. 신의 나무에서 티잉 그라운드 쪽으로 70야드쯤 떨어진 곳에 관객의 진입을 막는 로프가 쳐져 있는데, 그 줄에 가까운 러프에서 한 남성 갤러리가 몸을 구부린 채 발치를 가리키고 있었다.

경기위원이 그 남자를 향해 외쳤다.

"공을 찾았습니까?"

남자는 상체를 일으키며 흥분한 모습으로 외쳤다.

"네, 위너의 프로XV예요! 닉 로빈슨 씨는 이 공만 쓴다고 골프 잡지에서 읽은 적이 있어요!"

경기위원이 헤드셋 마이크를 쥐고 뭔가를 말하며 그 사람 쪽으로 뛰어갔다. 로빈슨도, 루이스도 서둘러 달려갔다. 라이언도 나무에서 내려오기 위해 허둥댔다.

공을 찾은 지점에 먼저 도착한 경기위원이 뒤를 쫓아온 로빈슨에게 물었다.

"로빈슨 씨, 확인하겠습니다. 라운드 스타트 전에 저희와 마커 테리 루이스 씨에게 제시했던 당신의 공은 위너 사의 프로XV, 숫자는 전부 82번, 그 숫자 좌우에 빨간 동그라미 마크가 찍혀 있죠. 그렇죠?"

"맞습니다. 벌써 30년 이상이나 똑같은 표시를 해왔어요. 숫자는 제조사가 그때그때 통산 승수를 인쇄해주는 겁니다."

로빈슨이 대답했다.

공은 누군가가 샷을 하면서 생긴 디보트*에 들어가 있었다. 경기위원은 바로 위에서 공을 내려다보았다. 제조사 이름은 간신히 확인했지만 숫자는 확인하지 못한 듯했다.

동반 경기자 루이스도 도착했다. 로빈슨은 루이스에게 물었다.

"테리, 규정대로 확인을 위해 공을 주워야 하는데, 괜찮겠나?"

"네, 마커로서 허락합니다."

루이스가 진지한 얼굴로 고개를 끄덕였다. 골프 경기에서는 같은 조 동반 경기자가 경쟁자의 스코어를 확인하고 기록하게 되어 있다. 현재 로빈슨과 루이스는 라운드를 함께하기 때문에 각각 상대방의 마커이다.

로빈슨은 공 옆에 티를 꽂아 표시하고 신중하게 공을 주워 들었다. 그러자 경기위원이 긴장한 얼굴로 물었다.

"좀 봐도 될까요?"

로빈슨은 공을 경기위원에게 건넸다. 경기위원은 공을 얼굴 가까이 대고 숫자 부분을 가만히 들여다보다가 마침내 신중하게 입을 열었다.

"82라는 숫자 좌우에 빨간 동그라미 표시가 있군요."

경기위원이 이번에는 그 공을 마커 루이스에게 건넸다. 루이스는 공을 돌려가며 확인하고 안도한 듯 가만히 숨을 내쉬었다.

---

* 디보트(divot): 골프클럽에 의해 파인 잔디.

"아마 숲속 나무에 맞고 크게 튀어서 돌아왔겠죠. 더구나 러프의 움푹 팬 자리에 들어가 있어서 금방 보이지 않았을 겁니다. 용케 찾았군요."

루이스는 미소를 지으며 로빈슨에게 공을 내밀었다.

"공을 돌려드리겠습니다."

그 순간 다시 커다란 환성이 터졌다. 갤러리도 로빈슨의 우승 가능성이 되살아난 것을 알았다. 기적이다, 기적이야, 하는 소리가 여기저기서 들렸다. 관객들 모두 공을 찾은 것을 기뻐하며 환호하고 서로 손바닥을 마주치느라 야단이었다.

열광하는 갤러리를 로빈슨은 멍하니 둘러보았다. 그리고 루이스가 내민 공을 받아 들었다.

"닉!"

어깨에 멘 캐디백을 짤칵짤칵 소리 내며 라이언이 달려왔다. 그리고 크게 안도한 표정으로 캐디백을 어깨에서 내렸다.

"아, 다행이야. 정말 다행이야! 자넨 정말 운이 대단한 사람이군. 나는 그것도 모르고 숲속만 뒤졌으니 못 찾을 수밖에."

라이언은 이목에 개의치 않고 눈물을 뚝뚝 흘렸다. 루이스도 반가운 얼굴로 로빈슨에게 악수를 청했다.

"당신은 역시 보통 사람과는 다른 운명을 타고났군요."

"운명……."

그 말을 반복하며 로빈슨은 루이스의 얼굴을 쳐다보았다. 그리고 루이스가 내민 손을 힘주어 맞잡았다.

경기위원이 결혼식을 주관하는 신부처럼 격식을 차린 말투로 물었다.

"로빈슨 씨, 당신의 공이 맞습니까?"

로빈슨은 경기위원의 얼굴을 보고, 이어서 웃고 있는 루이스를, 흥분하는 갤러리를, 마지막으로 빨개진 눈으로 눈물을 흘리며 미소 짓는 라이언을 쳐다보고 나서 눈을 감았다.

잠시 후 로빈슨은 눈을 떴다.

그의 눈에는 강렬한 빛이 살아 있었다. 앙다문 입에는 뜨거운 투지가 넘쳐났다. 다시 투쟁의 장으로 돌아온 것이다.

로빈슨은 왼손으로 공을 꽉 쥐고 경기위원에게 결연하게 고개를 끄덕여 보였다.

"그래요, 제 공이 틀림없습니다."

엄청난 환성이 지축을 흔들 것처럼 터져 나왔다. 우레 같은 박수 소리 사이로 휘파람이 울렸다. 홀리파인힐 골프코스 전체가 들썩일 정도로 떠들썩했다. 경기위원은 만족스러운 얼굴로 고개를 끄덕였다. 그 역시 로빈슨이 이 역사적 시합에서 불운으로 우승을 놓치는 일이 없기를 바랐던 것이다.

"그럼 로빈슨 씨, 그 공을 발견한 자리에서 리플레이스*합니다. 세컨드 샷부터 재개하세요."

---

* 리플레이스(replace): 주운 볼을 원위치에 갖다 놓는 것.

진행요원이 줄을 두른 말뚝을 뽑아 샷에 방해되지 않도록 2미터쯤 옆으로 치워두었다. 로빈슨은 공을 원래 위치에 내려놓고 그 자리에 꽂아두었던 티를 조심스레 뽑았다.

라이언이 만면에 웃음을 짓고 로빈슨에게 다가와 캐디백을 바닥에 세워놓았다.

"자, 닉, 아주 좋은 라이*라고는 할 수 없지만 자네라면 문제없이 클린히트† 할 수 있어. 남은 것은 221야드. 바람은 거의 없네. 고지대니까 다른 데보다 비거리가 나오겠지만, 클럽이 러프에 감길 걸 감안하면 이 클럽이 좋겠어."

라이언은 3번 아이언‡ 을 꺼내 그립을 수건으로 닦기 시작했다. 그러자 로빈슨이 캐디백으로 손을 뻗어 손수 다른 아이언을 뽑아 들었다.

라이언이 고개를 갸우뚱했다.

"6번? 괜찮을까, 닉?"

"플라이어가 두렵군. 이 클럽으로 할게."

플라이어란 공과 아이언 헤드 사이에 풀이나 물이 있어서 백스핀§이 덜 걸리는 탓에 그린에서 공이 너무 많이 굴러가는 현상을 말한다.

---

* 라이(lie): 골프공이 한자리에 멈춰 있는 위치나 상태.

† 클린히트(clean hit): 클럽 페이스로 직접 볼을 쳐서 페어웨이의 잔디나 벙커의 모래를 깎거나 패게 하지 않는 타법.

‡ 아이언(iron): 헤드 부분이 금속으로 된 클럽. 각도, 무게, 길이 등의 차이에 따라 1번 아이언부터 9번 아이언까지 있다.

§ 백스핀(backspin): 공의 아래쪽을 깎아 역회전을 주는 것.

라이언으로서는 러프의 풀이 핀 방향으로 누워 있어 그럴 염려는 없으리라 추정했지만 로빈슨의 판단을 믿기로 했다. 승부가 걸린 샷에서는 아드레날린이 분비되어 평소보다 비거리가 더 나오는 경우도 많다. 플레이어의 감을 무시하면 안 된다. 게다가 6번 아이언은 아이언 중에서는 길이가 중간이기 때문에 로빈슨이 시간을 가장 많이 할애해서 훈련한 클럽이었다.

로빈슨은 셋업에 들어갔다. 헤드가 잔디를 쉽게 통과하도록 페이스를 조금 열고 공이 움직이지 않도록 몇 센티미터 뒤쪽 공중에 헤드를 세트했다. 그리고 천천히 백스윙에 들어가 젊은 시절과 전혀 달라지지 않은 능숙한 폼으로 진작에 신체의 일부처럼 되어버린 6번 아이언을 휘둘러 내렸다.

퍽, 하고 풀을 후려치는 격한 소리와 함께 하얀 공이 드높이 날아올랐다. 공은 그린을 향해 파란 하늘을 똑바로 날아갔다. 경쾌한 피니시 자세를 취한 로빈슨 뒤쪽에서 아이언 넥에 감겼던 잔디와 흙이 후르륵 떨어졌다. 동시에 로빈슨의 왼쪽 팔꿈치에 격한 통증이 치달았다.

"고!"

라이언이 소리쳤다.

"짧았나?"

로빈슨이 중얼거렸다.

공은 그린 앞 프린지에 떨어졌다. 그리고 오르막에서 크게 바운드하여 조금 돌아와서 멈췄다.

멀리 그린 쪽에서 관객의 박수와 환성이 로빈슨을 향해 땅울림처럼 밀려왔다. 2온은 못 하긴 했어도 프린지라면 칩샷*으로 붙여놓고 1퍼트 파를 노리는 데는 절호의 위치였다. 최종 홀 단독 1위 상황이므로 버디까지는 필요 없었다.

"잘했어, 닉!"

오른손을 쳐든 라이언에게 로빈슨은 힘차게 하이파이브로 응하며 목을 움츠렸다.

"자네 판단이 옳았어. 3번이었으면 비거리가 딱 맞았을 거야."

"아니야. 그린에 떨어뜨렸다고 해도 얼마나 구를지 알 수 없지. 라인이 까다로운 롱 퍼트†를 남기는 것보다 그린 앞 좋은 라이에서 굴려 붙이는 것이 어프로치 명수인 자네한테는 단연 리스크가 적지. 6번이 정답이었어, 닉."

라이언은 로빈슨에게 6번 아이언을 받아 들며 미소를 지었다. 이럴 때 로빈슨을 기분 좋게 만들어 긍정적인 태도로 바꿔주는 것이 라이언이었다.

두 사람은 18번 그린을 향해 나란히 걷기 시작했다. 조금 뒤처져서 루이스와 그의 캐디도 페어웨이를 걸었다.

그리고 그들 뒤로 족히 수만 명은 돼 보이는 엄청난 갤러리가 밀려왔다. 이제 뒤에는 18번 홀을 라운드하는 플레이어가 없기 때문

---

* 칩샷(chip shot): 손목을 이용한 짧고 낮은 어프로치의 일종으로 단거리에서 핀을 향해 치는 샷.

† 롱 퍼트(long putt): 공에서 홀까지의 거리가 먼 퍼팅.

에 수만 명의 갤러리가 코스 양옆에 쳐둔 줄을 넘어 일제히 페어웨이로 쏟아져 들어왔던 것이다.

십여 명의 진행요원들이 다급히 군중 앞으로 나와 옆으로 로프를 쳐서 선수들과 거리를 두게 했다. 로빈슨은 마치 모세처럼 열광하는 수만 명을 거느리며 페어웨이 한가운데를 걸었다.

로빈슨과 라이언이 그린에 도착하자 이번에는 특설 스탠드를 비롯하여 그린 주위를 겹겹이 에워싼 관객에게서 우레 같은 박수가 쏟아졌다. 대회장 안내방송이 먼저 테리 루이스를, 이어서 닉 로빈슨을 호명했다. 18번 그린을 원형으로 에워싼 수만 명이 흥분의 절정에 달하여 귀가 먹먹해지도록 거대한 환호성이 터져 올랐다.

루이스의 세컨드 샷은 핀 왼쪽 3미터 자리에 2온 되어 있었다. 버디 찬스. 루이스는 공 위치를 마크한 뒤 공을 주워 들고 그린에서 내려갔다. 공이 컵에서 먼 선수부터 플레이하는 것이 규정이다.

로빈슨의 공은 잔디가 깔끔하게 깎인 에이프런 중앙, 왼쪽으로 완만하게 오르막을 이룬 자리에 있다. 그린 에지까지는 15야드, 컵까지는 35야드. 골프 초보자용 레슨 프로그램에 나올 법한 간단한 어프로치 상황이었다.

"이게 좋겠지?"

라이언이 52도 어프로치웨지*를 뽑아 수건으로 그립을 정성스레 닦아서 내밀었다. 로빈슨은 손에 익은 그 클럽을 받아 들고 평소처럼 헛스윙을 한번 해보고 셋업에 들어갔다.

그리고…….

그 자세 그대로 잠시 움직이지 않았다.

'왜 그래, 닉?'

준비 자세대로 동작을 멈춘 로빈슨의 모습에 라이언이 당황했다.

'이렇게 좋은 위치에서 왜 망설이는 거지? 간단한 라이잖아! 자네라면 50센티미터 이상 벗어날 리가 없어.'

로빈슨은 어프로치웨지 헤드를 공 오른쪽에 대놓은 채 조각상처럼 움직이지 않았다. 실제로는 몇 초의 정지에 불과했지만 바라보는 사람에게는 영원처럼 느껴지는 시간이었다.

로빈슨이 문득 자세를 풀었다. 관자놀이에 땀이 한 줄기 흘러내렸다. 숨죽이고 지켜보던 수많은 갤러리에게서 일제히 휴, 하는 커다란 한숨소리가 새어 나왔다. 수만 명의 관중 사이로 웅성거림이 파문처럼 번져나갔다.

"후우, 숨이 안 쉬어져서 죽는 줄 알았네."

"닉 로빈슨도 긴장으로 몸이 굳을 때가 있군."

"왜 안 그러겠어. 12년 만에 우승하느냐 마느냐가 걸려 있는데."

"게다가 한 번도 없던 대기록이잖아. 투어 통산 83승, 메이저 20승이라지? 만약 오늘 우승을 놓치면……."

---

* 웨지(wedge): 짧은 거리에서 공을 띄워 어프로치하거나 벙커에서 탈출하기 위해 쓰는 클럽.

"아마 다시는……."

라이언의 귀에 갤러리의 그런 속닥거림이 들렸다.

"닉, 그립을 다시 닦지."

라이언이 로빈슨 손에서 웨지를 빼냈다. 그립에 땀이 흥건했다. 라이언이 로빈슨에게 핸드타월을 내밀었다. 로빈슨은 그것으로 얼굴과 양 손바닥의 땀을 닦았다.

라이언은 웨지 그립을 클럽용 수건으로 꼼꼼히 닦으면서 등에 식은땀이 흐르는 것을 느꼈다. 33년간 헤아릴 수 없이 많은 라운드를 함께해왔지만 닉 로빈슨의 이런 모습은 처음이었다. 이 브레이크타임으로 긴장이 조금이나마 풀렸을까? 아, 제발 긴장을 풀어. 라이언은 기도했다.

라이언은 어프로치웨지를 다시 로빈슨에게 건네주었다. 로빈슨은 다시 한번 자세에 들어갔다.

라이언이, 루이스가, 그곳의 관객 수만 명이, 그리고 전 세계가 기도하는 심정으로 쳐다보는 가운데 로빈슨의 어프로치웨지 헤드가 천천히 오른쪽으로 움직였다가 공을 향해 왼쪽으로 내려갔다.

그 자리에 있던 수만 명이, 그리고 TV중계를 보던 수천만 명이 일제히 얼어붙었다.

누구도 자기가 본 것을 믿지 못했다.

로빈슨의 공은 둔탁한 소리와 함께 오른쪽으로 비스듬하게 맥없이 날아올라, 약 20야드밖에 날아가지 않았는데도 살짝 튀며 프린지에서 멈췄던 것이다.

생크[*]…….

헤드 넥으로 공을 친, 있을 수 없는 미스 샷이었다. 천하의 닉 로빈슨이, 다시 없이 쉬운 라이에서, 초심자나 다름없는 실수를 범한 것이다.

수만 명이 있다는 사실이 믿어지지 않을 만큼 18번 홀은 쥐죽은 듯 조용했다. 커다란 충격으로 누구 하나 입을 열지 못했다.

TV중계에서는 로빈슨의 미스 샷이, 초저속 화면으로 여러 번이나 재생되어, 공이 헤드 넥에 맞는 장면이 화면에 분명하게 비치고 있었다. 전 프로골퍼 해설자가 로빈슨의 우승에 적신호가 켜졌다고 흥분해서 말하고 있었다.

방금 그 미스 샷이 서드 샷. 다음은 포스 샷. 공은 여전히 프린지에 머물러 있다. 공에서 핀까지는 정확히 20야드. 우승을 결정지으려면 이번에 직접 넣는 수밖에 없다. 못 넣으면 보기가 되어, 먼저 올라간 단독 2위 테드 스탠저에게 추월당한다.

캐디 라이언은 프린지에 있는 공을 보며 내심 이를 꽉 물었다. 공에는 진흙과 잔디가 붙어 있었다. 공이 구르는 데 영향을 주기가 쉽다. 그러나 프린지에 있는 공은 손으로 건드릴 수 없다.

20센티미터만 왼쪽으로 갔으면 그린에 올라갔을 것이다. 그린

---

* 생크(shank): 공이 클럽헤드와 샤프트(shaft)의 접합 부분에 맞아 엉뚱한 방향으로 날아가는 것.

위라면 공 위치를 마크하고 픽업하여 새 공처럼 닦아줄 수 있을 텐데. 이렇게 상상하기 힘든 실수를 한 것을 보면 왼쪽 팔꿈치의 통증이 짐작 이상으로 심각한 것이 아닐까?

그러나 라이언은 내면의 초조감을 조금도 내비치지 않고 로빈슨에게 다가갔다. 로빈슨은 프린지에 있는 공 앞에 쪼그리고 앉아 그린 경사를 차분하게 읽고 있었다.

라이언도 로빈슨 왼쪽에 마찬가지로 쪼그리고 앉았다. 그리고 태연하게 말을 건넸다.

"이봐, 닉, 기억나?"

"뭘?"

로빈슨 역시 아무 일도 없었던 것처럼 되물었다. 아마도 강철심장이라 불리는 특유의 정신 상태를 회복한 듯했다. 라이언은 내심 안도했다. 동시에 이 절체절명의 위기상황에서 침착함을 유지하는 친구에게 혀를 내둘렀다. 얼마나 강인한 정신력인가.

"둘이서 미니투어를 전전하던 시절에 플로리다에서 있었던 일 말이야. 저녁을 먹으려고 햄버거가게에 갔는데, 우리 둘이 가진 돈을 다 합쳐도 제일 싼 거 하나밖에 살 수 없었잖아."

"아, 기억나, 토니. 그 시절엔 정말 배가 고팠지."

"그 뒤에 우리가 어떻게 했는지도 기억나?"

"아마, 한 개만 사서……. 어떻게 했었지?"

"그래. 제일 싼 햄버거를 하나만 사놓고 우리가 내기를 했잖아."

"내기?"

라이언은 미소를 지으며 끄덕였다.

"그 근처에서 주운 토마토 퓨레 깡통을 20야드 거리에 놓고 어프로치웨지로 공을 넣는 내기를 했지. 먼저 넣는 사람이 먹고 진 사람은 굶기, 나중에 원망하기 없기라는 규칙을 정해놓고."

"아, 생각난다."

로빈슨의 얼굴에 그리워하는 표정이 떠올랐다.

"그때 내가 먼저 트라이해서 단 한 번에 공을 넣었지. 나는 자네한테 으스대며 이렇게 말했어. 캐디가 프로골퍼를 상대로 어프로치 내기를 하다니, 그런 바보 같은 짓이 어디 있나?"

거기까지 말한 로빈슨이, 어, 하며 라이언의 얼굴을 보았다. 예전에 자신이 얼마나 어리석었는지를 이제야 깨달은 표정이었다.

'이제야 알았네, 토니. 그건 하나밖에 없는 햄버거를 나에게 주려고 자네가 꾸민 짓이었어.'

"20야드야."

라이언은 로빈슨의 등을 가볍게 토닥이고 일어섰다.

"그때랑 똑같은 거리야. 자네나 나나 머리는 조금 희끗희끗해졌지만 자네 실력은 아직 녹슬지 않았겠지?"

라이언은 그린 안으로 들어가 오른손으로 핀을 쥐고 로빈슨을 돌아보며 씩 웃었다. 그리고 컵에서 핀을 뽑았다.

로빈슨은 프린지에서 어드레스에 들어갔다. 손에 쥔 것은 미스샷을 칠 때 택했던 52도 어프로치웨지. 넣기만 하면 우승. 못 넣으면 왼쪽 팔꿈치의 심한 통증을 감수한 채 젊은 세계 제일인자 테드 스탠저와 연장전.

로빈슨은 컵에 집중했다.

로빈슨의 시야가 새하얘졌다. 그가 보고 있는 것은 클럽과 공뿐이었다. 아니, 조금 떨어진 자리에 뭔가가 보였다. 빈 깡통이었다.

문득 로빈슨은 심한 허기를 느꼈다. 넣으면 햄버거. 못 넣으면 굶기. 저녁을 굶기는 싫다. 이렇게 배를 곯아서는 연습도 못 하고 밤에 잠도 이루기 힘들다. 이젠 정말이지 배고픈 건 딱 질색이다.

휘두르겠다고 생각한 적도 없고 휘둘렀다는 의식도 없었다.

문득 정신을 차리고 보니 공이 공중에 떠 있었다.

어프로치웨지 헤드가 멋대로 움직여 공을 가볍게 쳐올린 것이다.

공은 천천히 빈 깡통으로 향하고 있었다.

로빈슨은 이미 알고 있었다.

'아, 그때와 똑같은 감각이다. 공은 틀림없이 빈 깡통으로…….'

가벼운, 그러나 기분 좋은 소리를 내며 공은 컵으로 사라졌다.

환호가 폭발했다.

그린을 에워싼 수만 명의 관객이 모두 소리 높여 외치며 일제히 일어나 손에 들고 있는 물건을, 모자나 선바이저는 물론이고 팸플릿, 페트병, 선글라스, 신발, 샌들, 벗은 티셔츠까지 뭐든지 공중으로 던져 올렸다. 그리고 모두 닉 로빈슨의 이름을 외치고 있었다.

라이언도 환호하며 선바이저를 하늘로 던져 올리고 핀을 왼손에 잡은 채 로빈슨에게 달려왔다. 두 사람은 힘주어 부둥켜안고 서로의 등을 있는 힘껏 두드려주었다. 테리 루이스도 달려와 두 사람의 등을 안고 펄쩍펄쩍 뛰며 축하했다. 루이스 역시 눈앞에서 일어난 기적에 감동하고 있었다.

잦아들 줄 모르는 환호성과 박수 속에서 마침내 로빈슨은 컵으로 다가가 검지와 중지로 공을 천천히 집어 올렸다. 그리고 그것을 높이 쳐들어 관중의 갈채에 답했다. 로빈슨은 그 공을 바지 오른쪽 주머니에 소중하게 넣었다. 그는 주위 관객을 둘러보며 입술 앞에 검지를 세워 박수와 환호를 자제해줄 것을 청했다. 루이스의 버디 퍼트가 남아 있었다. 하지만 흥분한 관중의 환호성은 좀처럼 그칠 줄 몰랐다.

마침내 차분함을 찾은 18번 그린에서 루이스가 쪼그리고 앉아 라인을 읽기 시작했다. 로빈슨은 그린 밖에서 그 모습을 바라보며 옆에 있는 라이언에게 작은 소리로 말했다.

"토니, 또 하나 생각났는데."

"응?"

역시 작은 소리로 대답하는 라이언에게 로빈슨은 이렇게 물었다.

"그때 빈 깡통까지는 20야드가 아니라 10야드 아니었나?"

닉 로빈슨, 54세 나이로 PGA챔피언십의 우승배인 워너메이커 트로피를 획득. PGA투어 통산 83승, 4대 메이저 통산 20승이라는 전대미문의 기록을 달성. 또한 PGA투어 최연장자 우승기록을 경신. 골프 역사에 영원히 남을 PGA챔피언십은 이렇게 나흘간의 막을 내렸다.

그리고 열광적인 반응이 가라앉기도 전에 또 한 가지 놀라운 뉴스가 전 세계를 흔들었다. 우승 기자회견 석상에서 닉 로빈슨이 모든 프로골프 경기에서 은퇴하겠다고 발표한 것이다.

02
잭

향긋한 바람이 부는 초여름의 활짝 갠 오후.

나뭇잎 사이로 떨어지는 햇살을 받으며 한 젊은이가 가벼운 걸음으로 잡목림을 걷고 있었다.

그는 하얀 헌팅캡을 쓰고 있었다. 모자 왼쪽에는 캐릭터 일러스트가 자수되어 있고 오른쪽에는 하얀 새 깃털이 하나 꽂혀 있었다. 위는 하얀 폴로셔츠, 아래는 올리브색 면바지. 그 노턱 바지는 나들이옷이라고 해도 좋을 만큼 슬림한 라인을 보여주었다. 밑에는 가죽 스니커즈 같은 갈색 신발.

그 젊은이 잭 아키라 그린필드는 미소를 머금고 아이같이 팔을 크게 휘두르며 꽤나 즐거운 모습으로 나무들 사이를 산책하는 것처럼 보였다. 5월 25일 일요일, 미국 애리조나 주 사우스록밸리 컨트리클럽. 평소엔 회원만 이용할 수 있는 유서 깊은 골프장으로, 4대 메이저대회의 하나인 US오픈 최종 예선이 치러지고 있었다.

올해 US오픈 예선에는 전 세계에서 약 9천 명이나 되는 골퍼들이 참가했다. 미국에서는 약 2천 명이 참가하여 110개 골프장에서 1차 예선을 치렀다. 그 관문을 통과한 140명이 전 세계 14개 골프장에서 열리는 최종 예선 가운데 하나인 이번의 미국 최종 예선에 참가했다. 골프장에 따라 예선 통과 인원이 다른데, 이곳 사우스록밸리에서는 출전한 140명 가운데 상위 20명이 US오픈 출전권을 받는다.

최종 예선은 하루 경기다. 출전 선수는 18홀을 내리 두 번 돌아 그 종합 스코어로 순위를 정한다. 즉 하루에 통상적인 게임의 두 배인 36홀을 도는 것이다. 육체적으로나 정신적으로나 강인하지 못하면 그 힘든 코스를 걸어다니며 경쟁할 수 없다.

최종 스코어가 확정되고 선수의 운명이 결정되는 곳이 골프코스에서 가장 극적인 장소인 최종 18번 홀이다.

이곳 사우스록밸리 컨트리클럽의 18번 홀은 거리 570야드에 살짝 오른쪽으로 휜 도그레그의 파5. 코스 오른쪽은 내내 커다란 연못에 접해 있고 왼쪽으로는 숲이 이어진다. 그 최종 18번 홀 왼쪽에 자리 잡은 숲속을 잭 아키라 그린필드는 걷고 있었다.

그러니까 잭은 숲속을 산책하는 것이 아니었다. 그는 US오픈 미국 최종 예선에 출전한 프로골퍼이며, 18번 홀에서 티샷이 왼쪽 숲으로 들어간 탓에 공을 찾으려고 숲속을 돌아다니고 있었다.

잭은 숲으로 10미터쯤 들어선 곳에서 자기 공을 찾았다. 그 앞에 쪼그리고 앉아 공 너머 그린 쪽을 바라보았다. 숲은 나무가 밀집하여 어두울 지경이었으나, 가만히 살펴보니 불과 30센티미터 정도 폭이지만 앞쪽에 틈이 열려 있었다. 그 틈 너머로 그린 위에 나부끼는 핀 깃발이 보였다. 그린을 노린다면 그 좁은 틈으로 공을 보내는 수밖에 없을 것 같았다.

잭은 쪼그리고 앉은 채 고개를 돌려 오른쪽 후방을 보았다. 그쪽은 나무도 드문드문해서, 공을 뒤쪽으로 보내두면 안전하게 페어웨이로 보낼 수 있을 것이다.

잭은 빙긋 웃고 고개를 크게 한번 끄덕이고 일어섰다.

"어이, 잠깐만!"

깨진 종을 치는 듯한 요란한 목소리가 숲속에 울려 퍼졌다.

왼쪽 어깨에 캐디백을 멘 덩치 큰 젊은이가 성큼성큼 잭에게 다가왔다. 그는 잭 앞에 다다르자 캐디백을 왼손 하나로 가볍게 쿵 소리가 나도록 내려놓았다.

헐렁한 하얀 칠부바지에 하얀 스니커즈 골프화, 진녹색 폴로셔츠. 머리에는 잭과 같은, 왼쪽에 일러스트 자수, 오른쪽에 하얀 새 깃털이 꽂힌 하얀 헌팅캡을 썼다. 잭의 캐디 팀 브루스이다.

잭은 두 귀를 틀어막으며 낯을 찡그렸다.

"팀, 그런 목소리 좀 내지 마. 귀청 찢어지겠어."

"너 지금 웃었어? 불길하게 웃은 거 맞지?"

코를 찌를 듯 삿대질을 하며 잭의 말허리를 자른 팀이 큰소리를 퍼부었다.

"네가 지금 무슨 생각을 하는지 맞혀볼까? 저 좁은 틈을 노리자고 생각했지? 오른쪽 후방 페어웨이로 내보내면 쉽지만, 그렇게 되면 잘해야 4온 1퍼트로 파가 고작이다. 하지만 앞에 열려 있는 저 틈으로 공을 보낼 수 있다면 버디를 노릴 수 있다. 아니, 2온을 한다면 이글*도 노릴 수 있다. 그렇다면 고민할 거 없다. 저 틈을 노려서 승부를 걸자! 이거지? 아냐?"

잭은 눈을 동그랗게 뜨고 팀의 얼굴을 쳐다보았다.

"놀랍네. 너, 초능력자였어?"

"이런 바보자식!"

팀의 일갈에 잭은 다시 두 귀를 틀어막았다.

"아직도 모르겠어? 이 시합은 4대 메이저의 하나인 US오픈 최종 예선이야! 오늘이 대회 마지막 날이고, 넌 지금 마지막 18번 홀까지 와서 7언더파야! 1위와 2타 차로 공동 5위라고! 이대로 파로 홀아웃하면 상위 스무 명 안에 드는 것은 분명하잖아! 다시 말해서 꿈에 그리던 US오픈 출전이 확정된단 말이다!"

"물론 알지."

잭이 얌전한 얼굴로 대답했다.

"아니! 네 얼굴은 아무것도 모르는 얼굴이야."

팀의 분노는 전혀 수그러들 줄 몰랐다.

---

* 이글(eagle): 1홀에서 기준 타수보다 2타 적게 넣는 것.

"잊었냐? 네놈의 그 태평한 기질 때문에 지난달 1차 예선에서 하마터면 탈락할 뻔했잖아. 그 시합도 최종일 17번 아일랜드 그린 파3에서 그 짓을 해놓고!"

"17번 파3? 아하."

잭은 잠깐 생각하다가 환한 얼굴로 고개를 끄덕였다.

"그 스킵샷 말이야?"

"그래!"

이제 팀의 목소리에는 비명이 섞이기 시작했다.

"7위까지 통과하는 시합에서 넌 그때 1위와 1타 차로 공동 2위였어! 그대로만 가면 예선을 쉽게 통과할 수 있었는데, 최종일 17번, 18번 홀까지 가서 왜 굳이 그런 곡예를 시도하느냔 말이야! 아니나 다를까, 아일랜드 턱에 떨어져 물로 퐁당! 그래서 더블보기! 끝나고 보니 공동 7위! 세 선수가 연장전을 벌이는 꼴이라니, 뭔 소린지 모르겠어? 가까스로 연장전을 통과했기에 망정이지!"

펄펄 뛰며 분개하는 팀에게 잭이 달래는 투로 말했다.

"그 상황에서는, 팀, 그게 제일 재미있는 샷이었어."

"뭐라고?"

"아냐, 아무것도."

잭은 헛기침을 한번 하고 나서 내처 말했다.

"그 상황에서 버디를 노리려면 그게 최선의 선택이었어. 그 원형 아일랜드 그린은 고약하게도 볼록렌즈처럼 생긴 데다 전체가 연못 쪽으로 기울어 있었고, 주변의 러프는 공을 잡아주지 못할 만큼 짧게 깎여 있었어. 게다가 내가 티잉 그라운드에 섰을 때는 좌후방에서 강한 바람이 불고 있었고. 컵은 그린 오른쪽 끝에 있었어."

"그래서?"

"페이드 볼*을 치면 공은 잘 멈추지. 하지만 그 강풍 때문에 공중에서 얼마나 흐를지 알 수 없었어. 드로 볼†로 바람과 싸우면 라인은 내기 쉬워도 떨어진 뒤에 어디까지 굴러갈지 알 수 없어."

"스트레이트 볼로 그린 한복판에 확실하게 올리면 되잖아."

"그야, 올리는 건 올리는 건데……."

뭔가 할 말이 남은 듯한 잭의 얼굴을 보며 팀이 팔짱을 꼈다.

"올리기만 해서는 잘해야 파니까 재미없다고 생각했지? 버디를 노리고 싶었지? 그래서 스킵샷을 했지?"

"바로 그거야!"

잭은 반가운 듯 손짓 몸짓 섞어가며 설명하기 시작했다.

"이미지는 완벽했어. 공을 과감하게 오른쪽에 놓고 3번 아이언을 짧게 잡고 낮게 때리면 공이 피피픽 수면을 튀어서 통, 하고 그린에 부드럽게 떨어지지. 그리고 백스핀 때문에 파바박 감속하지. 그리고 스핀이 풀리면서 핀 옆에 딱 멈추는 거야!"

"붙이지 못했잖아!"

"못 붙였지."

---

* 페이드 볼(fade ball): 공이 떨어지기 직전 속도가 약해지면서 오른쪽으로 휘는 것.
† 드로 볼(draw ball): 공이 떨어지기 직전 속도가 약해지면서 왼쪽으로 휘는 것.

"연못에 빠졌잖아!"

"빠졌지."

잭은 작게 한숨을 내쉬고 혼잣말처럼 중얼거렸다.

"물수제비 샷을 더 연습해야겠어."

"지금 장난하냐?"

팀의 분노가 다시 폭발했다.

"뭐가 피피픽이야! 물수제비 샷 연습할 시간이 있으면 이기는 골프란 게 어떤 건지나 생각해봐! 왜 너는 모든 골프장의 모든 시합마다 매 홀 매 홀 바보처럼 버디만 노리냐고. US오픈에 나가고 싶지 않아?"

잭은 타이르듯 팀에게 반론을 펼쳤다.

"팀, 내가 말했잖아. 당연히 US오픈에 나가고 싶지만, 매 홀마다 이글이나 버디를 잡는 게 나의 궁극적 목표라고."

"그런 멍청한 골프가 어딨어?"

"하지만 갤러리도 좋아했잖아."

"갤러리가 좋아하면 다냐? 너 프로골퍼 맞아? 아니면 코미디언이냐? 도대체 어느 쪽이야?"

팀은 캐디백에서 클럽을 하나 뽑아 잭에게 그립을 쑥 내밀었다.

"자!"

7번 아이언이었다.

"세컨드 샷은 이걸로 뒤쪽 페어웨이로 내보내. 그리고 서드 샷은 핀까지 딱 100야드 되는 자리에 보내는 거야. 그리고 포스 샷은."

잭이 팀의 말을 이어서 노래하듯 읊었다.

"어프로치웨지로, 안전하게 그린 한복판을 노려, 스핀이 너무 걸리지 않게 가볍게 쳐서, 4온 2퍼트 보기로 끝내면, 아마 10위 전후로 US오픈 출전권을 딴다네."

"잘 아네. 어서 받아!"

잭은 팀이 내민 7번 아이언을 서글픈 얼굴로 쳐다보며 작게 속삭였다.

"쪼잔하긴."

팀의 얼굴이 한순간 벌겋게 달아올랐다.

"이놈이 진짜!"

이 소동을 눈치채고 갤러리가 숲속으로 모여들었다.

"이봐! 인디언 코미디가 또 시작되나 봐."

"오, 슬슬 시작할 때가 됐다 싶었지."

"나는 스타트 홀에서 저 친구들이 대판 싸우는 걸 보고 너무 재밌어서 내내 따라다니고 있다고."

"어이, 캐디, 파트너가 통 말을 듣지 않나 봐? 어쩌나."

야유와 박수가 날아들었다. 잭과 팀의 하얀 헌팅캡에 자수된 것은 메이저리그 프로야구단 클리블랜드 인디언스의 마크를 닮은 귀여운 인디언 얼굴 일러스트였다.

아메리카 인디언, 혹은 인디언이라는 단어가 인종차별적인 단어라고 할 수 없다는 사실은 이렇게 프로야구단 이름으로 쓰이는 사례에서도 드러난다. 게다가 네이티브 아메리칸이라는 말이 적절한 대안이라고 할 수도 없다. 왜냐하면 네이티브 아메리칸이라고 하면 인디언 외에도 사모아인 · 미크로네시아인 · 하와이인 · 이누이트 등 미국에 거주하는 원주민 전체가 그에 속하기 때문이다.

가령 인디언 권리운동단체 가운데 하나인 '아메리카인디언운동'은 네이티브 아메리칸이라는 호칭을 거부하고, 1977년 스위스에서 열린 '유엔원주민회의'에서 '우리 민족의 이름은 인디언이다'라는 결의를 공식적으로 표명했다.

사실 원주민으로서는 외부에서 자신들을 뭐라고 부르든 크게 문제 삼지 않을지도 모른다. 그들에게는 스스로 불러온 부족명이 있기에.

잭은 만족스럽게 주위를 둘러보고 재판정에서 선서하는 증인처럼 오른손을 들고 엄숙한 목소리로 말했다.

"하우!"

갤러리들 사이에서 와락 폭소와 박수가 터졌다.

"하우는 또 뭐야? 정말……."

팀은 커다란 오른손으로 얼굴을 가리며 투덜거렸다. 그러자 잭이 팀을 돌아보았다.

"이봐, 팀, 영화에서 인디언이 백인에게 인사할 때 왜 '하우'라고 하는지 알아? 백인이 '하우 아 유', '하우 두 유 두'라고 말하는 것을 듣고 '하우'라는 의문사를 인사말이라고 생각했기 때문이야."

"그런 인디언 잡상식은 전혀 궁금하지 않아!"

팀은 진저리가 난다는 듯 자기가 쓴 헌팅캡을 손가락으로 툭툭

쳐댔다.

"우리가 나란히 이런 웃기는 모자를 쓰고 다니니까 갤러리들이 비웃는 거라고! 이제 너도 적당히 어디 클럽 제조사와 스폰서 계약을 맺고 로고가 들어간 모자를 쓰는 게 어때?"

"그건 너도 처음부터 확실히 양해했던 문제잖아."

"그건 그렇지만."

아아, 왜 나는 지금 여기서 이런 엉터리 같은 놈의 캐디백을 메고 있을까?

팀이 맥없이 고개를 떨어뜨리자 모자의 깃털 장식이 바르르 흔들렸다.

"안녕, 나랑 같이 US오픈에 나가보지 않을래?"

그것이 잭의 첫 마디였다.

불과 4개월 전인 올해 1월이었다. 장소는 오클라호마 주, '윈터 오아시스 투어'라는 미니투어의 첫 경기가 열리는 골프장 클럽하우스에서였다. 사흘간 치러지는 경기의 이틀째가 끝난 뒤 팀이 라커룸 의자에 멍하니 앉아 있는데 젊은 남자가 불쑥 말을 걸어온 것이다.

"누구시죠?"

팀이 귀찮다는 표정으로 고개를 들었다.

"잭 아키라 그린필드라고 해. 올해부터 이 투어에 참가하게 됐어. 잘 부탁해!"

잭은 벙글벙글 미소를 지으며 팀에게 오른손을 내밀었다.

미들네임을 보아하니 일본계인가? 나이는 아마 20대 초반, 키는 175센티미터 전후. 날씬하지만 탄력이 좋아 보이는 단단한 몸을 가지고 있다. 살짝 웨이브가 있는 갈색머리, 같은 색 눈동자, 콧날이 쪽 고르고 어딘지 여성적인 인상도 풍긴다. 대학 연극영화과를 막 졸업한 배우 지망생이라고 해도 통할 듯하다.

팀이 당황하며 마지못해 악수에 응했다.

"티모시 브루스. 팀이라고 불러."

27세인 팀은 키가 195센티미터, 잭과는 대조적으로 듬직한 근육질 체구여서 골퍼라기보다 미식축구 선수라고 해야 실상에 가깝다. 금발을 군인처럼 짧게 쳤다.

"알아. 오늘 내내 네 바로 뒤 조에서 플레이했으니까."

"그래? 근데 나한테 무슨 볼일이지?"

잭은 문득 표정이 심각해졌다.

"US오픈에 같이 나가자고."

"US오픈이라면 4대 메이저 가운데 하나인 그거?"

"그래!"

잭은 꿈꾸는 표정으로 라커룸 천장을 향해 두 팔을 쳐들었다.

"너도 작년에 PGA챔피언십에서 닉 로빈슨이 장렬하게 사투를 벌이는 걸 봤겠지? 여러 기록을 갈아치운 극적인 우승! 무엇보다 중요한 건 54세의 나이로 그런 끝내주는 플레이를 보여주었다는 거야. 나이가 믿어지지 않는 그 비거리! 완벽한 스윙! 정교한 테크 닉! 강인한 마인드! 그리고 눈부신 후광!"

잭은 두 팔을 내리고 허리를 구부려 팀에게 얼굴을 가까이 댔다.

"사상 최강의 골퍼지. 그렇게 생각하지 않아?"

"당연하지. 더 말해 뭐 해?"

팀이 얼굴을 뒤로 빼며 고개를 끄덕이자, 잭은 다시 꼿꼿이 서서 양손을 꼭 마주 잡고 눈빛을 반짝이며 포부를 쏟아냈다.

"닉 로빈슨의 마지막 시합 무대였던 유난히 어렵기로 소문난 홀리파인힐 골프코스에서 올해 US오픈이 열려. 그래서 나도 도전해 보고 싶은 거야. 내가 목표로 하는 이상적인 골프를 완성하기 위해서. 그리고 기왕 나가는 거니까 꼭 우승하고 싶어!"

팀은 어깨를 떨어뜨리고 깊은 한숨을 내쉬었다.

오늘은 정말 재수가 없다. 프로골퍼 생활 5년차. 이번만큼은 최소한 하부 투어로 승격하자고 각오하고 올해 처음으로 출전한 미니투어였는데, 첫 게임에서 보기 좋게 예선 탈락을 한 데다 크게 낙담해 있던 차에 이런 과대망상증 환자를 만난 것이다.

US오픈은 1895년 이래 한 세기가 넘는 역사를 자랑하는 대회이다. 주최는 미국골프협회, 운영은 PGA투어, 세계 4대 메이저 가운데 하나로 꼽힌다. 상금 총액은 950만 달러, 우승자에게 은제 트로피와 상금 162만 달러를 준다.

출전하려면 과거 메이저대회 우승자이거나 세계 랭킹 50위 이내 등 엄격한 조건을 충족해야 한다. 그러나 오픈, 즉 공개된 게임이라는 명칭이 말해주듯이 전 세계에서 치러지는 예선을 통과하면 누구나 출전할 수 있다.

다만 그 예선이 치열하기 짝이 없다. 유럽·아시아·일본·호주·남아프리카 등 세계 각지의 투어 프로나, 프로 시합에도 출전할 만한 핸디캡 1.4 이하의 일급 아마추어들이 참가하기 때문이다.

결국 US오픈은 그야말로 그해 '세계 최강의 골퍼'를 결정하는 빅게임인 것이다. 그래서 팀이나 잭 같은 미니투어 레벨의 선수들이 예선을 통과해서 출전할 가능성은 거의 제로에 가깝다. 하물며 우승 가능성이야 더 말할 것도 없었다.

팀은 벤치에서 일어섰다. 그리고 자기 라커에 있는 짐을 모두 꺼내 가방에 쑤셔 넣기 시작했다. 나이가 들 만큼 들어서도 이렇게 대책 없이 순진한 놈이라면 얼른 쫓아버리는 게 상책이다.

"미안하지만 나 바쁘거든. 그 대단한 아메리칸드림은 시간이 남아도는 놈한테나 들려주지그래."

"바쁘다고?"

잭이 놀라서 눈을 동그랗게 떴다.

"멍 때리고 앉아 있는 것 같던데?"

팀은 짐을 정리하던 손을 멈추고 천천히 뒤를 돌아보았다. 이 자식이 지금 시비를 거나? 째려보는 팀의 눈초리에도 개의치 않고 잭은 어두운 표정으로 계속 말했다.

"실은 이번 주에 예약했던 캐디가 갑자기 사라져버려서 말이야. 그래서 너한테 내일부터 내 캐디를 맡아달라고 부탁하려고 했는데."

그때까지만 해도 팀은 잭의 캐디가 사라진 이유가 잭에게 있다는 사실을 알아차리지 못했다.

"어, 그래? 그런데 왜 하필 나한테 캐디를?"

팀이 묻자 잭은 반가운 얼굴로 이렇게 대답했다.

"너는 이 시합에서 예선 탈락이 확정됐잖아. 내일은 한가하지?"

팀은 욱하고 폭발했다. 눈앞에 있는 이 까불거리는 곱상한 놈이 다시는 재수 없는 소리를 지껄이지 못하게 앞니를 몽땅 부러뜨려서 위장에 처넣어주고 싶었다. 팀은 주먹을 불끈 쥐고 활시위라도 당기듯 오른팔을 천천히 뒤로 움직였다.

그때 잭이 집게손가락을 팀의 얼굴 앞으로 쓱 내밀었다.

"드라이버야!"

허를 찔린 팀이 오른팔 동작을 뚝 멈췄다.

"어, 뭐?"

"너는 드라이버 쓰는 걸 두려워해. 스윙을 이렇게 저렇게 바꿔가며 궁리하다가 드라이버 쓰는 방법을 완전히 까먹어버렸어. 오늘도 그 탓에 스코어가 무너져 예선 탈락을 먹은 거야. 맞지? 내가 바로 뒤에서 죽 지켜봐서 잘 알아."

팀의 주먹이 허공에서 멈춘 채 부들부들 떨렸다.

잭의 말이 맞다. 드라이버를 제대로 쓰지 못했다.

전에는 아무 생각 없이 기분 좋게 드라이버를 휘두르면 공이 똑바로 날아갔고 비거리도 괜찮았다. 그런데 프로 시합에 출전하자 정확성을 높이고 비거리를 늘리려고 하다가 시행착오를 겪기 시작했다.

뜻대로 되지 않았다. 그가 원하는 이상적인 스윙은 사막의 신기루처럼 완성됐다 싶으면 어느새 사라져 다시 아득히 먼 곳에서 아른거리며 자신에게 손짓했다. 이리저리 궁리하는 가운데 팀은 자기 스윙 감각을 완전히 잃어버렸다. 드라이버를 어느 쪽으로 어떻게 들어 올려야 하는지조차 알 수 없게 되었다. 입스라고 해도 좋았다. 입스란 왕년의 프로골퍼 토미 아머가 처음 한 말인데, 긴장하면 손을 움직이지 못하는 증상을 말한다. 퍼터 입스라면 어깨 회전으로 치는 긴 퍼터를 택하는 등의 대처법이 있다. 하지만 드라이버 입스는 어떻게 대처해야 하는지 전혀 알 수 없었다.

"그, 그래서 뭐, 뭐가 어쨌다는 거야?"

주먹을 쳐든 채 간신히 허세를 놓지 않는 팀에게 잭이 참신한 제안을 했다.

"내가 고쳐줄게. 그래, 10분만 시간 낼 수 있어?"

팀은 어이없다는 듯 잭의 얼굴을 쳐다보았다. 어느새 오른손은 맥없이 떨어져 있었다. 그는 혼란에 빠진 머리로 생각을 정리하려고 애썼다.

나의 고질병 드라이버 입스를 고쳐주겠다고? 이놈이 정말 그럴 수 있을까? 그럴 리가 없잖아. US오픈에서 우승하겠다고 허풍떠는 놈 아닌가. 당연히 이것도 허풍일 것이다. 유명한 프로코치도 아닌 새파란 애송이가 나의 중증 입스를 단 10분 안에 고쳐놓겠다니, 그런 엄청난 일이 있을 리 없다.

'그렇지만…….'

혹시, 만에 하나, 어쩌면, 만약에, 소 뒷걸음치다 쥐 잡듯이 진짜로 고칠 수 있다면…….

"자, 연습장으로 가지!"

잭은 그렇게 말하고 팀에게 등을 돌린 채 의기양양하게 걷기 시작했다.

팀은 망설였다. 하지만 이 이상한 놈이 어떻게 나올지 궁금해지는 것을 어쩌지 못했다.

'그래. 만약 허풍이면 그때는 진짜 저 까불거리는 곱상한 면상을 라이트 스트레이트로 묵사발을 내주자.'

팀은 분노를 억누르며 잭을 따라갔다.

연습장에는 예선을 통과한 선수 몇 명이 남아 스윙을 점검하고 있었다. 잭은 그들 뒤쪽으로 서둘러 걸어갔다.

잭은 20석쯤 늘어선 타석의 중간쯤에서 멈췄다. 그리고 공이 열몇 개 들어 있는 바구니를 바닥에 내려놓고 팀을 그 앞 타석에 서라고 손짓했다. 팀은 그렇게 눈에 잘 띄는 타석에는 서고 싶지 않았지만, 하는 수 없이 그 타석 앞에 자기 캐디백을 쿵 소리 나게 세워놓았다.

"그럼 바로 드라이버로 쳐볼까?"

잭이 팀을 재촉했다.

팀은 캐디백에서 드라이버를 뽑아 헤드커버를 벗기고 타석에 들어가 공을 롱 티에 얹었다. 그리고 드라이버를 잡고 왜글을 어정쩡하게 몇 차례 해본 뒤 마침내 백스윙에 들어갔다. 커다란 체구에 어울리지 않게 오그라든 인상의 백스윙이었다.

탁, 하는 가벼운 소리가 울렸다. 공은 실을 끌고 나아가듯 중탄도로 곧게 날아가 270야드쯤 되는 곳에 떨어져 조금 구르다가 멈췄다.

'다행히 똑바로 날아갔네.'

팀은 내심 가슴을 쓸어내렸다.

"그런 스윙이었군."

뒤를 돌아다보는 팀에게 잭은 미간을 찡그리며 고개를 좌우로 가로저었다.

"상당히 조심스럽네. 그건 네가 본래 갖고 있던 스윙이 아닐 거야. 좀 더 과감하게 쳐야 해."

"어, 응."

팀은 두 번째 공을 티에 얹었다. 잠시 주저했지만 곧 될 대로 되라는 듯 숨을 크게 내쉬었다. 그리고 방금 전과는 전혀 다르게 커다란 폼으로 드라이버를 오른쪽으로 쳐들어 탑 위치까지 갔다가 혼신의 힘으로 풀스윙을 했다.

딱, 하는 야무진 소리가 났다. 맹렬한 헤드 스피드에 튕겨져 나간 공이 하늘 높이 날아올랐다. 그러나 오른쪽으로 많이 흘러버렸다. 공은 점점 오른쪽으로 벗어나 그대로 레인지 오른쪽 펜스 밖으로 사라졌다. 코스였다면 OB가 분명해서 1벌타 먹고 다시 쳐야 했을 것이다.

젠장, 역시 엉망이군, 팀은 길게 한숨을 지었다.

"그거야!"

잭이 만족스럽게 고개를 끄덕였다.

"좋은 스윙이야. 비거리도 아주 좋아. 똑바로 날아가기만 했다면."

"샤프트*가 좀 물러서."

팀은 세 번째 공을 티업하자 다시 크고 호쾌한 폼으로 드라이버를 휘둘렀다. 이번에는 공이 왼쪽으로 낮게 날아가 그대로 좌 커브를 그리며 연습장 왼쪽 밖으로 사라졌다.

"첫, 너무 힘이 들어가버렸네."

네 번째 공을 티업하려고 하는 팀에게 잭이 말했다.

"그만 됐어."

팀이 고개를 떨어뜨리며 맥없이 자세를 풀었다.

그에게 잭이 다가섰다.

"아무 생각 없이 치면 푸시 아웃 슬라이스†. 그게 싫어서 손목을 꺾으면 훅‡. 무서워서 풀스윙을 못 하고 갖다 맞추기만 하니까 거리가 안 나오지. 그러므로 필연적으로 세컨드 샷은 긴 거리를 남

---

* 샤프트(shaft): 클럽의 손잡이 부분.

† 푸시 아웃 슬라이스(push out slice): 공이 오른쪽으로 출발해 더 오른쪽으로 휘는 구질.

‡ 훅(hook): 시계 반대 방향으로 도는 공의 회전으로, 공이 오른쪽에서 왼쪽으로 휘어지는 구질.

기게 돼. 그럼 긴 클럽을 잡지 않을 수 없고, 정밀도는 더욱 나빠져 그린을 노리지 못하지. 어프로치 연습에 시간을 쓰고는 있지만 파는 건져도 버디는 좀처럼 못 해. 그러니까 스코어가 늘지 않는 거야. 하루 이틀은 견딜 수 있지만 조만간 무너지게 돼."

잭의 말은 다 사실이었다. 팀은 굴욕감에 말없이 어금니를 물었다.

잭이 간단히 이야기를 마무리했다.

"하지만 낙담할 거 없어. 너는 이제 곧 300야드를 칠 수 있게 될 거야."

"저, 정말?"

팀의 눈이 휘둥그레졌다.

"만약, 만약 그렇게만 된다면, 나는……."

'악마에게 영혼이라도 팔겠어.'

팀은 농담이 아니라 진심으로 그렇게 생각했다.

"그럼 내 말대로 해볼래?"

잭은 씽긋 웃고 자신의 테일러드 재킷을 벗기 시작했다.

팀은 수치심에 얼굴이 뜨거워졌다. 주위 사람들이 모두 자기를 쳐다보며 웃는 것 같았다.

"이, 이봐, 정말 이 복장으로 치라는 거야?"

팀이 간신히 고개만 약간 돌려 쳐다보자 잭이 만족스럽게 대답했다.

"그렇다니까! 아주 잘 어울리는걸."

잭이 팀에게 요구한 것은 '내 재킷을 입고 칠 것'이었다.

잭은 아무리 봐도 175센티미터밖에 안 되는 호리호리한 남자이다. 하지만 팀은 195센티미터에 상당한 근육질이다. 잭에게는 조금 큰 사이즈였는지, 팀도 가까스로 소매에 팔을 끼울 수 있었다. 하지만 꽉 끼고 기장도 소매 길이도 깡똥해서 조금만 힘을 줘도 어딘가 뿌드득 터져버릴 것 같았다.

'이놈한테 희롱당하고 있는 건 아닐까?'

점점 더 불안해지는 팀에게 잭이 말했다.

"내 재킷이 터지지 않게 스윙해줘. 그게 가장 중요해."

"이, 이렇게 꽉 끼는 재킷을 입고?"

"그래. 알았지? 그 재킷을 입고 샷을 하려면 양 팔꿈치 안쪽을 위로 향하게 하고 양팔을 몸통에 붙인 채 오른쪽으로 회전시켜야 해. 안 그러면 재킷을 찢지 않고는 클럽을 쳐들 수도 없을 거야."

팀은 스윙을 한번 해보았다. 그러자 신기하게도 양팔이 몸에 밀착되어 클럽이 매끄럽게 올라갔다.

"어, 진짜네."

"자, 다음은 그립이야. 너는 훅 그립이던데, 확실하게 위크로 잡아줘."

"뭐?"

훅 그립이란 클럽을 살짝 오른쪽에서 잡는 것으로 요즘 주류를 이루는 그립 방식이다. 이에 반해 위크 그립이란 클럽을 바로 위에서 잡는 듯한 방식으로, 훅을 방지하기 위한 그립이라고 한다. 즉 슬라이스 경향이 있는 사람이 위크 그립으로 쥐면 슬라이스가 더 심해질 것이다.

그러나 책이 시키는 대로 하겠다고 말한 이상 그대로 해보는 수밖에 없었다.

"이, 이렇게?"

"그래, 그 정도면 좋아. 그리고 톱 말인데, 왼쪽 손목이 손등 쪽으로 꺾이도록 최대한 콕하는 거야. 왼쪽 손목을 그렇게 젖히면 오른쪽 손목은 필연적으로 손바닥 쪽으로 구부러지겠지. 톱에서는 양 손목을 그렇게 과감하고 깊게 콕해줘."

"어, 어?"

팀은 자기 귀를 의심했다.

왼쪽 손목은 절대로 손등 쪽으로 꺾지 말고 오른쪽 손목은 손등 쪽으로 꺾는다. 이것이 현대 골프 스윙의 철칙이다. 그러나 책은 정반대로 하라고 한다. 그렇게 하면 헤드가 열려 공이 오른쪽으로 더 크게 흘러버리지 않을까?

팀의 곤혹스러움에 아랑곳없이 책은 이렇게 말했다.

"마지막으로 왼쪽 손목을 손등 쪽으로 꺾은 채 내려서 공 바로 앞을 페이스로 문지르듯 힘껏 휘두르는 거야. 부웅! 그러면 돼."

"어, 어?"

그것은 공을 오른쪽으로 보내고 싶어 일부러 슬라이스를 만들 때 쓰는 방식이다.

결국 팀은 울상을 지으며 뒤를 돌아보았다.

"이봐, 잭! 나는 평소대로 쳐도 공이 멋대로 오른쪽으로 흘러. 그런 내가 위크 그립에, 왼쪽 손목을 손등 쪽으로 콕해서 공 바로 앞을 스치듯이 친다면……."

틀림없이 공은 돌이킬 수 없이 오른쪽으로 크게 흘러 OB 말뚝을 한참 벗어나 사라질 것이다. 그것이 골프 스윙의 상식이다. 그럼에도 잭은 슬라이스 동작 요소를 세 가지나 넣어서 치라고 말한다. 더구나 움직이기가 너무나 어려운 꽉 끼는 재킷을 입고.

팀은 생각했다. 분명히 나는 악마에게 영혼을 팔아도 좋다고 생각했다. 혹시 이놈이 바로 악마가 아닐까?

잭이 태연한 표정으로 재촉했다.

"됐으니까 일단 해봐. 속는 셈 치고."

"이미 속았다고 생각하고 있어."

이젠 나도 모르겠다. 될 대로 되라지…….

팀은 양 팔꿈치 안쪽을 위로 향하게 하고 셋업을 하고는 옷이 터지지 않도록 양팔을 우회전시키며 백스윙에 들어갔다. 그리고 톱에서는 왼쪽 손목을 손등 쪽으로 한껏 젖히고, 그 각도가 달라지지 않도록 한 채 공 바로 앞을 페이스로 문지른다 상상하고 붕 하고 단숨에 드라이버를 휘둘렀다.

그 순간.

공이 사라졌네?

팀은 그렇게 생각했다. 손에 아무런 감촉도 남지 않았던 것이다.

얼른 앞쪽을 보았지만 날아가고 있을 공은 어디에도 보이지 않았다. 설마 헛스윙을? 팀은 초조해져 티를 내려다보았다. 그러나 거기에도 공은 없었다.

"훌륭해!"

잭이 기쁜 목소리로 외쳤다. 그는 왼손으로 손차양을 하고 앞쪽 하늘을 올려다보고 있었다. 어리둥절해진 팀도 그의 시선을 따라갔다.

하얀 공이 파란 하늘의, 예상도 못 한 높은 지점에 떠 있었다. 그리고 금세 작아져 어느새 시야에서 사라졌다.

몇 초 뒤 300야드 표식 훨씬 너머에서 툭 하고 납덩어리 떨어지는 묵직한 소리가 났다. 팀의 공이 떨어지며 튀어 오르는 소리였다. 공은 여러 번 튀면서 굴러가 연습장 안쪽 펜스에 부딪치고 나서야 멎었다.

그 펜스에 페인트로 350이라는 숫자가 적혀 있었다.

"뭐, 뭐야……?"

자기가 지금까지 해본 적이 없는 빅 드라이버샷을 해냈다는 것을 알았다. 팀은 기쁨이 아니라 공포에 가까운 불안에 사로잡혔다. 그것은 한 번도 체험해보지 못한 상황에 처했을 때의 반응이었다.

"이런 괴물 같으니! 400야드 가까이 날아갔잖아? 그야말로 에어메일*이네!"

어이없다는 잭의 목소리에 팀은 제정신으로 돌아왔다. 그리고

---

* 실수한 드라이버샷으로 공이 엉뚱한 곳으로 날아간 경우를 빗댄 골프 농담.

잭을 돌아보며 자기 오른손을 힘차게 뻗어 공이 떨어진 방향을 가리켰다.

"이, 이봐! 지, 지금, 지금 그거……."

그 바람에 재킷 오른쪽 옆구리가 투두둑 소리를 내며 터졌다.

잭이 낭패한 목소리로 외쳤다.

"아아, 한 벌밖에 없는 내 재킷."

"지금 재킷이 문제야? 말해봐, 대체 지금 무슨 일이 벌어진 거지?"

잭은 당연하다는 듯 대답했다.

"너는 지금 '골프 스윙의 진리'를 한순간 맛본 거야."

"골프, 스윙의, 진리?"

팀이 헛소리처럼 중얼거렸다.

"그래!"

잭이 흐뭇한 표정으로 설명을 시작했다.

"꽉 끼는 옷을 입고 슬라이스가 나올 동작을 세 가지나 보탰는데도 슬라이스는커녕 공이 똑바로 날아갔잖아. 더구나 지금까지 겪어본 적도 없는 장거리를. 신기하지? 실은 여기에 골프 스윙의 비밀이 있어. 골프 스윙의 진리는 골프 상식이나 이론과는 완전히 동떨어진 곳에 있어."

그는 고개를 살짝 틀고 말을 계속했다.

"그럼 내 재킷을 입힌 이유만 말해줄까? 골프클럽이 왜 이렇게 묘하게 생겼는지 알아? 왜 공을 치기 힘들게 중심이 어긋나 있을까?"

골프클럽? 팀은 다시 혼란에 빠졌다. 골프클럽 형태와 이놈의 싸구려 재킷이 무슨 관계란 말인가?

"영국에서 골프가 탄생한 수백 년 전, 영국인들은 지금의 너처럼 답답하도록 꽉 끼는 재킷을 입고 골프를 쳤어. 추운 나라에 사는 신사들의 스포츠였으니까. 그래서 골프클럽은 그 신사들이 상의를 망가뜨리지 않고 공을 정확하고 멀리 날릴 수 있도록 이런 형태로 만들어졌지."

팀은 손에 든 드라이버를 자신도 모르게 살펴보았다. 골프클럽은 왜 이렇게 생겼을까? 프로골퍼라지만 한 번도 품어본 적이 없는 의문이었다.

"그, 그건 그렇다 치고, 위크 그립으로 잡고, 왼쪽 손목을 손등 쪽으로 꺾고, 공 바로 앞을 스치듯이 치고 하는 것은 전부 슬라이스가 나는 동작이니까 하지 말라고 하는 것들인데."

"다들 골프 스윙의 진리를 모르는 거지."

잭은 별것 아니라는 투로 말했다.

"동서고금에 골프 스윙 이론은 산더미처럼 많지만, 실은 대부분 이론이라고 할 만한 것이 못 돼. 경험에 기초한 요령이거나 이미지를 이용한 비유, 혹은 결과론에 불과해."

잭이 갑자기 허공을 날카롭게 노려보며 도도하게 열변을 토하기 시작했다.

"스윙 이론이라면 골프클럽의 특수한 구조, 그것을 살리는 팔 동작, 특히 좌우 팔 각각의 동작을 물리학과 인간공학이란 측면에서 밝혀주는 것이어야 해. 다리나 허리 동작 같은 것은 그립을 바르게 하고 손과 팔을 바르게 움직이면 필연적으로 잘되는 것이지, 다리나 허리를 바르게 움직인다고 공을 바르게 칠 수 있는 것은 아냐. 심지어 스윙 자세를 뒤에서 녹화해서 클럽이 어디를 통과했다는 둥 페이스 여는 각도가 몇 도라는 둥 모니터에 선까지 그어가며 가르치던데, 그것은 훌라댄스를 가르치는 것처럼 결과적으로 그렇게 나온 형태를 그대로 흉내나 내라고 가르치는 것일 뿐이지. 오히려 항상 제삼자의 점검을 필요로 하는 상황을 만들어버리는 참으로 어리석은…….”

“자, 잠깐 한마디…….”

어쩔어쩔 현기증을 느낀 팀이 잭의 연설에 끼어들었다.

“그러니까 이런 얘기야? 네가 ‘골프 스윙의 진리’란 것을 발견했다, 그런 말을 하려는 거야?”

“그렇지!”

잭은 환한 얼굴로 고개를 끄덕였다.

“작년에 골프에 입문하고 1년 가까이 지났지만.”

“1년?”

팀은 머리를 세게 얻어맞은 것처럼 충격을 받았다.

“너, 골프 시작한 지 겨우 1년도 안 됐다는 거냐?”

믿을 수 없었다. 컴퓨터회사가 주최하는 이 투어는 우승상금이, 미니투어로서는 이례적으로 자그마치 2만 달러나 걸려 있어서

PGA투어로 가는 등용문으로 알려져 있다. 잭은 이 투어에 올해 처음으로 참가하여 단번에 예선을 통과한 것이다.

팀은 일곱 살 때 아버지에게 골프를 배우기 시작했으므로 주니어 시절을 포함하면 벌써 20년이 되었다. 그래도 예선을 통과하지 못했는데.

"대, 대체 어떻게 하면 그렇게 잠깐 사이에?"

팀이 저도 모르게 중얼거렸다. 눈앞에 있는 곱상한 사내는 아무리 좋게 봐주려 해도 운동신경이 특출해 보이지 않았고 힘든 트레이닝을 거듭해온 사람처럼 보이지도 않았다. 팀만 해도 팔굽혀펴기 백 번, 복근 백 번, 스쿼트 백 번을 일과로 삼고 있는데.

"'이게타'야."

처음 들어보는 단어를 잭이 말했다.

"이, 이게타……? 그게 뭔데? 일본어인가?"

"그래! 일본어로는 이게타井桁 이론, 영어로 하면 패럴렐 크로스 메소드Parallel cross method. 일본에 옛날부터 전해 내려오는 신체 동작의 원리지. 일본인 할아버지에게 배워서 일본 전통 무술을 조금 아는데, 어느 날 문득 골프 스윙은 단순한 지렛대원리가 아니라 지점과 역점이 매끄럽게 위치를 바꿔나가는 이게타 동작이라는 것을 깨달은 거지! 남은 문제는 그것을 이론화하는 것뿐이었어."

이 역시 무슨 소리인지 전혀 이해할 수 없었지만, 일본 전통 무술이 골프와 모종의 관계가 있으리라는 정도는 팀도 이해할 수 있었다.

"음, 그게, 유도라든지 가라테라든지 닌자라든지, 그런……."

"그렇지! 너, 잘 아는구나. 이게타 동작에 의해 클럽헤드는 회전과 함께 옆으로 이동하고, 그 결과 임팩트가 점에서 선으로……."

잭은 안타깝다는 듯 말을 끊고 팀에게 얼굴을 쓱 디밀었다.

"네가 올해 US오픈이 끝날 때까지 내 캐디로 일해주면 내가 알아낸 골프 스윙의 진리를 전부 가르쳐주지. 어때?"

골프 스윙의 진리…….

그런 게 정말 있을까? 마치 인터넷에서 흔히 볼 수 있는 수상쩍은 골프 강좌 같다. 그러나 실제로 잭은 불과 1년 만에 프로 시합 예선을 통과할 정도로 실력이 좋아졌다고 하지 않는가?

"하, 하지만, 엄청 어려운 이론이겠지?"

"간단한 거야. 누구라도 금방 이해할 수 있어."

"누구라도? 어린애도 늙은이도?"

"그럼! 진리라는 건 원래 단순한 거야."

이자가 허풍쟁이에 허언증 환자에 사기꾼에 야바위꾼에 협잡꾼이라고 해도……. 팀은 필사적으로 머리를 굴렸다.

사실 내가 뭘 빼앗길 일도 없지 않은가? 게다가 이대로 미니투어에 계속 출전해봐야 어차피 예선 탈락의 연속일 테니까 참가비만 계속 날리게 될 것이다. 솔직히 말해서 지금도 거의 바닥난 상태다. 그래, 잠깐 아르바이트 삼아 이놈 캐디 노릇을 하는 거라고 생각하면 된다. 밑져야 본전 아닌가?

팀은 작심했다.

"올해 US오픈이 끝날 때까지야. 캐디피는 네가 주는 대로 받지."

"좋아! 그럼 계약한 거다."

잭은 씽긋 웃고 오른손을 내밀었다. 팀이 그 손을 잡으려는 순간 갑자기 잭이 얼른 손을 거두어들였다.

"아, 하나 깜빡했다. 혹시 너, 어느 제약회사나 약국이나 드럭스토어와 스폰서 계약한 거 있어?"

"스폰서라니, 나한테 그런 게 있을 리 없잖아."

"잘됐군! 그럼 이거."

잭은 바지 뒷주머니에서 하얀 헌팅캡을 꺼내 팀에게 내밀었다.

"나랑 같이 시합에 나갈 때는 반드시 이걸 써줘."

헌팅캡 왼쪽에 귀여운 인디언 얼굴 일러스트가 자수되어 있고 반대쪽에는 하얀 깃털 하나가 꽂혀 있었다. 일러스트 밑에 '인디언표 연고'라고 자수되어 있었다.

잭이 설명했다.

"나와 스폰서 계약을 한 제약회사 마크야. 나는 골프용품 제조사하고는 계약하지 않는다는 원칙이 있어서, 이 회사에 신세지고 있지."

팀은 그 헌팅캡을 받아 들고 수상쩍은 물건이라도 보듯 살펴보았다.

"그림 참 엉성하네. 인디언표 연고라니, 이게 뭔데?"

"인디언은 안장 없이 말을 타기 때문에 특정 질환을 가진 사람이 많았어. 그래서 인디언에게는 그 질환에 잘 듣는 버전의 연고가 있다고 그 회사 창업자 회장이 말하더군."

"어려운 말로 돌려 말하지 말고 그냥 말해. 무슨 약인데?"

잭은 팀에게 다시 오른손을 내밀며 대수롭지 않게 말했다.

"치질 약."

그 시합에서 잭은 이튿날 최종일을 단 60타, 즉 12언더로 마쳐 5타차를 뒤집고 역전 우승을 거머쥐었다. 미니투어라고 해도 프로가 되고 첫 시합이었다. 팀은 잭의 특출한 골프 감각에 새삼 혀를 내둘렀다.

그러나 팀이 잭의 골프에 감탄한 것은 그 시합이 마지막이었다. 잭은 그다음 시합인 US오픈 1차 예선에서 걸핏하면 고난도 기교를 보여주는—팀의 상식으로 보자면—플레이를 하고 있었다.

"내 말 좀 들어봐, 팀."

US오픈 출전권이 걸린 최종 예선 최종 18번 홀의 숲속. 낙담하고 있는 팀에게 잭은 보채는 아이 달래는 투로 말했다.

"그린 우측 앞쪽이라는 컵 위치로 볼 때 페어웨이에서는 오히려 2온 노리기가 힘들어. 연못을 넘겨야 하는데, 컵이 연못에 바짝 붙어 있거든. 페어웨이에서 2온을 하려면 그린 왼쪽밖에 없어. 하지만 거기에 올리면 기나긴 이글퍼트가 남게 돼."

분명 오늘의 컵 위치에서는 이글을 허용하지 않겠다는 코스 관리자의 의도가 엿보였다.

"그래도 왼쪽이겠지? 왼쪽 사이드인 이 방향에서라면 에이프런을 지나 핀*을 직접 노릴 수 있어. 게다가 공을 그린에 길게 굴리는 거야. 이거, 찬스 같지 않아?"

"이게, 찬스라고?"

팀이 길게 한숨을 짓고 잭에게 막 잔소리하려는 찰나, 경기위원이 숲으로 들어왔다.

"트러블 상황인 것 같으니 같은 조 두 사람에게 먼저 치게 하겠습니다. 너무 시간을 끌면 지연 행위로 벌타 두 개가 부가됩니다. 주의하세요."

숲을 나가는 경기위원의 등을 바라보며 팀은 긴 한숨을 지었다. 실제로 트러블 상황이었다. 정확하게는 인간관계의 트러블.

팀은 기분을 추스르고 잭의 얼굴을 바라보았다.

"일단 네 얘기를 끝까지 들어주지. 대체 어떻게 하고 싶은 건데? 3번 우드로 공이 깨져라 쳐서 슈퍼모델 허리 정도밖에 안 되는 저 나무들 틈새를 통과하겠다는 거야?"

"3번 우드? 으응, 아깝네!"

유감스럽다는 듯 손가락을 딱 울리는 잭의 반응에 팀은 더욱 의아하다는 표정이 되었다.

---

* 핀(pin): 퍼팅 그린의 컵에 세워져 있는, 숫자 적힌 깃발이 달린 가는 막대로, 선수들이 퍼팅하는 동안 홀에서 제거된다. 플래그스틱(flagstick)이라고도 한다.

"3번 우드 말고 무슨 선택지가 있다는 거지? 여기서 그린까지 281야드나 되잖아. 더구나 낮은 공이 아니면 숲 위의 무성한 나뭇가지에 걸린다고. 꼭 2온을 원한다면 다른 클럽으로는 곤란할 텐데?"

"처음엔 나도 3번 우드밖에 없다고 생각했어. 하지만 잠깐 이리 와서 좀 볼래?"

잭은 팀을 부추겨 숲에서 페어웨이로 나섰다. 팀이 하는 수 없이 숲을 나서니, 잭이 눈이 부신 듯 낯을 찡그리며 파란 하늘을 올려다보고 있었다. 팀도 하늘을 올려다보았다. 그린 상공에 새 한 마리가 이쪽을 향해 가끔 날갯짓을 하며 활강하고 있었다.

"새?"

"솔개[kite]야. 정말 연 같지?"

"저 솔개는 왜?"

"날갯짓을 하는데도 계속 같은 자리에 떠 있잖아, 왜 그럴까? 그건 저 솔개가 바람을 정면으로 받고 있기 때문이야."

"그러니까…… 저 상공에는 뒷바람이 강하게 불고 있다는 건가?"

팀의 말에 잭이 고개를 끄덕였다.

"내 공은 스핀계라서 잘 떠. 3번 우드로 강하게 때리면 뒷바람 때문에 너무 멀리 날아갈 위험이 있어. 또 거리를 잘 맞춘다 해도 요즘은 맑은 날이 계속되어 그린이 바짝 말라 있으니, 높이 떴다 떨어진 공이 튀어 오르면 어디까지 가게 될지 알 수 없지. 그린을 오버하면 공은 뒤쪽 돌밭으로 들어갈 거야. 십중팔구 샷이 불가능해지겠지. 언플레이어블을 선언하는 수밖에 없어."

언플레이어블 선언이란 공을 칠 수 없는 상태임을 표명하는 것이다. 그렇게 되면 1벌타를 감수하고 샷이 가능한 위치로 공을 옮길 수 있다.

"뭐, 그렇게 되겠지."

팀이 마지못해 인정하자 잭이 말을 이었다.

"그러니까 저 그린에 2온 하려면 공을 낮게 쳐서 에이프런에서부터 굴려 올리는 수밖에 없어."

"그럼 스푼(3번 우드) 에지로 낮게 치면 어때? 아니면 2번 아이언으로 페이스를 세워서 치든지."

잭이 고개를 저었다.

"어느 경우나 거리는 부족해. 로프트 각*이 더 작은 긴 클럽이어야 해."

"그런 클럽이 있을 리……."

거기까지 말하다가 한 가지 가능성이 떠올랐다.

"설마, 맨땅 드라이버를?"

맨땅 드라이버란 땅에 있는 공을 티업하지 않고 드라이버로 치는 것이다.

---

* 로프트 각(loft angle): 지면으로부터 수직인 선과 페이스 면(골프공이 닿는 면)과의 사잇각.

"응, 그것도 좋은 아이디어네. 맨땅 드라이버라면 공을 낮게 칠 수 있지. 그렇게 할까?"

팀이 당황해서 고개를 절레절레 흔들었다.

"아, 아니, 천만에! 잔디 위라면 몰라도 맨땅에서 드라이버를 쓰는 건 아무리 생각해도 무모한 짓이야. 게다가 맨땅 드라이버는 슬라이스 가능성이 높아. 운 좋게 공이 저 틈새를 통과한다고 해도 조금이라도 오른쪽으로 흐르면 연못으로 직행이야. 너무 위험해. 맨땅 드라이버는 안 돼!"

그렇게 말하면서 팀은 자신이 왜 이런 엉터리 같은 생각을 진지하게 하고 있는지 한없이 한심한 심정이 되었다.

"그렇지? 그럼."

잭은 팀을 향해 오른손을 내밀었다.

"퍼터를 줘."

"……뭐?"

팀의 머리가 일순간 얼어붙었다.

그리고 예전에 어느 시합의 연습장에서 아시아 선수가 자신에게 말을 걸어왔을 때를 떠올렸다. 그 아시아인이 하는 말은 물론 영어였지만 발음과 악센트가 너무 형편없어서 무슨 말인지 전혀 알아들을 수 없었다.

지금도 마찬가지였다. 잭이 하는 말은 틀림없이 영어이고 뭔가 귀에 익은 물건을 달라고 했지만, 그 의미를 통 이해할 수 없었다.

"지금, 나한테, 무엇을, 달라고?"

"퍼터 달라고. 퍼터, 몰라?"

팀은 잠시 멍하니 있다가 마침내 잭의 말을 이해하고서 턱을 툭 떨어뜨렸다.

"여기서부터 굴려서 그린에 올리겠다고? 281야드를? 퍼터로? 퍽! 데굴데굴?"

그렇게 말하고 나니, 팀은 또 다른 생각이 떠올라 갑자기 경악할 수밖에 없었다.

"그러고 보니 너, 이 시합을 앞두고 갑자기 퍼터를 바꾸었는데, 그 퍼터는……."

"그래!"

잭은 캐디백으로 손을 뻗어 직접 퍼터를 스르륵 뽑았다. 그것은 45인치짜리 벨리 퍼터, 이른바 중간 퍼터였다. 그것을 보면서 팀은 45인치라면 드라이버와 길이가 거의 같다는 사실을 환기했다.

"내 3번 우드의 로프트 각은 13도, 드라이버는 8.5도, 그리고 퍼터는 4도. 내 백에 있는 14개 클럽 가운데 로프트 각이 가장 작은 클럽은 퍼터야."

잭이 벨리 퍼터로 붕붕 소리 나게 스윙 연습을 시작했다. 그러자 주위 갤러리가 웅성거리기 시작했다.

"와, 저 친구, 뭘 휘두르는 거지?"

"퍼터처럼 보이는데, 잘 모르겠는걸."

"아니, 저 2단 그립을 봐. 벨리 퍼터가 틀림없어."

"설마, 아직 280야드나 남았는데?"

"저 친구, 무슨 생각을 하는 거지?"

"진짜 멍청하네, 저 친구."

"응, 제대로 된 바보네."

"아마 바보 인증서도 갖고 있을걸."

"저런 황당한 바보는 웬만해서는 구경하기 힘들지."

"이번 샷은 꼭 봐야겠군!"

웅성거림은 점차 환호로 바뀌어갔다. 그린 방향에서, 그리고 페어웨이 반대쪽에서 잭과 팀이 있는 숲으로 금세 사람들이 모여들었다.

계속 불어나는 관객 속에서 팀은 끔찍한 혼란에 빠졌다. 잭이 하려는 짓은 상식적으로 볼 때 자살행위나 다름없었다. 하지만 다들 기대에 찬 얼굴로 녀석의 샷을 보려고 모여들고 있다. 왜지?

그래, 다들 기적을 보고 싶은 거야.

보통 사람은 도저히 흉내 낼 수 없는 슈퍼 플레이를 직접 보려고 모처럼 맞은 휴일에 일찍 일어나 멀리서 차를 운전해서 혹은 열차나 버스를 갈아타며 골프장에 찾아온 이들이다.

어느새 팀은 자신의 피도 뜨거워지기 시작하는 것을 느꼈다. 그 이유는 이미 알고 있었다. 자신도 못 견디게 보고 싶은 것이다. 골프장에서만 일어나는 기적을.

물론 이 상황은 더블보기라는 실패로 끝날 수도 있다. 아니, 트리플보기가 될 수도 있다. 하지만 혹시, 만에 하나 성공한다면 단

숲에 수위로 뛰어오르는 것도 꿈은 아니다. 그리고 무엇보다 기가 막힌 것은…….

롱홀*의 세컨드 샷에서, 숲속에서 퍼터를 사용하여 2온을 노리다니, 이런 미친놈은 세상 어딜 뒤져봐도 없을 것이다.

"이봐, 잭!"

"응?"

뒤를 돌아보는 잭에게 팀은 두 주먹을 불끈 쥐고 큰 소리로 외쳤다.

"기왕 이렇게 됐으니 죽기 아니면 까무러치기야! 관객들 혼을 쏙 빼버려! 과감하게 때려!"

잭은 눈을 반짝이며 씽긋 웃고는 오른손으로 팀을 가리켰다.

"암, 그래야지!"

잭은 공 오른쪽에 퍼터를 세트하고 작게 헛스윙을 몇 번 하고 나서 동작을 멈췄다. 다음 순간, 드라이버샷처럼 커다랗게 백스윙을 했다가 양팔을 몸으로 당기며 벨리 퍼터를 엄청난 속도로 풀스윙했다.

따악! 하는 파열음과 함께 축축한 흙이 폭발하는 것처럼 날아올랐다. 그 흙먼지 속에서 하얀 공이 총알처럼 떠올랐다. 그리고 밀집한 숲에 열려 있는 불과 30센티미터의 틈새를 빠져나가 지상 1.5미터 높이로 핀을 향해 공기를 찢으며 곧게 날아갔다.

---

* 롱홀(long hole): 기준 타수가 5타인 홀.

우오오오, 하고 놀라는 소리가 주위 갤러리에서 터져 나왔다.

"빠져나갔다!"

"그린으로 날아가고 있어!"

경기위원도 경악한 얼굴로 공의 행방을 눈으로 추적했다. 동반 경기자 두 사람은 이미 세컨드 샷을 마치고 10미터쯤 간격을 두고 캐디와 함께 페어웨이를 걷고 있었는데, 그 바로 한가운데를 공이 슝, 소리를 내며 통과했다. 선수와 캐디 네 사람은 흠칫 놀라, 순식간에 멀어져가는 공을 바라보았다.

잭과 팀은 앞다투어 숲에서 페어웨이로 달려 나갔다. 그리고 공이 날아간 방향을 확인하고 탄도를 눈으로 추적하며 주먹을 불끈 쥐고 고함을 질렀다.

"고!"

몇 초 뒤 탁, 하는 소리와 함께 그린 앞 에이프런에서 잔디 부스러기가 날아올랐다. 잭의 공이 착지한 것이다. 공은 잔디를 바짝 깎아놓은 비탈을 낮은 바운드로 튀며 그린을 향해 곧장 올라갔다.

그린에서 내려와 있던 앞 조 선수들이 입을 멍하니 벌리고 못 믿겠다는 표정으로 그 공을 바라보았다. 그린 주변에 진을 치고 있던 수많은 갤러리도 에이프런으로부터 돌진해 오는 공을 발견했다. 그리고 저마다 놀라는 소리를 지르며 일제히 벌떡 일어섰다.

"굴러온다!"

"누구 공이지?"

"모르겠어!"

"어디서 날아온 거야?"

"몰라!"

공은 낮게 튀기를 계속하며 그린 위에 도달했다. 그리고 곧장 핀 깃발을 향해 톡톡 튀며 움직였다.

"가까이 간다!"

"오, 들어간다!"

탁, 하는 소리와 함께 공이 핀 밑동에 부딪혔다. 강력한 스핀이 들어간 공은 핀을 타고 위로 튀어 올랐다. 공은 깃발 바로 밑까지 올라갔다가 한순간 정지한다 싶더니 바로 밑으로 떨어져 금속 컵 속으로 힘차게 뛰어들었다. 그리고 통통통, 소리를 내며 마치 생명체처럼 컵 속에서 격하게 요동쳤다.

마침내 컵 소리가 그쳤다. 공에 맞아 흔들리던 깃발도 이내 잠잠해졌다.

18번 홀을 뒤덮은 뜨거운 환호와 박수 속에서 페어웨이 중앙에 있던 잭이 벨리 퍼터로 하늘을 힘차게 찔렀다. 팀이 활짝 웃으며 잭의 등을 힘껏 후려쳤다. 잭이 앞으로 고꾸라질 것처럼 비틀거리자 관중 사이에서 폭소가 터졌다.

파5홀에서 세컨드 샷이 컵인. 알바트로스*를 해낸 것이다. 스코어를 일거에 3타나 줄여 10언더로 올라선 잭은 상위에 있는 네 명

---

* 알바트로스(albatross): 1홀에서 기준 타수보다 3타 적게 넣는 것.

을 단숨에 제치고 US오픈 미국 최종 예선을 1위로 통과했다.

두 사람은 어깨동무를 하고 그린으로 올라갔다. 팀이 신중하게 핀을 뽑고 잭이 얼른 컵에서 공을 꺼내 올렸다.

"잭, 하나 물어봐도 돼?"

"물론이지, 팀. 뭔데?"

팀은 오른손을 허리에 짚고 의심스러운 듯 잭을 노려보았다.

"이번 18번 홀 말인데, 혹시 너, 처음부터 2온 포지션을 노리고 티샷을 일부러 숲속으로 보낸 거 아냐?"

잭이 깜짝 놀라 눈을 동그랗게 떴다.

"역시 너는 초능력자구나."

그렇게 말하고서 잭은 그린 주위를 둘러싼 갤러리를 향해 공을 높이 던져주었다.

03

월요일
도착

"저길 봐, 잭! 눈이야. 산꼭대기에 눈이 있어. 여기 캘리포니아 맞아? 믿어지지 않아."

차 핸들을 잡은 팀이 흥분해서 소리쳤다. 군수품에서 들여온 듯한 개구리복에 오렌지색 티셔츠, 크림색 농구화를 신은 터프한 옷차림이다. 벤치 시트 조수석에는 잭이 앉아 있다. 까만 폴로셔츠와 하얀 면바지에 하얀 스니커즈.

잭도 즐거운 얼굴로 대답했다.

"벌써 요세미티 국립공원에 들어왔거든. 눈을 이고 있는 저 산들이 시에라네바다 산맥이야. 명승지로 유명한 투올로미 메도스 고원은 해발 2,600미터. 잔설 덕분에 한여름에도 섭씨 11도 정도래."

6월 15일 월요일 오전 9시 30분. 두 사람은 US오픈이 열리는 홀리파인힐 골프코스를 향해 차를 달리고 있었다. 오늘부터 수요일까지 사흘간 연습 라운드가 있고 목요일부터 드디어 본선이 시작된다.

"그렇게 서늘한가? 어제 묵은 샌프란시스코하고는 전혀 다른 세상이군."

"팀, 샌프란시스코가 더웠던 것은."

잭이 일부러 그러는 것처럼 도어의 삼각 창을 열었다 닫았다 하며 불만에 찬 목소리로 말했다.

"네가 아끼는 이 차에 에어컨이 없어서야."

두 사람이 탄 차는 시보레 1958년형 브룩우드 스테이션왜건. 제조된 지 50년이 넘어 이제는 골동품이라고 해도 좋을 만큼 낡아빠진 차다. 차체는 원래 하늘색이었던 것 같은데, 여기저기 도장이 벗겨진 데다 파란 페인트를 고르지 않게 칠해 얼룩덜룩했다. 전 주인도 자잘한 데까지 신경 쓰는 성격은 아니었던 것 같다.

팀이 가늘고 지름이 큰 핸들을 자랑스레 툭툭 쳤다.

"살짝 구식이기는 해도 정말 좋은 차야. 변속기는 수동 3단이지만 8기통 엔진에 토크가 높아서 고속도로에서나 이런 산길에서나 쌩쌩 달리지. 더구나 하체에 에어서스펜션을 달아서 승차감도 끝내주잖아?"

반세기 넘은 차가 살짝 구식이면, 1908년에 발매된 T형 포드는 상당한 구식이라고 해야 하나? 잭이 한숨을 지으며 그런 생각을 하는데, 반대편 차선으로 실버 렉서스 LS 하이브리드가 쌩 하고 지나갔다. 그 뒷모습을 바라보며 잭이 서글프게 입을 열었다.

"방금 지나간 저 차의 승객들이 우릴 보고 웃었어."

"그렇겠지! 이 퍼니 페이스 모델은 1958년 딱 한 해에만 제작된 대단한 레어 아이템이거든. 이 귀여운 얼굴을 보면 누구나 웃게 되어 있지."

"퍼니라기보다는 이빨을 드러내며 겁주는 표정으로 보이는데?"

"시끄러워! 잘 들어. 네가 꼭 에어컨 빵빵 나오는 반들반들한 차를 타고 싶다면."

팀은 잭을 향해 몸을 돌리고 잭의 코를 손가락으로 가리켰다.

"방법은 간단해! 네가 정상적인 골프를 해서 PGA투어로 승격하고 단 한 번이라도 우승하라고. 그러면 페라리든 롤스로이스든……."

"아아, 알았어, 알았어! 내가 잘못했다. 제발 앞 좀 보면서 운전해줄래?"

이야기가 엉뚱한 방향으로 흐르자 잭은 얼른 더 엉뚱한 방향으로 화제를 바꾸었다.

"이번 주 숙소는 호화 리조트호텔이라지? 빨리 보고 싶네."

그러자 팀도 홀딱 넘어가 그 화제에 달려들었다.

"야호! 거기가 원래 회원제인 데다 객실요금이 눈알이 튀어나오게 비싸대. 그런데 선수와 캐디한테는 공짜라니까 역시 US오픈답지. 씀씀이가 커. 그거 하나만으로도 고생고생해서 긴 예선을 통과한 보람이 있지!"

"고생고생해서 예선을 통과한 것은 나잖아?"

"무슨 소리야! 공을 친 건 너지만 고생은 누가 봐도 내가 더 했어."

두 사람이 그런 대화를 나누고 있는데, 도로변에 하얀 간판이 나타났다. 가장자리를 공들인 부조로 장식한 간판에는 진행방향을 표시하는 화살표가 그려져 있고, 그 밑에 '엔트런스 투 더 헤븐'이라고 적혀 있었다. 글자는 그것이 전부였다. 더 홀리파인힐 리조트를 안내하는 간판이 틀림없었다.

"오, 천국으로 가는 문이래! 진짜 멋진 환영 문구 아냐? 보나마나 천국 같은 곳일 거야."

들떠서 떠드는 팀에게 잭이 설명했다.

"요세미티 계곡에 유럽인이 처음 나타난 것은 1851년이야. 지금은 인스피레이션 포인트라 불리는 계곡이 건너다보이는 자리에 유럽인들이 도착했을 때 너무나 아름답고 신비로운 풍경에 '우리가 천국의 문에 도착했구나'라고 말했대. 아마 저 글귀는 그래서 나왔을 거야."

"하여간 잭, 너란 놈은."

팀이 감탄해서 저도 모르게 설레설레 고개를 흔들었다.

"도대체 모르는 게 뭐야? 너, 대학 나왔지? 전공이 뭔데?"

"중점필드Concentration는 진화심리학이야. 정신 활동을 마음이라는 추상적인 것의 산물이 아니라 뇌나 다양한 신체 기관의 작용이라고 보고, 그것이 생물 진화에 어떤 의미가 있는지를 탐구하는 학문이지. 현상적인 원인이 아니라 궁극적인 원인에 주목하는 심리학이라고 하면 이해하기가 쉬울까?"

"어, 응?"

"하우스에 있는 시간보다 브로드연구소에 드나든 시간이 더 많았어. 제법 박학다식해진 것은 그 중점필드 공부를 하다가 생긴 직업병 같은 거야."

"그, 그래? 흐음."

팀은 적당히 맞장구치고 잭에게 들리지 않는 작은 소리로, 누가 물어봤어? 하고 덧붙였다. 참고로, 하우스란 하버드대학 기숙사의 통칭이고, 브로드연구소는 하버드대학과 매사추세츠공과대학의 공동연구기관이다. 또 하버드에서는 전공Major을 중점필드라고 말한다.

"우리가 지금 찾아가는 그 골프코스 말인데."

팀은 갑자기 표정이 일그러져 거북해하며 말을 이었다.

"그곳에 말이야, 작년 그때, 그 사람이 그렇게 된…… 그것이 있지 않나?"

"응? 그거라니?"

"있잖아, 그거."

대명사만 나열하므로 무슨 말인지 알 수 없었다. 아무래도 팀이 뭔가 입에 담기를 꺼리는 모양이다.

"혹시."

잭이 잠시 생각하다가 물었다.

"작년 PGA챔피언십에서 닉 로빈슨이 트러블에 빠졌던 '신의 나무'?"

"응, 그래 그거! 원주민 일족이 몰살당하자 그들의 수호신인 거목이 재앙을 내려 기병대 대장이 처참하게 죽었다는 끔찍한 전설이 내려오는."

팀은 핸들을 꽉 쥔 채 부르르 몸서리를 쳤다.

"너, 무섭냐? 그 신의 나무가?"

놀리는 투로 묻는 잭에게 팀은 단호하게 고개를 저었다.

"무, 무섭긴 뭐가 무섭냐? 네가 또 공을 엉뚱한 데로 날려서 로빈슨처럼 어려움에 빠지지나 말아야 할 텐데, 하고 생각했을 뿐이야."

올해 US오픈의 무대 홀리파인힐 골프코스는 작년에 PGA챔피언십이 열렸던 코스이다.

이른바 4대 메이저대회 가운데 PGA챔피언십과 US오픈은 개최 5년 전에 대회 장소를 결정한다. 지금까지는 펜실베이니아 주 오크몬트 컨트리클럽이나 캘리포니아 주 페블비치 골프링크스 등 대회 유치 실적이 있는 몇몇 명문 골프장이 여러 번 선정되었다.

그러다가 작년 PGA챔피언십이 처음으로 홀리파인힐 골프코스를 대회장으로 정했다.

이 코스는 요세미티 국립공원의 웅대한 자연 경관이 있고, 또 백티* 기준으로 보면 코스가 길고 난이도가 높아 본래 명문 코스로 평판이 높았다. 하지만 한적함이 매력인 회원제 고급 리조트 시설

---

* 백티(back tee): 뒤편에 있는 티로 프런트 티로부터 5~6야드 뒤쪽에 있다. 푸른색 티마크이며, 프로골퍼들이 주로 이용한다.

이기 때문에 지금까지는 경영진이 허락하지 않아서 프로골프 경기에 사용된 적이 없었다.

메이저대회가 매너리즘에 빠지는 것을 염려한 PGA투어가 8년 전 신선한 무대를 도입할 것을 검토할 때 이 홀리파인힐 골프코스에 메이저대회 개최 의사를 타진했다. 그리고 2년에 이르는 설득이 결실을 맺어 마침내 6년 전에 작년도 PGA챔피언십과 올해 US오픈을 유치하기로 결정된 것이다.

그렇게 개최된 작년도 PGA챔피언십에서 닉 로빈슨이 18번 홀에 있는 신의 나무 쪽으로 미스 샷을 날려서 하마터면 로스트볼이 될 뻔한 트러블을 겪었다.

아마 올해 US오픈 개최 건이라면 USGA에서도 의제에 올렸을 것으로 짐작되지만, 이미 6년 전에 결정된 사항이거니와, 대체할 골프장을 금방 찾을 수도 없었을 것이다. 그리하여 US오픈은 예정대로 홀리파인힐 골프코스에서 개최하게 되었다.

잭은 운전하는 팀의 어깨를 툭 쳤다.

"걱정 마, 팀! 결국 공을 컵에 넣은 닉 로빈슨이 우승했고, 나무에 올라갔던 캐디 토니 라이언도 특별 보너스를 두둑하게 받았을 걸. 아무도 저주받지 않았고 무서운 사고도 일어나지 않았잖아?"

그 말을 듣자 팀은 안심한 듯 한숨을 토했다.

"그, 그렇지. 나무가 인간에게 재앙을 내리다니, 그런 일이 있을 리 없지. 하지만 말이야, 잭."

그는 문득 진지한 표정이 되었다.

"이 나라는 그 신의 나무 전설과 같은 죄 많은 역사 위에 세워졌잖아. 그걸 생각하면 너무 슬퍼."

그렇게 말하고 팀은 전방을 주시한 채 우울한 얼굴로 입을 다물었다. 잭도 조수석에서 잠시 말이 없다가 이윽고 입을 열었다.

"바로 그게 나에게 맡겨진 주제야. 나는 그렇게 생각하고 있어."

앞창 너머를 바라보며 잭이 이야기를 시작했다.

"남북아메리카 대륙에서 원주민 수백만 명이 우리의 선조 유럽인에게 살해되었어. 그건 결코 용서받을 수 있는 일이 아니야. 다만, 변명하자는 것은 아니지만, 미합중국이라는 다민족 국가의 역사는 곧 인류 역사의 축소판이라는 거야."

대량학살은 미국뿐만 아니라 중남미 · 호주 · 남북유럽 · 중동 · 아시아 · 아프리카 등 전 세계에서 일어났고 지금도 세계 어디에선가 일어나고 있다. 인류사는 대량학살의 역사라고 잭은 생각했다.

"무엇보다 웃긴 것은 인류 평화와 행복을 위해 등장했을 두 사상, 즉 종교와 공산주의야말로 대량학살을 낳았다는 거지. 십자군 원정이 있던 약 200년 동안 백만 명 이상 희생되었고, 지금도 중동에서는 종교전쟁이 한창이야. 그리고 공산주의운동의 희생자는, 프랑스 정치학자 스테판 쿠르투아 교수에 따르면 전 세계에서 1억 명을 헤아린다고 해."

"그렇게나 많이……."

팀은 엉겁결에 갈라진 목소리로 중얼거리고는 그대로 말을 잃어버렸다.

"하지만, 팀."

잭은 운전 중인 팀을 바라보았다.

"지나간 비극을 구체적으로 살펴보는 것은 정치학자나 역사학자, 혹은 철학자나 종교인에게 맡겨야 한다고 봐."

잠자코 핸들을 잡고 있는 팀 옆에서 잭이 계속 말했다.

"동족끼리 죽이는 것과 자살하는 것, 이 두 가지만은 다른 생물에게서 볼 수 없는 현상이야. 인간만 보여주는 특징적 행동이지. 왜 그럴까? 그리고 어떻게 하면 막을 수 있을까? 기존 학문은 답을 내놓지 못했지만 진화심리학이라는 새로운 학문이라면 답을 찾을 수 있지 않을까? 나는 그렇게 생각했던 거야."

팀은 무심결에 조수석의 잭을 쳐다보았다.

"답을 찾을 수 있다고?"

잭은 고개를 분명하게 끄덕였다.

"나는 그렇게 믿어. 그 답만 찾으면 사람들은 서로 죽이지 않게 되고 자살도 없어질 거야. 인류가 그런 미래를 맞을 수 있도록 언젠가는 내가 꼭 그 답을 찾을 거다."

잭의 말에 팀은 가슴이 뭉클해졌다.

아무도 누군가를 죽이지 않고 아무도 스스로 목숨을 끊지 않는…….

언젠가 그런 날이 온다면 얼마나 좋을까? 겨우 1년도 못 돼서 골프 스윙의 진리를 발견했다는 잭이므로 어쩌면 정말로 그런 날이 오게 만들 수 있지 않을까 하고 팀은 생각했다.

"그 답을 찾을 수 있을까?"

팀이 꿈꾸듯 중얼거렸다. 잭이 고개를 끄덕였다.

"찾을 수 있지."

"정말 찾았으면 좋겠다."

"반드시 찾아서 보여주지."

잭은 결연하게 다짐한 뒤 차창에 얼굴을 바짝 댔다.

"어, 저기 아냐?"

멀리 나지막한 언덕 위로 햇빛에 반짝이는 웅장하고 화려한 하얀 석조 건물이 시야에 들어왔다. 더 홀리파인힐 리조트호텔이다.

더 홀리파인힐 리조트는 이 근방에 풍부하게 솟는 온천수 스파로 유명한 최고급 리조트이다. 사치스럽기 그지없는 호화로운 호텔을 비롯하여 스키장 · 승마장 · 테니스장 · 온수 풀 · 트레킹 코스 · 사이클링 코스 등 온갖 레저 시설을 갖추었다. 산악 지역에서는 패러글라이딩, 계곡에서는 플라이 낚시도 즐길 수 있다. 물론 홀리파인힐 골프코스가 이 리조트의 핵심을 이룬다.

"굉장하다."

마치 천공에 떠 있는 성 같은 상앗빛 호텔 풍경에 팀이 감동하는 목소리를 흘렸다.

"젠장, 갑자기 기분이 붕 뜨는걸. 잭, 우리, 본때를 보여주자. US 오픈에 처음 출전하는 김에 첫 우승까지 차지해버리자."

팀은 구경이 큰 핸들을 단번에 뽑아낼 것처럼 꽉 쥐고 흔들며 외쳤다. 견물생심이라더니, 얄팍한 놈 같으니, 하고 생각하며 잭은 쓴웃음을 지었다.

"물론이지! 우승하려고 온 거잖아."

그도 힘주어 고개를 끄덕였다.

"우오오……."

로비에 들어서는 순간, 배낭을 멘 팀이 얼빠진 목소리를 내뱉었다. 잭도 자기도 모르게 주위를 두리번거렸다.

2층까지 트인 넓고 높은 로비의 벽면은 요세미티산 고급 석재 그라나이트로 마감되어 있었다. 바닥에는 진갈색의 이국적 풀잎 무늬 융단이 빈틈없이 깔려 있고, 그 위에는 새하얀 가죽소파세트가 넉넉한 간격을 두고 놓여 있었다. 또 소파세트 사이에는 높이 2미터쯤 되는 자연미 넘치는 관엽식물이 악센트처럼 절묘하게 놓여 있었다.

각 소파세트 중앙에는 직선적이고 모던한 로우테이블이 있었는데, 요세미티를 대표하는 목재 레드시더로 제작한 가구였다. 로우테이블마다 작고 하얀 인디언실크 화병받침이 놓여 있고, 그 위에 소박한 모양의 까만 도기 수반이 자리하고 있었다. 그리고 수반의 물속에는 나비를 닮아 나비나리라 불리는 하얗고 가녀린 꽃이 떠 있었다.

위를 올려다보니 높은 천장 중앙에 굵은 나뭇가지로 짜 맞춘 거대한 상들리에가 매달려 촛불처럼 부드러운 빛을 발하고 있었다. 그 주위에는 기품 있는 금빛 놋쇠 팬 여러 개가 천천히 돌면서 부드러운 바람을 내려 보내고 있었다.

오른쪽 벽에는 요즘 철에는 사용되지 않지만, 원주민의 고대유적에 있던 석재를 이용한 것으로 짐작되는 난로가 있었다. 그 옆에는 작은 갤러리가 있어 선조의 영혼을 기리는 나무기둥 · 텐트 · 드림캐처 · 활과 화살 · 돌도끼 등 원주민의 문화를 보여주는 사진 패널이 전시되어 있었다.

그리고 왼쪽에는 호텔 프런트. 길이 10미터쯤 돼 보이는 레드시더 통판으로 제작된 중후한 카운터가 길게 누워 있었다. 하얀 화강암으로 마감한 외부 벽체를 비롯하여, 아무래도 이 호텔 디자인의 콘셉트는 요세미티의 역사인 듯했다.

그 로비를 시합에 출전하는 골퍼와 캐디, 그리고 기자들과 시합 운영진들이 오가고 있었고, 몇 사람끼리 서서 혹은 소파에 앉아서 편안하게 담소를 나누고 있었다.

"이봐, 어이, 잭."

팀이 잭의 옆구리를 팔꿈치로 쿡 찌르며 작은 목소리로 입을 열었다.

"선수와 캐디한테는 정말 공짜야? 나중에 숙박비 내라고 하면 어쩌지? 보나마나 제일 작은 방이라도 하룻밤에 500달러는 될 텐데."

"괜찮아. 초대장에 그렇게 적혀 있었잖아."

잭이 태평하게 대답했다. 하지만 팀은 안절부절못했다.

"누가 봐도 우리 몰골은 다른 사람들이랑 너무 달라. 암만 생각해도 잘못 온 것 같아. 어, 지금 프런트 여직원이 우리를 보고 웃었어."

"침착하라니까. 우리는 초대받은 손님이야. 좀 더 당당하게 행동해도 돼."

"그, 그런가? 그럼."

갑자기 팀이 가까운 소파로 성큼성큼 걸어가 어깨에 멘 배낭을 내리고 털썩 앉았다.

"오호, 가죽 좋네! 구름에 올라탄 기분이야. 왕후 귀족들의 기분이 이럴까? 이봐, 잭, 이 나뭇잎 좀 만져봐. 진짜지? 플라스틱 조화가 아냐."

"그래, 멋있네."

갑자기 수다스러워진 팀의 모습에 어이없어하며 잭이 손목시계를 보았다.

"자, 객실로 올라가 옷부터 갈아입자. 전설의 코스를 빨리 보고 싶다."

두 사람은 프런트로 가서 사무국 직원에게 초대장과 ID패스를 제시했다. 컴퓨터로 확인이 끝나자 두 사람은 객실 카드키를 건네받았다.

지금은 오전 10시. US오픈 연습 라운드가 시작되는 시간은 오늘, 즉 6월 15일 월요일 오전 7시였으므로 이미 3시간이 지난 상태다. 이미 많은 선수들이 라운드 중일 테고, 그들을 보러 온 관객들로 코스가 넘쳐날 것이다.

잭과 팀은 엘리베이터를 타고 3층에 내렸다. 두 사람의 객실은 서로 이웃해 있었다. 각자 객실 문 슬릿에 카드키를 꽂았다가 빼서

전자자물쇠를 해제하고 안으로 들어갔다.

객실은 킹사이즈 침대 두 개가 나란히 있는 널찍한 트윈 룸이었다. 안쪽의 커다란 창으로 요세미티 국립공원의 푸른 산들이 한눈에 보였다.

왼쪽 벽에는 40인치는 됨직한 액정TV가 걸려 있고 오른쪽 구석 벽에는 나무탁자가 있었다. 그 위에 노트북컴퓨터. 탁자 앞에는 미니주방이 있고 화구가 하나인 인덕션레인지 위에는 스테인리스 주전자가 놓여 있었다. 그리고 그 앞에 소형 냉장고가 있고, 그 위에는 유리 포트 · 도자기 잔 · 접시 · 캡슐식 에스프레소 머신 · 티백이 놓여 있었다.

잭은 평소 입는 하얀 폴로셔츠와 올리브색 바지로 갈아입고 나서 케이스에 담긴 ID패스를 목에 걸고 마지막으로 예의 그 하얀 헌팅캡을 든 채 객실을 나섰다.

엘리베이터로 1층으로 내려가 곧장 로비로 들어서자 옷을 갈아입은 팀이 아까 그 소파에 앉아 있었다. 흥분한 표정으로 팔걸이를 손바닥으로 가볍게 치고 있는 것이, 아무래도 그 소파가 마음에 든 모양이다.

팀이 잭을 발견하고 웃는 얼굴로 오른손을 흔들었다.

"어이! 행동이 굼뜨네. 설마 배탈이라도……."

순간 호텔 입구의 자동문이 열렸다. 잭과 팀은 남다른 기운을 느끼고 무심코 입구를 쳐다보았다.

십수 명의 남자들이 대화를 나누며 로비로 들어서는 참이었다.

그 무리의 중심에 크고 단단한 체구를 지닌 금발 남자가 있었다. 로비에 있던 모든 사람들이 동작을 멈췄다. 중년의 플로어 담당 직원이 튕겨나가듯 입구로 달려갔다. 무리 중심에 있는 남자의 모습이 잭의 시야로 날아들었다.

위아래를 베이지색 여름옷 세트로 입고 하얀 셔츠에 노타이인 수수한 옷차림이지만, 그는 십수 명 속에서도 혼자만 다른 공간에 존재하는 것처럼 뚜렷하게 이채를 발하고 있었다. 아마 수백 명 속에 있었더라도 한눈에 알아볼 수 있었을 것이다.

건장한 체구, 단련된 근육, 타오르는 듯한 금발. 하지만 잭의 눈길을 강력하게 잡아끈 것은 그의 외모가 아니었다. 그라는 존재 자체가 주위에 있는 모든 이들을 휩쓸고 가듯 압도적인 기운을 발산하고 있기 때문이었다.

갈채 속에 있는 것이 일상인 사람, 누구 눈치도 볼 필요가 없는 위치를 쟁취한 사람. 그런 위치에 오른 인간만이 가지는 흔들림 없는 자신감이 그의 몸에서 넘쳐 나와 주위 공간으로 발산되고 있었다. 국가원수라고 해도 넘볼 수 없는 진정한 왕이 그곳에 있었다.

"재, 잭, 저, 저 사람……."

팀이 소파에서 일어나 잠긴 목소리로 말했다.

"아아……. 그 사람이야."

잭이 고개를 끄덕였다.

그도 프로골퍼였다. 작년 PGA챔피언십에서 투어 통산 83승, 메이저 통산 20승이라는 전대미문의 대기록을 세운 동시에 전격적으로 은퇴를 선언한 전설의 프로골퍼, 골프 신의 총애를 받는 남자 닉 로빈슨이었다.

"로빈슨이 왜 여기 있지? 출전 자격이야 충분하지만, 얼마 전 PGA챔피언십을 끝으로 은퇴했잖아?"

그렇게 속삭이는 팀에게 잭이 고개를 끄덕였다.

"본인한테 물어보자."

"어, 어, 잭? 잠깐만!"

잭은 팀의 제지를 무시하고 로빈슨에게 뚜벅뚜벅 걸어가 오른손을 번쩍 쳐들며 커다란 목소리로 입을 열었다.

"안녕하십니까, 로빈슨 씨!"

그 목소리에 로빈슨을 에워싼 십수 명이 대화를 뚝 그치고 잭을 쳐다보았다. 잭은 그 순간을 놓치지 않고 로빈슨 앞으로 걸어가 친근하게 오른손을 내밀며 말을 걸었다.

"깜짝 놀랐습니다, 이런 데서 뵙다니! 건강하시죠?"

로빈슨은 잠시 의아해하는 눈으로 잭을 쳐다보았지만, 이내 미소를 짓고 자연스레 잭의 손을 잡았다.

"음, 아주 건강하네. 자네도?"

"네, 아주 좋습니다!"

"그거 다행이군. 그런데, 미안하지만 우리가 어디서 만났었지?"

"아뇨! 직접 뵌 건 오늘이 처음입니다."

잭은 쾌활하게 대답했다.

"잭 아키라 그린필드라고 합니다. US오픈에 올해 처음 출전합니다. 이 대회에서 네 번이나 우승한 분에게 경의를 표하고 인사를 드리고 싶어서요."

"그래? 그거 고맙군."

로빈슨은 천천히 고개를 끄덕이고 빙긋 웃었다.

주위 사람들이, 뭐야, 아는 사람이 아니었잖아, 이런 촌스러운 선수를 봤나, 신출내기 주제에 유들유들하긴, 하고 수군거리는 소리가 들려왔다. 아마도 그들은 로빈슨과 안면이 있는 신문사나 잡지사의 기자들 같았다. 잭을 방해꾼으로 보는 것이 분명했지만, 로빈슨이 대화에 응해주는 이상 쫓아버릴 수도 없었다.

잭도 주변의 그런 소리에 개의치 않았다.

"로빈슨 씨가 여기 오신 이유를 알아맞혀볼까요?"

"호오? 말해보게."

로빈슨이 미소를 지었다. 잭은 무대에서처럼 두 팔을 크게 벌리고 연극배우의 낭랑한 목소리로 말했다.

"저 위대한 전적에도 만족하지 않고, 끓어넘치는 승부욕을 억누르지 못해, 메이저 승수를 하나 더 쌓기 위하여 마침내 이번 주 US 오픈에 출전하기로 결단하다! 은퇴 선언을 철회하고 이렇게 현역으로 전격 복귀하다! 어떻습니까? 맞죠?"

주위에 있던 사람들이 일제히 폭소를 터뜨렸다. 농담으로라도 결코 있을 수 없는 이야기였다.

"닉이 현역으로 복귀한다고?"

"그야 세기의 빅뉴스지!"

"큰일 났네. 캐디가 필요해. 당장 토니 라이언에게 전화해!"

"그보다 누가 얼른 매점에 달려가 닉에게 공과 티를 사다 줘!"

기자들이 재미있어하며 농담을 주고받기 시작했다.

"나는……."

로빈슨이 입을 열었다.

"이미 골프클럽을 잡지 않기로 다짐했네."

로빈슨은 천천히 잭에게 대답했다. 그의 얼굴은 웃고 있지 않았다. 기자들이 일제히 입을 다물었다.

잭은 당황했다. 아뿔싸, 너무 나가버렸나? 괜찮은 농담이라고 생각했는데, 진중한 로빈슨에게는 안 통하는 듯했다.

"아뇨, 저어, 혹시라도 그랬으면 얼마나 좋을까 하고 생각해봤을 뿐입니다. 작년에 은퇴를 선언하실 때 많이 놀랐고 진심으로 아쉬웠거든요. 당신의 플레이를 더는 볼 수 없다니, 너무 슬펐습니다."

"그래?"

로빈슨은 가만히 고개를 끄덕였다.

"그렇게 말해주니 고맙군."

로빈슨의 얼굴에 미소가 돌아왔다.

"이 친구가 일하는 골프 잡지에서 올해 US오픈 관전기를 써달라는 의뢰를 받았네. 모처럼 온 김에 연습 라운드부터 관찰하기로 한 거야."

로빈슨은 뒤에 있던 한 중년 남자를 돌아보았다. 잡지사의 담당자 같았다. 그 남자가 잭에게 가볍게 고개를 끄덕여 보였다. 로빈슨은 계속 말했다.

“그리고 내가 작년 PGA챔피언십에서 사용한 클럽 세트 14개가 영광스럽게도 세계 골프의 전당에 들어가게 되었네. 그 증정 기념식이 오늘저녁 US오픈 개막 기념 파티에서 열릴 거야.”

“그렇습니까? 정말 축하드립니다.”

“그러니까 자네의 우승을 가로채려고 현역으로 복귀하는 것은 아니란 말이지.”

둘러싸고 있던 기자들이 와락 웃었다.

“유감이군요. 최종일 마지막 조에서 당신과 함께 라운드할 수 있을지도 모른다고 잠깐 기대했는데.”

“자신만만하군. 그래야지. 젊은이는 그래야 해.”

주제넘게 말하는 잭을 닉 로빈슨은 변함없이 웃는 낯으로 대했다. 팀은 조금 떨어진 자리에서 조마조마한 심정으로 두 사람의 대화를 듣고 있었다.

“그런데 아주 미안한 말이지만.”

로빈슨은 잭의 어깨에 친근하게 손을 얹었다.

“지금 호텔에 체크인하고 코스를 취재하러 기자들과 나가야겠네. 잭 아키라 그린필드라고 했나? 이번 주 US오픈에서 건투하길 빌겠네.”

“감사합니다. 그럼 조만간 다시 뵙겠습니다.”

잭은 그렇게 말하고 몸을 돌려 전설의 골퍼 앞을 떠났다.

돌아온 잭에게 팀이 질려버린 표정으로 말을 걸었다.

"코스에서만 그러는 게 아니구나, 사람 심장을 쫄깃하게 만드는 거. 정말 무슨 일이 벌어지는 줄 알았잖아."

"닉 로빈슨과 대화할 기회는 날이면 날마다 오는 게 아냐."

잭이 돌아다보니 로빈슨은 여러 사람들과 담소를 나누며 프런트로 향하고 있었다.

"저 후광 좀 봐. 몸 전체에서 눈부신 광채가 마구 발산되는 것 같지 않아? 게다가 나 같은 애송이의 실언에도 낯을 찡그리지 않는데다 주위를 배려해서 절묘한 농담까지 섞어가며 응수하는 여유라니. 저 압도적인 자신감과 어떤 상황에서도 동요하지 않는 정신력이 그런 대기록을 낳은 가장 큰 요인일 거야. 많이 배웠어."

감탄하는 표정으로 잭이 고개를 흔들었다.

"우리와 그릇이 달라. 작년 PGA챔피언십 최종일 최종 18번 홀의 절체절명의 위기에서 나온 기적적인 칩인*. 그 고비에서 20야드를 한 방에 끝내다니, 인간이 아니야."

팀도 팔짱을 끼고 프런트에 있는 로빈슨을 바라보았다.

"그래도 PGA챔피언십에서 그의 우승 스코어는 1오버였어. 살벌하게 어려운 코스야, 여기는."

잭의 말에 팀이 슬며시 미소를 지었다.

"이봐, 혹시 지금 겁먹은 거야?"

"천만에. 우리가 여기서 코스 신기록을 만들어주자고. 자, 천국

---

* 칩인(chip in): 칩샷으로 공을 홀에 넣는 것. 다이렉트인이라고도 한다.

속의 지옥 코스를 향해, 출발!"

그렇게 말하고 잭은 자못 즐거운 듯 만면에 웃음을 띤 채 팀의 등을 퍽, 치고 걷기 시작했다.

04

월요일
연습 라운드

코스 내 도로마다 이미 수많은 관객으로 넘쳐났다. 연습 라운드 첫날인데도 아침 10시경에 벌써 입장객이 수만 명을 넘은 듯했다. 여기저기에서 즐겁게 이야기하는 소리, 누군가의 이름을 부르는 소리, 아이들의 웃음소리, 선수들에게 보내는 환성과 박수소리가 들려왔다.

US오픈을 위해 제작된 특설 게이트 '윌 콜 퍼실리티'에는 잇달아 셔틀버스가 멈추고 입장권을 목에 건 관객들이 환한 얼굴로 줄줄이 들어섰다. 게이트를 지나면 바로 '메인 머천다이즈 파빌리온'이라 불리는 특설 몰이 있다. US오픈의 공식 굿즈를 파는 숍이나 가벼운 식사와 음료 따위를 파는 가게가 모여 있어 많은 골프 팬들로 복닥거렸다.

그곳을 지나서 더 들어가면 컴퓨터 회사, 자동차 제조사, 은행 등의 협찬사들이 서비스를 제공하는 기업 파빌리온이 죽 늘어서 있다. US오픈은 그 이름에 기업명을 넣는 일이 없지만, 그래도 이 골프계의 최대 이벤트에 협찬하는 것 자체가 일류기업임을 보여줄 기회이며 사회적 위치를 과시하는 것이었다.

더 들어가면 '트로피클럽'이라는 건물이 특설되어 있다. 일부 VIP만 이용할 수 있어, 일반 관객에게는 선망의 대상인 회원제 휴게시설이다. 이탈리아 요리나 멕시코 요리와 함께 차게 식힌 샴페인이나 맥주, 고급 와인을 우아하게 즐길 수 있다.

잭과 팀은 로프를 쳐놓은 선수용 통로를 걸으며 주변을 두리번거렸다. 팀이 한숨지으며 말했다.

"US오픈은 정말 굉장하구나, 잭. 무슨 축제 같아."

"응. 매년 수십만 명이 몰린다는 건 알고 있었지만, 이 정도로 북적거릴 줄은 몰랐네. TV에서는 시합 장면 말고는 거의 보여주지 않으니까."

마침내 두 사람이 가는 쪽으로 350야드가 넘는 드라이빙 레인지, 어프로치 연습장, 연습용 벙커, 그리고 연습용 그린이 시야에 들어왔다. 이미 많은 출전 골퍼들이 연습 중이었고 수많은 갤러리가 주위를 에워싸고 구경하고 있었다. 어린이가 내미는 모자나 팸플릿에 간단히 사인해주는 유명 선수들도 보였다.

"자, 이제 어떡하지?"

팀이 잭에게 물었다.

"연습장에서 가볍게 어깨나 풀어볼까? 아니면 이대로 라운드로 가든가."

잭이 대답했다.

"코스로 나가보자. 처음 와본 골프장이잖아. 플레이보다는 먼저 코스를 차분하게 관찰하며 걷고 싶어."

"그래, 좋은 생각이야!"

연습 라운드에서는 전반(아웃코스) 1번 홀이나 후반(인코스) 10번 홀 가운데 하나를 택해서 스타트하게 된다. 두 사람은 우선 코스 설계대로 1번 홀부터 라운드하기로 했다.

거대한 계단 같은 것이 눈에 들어왔다. 1번 홀 티잉 그라운드 뒤쪽에 마치 피라미드처럼 거대한 관객석이 특설되어 있었고 이미 연습 라운드를 관전하러 온 골프 팬들로 가득 차 있었다. 이런 관객석이 18번 홀의 모든 티잉 그라운드와 그린에 빠짐없이 설치되어 있었다.

잭과 팀은 그 앞을 지나 티잉 그라운드로 올라갔다. 페어웨이 방향을 바라보니 양쪽 러프에 질러둔 로프 바깥쪽으로 개미행렬 같은 것이 보였다. 수많은 관객과 기자들, 삼각대를 어깨에 멘 잡지사나 방송국의 카메라맨들이 냇물처럼 흘러 다니고 있었다. 멀리서 박수소리나 환호가 바람을 타고 종종 들려왔다.

아마 18개 홀 전부가 이런 상태일 것이다. 연습 라운드 첫날의 관객 수가 이 정도라면 목요일부터 시작되는 본선에서는 대체 얼마나 모여들지 두 사람은 짐작도 할 수 없었다.

"잭."

팀이 창백한 얼굴로 말했다.

"왜 그래, 팀? 안색이 나쁘잖아."

"나, 나, 갑자기 너무 긴장돼. 화장실에 다녀올게."

잭이 팀의 커다란 등을 손으로 쳤다.

"어이! 오늘은 연습 날이야. 게다가 왜 네가 긴장해? 플레이하는 건 나잖아."

"네놈 똥배짱은 물론 감당이 안 되는 수준이지만, 나는 너와 달리 섬세한 감성을 타고난 사람이거든. 으으, 급해!"

잭은 화장실을 향해 비탈길을 뛰어 내려가는 팀을 히죽거리며 바라보다가 별 생각 없이 주위를 둘러보았다.

저쪽에서 잭 일행보다 조금 늦게 도착한 선수와 캐디가 티잉 그라운드로 올라왔다.

그 선수의 얼굴이 낯익었다. 작년 8월 PGA챔피언십 최종일에 닉 로빈슨과 함께 마지막 조로 경기했던 테리 루이스였다.

테리 루이스는 샷 메이커, 즉 정확한 아이언샷으로 정평이 난 PGA투어의 시드 선수이다. 플로리다 주 출신에 33세, 지금까지 투어 우승 3회, 작년 PGA챔피언십에서 처음으로 메이저 우승에 근접했으나 최종일에 무너져 쾌거를 이루지 못했다. 이번 US오픈에서야말로 내심 단단히 각오한 바가 있을 것이다.

루이스는 사무국 텐트로 가서, 안에 있던 재킷 차림의 몇몇 사람들에게 인사하고 웃는 낯으로 악수를 나눴다. 시드 선수쯤 되면

PGA투어 위원들과도 알고 지내는구나, 하고 잭은 감탄하며 바라보았다.

루이스도 잭을 알아보았다. 그는 사람 좋은 웃는 얼굴로 잭에게 다가와 말을 걸었다.

"날씨가 좋은걸. 이 코스는 처음이에요?"

잭도 빙긋 웃으며 대답했다.

"네, 실은 PGA투어 시합 출전 자체가 처음이니까 결국 어느 코스나 처음이죠."

"투어 출전이 처음이라고?"

루이스는 눈을 동그랗게 떴다.

"그럼 그 치열한 예선을 통과하고 올라왔단 말이군요? 굉장하네요! 나는 도저히 통과할 자신이 없는데."

"잭 아키라 그린필드라고 합니다."

"테리 루이스라고 해요. 테리라고 불러요. 잘 부탁해요."

루이스가 흔쾌하게 오른손을 내밀었다. 잭도 반갑게 응했다.

"이미 성함은 알고 있습니다. 작년 PGA챔피언십에서 우승을 거의 다 잡았었는데."

"음, 최종일에는 너무 힘이 들어가는 바람에 자멸하고 말았죠. 그래도 닉 로빈슨의 역사적 우승을 누구보다 가까이서 지켜볼 수 있었잖아요. 내가 우승하는 것보다 가치 있는 경험이었는지도 모르죠."

루이스는 미소 지은 채 양손을 가볍게 쳐들며 어깨를 으쓱해 보였다. 그리고 잭에게 말했다.

"괜찮다면 같이 돌아볼래요? 나도 라운드 상대를 정하지 못하고 와서."

PGA투어 연습 라운드는 사전에 출발 시간을 예약하게 되어 있지만, 선수들의 사정에 따라 갑자기 취소하는 경우도 많다. 따라서 멤버가 부족한 팀이 생기면 그 조에 들어가거나, 친한 선수가 예약한 팀에 동행하는 것도 가능하다. 그것은 US오픈에서도 마찬가지였다.

"고맙습니다. 저야 당연히 좋죠!"

잭이 인사하자 루이스도 반갑게 대꾸했다.

"나야말로 다행이에요. 이쪽은 캐디 루이."

루이스처럼 역시 사람 좋아 보이는 남자가 잭에게 미소를 지으며 모자챙을 살짝 쳐들어 보였다.

잭이 자기 캐디의 이름과 지금 자리를 비운 이유를 설명하고 있는데 당사자가 숨을 헐떡이며 겅중겅중 뛰어왔다.

그것을 보고 루이스는 환한 표정으로 캐디백에서 드라이버를 뽑았다.

"잭, 이 코스가 처음이라고 했죠? 팀도 아직 준비가 안 됐을 테니 내가 오너를 맡도록 하지요."

"네, 부탁드립니다."

오너란 같은 멤버 중에 제일 먼저 공을 치는 사람을 말한다. 루이스는 공을 티업하며 혼잣말처럼 읊조렸다.

"1번 홀은 473야드에 파4. 왼쪽에 도그레그. 양쪽은 계속 숲이고. 왼쪽 숲을 넘기면 바로 그린이지만, 그러려면 캐리 350야드가 필요합니다. 고지대여서 비거리는 잘 나오지만 오늘은 역풍이라 숏 컷은 무모하죠. 따라서 페어웨이 오른쪽이 최선의 루트. 그쪽에 벙커가 있지만 캐리 270야드면 넘을 수 있습니다."

아무래도 루이스는 투어 신참을 위해 코스 해설까지 해줄 요량인 듯했다. 그만큼 경계의 대상으로 삼지도 않는다는 뜻일 수도 있지만, 어쨌든 잭은 루이스의 마음씀씀이가 고마웠다. 팀은 당황하며 주머니에서 야디지북을 꺼내 서둘러 메모를 시작했다.

루이스는 부드러운 폼으로 드라이버를 휘둘렀다. 중심에 정확히 맞는 명쾌한 소리와 함께 하얀 공이 페어웨이 중심 상공을 똑바로 날아갔다. 그 뒤 공은 가벼운 페이드 궤도로 오른쪽 벙커를 넘어, 선언한 대로 페어웨이 오른쪽 가장자리에 착지하여 20야드쯤 구르다가 멈췄다.

배후 관객석에서 본선이나 되는 양 커다란 박수와 환호가 터져 나왔다. 루이스는 모자챙에 오른손을 갖다 대며 웃는 얼굴로 관객석을 돌아다보았다.

비거리는 290야드 전후인 듯하다. 장타자는 아닌 것으로 알려진 테리 루이스이지만, 과연 PGA 시드 선수다웠다. 티샷에서 거리를 확실하게 벌어두었다.

"멋져요. 많은 참고가 되었습니다."

잭이 공을 티업하고 드라이버를 잡았다. 그리고 페어웨이 방향을 지그시 바라본 뒤 왜글을 몇 번 해보더니 불쑥 풀스윙을 했다.

딱, 하는 묵직한 소리가 났다. 강렬한 타구가 하늘 높이 날아올랐다. 공은 그대로 루이스 때보다 훨씬 높은 탄도를 그리며 날아갔다. 관객석에서 웅성거림이 커졌다.

루이스가 놀라 중얼거렸다.

"대단한걸! 그런데 살짝 왼쪽인가?"

잭의 공은 루이스의 조언과는 반대로 좌 코너의 숲 상공을 향해 똑바로 날아갔다. 그리고 낙하산이라도 달린 것처럼 숲 위로 천천히 떨어져 초록색 나무들 틈으로 사라졌다.

티를 줍는 잭의 등을 루이스가 가볍게 다독였다.

"오늘은 연습 라운드예요. 신경 쓰지 말고 살살 해요. 그런데 아무리 고지대라지만 그 날씬한 몸으로 상당히 멀리 보내는군요. 놀랐습니다."

루이스는 티잉 그라운드를 뛰어 내려갔다. 캐디 로이가 백을 메고 종종거리며 따라갔다. 잭과 팀도 뒤를 따랐다.

"어이!"

팀이 잭을 따라잡으며 귓가에 속삭였다.

"어떻게 된 거야?"

"응, 내가 생각해도 잘 날아가네. 역시 1,800미터 고지대다워. 그런데 팀, 세계에서 가장 지대가 높은 골프장이 어딘지 알아? 볼리비아에 있는 라파스 골프클럽인데, 해발 3,300미터라고 하니까 놀랍지. 공기가 너무 희박해서 카트에 산소통을 준비하고 다닌다더군."

잭은 큰 보폭으로 성큼성큼 걸으며 태연하게 응답했다.

"허, 거짓말 같은 얘기네. 거기였다면 공은 얼마나……."

팀은 저도 모르게 감탄하다가 문득 잭을 노려보았다.

"누가 비거리 얘기 하쟀어? 너, 공을 일부러 저 숲에 처박은 거지?"

"어, 눈치챘어?"

"당연하지! 처음부터 어깨가 왼쪽 숲을 향했고, 티도 평소보다 꽤 높았으니까. 하지만 어떻게 치든 저 숲은 못 넘겠지?"

"이번 샷의 이상적인 공략법은 테리가 먼저 보여주었어. 그래서 나는 좀 다르게 해보고 싶었던 거야."

세컨드 샷도 루이스가 먼저 쳤다. 공은 그린 중앙에 2온. 핀 바로 옆 4미터이므로 버디 찬스.

잭과 팀은 숲으로 갔다. 하지만 떨어진 지점으로 짐작한 근방에는 공이 보이지 않았다.

"이런, 이런. 영광스러운 US오픈 연습 라운드의 기념할 만한 퍼스트 샷이 로스트볼이라니. 너답구나."

팀이 한숨을 내쉬었다. 잭도 바닥을 둘러보며 서글픈 표정을 지었다.

"공이 좀 높았나 보네."

"초보자처럼 말하지 마. 정말이지 한심해서 눈물이 다 난다!"

팀이 완전히 질렸다는 표정으로 투덜거렸다.

공 제조사와 스폰서 계약을 맺지 않은 잭은 공을 전부 자기 돈으로 구입한다. 시합에 쓸 만한 공을 숍에서 사려면 개당 7달러에서

8달러나 줘야 한다. 대부분의 프로골퍼는 어디든 공 제조사와 계약을 맺고 공을 제공받기 때문에 값비싼 공을 마음껏 무료로 사용하고 있다.

"US오픈 출전이 결정되자 공뿐만 아니라 클럽과 의류에서도 여러 제조사에서 스폰서 계약을 맺자는 제안이 들어왔지. 네놈이 그걸 전부 거절했잖아. 최소한 공 정도는 어느 회사하고든 계약을 하라니까! 소모품이잖아."

불평을 늘어놓는 팀에게 잭이 입을 삐죽거렸다.

"다양한 용품을 써보고 싶다니까."

"그런 배부른 소리는 돈이라도 벌어놓은 다음에 해! 도대체 골프백 속이 이게 뭐냐, 이 잡탕처럼 통일감 없는 용품들!"

팀은 어깨에 멘 캐디백을 팡팡 때렸다.

"온갖 메이커의 클럽들이 정신없이 꽂혀 있어서 꼭 여자들 핸드백 속 같잖아! 게다가 어디서 파는지 알 수도 없는 이상한 것들만 들어 있고."

팀의 말이 옳았다. 잭이 갖고 있는 것들은 드라이버 · 페어웨이우드* · 아이언 · 퍼터 등의 제조사가 다 다르고, 더구나 별로 알려지지 않은 메이커들이었다.

우드 종류는 전부 페이스가 작고, 특히 드라이버는 요새 일반적

---

* 페어웨이우드(fairway wood): 페어웨이에서 사용하는 우드 클럽의 총칭으로, 장거리를 치기 위한 클럽.

인 용적 460시시의 대형 헤드가 아니라 380시시 정도밖에 안 된다. 아이언은 현행 규칙에 맞게 페이스 면을 다시 다듬었지만, 꽤 오래전에 쓰던 연철제 머슬백이 분명하다. 그리고 오늘 사용할 퍼터는 캐시인 타입이며 넓적한 나무판 모양이다.

"중심과 중량, 샤프트의 성격을 생각해서 클럽을 조합해놓았으니까 아무 문제 없어. 같은 제조사의 클럽이라도 이런 요소를 알맞게 갖추고 있다고는 할 수 없으니까."

잭이 미안해하면서도 염려 말라고 장담했다.

그때 숲 안쪽에서 작은 목소리가 들렸다.

"뭐 하세요?"

두 사람은 얼굴을 마주 본 채 목소리가 나는 쪽을 돌아보았다.

대여섯 살쯤으로 보이는 사내아이가 숲속에 서서 이쪽을 쳐다보고 있었다. 하얀 티셔츠에 하얀 반바지. 하얀 천 운동화. 긴 나뭇가지를 지팡이처럼 짚고 있다. 검은 머리칼에 검은 눈동자. 아시아인인가?

"공 찾고 계세요?"

사내아이가 그렇게 물었다. 팀은 만면에 반가운 웃음을 지었다. 아무래도 아이를 꽤 좋아하는 성격 같다.

"오오, 그래! 이 호리호리한 아저씨가 숲을 너무 좋아한단다. 숲만 보면 흥분해서 공을 숲속에 넣고 싶어 하지. 그런데 꼬마야, 이 아저씨가 친 공이 어디 떨어졌는지 혹시 아니?"

"저쪽에요."

사내아이가 가리킨 곳은 숲 바깥이었다. 더구나 그린 쪽이었다.

"뭐?"

팀은 당황해서 숲을 나와 그린 쪽으로 뛰어갔다. 잭의 공이 그린 앞 50야드 근방 페어웨이에 떨어져 있었다.

"오, 역시 통과했구나."

잭이 빙글빙글 웃으며 다가왔다.

"역시라니. 이봐, 아무리 그래도 이건 우연이겠지? 숲으로 보내면서 통과를 기대할 리 없잖아!"

어이없다는 듯 목소리를 높이는 팀에게 잭은 어깨를 으쓱해 보였다.

"티잉 그라운드에서 관찰해서 알아낸 건데, 이 숲속의 지면은 그린 쪽으로 내리막 경사더군. 숲의 능선이 굴곡 없이 고른 것을 보고 지면도 평평할 거라고 짐작했지."

잭은 등 뒤의 숲을 돌아보았다.

"이 지역 활엽수림은 잎이 무성하지만 줄기는 가늘어. 게다가 바닥에 낙엽이나 잔가지가 말끔하게 치워져 있더라고. 만일 공이 그린 방향 내리막에 떨어진다면, 이런 행운이 생길지도 모른다고 생각했지."

"이번에는 운 좋게 통과했지만, 숲을 노리고 치는 것은 실전에서는 금물이야."

"그렇지도 않아. 만약 최종일에 근소한 차로 1위를 추격하는 상황인데 아무래도 1위가 무너질 것 같지 않은 경우라면 도박에 나서야 할 때도 있어. 그리고 어느 홀에나 갬블 포인트는 반드시 어딘가에 있게 마련이야."

한때는 이자를 코미디언이 아닐까 하고 의심하기도 했지만 실은 도박사였던 모양이다. 잭의 말에 팀은 이번 주도 고생하게 생겼구나, 하고 긴 한숨을 내쉬었다.

"어?"

잭이 문득 주위를 두리번거렸다.

"왜 그래?"

"그 꼬마가 안 보여. 고맙다고 인사하고 사인볼이라도 줄까 했는데."

팀도 숲을 돌아보았다. 정말 사내아이가 보이지 않았다.

"네 사인은 카드 결제할 때 아니면 아무도 원하지 않아. 그런데 정말 사라져버렸네."

"이상한 꼬마였어."

잭이 고개를 갸웃거렸다.

"응? 뭐가?"

"주니어용 관전 패스를 목에 걸고 있지 않았어. 열두 살 이하는 무료입장이지만, 코스 안에서는 늘 패스를 목에 걸고 다녀야 한다는 규정이 있거든."

"그게 없었어? 난 몰랐는데. 혹시 잃어버릴까 봐 부모가 가지고 있는 건 아닐까? 아니면 가방에라도 넣어두었거나."

"아니, 가방도 없었어. 가방은 둘째 치고 그 아이는 골프를 보러

온 것처럼 보이지도 않았어. 모자도 없고 신발도 평소 신고 다니는 것처럼 보이는 운동화였고."

곰곰이 생각하는 잭의 옆에서 팀이 알겠다는 듯 고개를 크게 끄덕였다.

"나무의 정령이네."

"뭐?"

이번에는 잭이 되물었다. 팀이 진지한 표정으로 말했다.

"골프장 숲에는 말이야, 골프를 좋아하는 나무의 정령이 살거든. 공이 숲으로 날아들 경우, 마음이 내키면 나무지팡이로 공을 쳐서 돌려주지. 틀림없이 OB인 줄 알았던 공이 톡, 하고 페어웨이 한가운데로 나온 적 없어?"

"있어!"

놀란 얼굴로 잭이 소리쳤다.

"그래? 그게 나무의 정령의 짓이었다고? 험악한 얼굴에 안 어울리게 제법 낭만적인 소릴 하네."

"누가 얼굴 얘기 하재? 자, 나무의 정령에게 고맙다고 말하고 감사하는 마음으로 플레이나 계속하자."

그렇게 말하고 팀은 백을 어깨에 멨다. 잭도 일단 사내아이는 잊고 연습 라운드에 집중하기로 했다.

티샷은 숲을 통과하여 그린 앞 페어웨이에 다다랐다. 핀까지 불과 55야드 남았다. 잭은 샌드웨지*를 뽑아 하프 스윙으로 세컨드 샷을 했다.

공은 핀 너머 1미터 지점에 떨어져 백스핀으로 컵을 향해 후진했다. 그리고 건조한 금속음을 내며 컵 속으로 사라졌다.

그린 주위에 포진해 있던 수많은 갤러리 쪽에서 놀라는 소리와 함께 성대한 박수가 터져 나왔다. 그린으로 걸어가던 테리 루이스는 양손으로 쟁반을 나르는 웨이터 같은 포즈로 못 믿겠다는 듯 잭을 쳐다보았다.

잭은 관객의 환호에 오른손을 쳐들어 응답했다. 그리고 퍼터를 잡은 채 입을 멍하니 벌리고 있는 팀에게, 샌드웨지의 그립이 그를 향하도록 해서 건네주었다.

이리하여 잭 아키라 그린필드의 US오픈 연습 라운드는 일단 이글로 시작되었다.

2번 홀 이후에도 테리 루이스는 이상적인 루트를 혼잣말처럼 중얼거리고는 그 루트대로 정확하기 짝이 없는 샷을 날렸다. 잭은 루이스의 플레이를 확인하며 전혀 다른 공략법으로 라운드를 해나갔다.

어느 홀에서 나란히 페어웨이를 걷고 있는 중에 루이스가 흡족한 얼굴로 잭에게 말을 건넸다.

"당신의 도전적인 플레이는 정말 신선하군요. 나하고는 정반대 스타일이지만."

* 샌드웨지(sand wedge): 벙커에 들어간 공을 띄워 올려 탈출시키기 위해 사용하는 변형된 아이언 클럽.

루이스는 1번 홀을 마친 시점에 이미 잭의 의도를 간파한 듯했다. 자신은 정공법 루트를 예고하고 그대로 플레이했다. 그에 반해 잭은 전혀 다른 루트로 대담하게 공략하는 것을 즐기는 것처럼 보였다.

"나도 골프를 시작할 때는 지금보다 공격적으로 플레이했어요. 당신 덕분에 그 시절이 생각나는군요."

"실은 제가 이제 막 골프를 시작한 참이거든요."

루이스는 큰 소리로 웃었다. 아무래도 잭의 말을 농담으로 받아들인 모양이었다.

"잭, 요주의 인물이에요."

루이스는 한쪽 눈을 찡긋하며 잭을 손가락으로 가리켰다.

"홀리파인힐처럼 어려운 코스에서 폭발적인 스코어를 낼 수 있는 사람이 있다면, 그건 아마 당신 같은 스타일의 플레이어일 겁니다."

"고맙습니다. 그럼 정말 진지하게 우승을 노려보죠."

잭은 주눅 드는 기색도 없이 말했다. 그러자 루이스는 하늘을 올려다보며 다시 유쾌하게 웃었다.

"그럼 나도 최종일 마지막 조에서 잭과 같이 라운드할 수 있도록 힘써야겠군요. 단, 이번에는 작년 PGA챔피언십처럼 구경하는 처지로 물러날 생각이 없습니다."

네 사람은 꼬박 다섯 시간 정도를 돌아서 마침내 마지막 18번 홀에 다다랐다. 티잉 그라운드에 오르자 잭과 루이스는 나란히 코스를 바라보았다.

260야드쯤 떨어진 오른쪽 숲에 그것이 있었다.

활활 타오르는 불길이 그대로 화석으로 굳은 것처럼 하얗게 뒤틀린 줄기. 그 줄기 위쪽에 거칠 것 없이 사방으로 뻗은 굵고 뾰족한 가지들. 높이는 10미터나 될까. 수백 그루나 되는 나무들을 주위에 거느리고 근방을 흘겨보듯 서 있는 위풍당당한 거목 한 그루.

"저거로군요."

잭의 말에 루이스가 진지한 얼굴로 고개를 끄덕였다.

"음, 저게 그거죠."

원주민 일족의 비극에 분노하여 기병대에 처참한 재앙을 내렸다는 전설이 깃든 나무. 그리고 작년 PGA챔피언십에서 우승자 닉 로빈슨이 공을 그쪽으로 날려서 하마터면 로스트볼이 될 뻔했다는 사연을 지닌 나무. 홀리파인힐 골프코스의 상징과도 같은, 수령 4,500년이 넘는 브리슬콘파인, 통칭 '신의 나무'이다.

루이스는 캐디 로이가 펼친 야디지북을 들여다보았다. 그리고 오른쪽 숲을 가리키며 말했다.

"올해는 신의 나무를 포함한 숲 대부분이 OB 구역으로 변경되었습니다."

작년에 닉 로빈슨이 겪은 트러블을 예방하기 위해 US오픈위원회가 조치를 취했을 것이다.

"그러니까 팀, 내가 시합에서 오른쪽 숲으로 공을 날려도 네가 신의 나무에 올라갈 일은 없겠어."

잭이 농담처럼 말하자 팀이 진지한 목소리로 중얼거렸다.

"그때 라이언 씨의 심정을 알 것 같아. 나라도 올라갔을 거야."

잭은 팀의 얼굴을 빤히 쳐다보다가 입을 열었다.

"미안, 좋지 않은 농담이었어."

"상관없어. 그보다 대회에서는 정말 오른쪽으로 날리지는 말아줘. 18번 홀까지 와서 OB가 나면 보기가 안 좋잖아."

이번에도 루이스가 먼저 티업했다.

"이 마지막 홀은 컵 위치에 맞춰, 감자칩처럼 휘어진 그린의 어디에 공을 올리느냐가 승부처가 되죠. 티샷에서는 아무것도 생각할 필요 없습니다. 페어웨이의 센터를 노린다."

루이스의 드라이버에서 발사된 공은 그가 선언한 대로 페어웨이 중앙으로 날아갔다. 이번에도 300야드 가까이 될 것이다. 정확하기 짝이 없는 샷은 마지막까지 흐트러짐이 없었다.

팀이 작은 소리로 몹시 이상하다는 듯 속삭였다.

"이봐, 잭. 왜 저런 선수가 투어에서 3승밖에 못 했을까? 이 정도 샷이면 매달 우승해도 이상할 게 없는데."

잭도 작은 소리로 대답했다.

"테리 같은 드라이버 비거리와 정밀한 아이언을 가진 선수가 수두룩한 것이 PGA투어 세계라는 거지. 이거 쉽게 우승하기 힘들 수도 있겠는걸."

US오픈에서 쉽게 우승할 수 있으리라 생각했단 말인가, 하며 팀은 잭의 무모한 자신감에 새삼 감탄했다.

잭이 티업했다. 그러자 루이스가 기대된다는 표정으로 잭에게 질문했다.

"자, 잭, 드디어 문제의 최종 18번이군요. 어떻게 공략할 거죠?"

잭은 드라이버를 왼손에 들고 공 저편 코스를 바라보며 말했다.

"신의 나무를 노릴 겁니다."

"뭐?"

루이스가 놀라자 팀이 당황해서 잭에게 말했다.

"아니, 이봐, 저기는 OB 구역으로 지정됐다고 했잖아."

잭이 드라이버를 든 채 대답했다.

"작년 PGA챔피언십에서 닉 로빈슨의 루트를 그대로 따라가보고 싶어."

그리고 어, 하는 사이에 잭은 드라이버를 풀스윙했다.

공은 오른쪽 방향으로 드높이 날아올라 포물선 정점에서부터 더 심하게 오른쪽으로 흐르기 시작했다. 의도적으로 푸시 아웃 슬라이스를 친 것이다. 공은 신의 나무에 빨려드는 것처럼 낙하하여 숲으로 들어갔다.

"그때랑 똑같은 탄도야."

루이스가 감탄하는 소리를 내질렀다.

"그때도 닉의 공이 지금처럼 바로 저곳으로 사라졌어요. 꼭 녹화 비디오를 재생한 것 같군요."

"녹화 화면을 여러 번 봤으니까요. 자, 팀, 가자! 닉 로빈슨과 겨루는 거다!"

잭은 드라이버를 어깨에 메고 신나게 걷기 시작했다.

"하여간 저놈은."

팀은 한숨을 크게 쉬고 캐디백을 멨다.

네 사람은 나란히 티잉 그라운드를 내려갔다. 루이스와 그의 캐디는 페어웨이 중앙을 향해 똑바로 걷고, 잭과 팀은 오른쪽 숲을 따라 러프를 걸었다.

신의 나무 근처까지 왔을 때, 두 사람은 걸음을 멈추고 얼굴을 마주 보았다. 한 중년 남성이 신의 나무 밑에 서 있었던 것이다.

키는 180센티미터쯤 될까? 날씬한 몸에 7대 3으로 가른 짧은 은발, 하얀 반소매 노타이셔츠를 입고 그 밑자락을 베이지색 바지 속에 꼼꼼하게 넣었다. 아래는 산행용 신발. 신의 나무를 말없이 올려다보고 있다.

팀이 잭의 옆구리를 팔꿈치로 쿡 찔렀다.

"이, 이봐, 잭! 저 사람, 그 사람 아냐?"

"오, 오늘이 무슨 날인가? 전설의 인물을 잇달아 만나다니."

그는 작년 PGA챔피언십까지 무려 33년이나 닉 로빈슨의 전속 캐디로 일한 토니 라이언이었다.

"저기요, 라이언 씨 아니세요?"

팀이 잔달음으로 다가가며 큰 소리로 물었다. 라이언은 천천히 신의 나무에서 시선을 내려 뒤쪽을 돌아보았다. 그리고 팀과 그 뒤에 선 잭을 향해 자상한 미소를 지어 보냈다.

듣던 대로 온화한 인품이 전해지는 따뜻한 표정이었다. 닉 로빈슨과 동갑이라고 했으니 올해 55세일 것이다.

"이번 주 US오픈에 출전하는 선수인가?"

팀과 잭도 미소를 지은 채 고개를 끄덕였다.

"네, 그렇습니다! 저는 캐디 팀 브루스, 이쪽은 골퍼 잭 아키라 그린필드입니다."

"그럼 저 공은 자네들 건가?"

라이언이 가리키는 곳을 바라보니 하얀 OB 말뚝 너머 신의 나무 뿌리께 바위 앞에 하얀 공이 보였다.

"봐, 역시 OB잖아! 그나저나 라이언 씨, 엉뚱한 곳으로 공을 날려서 정말 죄송합니다. 괜찮으세요?"

모자를 벗고 사과하는 팀 옆에서 잭도 모자를 벗으며 사과했다.

"죄송합니다. 티샷 때 라이언 씨를 못 봤어요. 다치지 않으셨어요?"

"아니, 나는 그린 쪽 통로에 있다가 이쪽으로 날아오는 공을 보고 궁금해서 들어와봤네. 캐디 기질 때문인지 지금도 날아가는 공을 보면 이렇게 개처럼 쫓아가고 만다니까."

라이언은 가슴 앞에서 양 손목을 위아래로 흔들며 목을 움츠리고 웃더니 두 사람에게 오른손을 내밀었다.

"토니 라이언이야. 반갑네."

먼저 잭, 이어서 팀이 라이언과 악수했다. 팀은 마주 잡은 손을 위아래로 크게 흔들며 반갑게 입을 열었다.

"작년에 활약하시는 거, 텔레비전으로 보는데 소름이 돋더군요. 라이언 씨가 저 무서운 신의 나무에 올라가면서까지 공을 찾는 집념을 보고서, 그래요, 캐디의 혼에 감동했습니다!"

"고마운 말이군. 당연한 일을 했을 뿐인걸."

라이언은 악수한 오른손을 흔들며 다시 미소를 지었다.

마침내 라이언의 손을 놓고 팀이 흥분해서 말했다.

"여기 오신 것은 혹시 이번에 다른 선수의 백을 메시기 위해선가요? 어이, 잭! 부킹에 따라서는 우리가 라이언 씨랑 한 조로 돌게 될지도 모르겠는걸. 아, 이런, 긴장되는데."

라이언은 곤혹스럽다는 표정으로 고개를 저었다.

"아, 아니야. 닉이 은퇴한 뒤로는 왠지 다른 골퍼의 백은 메고 싶지 않았어. 이젠 완전히 은퇴한 상태야. 다만 오늘 밤 열리는 세계 골프의 전당 기념식에 초대받아 왔다가 간만에 골프장에 들어와본 거야."

잭이 고개를 끄덕였다.

"그 이야기는 아까 로빈슨 씨한테도 들었습니다. 작년 PGA챔피언십에서 썼던 클럽 세트를 전당에 전시하기로 했다고요?"

"오, 닉을 만났나?"

라이언도 반가운 얼굴로 고개를 끄덕였다.

"분에 넘치는 영광이지. 그래서 부끄럽지만 오늘 여기 온 건데, 막상 도착하니 추억의 코스를 다시 걸어보고 싶어져서 말이야. 해서 어슬렁어슬렁 산책하는 중이지."

"아, 그랬군요."

라이언이 시합에는 참가하지 않는다는 것을 알게 되자 팀이 어깨를 떨어뜨렸다.

"여기 호텔에 묵으시나요?"

잭이 물었다. 라이언은 관계자용 패스를 목에 걸었을 뿐 가방 같은 것은 들고 있지 않았다.

"음, 미국골프협회에서 특별히 호텔 방을 잡아주어서 후의를 고맙게 받아들이기로 했지. 이것도 다 예전 파트너 닉 덕분이지."

라이언은 한쪽 눈을 찡긋하며 미소 지었다. 그 말을 들은 팀이 흥분해서 말했다.

"그럼 오늘 저녁 파티가 끝난 뒤에라도 혹시 시간이 되시면 맥주라도 한잔 드시며 작년 PGA챔피언십 얘기를 들려주실 수 있으세요?"

"미안하지만……."

라이언은 곤란하다는 미소를 지었다.

"나는 술을 못해."

"아, 그렇군요."

팀은 다시 어깨를 떨어뜨렸다.

"게다가 장거리 운전을 했더니 나이에 걸맞지 않게 조금 피곤하군. 미안하지만 오늘 저녁은 파티가 끝나면 바로 쉴 생각이네."

"아, 죄송합니다. 제가 그만 혼자 흥분해서."

팀은 황망해하며 사과했다.

"로빈슨 씨는 벌써 만나셨나요?"

잭의 물음에 라이언은 고개를 저었다.

"그게, 아직 못 만났네. 늘 그렇듯이 그 친구는 바쁘겠지. 간만에 만나 얘기라도 하면 좋겠는데."

잭은 조금 놀랐다.

"두 분도 오래간만에 만나시는 건가요?"

라이언은 미소를 지우지 않고 고개를 끄덕였다.

"은퇴 선언 이래 지난 1년간 알다시피 그 친구는 바빴고 나도 건강이 안 좋아져서 병원에 입원했었네. 나도 자네들에게는 아버지뻘이잖아. 몸 여기저기가 슬슬 삐걱거리기 시작했네."

팀은 팔짱을 끼고 감격에 젖어 중얼거렸다.

"전설의 명콤비가, 전설이 된 시합의, 전설이 된 코스에서 재회하다니. 이것도 신의 뜻인가!"

"신의 뜻……."

라이언은 그렇게 따라 중얼거리고 고개를 주억거리며 조용히 말했다.

"인생에서 일어나는 일은 전부가 신의 뜻이지."

잭은 라이언이 독실한 크리스천이라는 점을 떠올렸다.

"토니 아닙니까?"

테리 루이스와 캐디 로이가 다가와 깜짝 놀라며 라이언과 악수를 나눴다.

"건강하시군요!"

반갑게 웃는 얼굴을 보여주는 루이스에게 라이언도 미소를 지어 보였다.

"자네들도 여전하군. 작년 PGA챔피언십에서는 신의 가호가 우연히 우리에게 왔지만, 이번엔 분명히 자네들에게도 신의 가호가 있을 줄 믿네."

"고맙습니다. 이번 주에는 한번 일을 내보려고요!"

라이언은 루이스의 말에 몇 번이고 고개를 끄덕이고 네 사람을 차례대로 쳐다보았다.

"자, 자네들은 연습 라운드 중이겠지? 더 붙잡아두면 안 되겠군. 나도 슬슬 호텔로 돌아가려던 참이야. 다들 멋지게 활약하기를 기도하겠네."

"불쑥 실례했습니다."

잭은 사과하고는 다시 악수했다. 잭과 악수한 뒤 라이언은 팀, 루이스, 캐디 로이 순서로 다시 악수를 나누고 마지막으로 이렇게 말했다.

"자네들 모두에게 신의 가호가 있기를."

라이언은 가슴 앞에 작게 성호를 긋고는 로프 바깥에서 호텔을 향해 걸어갔다. 루이스와 그의 캐디도 자기 공이 있는 곳으로 돌아갔다.

팀은 라이언의 뒷모습을 바라본 채 흥분을 가라앉히면서 말했다.

"젠장, 좋은 사람이잖아! 라이언 씨란 사람 말이야."

잭도 고개를 끄덕였다.

"평판대로 인품이 훌륭하군. 역시 캐디는 저래야 해."

"그 말, 왠지 거슬리네."

팀은 입을 삐죽거리며 신의 나무로 다가갔다. 그리고 잭의 캐디백에서 2번 아이언을 꺼내 헤드 쪽을 잡고 조심스레 오른팔을 길게 뻗어 그립으로 공을 굴려 끌어냈다.

"왜 그러고 있어, 팀?"

"아니, 그냥, 될수록 나무에 가까이 가고 싶지 않아서."

잭은 어이없어하며 공을 받아 들고 70야드쯤 돌아 나와 러프에 멈췄다.

"로빈슨이 두 번째 샷을 한 것이 이 근방일 거야."

"응, 이쯤이었지. 하지만."

팀은 신의 나무와 공을 번갈아 보았다.

"설마 공이 여기까지 튀어나왔단 말인가? 정말 신의 나무이거나, 아니면 주변의 다른 나무에 정통으로 맞고 튀어나왔을 거야."

"그것도 아니라면 나무의 정령이 쳐 보내줬거나."

농담인지 진담인지 알 수 없는 투로 잭이 말했다.

공에서 핀까지는 221야드, 거의 무풍 상태.

작년 PGA챔피언십 최종일, 로빈슨은 6번 아이언을 택했다. 공이 그린에 오르진 못했지만, 바로 앞 에이프런에 멋지게 멈췄다. 다음 서드 샷이 생크가 나서 전 세계를 놀라게 했으나, 포스 샷에서 직접 컵을 노렸고, 이 공을 파로 만들어 기적의 우승을 장식했던 것이다.

잭도 6번 아이언을 뽑았다. 우선 클럽을 한번 휘둘러 러프의 풀을 쳐내서 로빈슨의 공이 있던 상태를 재현하고 그 자리에 공을 놓았다.

그리고 6번 아이언을 풀샷했다. 공은 드높이 날아올라 그린 앞 에이프런에 떨어졌다가 조금 돌아와서 멈췄다.

"굿 샷, 이라고 해도 되려나? 아무튼 로빈슨이 쳤던 것과 똑같은 쪽으로 보냈군."

"좋아. 지금까지는 괜찮은 플레이였어."

팀의 말에 잭은 이렇게 답하고 다음 장소를 향해 걸음을 옮겼다. 이어서 루이스가 페어웨이에서 세컨드 샷을 했다. 공은 그린 중앙에 떨어져 멈췄다.

잭과 팀은 18번 홀 그린 바로 앞 에이프런에 도착했다. 루이스는 먼저 그린으로 올라가 있었고, 공이 떨어진 자국을 그린포크*로 다듬고 공을 마크한 다음 주워 들었다.

서드 샷. 잭은 52도 어프로치웨지를 가방에서 뽑았다. 그리고 공을 향해 클럽을 내리고 닉 로빈슨의 미스 샷과 마찬가지로 그린 오른쪽 에이프런을 노렸다. 잭은 웨지를 휘둘렀다. 공은 가볍게 올라가 그린 오른쪽 자락에 떨어져 30센티미터쯤 구르다가 의도했던 에이프런 자리에 멈췄다.

---

* 그린포크(green fork): 그린에 생긴 디보트와 스크래치를 보수하는 작은 포크.

루이스가 감탄을 아끼지 않았다.

"훌륭해. 정말 그 자리였어요, 생크한 닉의 공이 갔던 곳이. 잭은 쇼트게임* 거리감이 훌륭하네요."

잭이 쑥스러운 듯 대꾸했다.

"아뇨, 라이가 더없이 좋잖아요. 여기에서라면 누가 쳐도 원하는 자리에……."

잭은 거기까지 말하고 말을 멈췄다. 그리고 자기가 서드 샷을 친 에이프런을 가만히 내려다보았다.

핀을 뽑아 들고 기다리던 팀이 초조한 듯 소리쳤다.

"어이, 넋 놓는 모습까지 흉내 낼 건 없잖아. 게다가 로빈슨이 넋을 놓은 것은 서드 샷 전이었어!"

"……어, 그랬지."

잭은 멍한 목소리로 대답하고 에이프런에 있는 자기 공으로 다가가 같은 웨지를 세트했다. 그러나 어쩐지 생각이 딴 데 가버린 표정이었다.

잭은 포스 샷을 칩샷으로 쳤다. 공은 컵을 향해 똑바로 구르다가 그 테두리에 적중했지만 컵에 들어가지 않고 15센티미터 정도 왼쪽으로 돌아가서 멈췄다.

"너는 아직 전설이 되기엔 멀었다는 거지."

---

* 쇼트게임(short game): 그린 근처에서 어프로치 샷이나 퍼트 등을 하는 짧은 거리의 플레이.

팀은 그렇게 말하고 잭에게 퍼터를 넘겼다. 잭은 루이스에게 "그럼" 하며 양해를 구하고 퍼터로 공을 컵에 넣었다.

이어 루이스가 약 4미터짜리 버디 퍼트를 했다. 공은 미묘한 스네이크라인을 그리고 컵 바로 앞에서 슬라이스하며 벗어나 20센티미터 위치에 멈췄다.

"후우, 역시 18번 그린은 까다롭군. 다시 한번 쳐봐도 될까요?"

"네, 물론이죠."

잭이 루이스에게 응답하자 루이스는 주머니에서 다른 공을 꺼내 같은 위치에 놓고 이번에는 조금 더 힘을 주어서 쳤다. 마찬가지로 미묘한 스네이크라인을 그린 공은 컵 한가운데로 빨려 들어갔다. 루이스는 납득한 듯 고개를 여러 번 끄덕이더니 컵에서 공을 꺼내고 모자를 벗으며 잭에게 악수를 청했다.

"오늘 즐거웠습니다. 우리, 실전에서는 건투하자고요."

"저야말로 정말 감사했습니다."

잭은 악수에 응하면서 인사하고는 망설이듯 입을 열었다.

"저어, 루이스 씨."

"네?"

"작년 PGA챔피언십의 이 18번 홀에서, 로빈슨 씨가, 뭐랄까, 평소와 다른 모습을 보이진 않았습니까?"

루이스는 눈썹을 살짝 찡그리고 어깨를 으쓱해 보였다.

"티잉 그라운드에서는 그렇지 않았지만 그린에 다가갈수록 많이 긴장하는 것처럼 보였어요. 표정도 점점 굳어졌고. 나는 작년에도 닉과 몇 번 시합을 했지만, 샷 전에 경직되는 모습을 본 건 그때가 처음이었어요. 하물며 그가 그런 미스 샷을 할 줄이야. 내 눈을 의심했죠. 게다가 그 직전에도, 보기 드문 행동을 보였고."

"보기 드문 행동요?"

잭이 묻자 루이스가 고개를 끄덕였다.

"그러니까 평소에는, 사용할 클럽을 정하면 토니가 백에서 뽑아 수건으로 그립을 닦고 닉에게 오른손으로 건네주죠. 그것을 닉이 왼손으로 받아 들고 헛스윙을 한번 붕! 이것이 그들의 프리샷 루틴이에요."

루이스는 실제로 그것을 해 보이며 설명했다.

"하지만 그 러프에서 세컨드 샷을 할 때, 닉은 손수 백에서 클럽을 뽑고 그립도 닦지 않고 치더군요. 별일도 다 있지, 닉도 상당히 긴장했구나, 하고 생각했었죠."

여기까지 얘기한 테리 루이스는 팀과도 악수를 나눈 뒤에 캐디 루이와 함께 18번 홀을 떠났다.

잭은 아까 서드 샷을 쳤던 에이프런으로 다시 시선을 돌리더니 혼잣말처럼 중얼거렸다.

"잔디 방향은 순결, 오르막 경사는 완만하고, 좌우 경사도 거의 없고. 여기에서 로빈슨이 생크를 냈다고? 골프의 신에게 총애를 받는 남자 닉 로빈슨이……?"

"그거지 뭐. 골프의 신은 변덕스럽고 잔인하다는 거."

팀은 그렇게 결론짓고 스스로 납득하며 고개를 끄덕였다.

골프의 신은 변덕스럽고 잔인하다…….

팀의 그 말이 왠지 목에 박힌 생선가시처럼 잭의 안에 남았다. 그러고 보니 아까 토니 라이언도 말했다.

인생에서 일어나는 일은 전부가 신의 뜻…… .

바람이 강해진 것 같았다. 18번 홀 주위의 나무들이 사락사락 소리를 내며 흔들리기 시작했다. 팀이 굵은 팔뚝을 썩썩 문지르며 말했다.

"자, 우리도 돌아가지? 조금 으슬으슬하네."

"응."

걷기 시작한 직후, 잭은 문득 등 뒤로 누군가의 시선을 느꼈다. 그는 멈춰 서서 천천히 뒤를 돌아보았다. 팀도 잭을 보고 영문을 모른 채 멈춰 서서 동료의 시선을 좇았다.

두 사람의 시선 끝에는 신의 나무가 우뚝 서서 그들을 내려다보고 있었다.

하늘은 어둑해져 있었다. 석양 탓만은 아니었다. 비구름이 몰려오고 있었다. 일기예보는 내일 새벽까지 폭우가 있으리라고 보도했다. 신의 나무의 뒤틀리며 올라간 줄기가 연한 먹빛 하늘을 배경으로 하얗게 도드라져서 거대한 뼈처럼 보였다.

심야가 되자 격렬한 폭우가 홀리파인힐 골프코스를 덮쳤다.

폭우는 새벽까지 계속되었고 일기예보대로 해돋이와 함께 물러갔다.

05

화요일
시체

한밤중.

격렬한 빗소리가 세상을 지배했다. 어둠의 세계. 빗줄기는 하늘에 구멍이 난 것처럼 격렬하게, 그리고 쉴 새 없이 무채색의 대지를 때렸다.

한순간 사위가 대낮처럼 환해졌다. 그리고 즉각 다시 암흑에 둘러싸였다. 칠흑의 어둠 속에서 하늘에 커다란 바위가 구르는 듯한 소리가 울렸다. 천둥이다. 죄지은 자가 아니라도 몸서리가 쳐지는 소리. 인간의 마음속 깊은 곳에 근원적 공포를 들깨우는 소리.

그곳은 원형무대 같은 장소였다. 주위보다 조금 높게 솟아 있고 짧게 다듬은 풀밭으로 덮여 있다. 옆에 구덩이가 두 개 패어 있다. 그 구덩이 바닥에는 하얀 모래가 깔려 있는데, 지금은 빗물로 생긴 웅덩이 바닥에 가라앉아 있다. 투명해야 할 물은 주위의 어둠 때문에 먹물을 풀어놓은 것처럼 까맣게 보인다.

다시 벼락이 번쩍였다. 그러자 빗줄기가 거세게 때리는 원형무대 중앙에서 어떤 검은 물체가 파르스름한 번갯빛에 한순간 부각되었다.

그것은 거대한 거미나 곤충처럼 보였다. 혹은 거대한 개구리나 도마뱀 같기도 했다. 그 검은 물체에서 까만 액체가 흘러나와 빗물과 섞이며 원형무대로 천천히 퍼져 나갔다.

검은 물체는 한 남자였다.

거미나 개구리처럼 보인 까닭은 남자가 기괴한 자세를 취하고 있기 때문이었다. 엎드린 자세로 팔다리를 네 방향으로 뻗은 채, 몸통과 지면 사이에는 20센티미터 정도의 간격이 있다. 말하자면 크게 펼친 네 개의 팔다리로 체중을 지탱하고 있는 것처럼 보였다. 남자는 격렬한 폭우 속에서 그 자세로 몇 시간이고 원형무대 위에 있었다.

물론 인간의 힘으로 그렇게 오래 버틸 수는 없다. 남자의 체중을 지탱하는 것은 팔다리가 아니라 등에서 복부 쪽으로 수직으로 꿰뚫은 나무막대기였다. 나무막대기가 남자를 꼬치처럼 꿰어 공중에 살짝 띄운 채 원형무대에 박혀 있는 것이다.

등 위로 솟은 막대기 끝에는 작은 천 조각이 감겨 있었다. 그것은 깃발이었다. 남자를 꿰뚫어 원형무대에 고정한 것은 골프 깃대였던 것이다.

남자의 검은 머리칼은 불에 타 있었다. 옷도 까맣게 그을어 있었다. 가만 보니 얼굴도 손발의 노출된 피부도 불에 타 문드러져 있었다.

다시 어둠 속으로 섬광이 치달았다. 천둥이 울리는 가운데 남자의 얼굴이 번쩍 도드라졌다. 찬물 샤워처럼 쉴 새 없이 쏟아지는 빗줄기가 남자의 얼굴을 타고 흘러내려 턱 끝에서부터 잘 깎인 풀밭으로 실로 이어진 듯 떨어지고 있었다.

남자의 입은 뭔가 말하려는 양 크게 벌어져 있었고 눈은 아무것도 보지 않으려는 듯 꼭 감겨 있었다.

어느덧 천둥소리가 더 이상 들리지 않았다. 빗소리도 작아진 것 같았다. 사위가 점차 희뿌애졌다.

아침이 다가오고 있었다.

06

화요일
레스토랑 01

“우와, 맛있다! 이봐, 이 바삭하게 구워낸 베이컨이 최고네, 최고. 아, 저어, 여기요!”

감색 원피스에 하얀 앞치마를 두른 종업원이 웃음을 참으며 팀 앞에 쌓인 빈 접시를 집어 들고 갈색 곱슬머리를 흔들면서 돌아갔다.

하얀 식탁보를 씌운 식탁에는 베이컨과 소시지와 햄을 수북이 쌓아올린 커다란 접시, 신선한 야채샐러드를 잔뜩 쌓아올린 유리 볼, 게다가 여러 종류의 빵들이 무너질 것처럼 쌓인 바구니가 나란히 놓여 있었다. 그 음식들이 전부 팀의 커다란 입 속으로 굉장한 속도로 사라지고 있었다.

“커피 맛도 나무랄 데가 없네.”

잭도 뜨거운 디저트 커피를 마시며 만족스러워했다.

6월 16일 화요일 오전 7시 30분.

US오픈 두 번째 연습 라운드를 앞두고 잭과 팀은 호텔 레스토랑에서 우아하게 뷔페식 아침을 먹는 중이었다. 식기 옆에는 인디언이 자수된 하얀 헌팅캡 두 개가 놓여 있었다.

"당분간 매일 이렇게 식사한다는 게 꿈만 같구나. 간밤의 파티 음식도 맛있었어. 그렇게 두툼한 로스트비프는 생전 처음 먹어봤네."

팀은 간밤에 먹은 음식을 반추하는지 꿈꾸는 표정으로 입을 오물거렸다.

지난밤 7시부터 9시까지 US오픈 개최를 기념하는 스탠딩 파티가 호텔 2층의 넓은 연회장에서 열렸다. 전 세계 일류 선수들이 한자리에 모인 가운데 주인공은 역시 닉 로빈슨이었다. 다른 선수, 주최 측, 스폰서, 기자 들이 끊임없이 인사하러 다가오는 통에 로빈슨은 빈 샴페인 잔을 든 채 음식 한번 가지러 가지 못했다.

파티 중반에는 로빈슨이 마지막으로 사용한 클럽 세트를 세계 골프의 전당에 증정하는 의식이 진행되었다. 로빈슨과 캐디 토니 라이언이 단상에 오르고, 클럽 세트가 캐디백과 함께 전당 대표자에게 건네어졌다.

로빈슨이 보관하던 클럽 세트는 아마도 작년 대회가 끝난 이래 내내 방치되었던 모양이었다. "지저분해서 도저히 전시할 만한 상태가 아니군. 구덩이에라도 묻어두었나?" 라이언이 이렇게 놀라는 시늉을 한 바람에 장내에 폭소가 터졌다. 이어서 라이언이 "마지막으로 손질을 하고 싶으니 호텔방으로 들고 가게 해주게"라고 말하자 로빈슨이 "그럼 내가 백을 옮겨줄 테니까 팁을 넉넉히 줄 텐가"라고 응수해서 다시 장내를 웃음바다로 만들었다.

잭은 간밤의 라이언의 모습을 떠올렸다. 즐거운 것처럼 행동하기는 했지만 명백히 피곤해하는 기색을 엿볼 수 있었다. 입원한 적이 있다고 했는데, 아직 제 컨디션을 찾지 못했는지도 모르겠군. 잭은 커피 잔을 입술로 가져가며 그렇게 생각했다.

"이봐, 잭!"

양손에 나이프와 포크를 꼭 쥔 팀이 건너편에 앉은 잭에게 얼굴을 가까이 들이댔다.

"왜?"

"반드시 우승하라고는 말하지 않겠어. 하지만 최소한 예선 탈락만은 안 돼. 탈락하면 주말 메뉴가 천국에서 지옥으로 떨어질 수 있어."

잭은 어이가 없어 허공을 올려다보았다.

"그런데, 너무 늦네."

포크로 소시지를 찌르며 팀이 투덜거렸다.

"오늘 연습 라운드, 아직 출발시킬 생각이 없는 건가? 이제 비도 개고 이렇게 쨍하게 맑은 아침인데."

"간밤의 폭우로 예상보다 피해가 컸는지도 모르지."

잭도 고개를 갸웃거리며 그렇게 응답했다.

"그래도 그렇지. 코스는 정비 중, 연습장과 연습용 그린은 청소 중, 숍은 준비 중, 손님도 입장 금지 상태라니, 아무리 그래도 운영이 너무 서툴지 않아?"

공식 연습일 이틀째인 오늘은 오전 7시부터 출전 선수의 연습 라운드가 시작될 예정이었다. 그러나 코스 정비에 시간이 걸린다는 이유로 선수와 캐디는 모두 이 레스토랑에서 대기하라는 대회 사무국의 지시가 있었다. 그런 까닭에 두 사람 모두 평상복으로 갈아입고 나왔다.

"물론 대기 장소까지 지정한 것은 좀 그러네."

잭도 의아해했다.

"뭐 그렇다면 먹는 수밖에 없지."

팀은 빵 몇 개를 포개서 입안에 구겨 넣고 큰 접시를 들고 일어섰다. 그는 눈을 바쁘게 움직이며 요리가 죽 늘어놓인 식탁을 둘러보았다.

"더 먹게?"

어이없어하는 잭을, 팀은 당연하다는 표정으로 내려다보며 말했다.

"디저트를 아직 안 먹었거든."

팀은 큰 접시에 대여섯 종류의 케이크를 얹고, 과일류를 가득 채운 유리 볼을 다른 손에 들고, 아이스커피가 든 커다란 피처를 옆구리에 끼고 돌아왔다. 레스토랑에 있는 다른 선수나 캐디들이 아연실색하여 팀을 쳐다보고 있었다.

그는 그것들을 식탁에 조심스레 주섬주섬 내려놓고 행복한 얼굴이 되어 의자에 앉았다.

"먹을래?"

"아니, 보기만 해도 가슴이 답답해. 이 커피만으로 충분해."

잭은 가슴을 쓸어 보이며 작은 은제 포트에서 커피를 따랐다.

"그 커피가 그렇게 맛있어?"

케이크 한 조각을 통째로 입에 넣고 우물거리며 팀이 물었다. 잭은 만족스러운 얼굴로 대답했다.

"레스토랑 직원한테 부탁해서 특별히 얻은 거야. 커피 루악, 그것도 최상급 필리핀산 카페 아라미드야."

"커피…… 카페? 그게 뭔데?"

"흔히 말하는 사향고양이 커피지."

"웬 고양이?"

"야생 사향고양이는 다 익어 떨어진 커피열매를 주워 먹는데, 과육은 소화되지만 씨는 소화되지 않고 대변으로 배설되지. 배설된 씨의 껍질을 벗기고 커피 원두만 모아서 건조시키고 배전하는 거야. 사향고양이 장내에서 적당히 발효된 덕분에 원두에서는 뭐라 표현하기 힘든 독특한 향과 맛이……."

"자, 잠깐!"

팀은 노골적으로 언짢은 표정을 지었다.

"그 커피콩, 고양이 똥에서 골라낸 거라고?"

이번에는 잭이 낯을 찡그렸다.

"말을 해도 꼭. 게다가 고양이와 사향고양이는 같은 포유강 식육목이라고 해도 과가 다른 동물이야. 여하튼 귀한 대접을 받는 최고급품 원두지. 마셔볼래?"

팀은 볼살이 흔들리도록 격하게 고개를 저었다.

"그런 걸 어떻게 마셔. 고양이 똥을 우려먹다니, 머리가 어떻게 된 거 아냐? 에잇, 네가 책임지고 다 마셔!"

팀이 콸콸 따라놓았던 커피를 잭은 딱하다는 표정으로 한 모금 마셨다.

그때 레스토랑에 우렁찬 목소리가 울렸다.

"오오, 잭! 오늘 컨디션은 어때?"

누군가 뒤에서 잭의 등을 있는 힘껏 쳤다. 잭이 입에 물고 있던 커피를 뿜어내지 않으려고 입술을 꼭 다문 탓에 커피가 가는 물줄기처럼, 정면에 앉은 팀의 얼굴에 분사되었다.

깜짝 놀란 잭이 냅킨으로 손을 뻗으며 팀에게 사과했다.

"미, 미안! 괜찮아?"

"고, 고양이 똥물이, 눈에!"

두 사람이 동시에 천천히 식탁 옆을 올려다보니, 60세쯤 돼 보이는 남자가 싱글싱글 웃으며 서 있었다.

키는 170센티미터가 채 안 되지만 체중은 족히 100킬로그램은 될 것이다. 새하얀 슈트 아래 라메가 들어간 실크 꽃무늬 셔츠에 큼지막한 금빛 버클이 달린 벨트, 빨간색과 금색의 스트라이프 넥타이. 발에는 대체 어디서 구했는지 알 수 없는, 백색과 금색이 어

우러진 에나멜 가죽구두.

거기까지는 화려한 것을 밝히는 사람인가 보다 하고 이해한다 치더라도, 머리에 하얀 깃털 수십 개로 만든, 등까지 길게 내려오는 머리장식을 쓴 것은 그냥 보아 넘기기 어려웠다. 게다가 볕에 검붉게 그을린 양 볼에는 하얀 물감으로 세 줄씩 선을 그어놓았다. 목 위쪽만 보면 서부극에 나오는 아메리카원주민 추장을 꼭 닮았다.

"이 아저씨가 진짜! 어디서 함부로?"

발끈해 벌떡 일어난 팀 앞에서 잭이 냅킨으로 입을 닦으며 말을 건넸다.

"오셨어요, 회장님?"

"회, 회장님?"

팀이 잭을 내려다보자 잭이 고개를 끄덕였다.

"팀, 이분은 찰스 맥거번 씨야. 인디언표 연고를 만드는 주식회사 맥거번프런티어제약의 창업자이고 현재 오너 회장님이셔. 내 스폰서가 되어주셨어."

잭이 그렇게 소개하자 맥거번 회장은 미소를 활짝 머금고 입을 열었다.

"나도 간밤의 파티에 초대받았지만, 간만에 직접 차를 운전했더니 중간에 길을 잃고 헤맸지 뭔가. 도착하고 보니 한밤중이더군. 그런데……."

맥거번 회장이 팀을 향해 몸을 돌렸다.

"자네가 캐디 팀 브루스인가? 잭한테 얘기 많이 들었네. 우리 맥거번프런티어제약은 잭의 US오픈 제패를 위해 협력을 아끼지 않겠네. 모쪼록 자네도 온 힘을 다해주게."

맥거번 회장이 오른손을 내밀자 팀이 얼떨떨한 태도로 마주 잡았다.

"아, 네."

"혹시 약이 필요하면 뭐든 주저 없이 말하게. 우리 회사는 인디언 전통 비방으로 만든 약을 다양하게 갖추고 있지. 특히 자네들 모자에도 적혀 있는 인디언표 연고는 수치질, 항문열상, 탈장, 치루 등 모든 치질 증상에 아주 잘 들어. 오오, 그렇지!"

맥거번 회장은 슈트 주머니에서 작고 길쭉한 종이상자를 여러 개 꺼내 주위에 앉아 있는 사람들에게 나눠주기 시작했다. 잭이 팀에게 얼굴을 바짝 대고 속삭였다.

"늘 소형 샘플을 가지고 다니면서 만나는 사람마다 나눠줘."

"자, 받으세요. 자, 선생도. 이쪽 사장님도. 저희 회사 연고가 얼마나 약효가 뛰어난지 아십니까? 환부에 한 번만 살짝 발라주면 끝입니다."

주위 손님들인 프로골퍼와 캐디들은 모두 곤혹스러워하면서도 맥거번 회장의 복스럽게 웃는 얼굴을 외면하지 못하고 연고 샘플을 순순히 받아주었다.

"거기 아름다운 숙녀분도. 이 연고를 숙녀분의……."

"아악! 그만, 그만!"

지나가던 종업원에게 연고를 건네주려고 하는 맥거번 회장을 보고 잭이 급히 달려들며 뒤에서 한 손으로 회장의 입을 틀어막고 겨드랑이에 팔을 끼워 뒤로 끌어당겼다.

"조심하지 않으면 성희롱으로 고소당해요, 회장님."

잭이 작은 소리로 나무라자 맥거번 회장이 못마땅한 얼굴이 되었다.

"무슨 소리야? 우리 회사 제품이 성희롱이라는 거야?"

"약이 아니라 회장님이……. 아뇨, 아무튼 일단 앉으세요."

잭은 맥거번 회장을 의자에 앉히려고 애썼지만, 그는 앉지 않으려고 버텼다.

"모처럼 자네를 만났지만, 나는 당장 PGA투어 운영진을 만나러 가야 해. 새로운 토너먼트에 스폰서가 돼달라는 의뢰를 받았거든. 시합 명칭은 벌써 생각해뒀네. '디 오픈'이라는 건데, 어때?"

"이미 있어요. 브리티시오픈의 다른 이름이에요."

잭이 차분하게 말했다.

"그래?"

맥거번 회장은 낙담한 얼굴로 고개를 떨어뜨렸다. 영문 모를 대화에 팀이 눈동자만 이리저리 돌리고 있는데, 맥거번 회장이 홱 돌아다보았다.

"팀."

"네, 네?"

저도 모르게 상체를 꼿꼿이 세운 팀에게 맥거번 회장이 인자한 얼굴로 말하기 시작했다.

"나는 가난한 집에서 자랐네. 젊을 때는 끼니 잇기도 힘들었지. 하루는 여행을 하다가 어느 인디언 노인을 알게 되었네. 그 노인과 얘기하다가 인디언의 생활방식에 깊은 감명을 받았지. 그들은 자연과 함께 살다가 자연 속에서 죽음을 맞았어. 게다가 거짓말도 하지 않았지. 늘 이웃에게 친절했으며 친구를 배반하지도 않았어. 어때, 인간에게 가장 중요한 것이 그런 것 아니겠나?"

"네, 저도 그렇게 생각합니다."

팀이 진지한 얼굴로 고개를 끄덕이자 맥거번 회장이 빙긋 웃으며 이야기를 계속했다.

"그래서 나는 마음을 단단히 먹고 인디언의 가르침에 따라 세상에 보탬이 되는 사업을 하기로 결심했지. 뭐냐면, 인디언 마을에 대대로 내려오는 민간약을 만들어 팔기로 한 거야. 그 노인을 뻔질나게 찾아다니면서 간절히 애원한 끝에 비방을 배웠고, 그 원료인 약초를 재배하는 일부터 시작했지. 수많은 시행착오를 거쳐 마침내 제품을 완성했고, 행상에서 시작해 서서히 고객을 늘려나가며 성실하게 노력한 결과, 소소하나마 이만큼 성공할 수 있었네."

"아, 대단하시네요."

"그래서 세상에 뭔가 보답하고 싶다고 생각하던 차에, 여기 잭 아키라 그린필드를 우연히 만났지."

잭이 나서서 말을 이어받았다.

"연습하러 다니던 골프장 클럽하우스에서 이상한, 아니, 아주 개

성 있는 패션을 한 아저씨를 보고, 나도 모르게 호기심에 그만 말을 걸었던 거야."

이렇게 우스꽝스럽게 차려입고 다니는 아저씨를 보면 보통은 눈길도 맞추지 않으려고 할 텐데, 하고 팀은 생각했지만 입 밖에 내지는 않았다.

잭의 이야기를 맥거번 회장이 받아주었다.

"애기를 들어보니 잭이 프로골퍼가 되려고 한다는데 그 목표가 엄청나더군. 파5홀은 전부 이글로, 나머지 홀은 전부 버디로 18홀을 도는 게 목표라는 거야. 얼마나 대단한 야망인가. 그렇게 높은 기상을 가진 청년한테 대번에 반해버렸지. 그래서 자금 지원을 자청하고 나섰네."

팀은 그런 소리를 하는 골퍼를 만나면 보통은 먼저 이마의 열부터 재볼 거라고 생각했지만, 그것도 입 밖에 내지 않았다.

맥거번 회장은 이야기를 계속했다.

"골프는 훌륭한 스포츠야. 바람, 풀, 나무, 물, 모래, 흙. 늘 자연과 함께하는 스포츠잖아. 바람이 불거나 비가 내려서 실수해도 누구 하나 불평하지 않아. 인간은 겸손해야 한다는 걸 가르쳐주지. 이건 인디언의 가르침하고도 일치하지. 해서 나는 이 골프라는 스포츠를 사랑하네. 잭을 비롯해서 골프에 관계된 모든 사람들을 응원하고 싶다네!"

갑자기 온 레스토랑에 커다란 박수가 터졌다. 맥거번 회장 이야기를 듣고 있던 사람들이 모두 일어나 감동의 환호를 보낸 것이었다. 맥거번 회장은 조금 쑥스러워하면서도 흡족한 표정으로 오른손을 가볍게 쳐들었다.

"고맙습니다, 여러분. 저의 이런 인생을 좋게 봐주셨다면, 혹시 엉덩이 때문에 고생할 때는 꼭 인디언표 연고를 찾아주시기 바랍니다!"

장내에 와락 폭소가 터졌다.

패션 감각은 최악이지만 이 아저씨, 아주 멋진 말을 하는군. 팀은 유별나게 차려입은 회장에게 호감을 느끼기 시작했다. 그리고 인디언 사상에 관한 책이라도 좀 읽어볼까 하는 생각이 들었다.

그때였다. 레스토랑에 카랑카랑한 남자 목소리가 울려 퍼졌다.

"조용, 조용! 모두 자리에 앉아요!"

목소리의 주인은 고급스러운 다크그레이 슈트에 좁은 넥타이를 맨 30대 중반으로 보이는 남자였다. 짧게 친 검은 머리를 올백으로 넘겼다. 골프장과는 어울리지 않는 풍모였다.

순간 레스토랑에 있는 모든 사람들이 웅성거리기 시작했다. 남자가 오른손에 권총을 들고 총구를 천장으로 향하고 있었던 것이다. 무광 스테인리스 총신이 불길하게 반짝이고 있었다. 스미스앤드웨슨의 M649. 소형이지만 357매그넘 탄환도 장전할 수 있는 38구경 리볼버였다.

남자는 주위를 둘러보며 레스토랑 중앙까지 잰걸음으로 걸어 나왔다. 그리고 왼손에 든 가죽지갑 같은 것을 손가락 끝으로 펼쳐

높이 쳐들고 안에 있는 배지를 내보였다.

'POLICE'라는 글자가 보였다. 그는 형사였다.

권총과 배지를 쳐든 형사에 이어 제복 경관 십수 명이 구보로 들어왔다. 그들은 레스토랑 안에 서로 일정한 간격을 두고 서서 주위를 빈틈없이 둘러보기 시작했다.

"대, 대체 무슨 일입니까?"

무심결에 일어서려던 한 남자에게 슈트 차림의 형사가 거침없이 총구를 돌렸다. 남자는 눈을 휘둥그레 뜨고 엉거주춤한 자세가 되었다. 형사가 낮은 목소리로 짧게 말했다.

"앉아요!"

공포로 표정이 굳은 남자는 천천히 의자에 앉았다. 맥거번 회장도 놀라서 잭의 옆자리에 앉았다.

형사는 권총과 경찰 배지를 옷 안주머니에 넣고 레스토랑에 있는 사람들에게 낮고 차분한 목소리로 말하기 시작했다.

"캘리포니아 주 수사국의 크리스토퍼 휴즈 형사입니다. 오늘 새벽 5시 5분, 이 시설 부지에서 시신이 발견되었습니다. 상황으로 보건대 살인사건으로 판단됩니다."

레스토랑에 있던 사람들이 일제히 동요했다. 수사국이란 캘리포니아 주 법무부 장관 직속으로 주에서 일어난 흉악범죄를 전문으로 담당하는 수사기관이다.

"수사가 끝날 때까지 이 호텔은 완전히 봉쇄됩니다. 호텔 밖으로 외출하는 것은 일절 금지입니다. 외출하려는 사람은 용의자로 간주하여 즉각 체포할 것입니다."

이 말을 듣는 순간 레스토랑 내부가 쥐죽은 듯 조용해졌다.

"현재 호텔에 있는 사람 모두를 대상으로 차례차례 심문이 실시될 겁니다. 협조를 부탁드립니다."

정중하게 말하고 있지만 시키는 대로 얌전히 따르라는 위압적인 분위기가 조성되고 있었다.

"사, 살인사건이라고?"

맥거번 회장이 긴장한 얼굴로 중얼거렸다. 팀이 작은 소리로 잭에게 속삭였다.

"이봐, 봉쇄한다면 목요일부터 시작되는 US오픈은 어떻게 되는 거지?"

"모르겠어. 어쩌면……."

잭도 작은 소리로 대답했다.

"취소될 수도."

팀은 저도 모르게 자리에서 일어나 엉뚱하게도 큰 목소리로 외쳤다.

"말도 안 돼!"

"조용히 하세요!"

휴즈 형사가 그들을 향해 날카롭게 소리쳤다. 그는 잭 일행을 바라보며 미간에 주름을 만든 채 가만히 노려보더니 이윽고 천천히 다가왔다.

그는 세 사람을 차례대로 내려다보고 맥거번 회장에게 말을 건넸다.

“차림새가 좀 이상하시군요.”

맥거번 회장의 패션에 대한 감상을 이렇게 대놓고 말하는 사람은 이 형사가 처음일 것이다.

맥거번 회장은 당황하며 설명을 시작했다.

“인디언은 우리 회사 제품의 트레이드마크예요. 인디언표 연고라고 해서 치질이라면 어떤 증상에나…….”

“발언을 허가하지 않았습니다.”

억양 없는 목소리로 휴즈 형사가 말했다. 맥거번 회장은 서글픈 듯 입을 다물었다.

휴즈 형사는 세 명이 있는 식탁 위로 시선을 옮겼다. 아침 식사 식기들 사이에 잭과 팀의 하얀 헌팅캡이 놓여 있었다.

형사가 잭에게로 시선을 옮겼다. 그리고 가까이 다가가 잭의 얼굴을 지근거리에서 빤히 쳐다보았다.

“아시아계처럼 보이는군요. 원주민 혈통입니까?”

잭이 고개를 저었다.

“아뇨, 일본계 3세입니다. 할아버지가 일본인이에요.”

휴즈 형사는 여전히 무표정하게 잭의 얼굴을 응시했다.

“이 식탁에 있는 세 분은, 저를 따라오십시오.”

형사는 빠른 걸음으로 레스토랑 출입구를 향했다. 세 사람은 마치 연행되어 가는 것처럼 제복 경관을 앞뒤에 세우고 형사를 따라갔다.

살인사건이라고? 대체 누가 죽었지? 올해 US오픈은 어떻게 되는 거지? 그리고 왜 우리 세 사람이 제일 먼저 연행되는 거지?

잭의 가슴에 거뭇거뭇한 구름처럼 불안이 번져갔다.

07

화요일
심문

잭, 팀, 맥거번 회장, 세 사람은 제복 경관 두 명을 앞뒤로 세우고 호텔 복도를 걸었다. 이동 중에는 대화가 일절 금지되었다.

세 사람은 그대로 엘리베이터 앞으로 갔다. 엘리베이터 한 대가 문을 연 채 서 있었다. 다섯 사람이 타자 한 경관이 최상층 버튼을 눌렀다. 문이 닫히고 엘리베이터가 조용히 올라가기 시작했다.

최상층 복도에는 나무문 세 개가 거리를 두고 나란히 있었다. 맨 오른쪽 문이 카드키로 해제되자 맥거번 회장이 들어갔다. 이어서 가운데 문으로 팀이 들어갔다. 아무래도 최상층의 객실 세 개는 전부 심문에 쓰이는 것 같았다.

경관 한 명이 맨 왼쪽 객실 문에 카드키를 꽂고 잭을 보며 말없이 어깨를 으쓱해 보였다.

잭은 직접 문을 열고 안으로 들어갔다.

널찍한 스위트룸 거실이었다. 아침인데도 갈색 자수커튼이 전부 내려져 있어 실내가 어두웠다. 그런 탓에 천장 샹들리에와 벽등이 켜져 있었다.

거실 중앙에 커다란 타원형 탁자가 가로 방향으로 놓여 있었다. 이탈리아제 목제 상감 탁자였다. 양쪽에 세트로 제작된 의자가 세 개씩 마주 놓여 있었다. 탁자도 의자도 모두 고양이다리형이었다. 심문실에 어울리지 않는 가구였다. 스위트룸에 원래 있던 가구들일까?

탁자 위 오른쪽에는 버섯처럼 생긴 에밀 갈레의 붉은 탁자 램프, 왼쪽에는 편지지 크기의 종이 수백 매를 철한 바인더. 중앙에는 가늘고 긴 은색 음성녹음기. 녹음기의 빨간 LED램프가 깜빡거리고 있었다. 이미 녹음이 되고 있는 듯했다.

잭의 건너편 의자 세 개 중 가운데 의자에는 다크그레이 슈트를 입은 남자가 앉아 있었다. 그는 탁자에 양 팔꿈치를 괴고 가슴 앞에서 양손을 깍지 낀 채 잭을 지그시 쳐다보고 있었다. 크리스토퍼 휴즈 형사였다.

"앉아요."

그의 재촉에 잭도 자기 쪽 의자 세 개 중에 가운데 의자에 앉았다.

잭은 새삼 휴즈 형사를 관찰했다. 신장은 185센티미터나 될까.

가까이서 보는 휴즈 형사는 시원스럽게 자리 잡은 긴 눈매가 인상적이고 모델을 해도 되겠다 싶을 만큼 단정한 이목구비를 갖추었다. 그러나 램프에 비춰진 얼굴은 사람을 질리게 할 만큼 표정이 없어 아무 감정도 읽어낼 수 없었다. 운전면허증 사진이 아마 이런 얼굴을 하고 있으리라. 잭은 그렇게 상상했다.

"거짓말은 반드시 드러납니다."

휴즈 형사는 차분한 목소리로 입을 열고 차가운 눈으로 잭을 응시했다.

"발언은 전부 기록됩니다. 허위 발언을 하면 당신에게 불리한 상황이 벌어질 겁니다."

"알겠습니다."

벌써부터 용의자 취급이다. 잭은 한숨 섞인 소리로 대답했다.

"이름은?"

"존 아키라 그린필드. 다들 잭이라고 부릅니다."

휴즈 형사는 바인더에 철한 종이를 들추고 그 속에서 한 장을 꺼내 맨 위에 올려놓았다. 잭이 들여다보니 자기 이름이 인쇄되어 있었다. 아무래도 체류자 전원에 대한 심문용 문서를 이미 작성해둔 모양이었다.

"직업은?"

"프로골퍼입니다."

"왜 이 호텔에 있죠?"

"목요일에 개최될 US오픈에 출전하기 위해 어제부터 와 있습니다.”

“어젯밤 11시부터 새벽 4시까지 어디에 있었죠?”

알리바이 확인이다. 그렇다면 형사는 그 다섯 시간 사이에 살인 사건이 일어났다고 생각하는 것이다.

“파티가 9시 전에 끝나서 캐디 팀과 연회장을 나왔습니다. 그리고 잠깐 바에서 술을 마시자는 팀의 끈질긴 권유를 거절하고 곧장 제 방으로 올라가 책을 읽었습니다. 11시 전에 잠들어서 아침 6시에 일어났습니다.”

“그걸 증명해줄 사람은?”

잭은 잠시 생각하다 고개를 저었다.

“아무도 없어요.”

“그렇다면 자기 방에 있었거나…….”

잠깐 사이를 두고 휴즈 형사는 계속했다.

“아니면 나한테 말하지 못할 장소에 있었거나.”

그곳이 어디를 말하는지는 물어볼 것도 없었다. 살인이 발생한 장소일 것이다.

“자, 잠깐만요! 지금 저를 의심하시는 겁니까?”

잭이 당황해서 묻자 휴즈 형사가 쌀쌀맞게 답했다.

“그 시간대에 이 시설 안에 있었으되 살인 현장에는 없었다는 알리바이가 없는 사람은 모두 용의자가 될 가능성이 있죠.”

잭은 한숨을 지었다. 그리고 휴즈 형사가 지금까지 해온 언행으로 미루어, 시신 발견에서 지금에 이르기까지 경찰이 어떻게 수사를 전개했을지 짐작할 수 있었다.

오늘 새벽, 휴즈 형사는 시신 발견 신고를 받고 이 홀리파인힐 골프코스에 달려왔다. 신고자는 아마 폭우 피해 상황을 확인하러 나간 코스 관리직원일 것이다. 골프장에 도착한 휴즈 형사는 먼저 시신을 확인하고, 이어서 모든 직원과 경비원을 집합시켜놓고 함구령을 내리는 한편 그들을 상대로 심문을 실시했다. 그 결과 범행 시각을 밤 11시에서 새벽 4시 사이로 추정했다.

그 뒤 숙박객의 행동을 통제하기 위해 오늘 아침 연습 라운드를 미룬다고 발표하게 하고 전원을 레스토랑에서 대기하게 했다. 동시에 호텔에 있는 모든 사람의 개인정보를 리스트로 만들었다. 아마 관객, 언론 관계자, 골프용품 제조사의 투어 스태프, 판매업자 등의 입장이 금지되고, 이 리조트로 통하는 도로는 봉쇄되었을 것이다.

"그 모자에 수놓은 그림은?"

휴즈 형사는 잭이 들고 있는 헌팅캡으로 시선을 떨어뜨렸다. 자수되어 있는 인디언 일러스트를 말하는 것이다. 잭은 그가 레스토랑에서도 이것에 주목한 일을 떠올렸다.

"왜 모자에 그런 그림이 있습니까?"

휴즈 형사가 거듭 물었다. 치질 약 마크를 머리에 장식하고 다니는 이인조는 흔하지 않다. 갑자기 웃음이 튀어나와 잭은 훗, 하고 짧게 웃었다.

"후후, 역시 이상해 보이는군요! 하지만, 이 그림은……."

"뭐가 우습죠?"

휴즈 형사가 억양 없는 목소리로 물었다. 그의 눈은 웃고 있지 않았다.

잭은 당황해서 양손과 고개를 좌우로 흔들었다.

"아, 아무것도 아닙니다. 이 그림은 제 스폰서 제약회사의 상표예요. 커다란 깃털 장식을 쓰고 있던 사람이 그 제약회사의 오너 회장입니다."

"무슨 단체의 마크 같은 건 아닌가요?"

"아닙니다."

휴즈 형사의 다음 질문은 이랬다.

"과거에 인디언 인권운동에 참가한 경력은?"

"인디언이라고요? 아뇨, 전혀요."

휴즈 형사가 어째서 인디언과 관련하여 이렇게 꼬치꼬치 캐물을까? 맥거번 회장과 팀도 지금 똑같은 질문을 받고 있을까?

휴즈 형사가 다그치듯이 질문했다.

"그 밖에 인디언과 무슨 관련은 없나요?"

"아뇨, 특별히 없습니다. 지인이나 친인척 중에도 인디언은 없어요."

"거짓말은 나중에 반드시 드러납니다."

"정말이라니까요."

휴즈 형사는 말없이 잭의 얼굴을 빤히 쳐다보았다. 표정을 관찰하는 것이다. 그러고는 가만히 입을 열었다.

"토니 라이언이라는 사람을 압니까?"

잭의 심장박동이 빨라졌다. 왜 지금 휴즈 형사 입에서 라이언 씨 이름이 나오지?

"네, 압니다."

"어떤 관계죠?"

"어제 연습 라운드 때 코스에서 만나 처음으로 인사했습니다. 원래 닉 로빈슨 씨의 전속 캐디로 일하던 분이라 이름과 얼굴은 전부터 알고 있었지만."

"만난 것은 몇 시쯤?"

"오후 4시 조금 전이었죠."

"그때 또 누가 있었습니까?"

"제 캐디 팀 브루스, 프로골퍼 테리 루이스 씨, 그리고 그의 캐디 로이 씨가 같이 있었어요."

"어디에서?"

"18번 홀 오른쪽 숲 신의 나무라는 거목 앞이었습니다."

"신의 나무……."

휴즈 형사는 잭에게서 시선을 비켜 잠시 침묵했다. 뭔가 깊은 생각에 잠긴 것 같았다. 그대로 잠시 시간이 흘렀다.

마침내 잭에게 시선을 되돌린 휴즈 형사는 사무적인 목소리로 말했다.

"오늘 오전 5시 5분, 토니 라이언의 시신이 발견되었습니다. 아까 말한 대로 우리는 살인사건으로 단정하고 수사하고 있습니다."

"정말……입니까?"

그렇게 말하고 잭은 잠시 말을 잃었다.

라이언 씨가……?

휴즈 형사의 말을 잭은 좀처럼 현실로 받아들일 수 없었다. 대체 누가 무슨 이유로 라이언을 죽였단 말인가. 잭은 라이언의 웃는 얼굴과 그의 말 한 마디 한 마디를 떠올리며 감당하기 어려운 충격에 빠졌다. 좋은 사람이었다. 누구에게 원한을 살 사람이라고 생각할 수 없었다.

마침내 잭의 가슴에 딱딱한 응어리 같은 위화감이 생겨났다. 시신 발견 장소는 18번 홀 그린이라고 했다. 왜 그런 장소일까?

아니, 그보다, US오픈 개최 직전이라 세상의 이목이 쏠린 홀리파인힐 골프코스가 왜 살인 장소로 선택되었을까? 이 드넓은 리조트 안에는 이목을 피할 수 있는 장소가 얼마든지 있다. 아니, 단지 죽이는 것이 목적이라면 이 리조트가 아니라도 사막 한가운데든 도시 뒷골목이든 어디든 가능했을 것이다.

잭이 문득 고개를 들어보니 휴즈 형사가 자신을 응시하고 있었다. 어떻게 반응하는지 관찰하는 듯했다. 결코 방심할 수 없는 남자였다.

또 하나 의아한 것은 휴즈 형사가 인디언에 관하여 집요하게 질문한 것이다. 잭은 참지 못하고 물었다.

"저어, 형사님, 아까 저에게 인디언에 관한 질문을 몇 가지 하셨는데, 라이언 씨의 죽음과 인디언이 무슨 관계라도 있나요?"

휴즈 형사는 침묵했다. 그리고 잭의 얼굴을 지그시 바라보며 입을 열었다.

"그 질문에는 대답할 수 없습니다."

틀림없다. 형사는 라이언 살인사건과 인디언이 뭔가 관계가 있다고 보는 것이다. 그런데 왜 인디언일까? 인디언이라는 말에서 금방 떠오르는 것은 이 홀리파인힐 골프코스에 남아 있는 신의 나무에 관한 전설인데…….

그때 잭의 머릿속에 서로 무관한 영상의 단편들이 잇달아 떠올랐다.

산더미처럼 쌓인 인디언 시신들.

기병대 대장의 몸을 꿰뚫은 원주민의 나무기둥.

신의 나무의 뒤틀린 하얀 줄기.

신의 나무에 오르는 토니 라이언.

한밤중의 천둥번개.

둔하게 빛나는 권총의 총신.

그리고 핀 깃발이 펄럭이는 18번 홀 그린.

갑자기 잭의 뇌리에 끔찍한 영상 하나가 생생하게 떠올랐다. 조각난 정보들이 순간 뇌 안에서 입체 퍼즐처럼 맞춰져 하나의 장면을 만들어낸 것이다.

그것은 온몸의 털이 곤두서는 끔찍한 장면이었다. 잭은 몸이 경직되고 비명이 새어 나오려는 것을 꾹 참았다. 박동이 격해졌다. 호흡이 거칠어지고 이마에 비지땀이 배어 나왔다.

휴즈 형사도 잭의 변화를 알아챘다.

"뭐죠?"

잭은 자기 심장이 빠르게 뛰는 것을 느끼며 그것을 억누르려고 애써 심호흡을 했다. 그 모습을 형사가 말없이 관찰하고 있었다.

"……형사님."

휴즈 형사는 아무 대답 없이 잭을 쳐다보고 있었다.

잭은 작심하고 말을 이었다.

"라이언 씨는 18번 홀 그린에서 컵에 꽂힌 핀에 복부가 관통된 상태로 발견되었다. 그리고 시신은 낙뢰로 검게 타 있었다. 그렇지 않나요?"

휴즈 형사의 눈이 스윽 가늘어졌다.

아무 감정도 비치지 않는 눈을 잭의 얼굴에 고정한 채 형사는 오른손을 천천히 옷 안주머니에 넣어 종잇조각 같은 것을 꺼냈다. 사진 몇 장이었다. 그는 그것을 카지노 딜러 같은 손놀림으로 상감 탁자 위에 일정하게 늘어놓았다.

"오늘 아침 5시 40분 현장에 도착한 직후에 촬영한 겁니다."

잭은 사진으로 시선을 떨어뜨렸다. 순간 잭의 목구멍으로 위액이 치밀었다.

토니 라이언의 시신을 찍은 사진이었다. 머리카락과 옷이 까맣게 타서 잘 살펴보지 않으면 누구인지 알아볼 수 없는 처참한 모습이었다. 잭이 깊은 충격을 받은 것은 사진 속 시신이 까맣게 그을어 있어서만이 아니었다.

시신은 팔다리를 사방으로 힘없이 뻗은 자세로 깃대에 몸통 중앙이 관통되었고, 그 깃대는 18번 그린의 컵에 꽂혀 있었다. 즉 라이언의 시신은 잭이 상상한 모습과 똑같았다. 잭은 얼른 사진에서 시선을 거두며 입을 막고 간신히 욕지기를 참아냈다.

"양동이는 없지만, 저기 얼음통이 있습니다."

휴즈 형사는 붙박이 장식장 쪽을 턱짓으로 가리켰다. 선반 위에 뚜껑 달린 원통형 스테인리스 용기가 있었다.

"아, 아뇨, 괜찮아요."

잭은 겨우 입을 열었다. 차라리 화장실에 갔으면 했지만, 휴즈 형사는 심문을 중단할 마음이 전혀 없어 보였다.

"살해 현장 상황을 어떻게 알았습니까?"

휴즈 형사의 눈은 얼음처럼 차가웠다. 잭을 의심하는 것이 명백했다. 잭은 자신에게 불리한 말을 뱉어버린 것을 후회했다. 그러나 이미 뱉어버린 이상 방법이 없었다. 마음이 조금 진정되자 잭은 설명을 시작했다.

"저어, 그게……. 우선 이 골프코스에는 무서운 전설이 내려오고 있어요. 160년쯤 전에 원주민 부족을 몰살한 기병대 대장이 부대 깃발을 세우려고 신의 나무에 올라갔다, 그는 신의 나무의 노여움을 사서 번개를 맞아 추락하여 나무기둥에 복부가 관통되어 죽었다, 그 기둥 끝에는 기병대 깃발이 달려 있었다, 라는 전설입니다. 그리고 지금도 그 나무에 올라가면 재앙이 내린다고 해서 다들 두려워하고 있습니다. 이해하시겠어요?"

반응이 없다. 잭은 계속 말했다.

"오늘 아침 레스토랑에 형사님이 들어와 살인사건이 일어났다고 발표했죠. 형사님은 처음부터 권총을 들고 있었고, 자리에서 일어선 사람에게 총구를 겨누는 등 지나치게 예민한 모습을 보였어요. 그래서 저는 단순한 살인사건이 아니라 매우 흉포한 범죄가 일어났나 보다 하고 생각했습니다."

휴즈 형사가 끼어들었다.

"레스토랑에는 300명 넘는 사람들이 있었습니다. 많은 사람들을 즉각 조용하게 만들려면 총을 보여주는 것이 가장 빠르다고 판단했고요. 물론 실탄은 장전되어 있지 않았습니다. 계속하십시오."

그때는 휴즈 형사가 살기등등해 보였지만, 아무래도 냉정하게 계산된 행동이었던가 보다. 그러나 어쨌거나 긴급상황이라는 사실에는 변함이 없다.

"형사님은 제일 먼저 인디언처럼 차려입은 맥거번 회장을 주목하고 우리 세 사람에게 다가왔지요. 그리고 식탁에서 인디언 그림이 있는 헌팅캡을 보고 우리를 제일 먼저 심문하기 위해 연행했고요. 심문에서는 인디언과 관련해서 집요하게 질문했죠. 그건 형사님이 이번 살인사건에서 인디언이라는 키워드를 매우 중시하기 때문이겠죠."

휴즈 형사의 철가면 같은 얼굴에는 아무런 변화도 없었다.

"그래서 이 사건은 어쩌면 인디언의 섬뜩한 전설을 방불케 하는 엽기적 살인사건이 아닐까 짐작했습니다. 구체적으로 말하면, 시체가 막대기 같은 것에 꼬치처럼 꿰어져 있지 않을까, 하고 상상한 거죠."

잭은 필사적으로 머릿속을 정리하며 말을 이었다.

"작년 8월 PGA챔피언십에서 라이언 씨는 닉 로빈슨의 공을 찾으려고 신의 나무에 올라갔어요. 이것이 전설과 일치하는 첫 대목입니다. 라이언 씨가 죽었다는 말을 듣자 저는 반사적으로 신의 나무 재앙을 떠올렸어요."

휴즈 형사가 입을 열었다.

"핀은?"

"네?"

"시체를 꿰뚫은 것이 핀이라고 생각한 이유는 뭡니까?"

잭이 설명했다.

"시체가 발견된 장소는 18번 홀 그린이라고 하셨죠. US오픈 같은 커다란 시합에서는 코스 난이도를 높이기 위해 그린을 거울처럼 고속으로 예초합니다. 그린 잔디를 최대한 짧게 깎고 롤러로 단단히 다집니다. 이번 주의 그린은 아마 콤팩션 미터*로 15 이상…… 음, 아무튼 단단합니다. 도저히 막대기를 꽂을 수 있는 상

---

* 콤팩션 미터(compaction meter): 그린에 꽂아 경도를 측정하는 기기.

태가 아니죠."

휴즈 형사는 말없이 잭의 얼굴을 응시하고 있었다.

"하지만, 그래도 시체가 막대기에 꿰어져 그린 위에 떠 있었다면……."

잭은 사진을 떠올리자 다시 위액이 올라오려는 것을 느꼈다.

"그렇다면 시체는 컵에 꽂힌 핀에 관통되어 있던 것이 아닐까? 그렇게 생각한 거죠. 아니, 그렇게밖에 생각할 수 없었어요. 게다가 핀은 깃대잖아요. 이것도 역시 전설에 나오는 기병대 깃대와 일치하죠."

휴즈 형사가 다시 끼어들었다.

"낙뢰는?"

"인위적으로 시체에 번개를 내릴 수 없지 않냐는 말씀이시죠?"

휴즈 형사는 말이 없었다. 잭은 계속했다.

"낙뢰는 물론 우연인지도 몰라요. 다만 어제 연습 라운드 때 알게 된 건데, 핀은 보통 알루미늄제인데 이곳에서는 카본 핀을 사용하더군요."

카본 핀은 모든 방향으로 일정한 반발력을 보여주므로 칩인이 나오기 쉽다고 한다. 좋은 치핑에는 좋은 결과로 응해주는 핀이다. 그러나 알루미늄 핀에 비해 값이 비싸서 카본 핀을 사용하는 골프장은 많지 않다.

"낚싯대로 인한 낙뢰 사고가 많은 데서도 알 수 있듯이 카본은 전도성이 높아 번개를 부르기 쉬운 소재입니다. 시신은 카본 핀으로 꿰뚫어져 있었고 마침 강한 폭우가 쏟아지고 있었죠. 그래서 번개가 깃대를 직격한다면 역시 전설과 일치하게 됩니다. 그런 식으로 18번 홀 그린에서 전설의 참극이 재현되었다……."

잭은 숨을 크게 들이마시고 이렇게 마무리했다.

"그런 일이 일어날 법하다고 생각한 거죠. 역으로 말하자면, 그게 아니라면 여러 가지가 설명되지 않는다고, 그렇게 생각한 겁니다."

잭은 설명을 마쳤다.

휴즈 형사는 말없이 책상 위에서 팔짱을 끼고 잭의 얼굴을 쳐다보고 있었다.

"저어, 이상입니다만."

갑자기 짝, 짝, 하는 메마른 박수소리가 여유로운 박자로 스위트룸에 울렸다. 휴즈 형사가 잭의 얼굴을 쳐다보며 박수를 치기 시작한 것이다. 그는 박수를 멈추고 입술 한쪽을 살짝 치켜들었다. 어쩌면 웃은 것인지도 모른다.

"재미있는 분이군."

휴즈 형사는 양손으로 탁자를 짚고 의자에서 일어나 잭에게로 상체를 쑥 들이밀었다.

"정말로 상상력만으로 살인 현장을 이렇게까지 정확히 파악한 것이라면 당신은 범죄수사의 천재입니다. 그게 아니면……."

잠깐 틈을 두고 나서 휴즈 형사는 말을 맺었다.

"당신이 토니 라이언을 죽인 범인이겠죠."

아아, 역시 의심을 자초하고 말았구나, 말하지 말걸, 하고 잭은 후회했다. 그는 필사적으로 변명을 시도했다.

"저, 근데요, 형사님. 만약 제가 범인이라면 굳이 의심을 살 이야기를 하겠습니까? 안 그래요?"

휴즈 형사의 입술 한쪽 끝이 다시 천천히 올라갔다.

"글쎄."

휴즈 형사는 잭의 얼굴을 응시한 채 다시 의자에 앉았다. 서늘한 눈빛이었다.

"5년 전이었습니다. 새크라멘토시티에서 실종사건이 발생했는데, 실종자는 어느 아파트에 사는 젊은 여성이었습니다."

무슨 이유에선지 휴즈 형사는 한 지나간 사건에 대해 이야기하기 시작했다.

"관할서 형사가 탐문하다가 실종된 여성의 아래층에 사는 남자를 방문했습니다. 그때 남자 방에 있는 침대 밑에 종이상자가 여러 개 보였죠. 뭐가 들어 있냐고 묻는 형사에게 그 남자가 '옛날 잡지인데 열어볼까요?' 하고 대답하자, 형사는 열어봐도 괜찮다 하니 수상한 물건은 아니리라 짐작하고 내용물 확인을 생략한 채 그 집을 떠났습니다."

그 목소리에는 자조적인 뉘앙스가 들어 있었다.

"잠시 후 실종된 여성이 살해되었다는 사실이 밝혀졌습니다. 범인은 아래층에 사는 그 남자였고요. 형사가 탐문하러 왔을 때 종이상자에 여성의 토막 난 시신이 들어 있었음이 나중에 범인의 자백으로 드러났습니다."

그리고 휴즈 형사는 이렇게 결론지었다.

"말이 많은 자는 수상하다, 라는 교훈이죠."

잭은 황망한 듯 반론했다.

"마, 말이 많다뇨? 형사님이 설명하라고 하셨잖아요."

"뭐, 좋습니다."

휴즈 형사는 잭의 말을 끊고 의자에 앉은 채 자연스럽게 다리를 꼬았다.

"당신은 방금 가장 중요한 참고인이 되었습니다."

"뭐라고요?"

잭의 표정이 굳었다.

"당신의 신원이 모든 공공기관의 데이터베이스에 조회되고, 은행, 카드회사, 통신사에 수사협력 요청이 통지되어 개인정보를 전부 수집할 겁니다. 동시에 당신 주변에 있는 사람들을 상대로 면밀한 탐문 조사가 시작될 거고요. 당신이 만약 범인이라면, 살인 동기나 범행 계획의 흔적 등 범행과 연결된 증거가 머지않아 드러나겠죠."

농담하는 얼굴이 아니었다. 만약 자신이 정말로 범인이었더라면, 일찌감치 포기하고 당장 자백해버렸을 거라고 잭은 생각했다.

"조사해도 아무것도 나오지 않으면요? 저는 범인이 아니거든요."

반발하는 잭에게 휴즈 형사는 고개를 가볍게 끄덕였다.

"그럴지도 모르죠. 그래서 나는 당신이 범인일 가능성과 함께 다른 가능성에도 칩을 걸기로 했습니다."

"무슨 뜻이죠?"

휴즈 형사의 입술 한쪽 끝이 다시 올라갔다.

"다시 말하면 당신이 범죄수사의 천재일 가능성에도 베팅해서, 수사를 돕게 하자는 겁니다."

잭은 화들짝 놀랐다.

가장 중요한 참고인, 즉 살인범일 가능성이 있는 인물에게 수사를 돕게 하겠다? 대체 이 사람은 무슨 생각을 하는 걸까? 게다가 당연히 잭은 범죄수사 같은 것은 한 번도 해본 적이 없었다.

"그런 황당한……."

엉겁결에 의자에서 일어선 잭에게 휴즈 형사가 말했다.

"살인이 일어난 장소는 공식 경기를 목전에 둔 골프코스. 살해된 사람은 골프를 업으로 하는 인물. 이 이상한 사건에는 골프라는 것의 특수성이 깊이 관련될 가능성이 있습니다."

그것은 잭도 동감이었다. 휴즈 형사는 계속 말했다.

"공교롭게도 나는 골프를 쳐본 적도 없고 관전해본 적도 없어요. 하지만 당신은 프로골퍼입니다. 내 머리에 없는 지식과 경험으로 사건의 진상에 접근할 가능성을 갖고 있지요."

내가 범죄수사 같은 것을 할 수 있을까?

아무리 봐도 할 수 있을 것 같지 않았다. 그러나 다른 한편으로는 라이언 같은 훌륭한 인품을 지닌 사람이 살해되었다는 사실에 분노를 느끼고 있었다. 또 자신이 의심을 받는다면 범인을 찾아내는 것이 무고함을 증명하는 가장 빠른 방법인지도 모른다.

"거절하면 어떻게 되죠?"

"어떻게 될 것 같나요?"

휴즈 형사의 말에 잭은 길게 한숨을 지었다.

"자신은 없지만 해보죠."

"좋습니다."

휴즈 형사는 당연히 그래야 한다는 말투로 응했다.

"저어, 형사님."

잭이 조심스레 입을 열었다.

"예비지식으로 확인해두고 싶은 게 있는데요."

형사는 잠시 침묵하다가 고개를 끄덕였다.

"뭐죠?"

"범행 시각 말입니다. 형사님은 아까 저에게 밤 11시부터 새벽 4시까지의 알리바이를 물었죠. 그렇다면 그 시간대에 살인이 일어난 건가요?"

휴즈 형사는 재킷 오른쪽 안주머니에 왼손을 찔러 넣었다.

"현재 토니 라이언의 시신은 경찰병원에 운구되어 사법해부 중입니다. 사망 시각은 서너 시간 후에 정확히 밝혀지겠지만, 상황을 볼 때 그 시간대로 추정됩니다."

주머니에서 검은 가죽표지의 수첩을 꺼낸 휴즈 형사는 그것을 펼쳐 보며 설명하기 시작했다.

"먼저 라이언은 어제 저녁 7시부터 열린 파티에 참석, 클럽 세트를 명예의 전당에 증정하기 위해 단상에 오른 뒤, 지인 십수 명과 대화를 나눈 다음, 8시 25분경 로빈슨의 캐디백을 들고 연회장을 떠났습니다. 아마 자기 방으로 돌아갔겠죠. 그 뒤로는 이튿날 새벽 5시 5분경 시체로 발견될 때까지 아무에게도 목격되지 않았습니다."

잭은 잠자코 고개를 끄덕였다.

"밤 11시, 낮에 관전 왔던 손님이 호텔 측에 '관전 중에 휴대폰을 잃어버린 것 같다'는 전화를 했습니다. 골프장 직원이 카트를 타고 코스로 나가 1번 홀 티잉 그라운드 옆에서 휴대폰을 찾아 즉시 호텔로 돌아왔습니다. 이때 직원은 18번 그린 옆을 지나쳤지만, 시체를 보지 못했다고 증언했습니다."

형사는 잭의 얼굴로 잠시 시선을 던졌다가 다시 수첩으로 되돌아와 계속 말했다.

"국립기상청 기록에 따르면 이 지역은 자정 무렵 폭우 권역에 들었고 새벽 4시경에 폭우가 이 지역을 통과했습니다. 따라서 시체가 벼락을 맞은 이상, 라이언은 밤 11시부터 새벽 4시 사이에 18번 홀에 가서 살해되었다고 봐야 합니다."

형사는 수첩을 덮었다.

"이 호텔은 유서 깊은 역사적 건물이지만, 유감스럽게도 최신 전자 경비 시스템은 도입되어 있지 않더군요. 회원 심사가 엄격한 회원제 고급 리조트이고, 시설로 통하는 유일한 도로에는 경비가 있는 문이 설치되어 평소 외부인이 들어올 수 없기 때문이죠. 방범카메라와 경비원이 배치된 곳은 현관과 로비뿐이라 비상계단을 이용해 밖으로 나가기도 쉽고 저층부 창문으로 밧줄 같은 것을 이용해 출입할 수도 있습니다. 또 클럽하우스를 거쳐 코스로 나가는 문도 회전식 잠금장치로 잠가두기는 하지만 누구라도 쉽게 풀 수 있습니다. 그러니까……."

형사는 이렇게 마무리했다.

"그 시간대에 숙박객은 누구한테도 목격되지 않고 살해 현장에 갈 수 있었고 여기에 돌아올 수도 있었다는 겁니다."

잭은 흠칫하며 물었다.

"형사님은 범인이 호텔 숙박객 중에 있을 거라고 보나요?"

"그건 왜 묻죠?"

휴즈 형사는 잭의 눈을 들여다보며 되물었다.

"외부에서 침입한 자나 낮에 입장해서 밤까지 잠복한 자가 범인일 수도 있지 않나요? 혹은 호텔 직원이나 경비원도……."

"그렇군요."

차가운 눈초리로 휴즈 형사가 고개를 끄덕였다.

"숙박객이 아닌 사람의 범행이라고 보고 싶나요?"

"그게요, 형사님……."

"우선 외부에서 침입한 자, 또는 낮에 입장해서 밤까지 잠복한 자가 범인일 가능성은 물론 부정할 수 없습니다. 지금도 주변 산림에 누가 침입하거나 도주한 흔적이 있는지 계속 조사하고 있습니다. 그러나……."

휴즈 형사는 잭의 반론을 예상한 듯했다.

"누군가를 살해하고자 할 때, 제한된 인원밖에 입장할 수 없고 더구나 대부분 아는 얼굴인 장소에 굳이 위험을 감수하고 침입해서 범행을 저지를 이유가 있을까요? 라이언 살해가 목적이라면 좀 더 쉬운 장소가 얼마든지 있겠지요."

이 점은 잭도 수긍할 수밖에 없었다.

"또 호텔 직원과 경비원 말인데, 그들은 전부 5년 이상 이 호텔에 근무했고 모두 신원이 깨끗합니다. 그들 가운데 범인이 있다면 수사는 아주 편해지겠지만, 새벽 조사에서 모든 직원의 알리바이가 입증되어서 유감스럽게도 그 가능성은 없습니다."

휴즈 형사는 손목시계를 흘끔 보았다. 위블로 클래식 퓨전 티타늄에 검은 고무벨트가 달린 얇은 스위스제 다이버워치였다.

"오늘은 시간이 없습니다. 나머지는 내일 해부 보고서를 확인하고 나서 이야기하기로 하지요."

잭도 오늘은 더 이상 추론이 어려울 것 같았다.

휴즈 형사는 의자에서 일어섰다.

"지금부터 우리는 호텔에 숙박하는 모든 사람을 상대로 심문할 것입니다. 또 다른 팀이 피해자 토니 라이언의 신변을 조사하기 시작했고, 감식반이 현장을 분석하고 있습니다. 오늘 하루면 어느 정도 정보가 모아질 겁니다. 내일 아침 9시, 클럽하우스 지하의 도서관으로 오십시오. 수집한 정보를 바탕으로 그곳에서 당신 생각을 듣고 싶습니다."

"알겠습니다."

잭도 그렇게 말하고 일어섰다. 그대로 문으로 나가려던 잭의 등을 향해 휴즈 형사가 말했다.

"당신이 범인이 아니기를 기도하죠."

잭은 몸을 돌려 휴즈 형사의 얼굴을 쳐다보았다. 그의 차가운 눈빛을 보니 도저히 그 말을 믿을 수 없었다.

잭은 문을 열고 복도로 나섰다. 그곳에는 경관 한 명이 대기하고 있었다. 잭을 객실까지 호송할, 아니 감시할 작정인 듯했다.

잭은 피곤했다. 자기 방으로 돌아오자마자 그대로 침대에 쓰러졌고 금세 수마에 붙들려 무의식 속으로 빠져들었다.

08

수요일
레스토랑 02

"바보 아냐? 누가 들어도 의심스러운 그런 소리는 왜 지껄여?"

팀은 볼이 미어지도록 빵을 씹으면서 어이없다는 듯 고개를 내저었다.

오늘 아침도 팀 앞에는 온갖 빵들이 담긴 바구니와 어제와 마찬가지로 베이컨과 햄과 소시지가 수북이 쌓인 큰 접시, 샐러드가 담긴 커다란 유리 볼이 놓여 있었다.

"별안간 그런 생각이 드니까 도저히 말하지 않을 수 없었어. 그래서 나도 모르게 그만."

커피 잔을 양손으로 감싼 채 빙글빙글 돌리며 잭이 변명했다.

"도대체 너란 놈은."

팀은 절반쯤 먹은 바게트로 잭의 얼굴을 겨냥하며 기회는 이때

라는 양 다그쳤다.

"자기과시욕이 너무 심해. 늘 잘난 척하다가 망하는 거지. 골프만이 아니라 매사에 그래."

"입이 열 개라도 할 말이 없네."

잭은 가느다란 목소리로 말하고 커피를 한 모금 마셨다.

6월 17일 수요일 오전 8시. 토니 라이언의 시신이 발견되고 꼬박 하루가 지났다. 이 호텔에 투숙한 선수, 캐디, US오픈위원, PGA투어 관계자, 그리고 특별히 초대된 게스트들까지 외출도 이동도 금지되었다. 결국 호텔에 연금된 거나 마찬가지였다.

어제는 모두 차례대로 경찰의 심문을 받고, 그 밖의 시간에도 객실을 나가지 못했다. 점심과 저녁 식사도 룸서비스로 해결하라고 할 만큼 철저했다. 객실에 있는 PC는 인터넷 접속이 끊기고 전화는 불통이었다. 휴대폰 중계기를 꺼놓았는지 통화도 문자도 불가능했다.

오늘 아침 경관이 잭의 객실로 찾아와 7시부터 레스토랑에서 아침을 먹으라고 알렸다. 잭은 레스토랑에 내려와서야 팀을 만날 수 있었다.

골프장 봉쇄가 언제 풀릴지 알 수 없어, 잭은 평소 코스에 나설 때처럼 하얀 폴로셔츠에 올리브색 바지 차림으로 레스토랑에 내려왔다. 식탁에 앉아 있던 팀도 하얀 칠부 면바지에 진초록 폴로셔츠를 입은 평소의 캐디 스타일이었다.

"그래서, 수사에 협력하겠다고 했어?"

"그래."

팀의 물음에 잭은 고개를 끄덕이고 길게 한숨지었다.

"라이언 씨를 죽인 범인도 꼭 잡고 싶고, 무엇보다 내가 의심을 받는 이상, 빨리 진범을 밝혀내지 않으면 곤란하니까."

"네가 무슨 수로 살인사건을 수사하겠어?"

"물론 해본 적도 없고 자신도 전혀 없지만."

팀이 별안간 나이프와 포크를 접시에 내려놓았다.

"그런데 통 모르겠단 말이야."

그렇게 말하고 팀은 입술을 깨물며 침묵했다.

"지금도 안 믿어져. 라이언 씨가……."

팀이 목소리를 짜냈다. 잭도 침통한 표정으로 입을 다물었다.

"그렇게 좋은 사람을, 젠장. 더구나 그렇게 처참하게……. 절대 용서할 수 없어."

사실 레스토랑에서 만났을 때 팀의 초췌함은 이만저만이 아니었다. 월요일에 라이언을 만나 대화를 나눈 뒤 팀은 그의 인품에 강하게 끌렸고 동시에 캐디로서 깊이 존경하게 되었던 것이다.

토니 라이언에게 살의를 품는 인간……. 애초에 그런 자가 있기나 할까? 잭은 생각에 잠겼다.

잭은 닉 로빈슨의 자서전을 읽은 적이 있다. 『마이 페어웨이』라는 그 책은 42세로 마스터스를 제패한 것을 기념하여 출판되었다. 골프코스의 페어웨이와 그의 당당한 삶, 그리고 금발에 푸른 눈이라는 풍모를 두루 표현하는 제목이었을 것이다. 유명한 옛 영화에서 딴 제목이었는지도 모른다.

그 책에서 로빈슨은 라이언을 독실한 크리스천이며 따뜻하고 성실하고 누구나 호감을 느낄 온화한 성품을 가진 사람이라고 경의를 표했다. 젊은 시절에 활화산이라는 별명이 있던 로빈슨이 지금과 같은 인격자가 된 것도 라이언의 영향이 크다고 한다. 팀이 실제로 만나본 인상으로도 라이언은 평판대로 훌륭한 인물이었다.

물론 누구나 남에게 보이지 않는 면을 갖고 있다. 라이언은 거액의 금전 문제를 안고 있었는지도 모르고, 여자 문제가 복잡했는지도 모른다. 그러나 저 기이한 살해 방식을 보면 그런 흔한 동기에 따른 범행처럼 보이지 않는다.

얼마나 깊은 원한이었을까? 아니, 원한 때문이라면 오히려 굳이 그런 기이한 방법으로 죽일 필요는 없을 것이다. 골프장을 택해서 살해할 필요도 없을 것이다. 다른 사람은 상상하기 힘든 뭔가 특별한 이유가 있었을까?

팀이 문득 목소리를 죽여 잭에게 속삭였다.

"이봐, 경찰은 이 안에 범인이 있다고 생각하는 거야?"

그리고 팀은 곁눈으로 주위 식탁을 슬쩍 둘러보았다.

"글쎄, 휴즈 형사는 표정이 전혀 없는 사람이라 무슨 생각을 하는지 통 알 수 없어서."

어깨를 으쓱해 보이며 잭도 레스토랑 안을 둘러보았다.

나란히 놓인 4인용 식탁들은 절반쯤 차 있었다. US오픈에 출전할 선수는 156명. 같은 수의 캐디가 있으니 총 312명의 선수와 캐디가 이 호텔에 묵고 있다. 아무래도 그 절반이 이 시간에 레스토랑에 모이도록 지시받은 것 같았다. 그 밖에 미국골프협회와 PGA 투어의 관계자들이나 특별 초대 손님들도 묵고 있지만, 아마 다른 공간에 모여 있을 것이다.

조금 떨어진 식탁에서는 갈색 피부의 남자가 철학자 같은 표정으로 전속 캐디와 대화하고 있다. 프로골프 세계 랭킹 1위 테드 스탠저이다. 레스토랑 중앙에서는 세계 최고의 레프티라 불리는 새미 앤더슨이 선수들 몇몇과 차를 마시며 흥겨운 목소리로 이야기하고 있었다. 그 밖에도 과거 4대 메이저 챔피언이나 유럽을 비롯한 해외 투어의 상금왕 등 TV나 잡지에서 보았던 유명 선수들 여럿이 눈에 띄었다.

"닉 로빈슨은 내려오지 않은 것 같군."

팀이 가만히 말했다.

"그러게. 식사할 정신이 아니겠지. 아니면 아직 조사를 받고 있는지도 모르고. 라이언 씨와 가장 가까운 사람이니까."

갑자기 팀이 자세를 낮추고 잭에게 몸을 기울였다.

"그런데 말이야, 잭."

"뭔데?"

팀은 목소리를 더욱 낮춰 주저하며 말했다.

"라이언 씨가 죽은 거 말이야, 그, 거기에 올라간 탓이 아닐까?"

"거기?"

잭은 커피 잔을 받침에 내려놓았다.

"아, 신의 나무?"

"쉬잇!"

팀은 당황하며 입술 앞에 손가락을 세웠다.

"큰 소리로 말하지 마. 그게 들으면 어쩌려고."

잭은 한숨을 짓고 어깨를 으쓱해 보였다.

"팀, 안심해. 그런 일은 있을 수 없으니까."

"21세기에 비과학적인 소리를 한다고? 하지만 보라고, 세상에는 과학으로 설명할 수 없는 일이……."

"그 전설은 지어낸 얘기야, 팀."

"뭐라고?"

팀은 놀란 얼굴로 잭을 쳐다봤다.

"무슨 근거로 그렇게 단언하지?"

"전설 내용을 보면 알 수 있지. 우선 기병대 대장의 시체가 인디언 조상을 기리는 나무기둥에 관통되었다는 내용도 그래. 호텔 로비에 이 지역에서 발견된 원주민의 나무기둥 사진이 있었지?"

"응, 봤어."

팀은 난로 옆에 있던 작은 갤러리를 떠올렸다.

"그 나무기둥은 세코이아의 껍질을 벗겨서 만든 지름 15센티미터쯤 되는 원기둥이고 꼭대기는 둥글게 깎여 있어. 사람이 고작 몇 미터 위에서 떨어진다고 그 굵은 나무기둥에 몸이 푹 찔리겠어?"

"그야, 찔리지는 않겠지."

"게다가 전설의 마지막 장면을 생각해봐. 마지막에 신의 나무 밑에 있던 것은 추장과 여자아이, 기병대 대장 세 명뿐인데, 세 사람 모두 죽고 말았어. 그럼 그 사건은 대체 누가 후세에 전한 거냐고."

"아하……."

팀은 놀란 얼굴로 입을 멍하니 벌렸다.

"그럼, 그 전설은 어떻게 생겨났을까? 이 땅에는 원주민의 비극적인 역사가 있고, 그건 사실이야. 원주민 조상이 겪은 비극을 잊지 않기 위해 비극의 상징으로 신의 나무 전설을 창작해서 후대에 전했다, 그렇게 생각해야겠지."

진지한 얼굴로 잭은 계속 설명했다.

"악의 상징 기병대 대장은 부족 수호신에게 심판을 받아야 마땅해. 그것을 표현한 것이, 신의 나무에 올라간 탓에 번개를 맞고, 선조를 기리는 나무기둥에 몸이 꿰뚫려 죽었다는 내용이야. 또 원주민이 남녀노소 할 것 없이 모두 학살된 사실을 전하기 위해 추장과 어린 여자아이를 등장시켜서 두 사람 다 죽은 것으로 만들었겠지."

잭의 논리는 이렇게 이어졌다.

"그러니까 '누가 이 사건을 목격했나?'라는 눈치 없는 지적은 비참한 역사를 후세에 전한다는 이 전설의 의도에 비춰볼 때 아무 의미도 없는 짓이야."

"뭐야, 그런 거였어? 그렇군, 지어낸 얘기였어. 젠장, 겁을 주더라도 적당히 줘야지."

팀은 맥이 풀린 듯 의자 등받이에 등을 털썩 던졌다.

"뭐, 그건 그렇고, 이건 라이언 씨 사건과는 전혀 무관한 얘기지만."

잭은 기억이 났는지 화제를 바꾸었다.

"작년 PGA챔피언십 말인데. 이해할 수 없는 게 세 가지 있어."

"작년 PGA챔피언십?"

"응, 월요일 연습 라운드를 돌고 나니까 영 마음에 걸린단 말이야."

팀이 상체를 기울였다.

"뭔데? 말해봐. 앞으로 수사를 돕는다며? 두뇌 회전 연습이 되지 않겠어?"

"그럴까?"

그러고서 잭은 이야기를 시작했다.

"우선 첫 번째 의문. 작년 PGA챔피언십이 끝나고 열린 기자회견에서 닉 로빈슨이 갑자기 모든 프로골프 경기에서 은퇴하겠다고 발표한 것 말이야."

"응? 그게 왜 마음에 걸리지?"

팀은 눈을 동그랗게 뜬 채 말했다.

"로빈슨은 투어 신기록인 83승, 게다가 메이저 20승이라는 놀라운 승수를 기록하고 완전히 만족해서 은퇴한 거잖아."

"레귤러투어만이 아니야. 쉰 살부터 출전할 수 있는 챔피언스투어를 포함해서 모든 프로 경기에서 은퇴하겠다는 선언이었어. 겨우 쉰네 살이었는데."

오른손 검지로 식탁을 콕콕 짚으며 잭은 팀의 얼굴을 쳐다보면서 말을 이었다.

"우리 프로골퍼는 어느 팀에 속해서 연봉을 받는 게 아냐. 시합을 쉬고 싶으면 얼마든지 쉴 수 있고 출전하고 싶을 때 출전하면 돼. 더구나 로빈슨은 여전히 4대 메이저에서 우승할 능력이 있다는 것을 막 증명한 참이었어. 그렇게 골프를 사랑하고 게임을 즐기던 사람이 굳이 은퇴를 선언할 필요가 있을까?"

"흐음."

팀은 팔짱을 꼈다.

"게다가 은퇴 발표가 너무 갑작스러웠어. 시합 종료 직후에 열린 기자회견이었으니까. 그런 거물이라면 스폰서나 사무소나 후원회나 가족과 상담하고 주위의 이해를 충분히 구한 뒤 정식으로 자리를 만들어서 발표할 것 같은데."

"그야 우리가 모를 뿐이지 이미 상의했던 게 아닐까?"

"가령 그렇다고 해도 갑작스럽다는 점은 달라지지 않아. 스폰서도 매니저도 용품 제조사도 동석하지 않았어. 기자회견 자리에서 갑자기 혼자 결정한 것 같은 인상이었어."

"듣고 보니 그렇긴 하네."

팀은 팔짱을 낀 채 허공을 노려보면서 말했다.

"나도 그 기자회견을 TV로 봤어. 은퇴 선언을 듣고 다들 깜짝 놀라서, 무슨 일이야, 이유가 뭐야, 재고할 수 없나, 하고 로빈슨을 비난하는 분위기가 돼버려서 우승 회견이 금세 사과 회견처럼 되고 말았지."

"사과?"

잭은 팀의 얘기에 뭔가를 느낀 듯했다. 시선으로 허공을 여기저기 더듬더니 마침내 투덜거리듯 구시렁거리기 시작했다. 아무래도 머리를 고속으로 회전시키는 듯했다. 팀은 잭의 표정을 관찰하다가 잠시 후 조심스레 물었다.

"뭐, 생각나는 거라도?"

"네 말이 뭔가를 끄집어내줄 것 같았는데."

잭은 한숨지으며 고개를 가로저었다.

"아직 정보가 부족한 것 같아. 이 건은 좀 더 생각해봐야겠어."

잭은 기분을 바꾸려는 듯 화제를 바꾸었다.

"두 번째 의문. 이건 연습 라운드 때 테리 루이스가 한 말인데, 로빈슨은 18번 홀 세컨드 샷에서 프리샷 루틴을 지키지 않고 백에서 손수 클럽을 뽑았어. 그건 무엇 때문이었을까?"

"음, 너무 긴장한 탓일 수 있다고 루이스 씨도 말했지. 하지만 그 전에도 그런 모습을 보인 적이 있었는지 모르잖아? 루이스 씨도 로빈슨 씨의 샷을 매일 보는 사람은 아닐 테고."

"뭐, 그럴지도 모르지. 내 눈으로 확인한 사실은 아니니까."

이번에는 잭이 물러섰다.

"그리고 마지막으로 세 번째 의문. 로빈슨 씨가 18번 홀 에이프런에서 왜 생크 같은 어처구니없는 실수를 했느냐는 거야."

"음, 너는 연습 라운드 때도 그런 생각을 했었지. 하지만 실수는 누구나 하잖아. 특히 그때 로빈슨 씨는 신기록 우승을 달성하느냐

마느냐로 상당한 압박을 받는 상황이었고."

잭이 고개를 끄덕였다.

"나도 실제로 그곳에서 샷을 해봤지만, 분명히 말해서 경사로 보나 잔디 상태로 보나 아주 쉬운 라이였어. 아무리 긴장했다고 해도 닉 로빈슨쯤 되는 사람이 실수를 한다는 건 상상하기 힘들어."

"하지만 실수를 했는데 어쩔 거야."

"아니, 납득하기 힘들어. 로빈슨 씨라면 눈감고 쳐도, 설사 그때 어프로치웨지가 없어서 우산이나 부지깽이로 쳤다고 해도 핀에 정확히 붙일 수 있었을 거야."

팀은 잭의 고집을 어이없어했다.

"설마 너, 로빈슨 씨가 일부러 생크를 냈다는 말은 아니겠지? 역사적인 우승이 걸려 있는 그 장면에서, 아니, 그게 아니라도, 시합에서 일부러 생크를 낼 리가 없잖아."

"팀."

"응?"

잭은 눈을 크게 뜨고 팀의 얼굴을 빤히 쳐다보았다.

"로빈슨 씨가 일부러 생크를 냈다?"

눈은 크게 열려 있고 입은 희열에 찬 듯 맥없이 반쯤 벌어져 있었다. 팀은 몸을 젖히며 언짢은 기색으로 잭의 얼굴을 쳐다보았다.

"어, 그래. 설마 그런 짓을 했을 리가 없다는 거지."

"바로 그거야!"

잭은 불쑥 소리를 치며 의자에서 벌떡 일어섰다. 그 바람에 의자가 꽝, 하는 커다란 소리를 내며 넘어졌다.

"어이, 이봐, 잭."

팀이 당황해서 잭을 슬며시 제지했다. 문득 주위를 보니 레스토랑에 있는 사람들이 모두 이쪽을 쳐다보고 있었다. 팀은 눈길이 마주친 사람들에게 눈웃음을 지어 보이며 양손을 위아래로 흔들어 잭에게 어서 앉으라고 손짓했다. 하지만 잭은 어찌나 흥분했는지, 팀의 그런 노력을 거들떠보지도 않았다.

"그래, 그거라면 설명이 돼! 아니, 그게 아니면 설명이 안 돼. 왜 이렇게 간단한 걸 생각 못 했지? 그래, 로빈슨 씨는 일부러 생크를 낸 거야."

교향악단 지휘자처럼 양팔을 휘두르며 이야기를 계속하는 잭에게 팀은 주변의 시선을 신경 쓰며 작은 소리로 말했다.

"무슨 소리야?"

잭은 멍한 표정으로 팀의 얼굴로 시선을 떨어뜨렸다.

"응?"

"도대체 왜 로빈슨 씨가 일부러 생크를 냈다는 거지?"

잭은 일어선 채 잠시 팀의 얼굴을 바라보다가 이윽고 뒤를 돌아보고 쓰러진 의자를 일으켜 가만히 앉았다. 그리고 식탁 위에서 양손을 깍지 끼고 조용히 입을 열었다.

"그러게."

팀은 온몸의 힘이 쑥 빠져 의자에서 미끄러질 뻔했지만 정신을 차리고 자세를 고쳐 앉았다.

"하마터면 허리 다칠 뻔했잖아."

잭은 팀의 타박에 개의치 않고 하던 말을 계속했다.

"하지만 적어도 왜 로빈슨 씨가 그 쉬운 라이에서 생크를 냈는지, 그 이유는 알아냈어. 그래, 일부러 그런 거야. 고마워, 팀, 오늘은 너답지 않게 명석했어. 덕분에 속이 개운해졌네."

"난 전혀 개운하지 않거든?"

팀이 이의를 표시했다.

"나로서는 네가 의문을 던진 그 세 가지 전부가 전혀 이상하지 않아. 그렇게 시시한 것들에 매달려서 범죄수사를 할 수 있겠어? 빨리 휴즈 형사한테 사과하고 수사에서 빼달라는 게 낫지 않을까?"

그때였다.

"이야기 중에 미안하지만 잠깐 실례해도 되겠습니까?"

어디선가 들어본 바리톤 음성이 머리 위에서 울렸다. 잭과 팀이 올려다보니 갈색 피부의 탄탄한 근육질 체구를 지닌 남자가 식탁 옆에 서 있었다. 빨간 폴로셔츠에 검은 바지를 입어 강렬해 보이는 스타일이었다.

현재 프로골프 세계 랭킹 1위, 35세에 PGA투어 62승, 그중에 4대 메이저 13승. 닉 로빈슨의 대기록을 깰 가능성을 가진 단 한 사람, 테드 스탠저였다.

"아, 예, 그럼요. 하하하, 저어, 여기 앉으시죠."

팀은 용수철 달린 인형처럼 발딱 일어섰다. 그리고 지금까지 자기가 앉아 있던 의자 밑판을 손으로 닦는 시늉을 하고 스탠저에게 손짓을 곁들여 앉으라 권하고는 자신은 잭 옆의 의자로 옮겨 앉으며 말을 건넸다.

"이 빵 좀 드시겠습니까? 아니면 뭐 음료수라도. 아, 이 커피는 드시지 않는 게 좋습니다. 고양이 똥이라네요."

"고양이의, 뭐라고요?"

스탠저는 의아한 듯 애매한 표정으로 미소를 띤 채 팀이 권하는 의자를 끌어내 앉았다.

팀은 긴장한 나머지 혼란에 빠진 것 같았다. 잭도 TV에서 보던 세계 랭킹 1위 선수와 대면한다는 사실이 신기하기만 했다. 동시에 로빈슨과는 다른, 스탠저가 발산하는 살기와도 비슷한 오라를 피부로 저릿저릿하게 느끼고 있었다.

"당신들 대화를 들었습니다. 엿들을 생각은 없었지만."

스탠저는 나직하고 절제된 목소리로 말문을 열였다.

팀이 당황해서 스탠저를 향해 양손을 내둘렀다.

"아, 아뇨, 저희야말로 큰 소리로 쓸데없는 소리를 해서 정말 죄송합니다. 혹시 신경에 거슬리는 말이 있었더라도 못 들은 걸로 해 주십시오."

스탠저는 팀에게 온화한 미소를 지어 보였다. 그리고 잭에게 오른손을 내밀었다.

"당신이 잭 아키라 그린필드로군요. 잘 부탁해요."

잭은 놀랐다. 골프계의 슈퍼스타가 자기 이름을 알고 있을 줄 몰랐던 것이다.

"처음 뵙겠습니다, 스탠저 씨."

잭이 악수에 응하며 물었다.

"어떻게 제 이름을?"

스탠저는 오른손 손바닥을 위로 향했다.

"US오픈 아메리카 최종 예선 마지막 날 최종 18번 홀에서 알바트로스로 대역전해서 톱으로 통과한 사람이 있다는 이야기를 들었습니다. 더구나 그 컵인한 세컨드 샷은 숲속에서 퍼터로 친 거라고 하더군요. 그렇게 화려한 기술로 승리한 플레이어가 있다는 말을 들었으니, 프로골퍼라면 누구라도 어떤 선수인지 궁금해할 수밖에요."

"그런 황당한 짓은 그만두라고 누차 충고하고 있습니다만, 이 녀석, 이상하게 튀는 걸 좋아해서."

팀은 잭의 옆구리를 팔꿈치로 쿡 찔렀다.

"아니, 참으로 공격적이고 독창적인 플레이였어요."

스탠저는 진지한 얼굴로 말했다.

"그건 그렇죠. 저도 그렇게 생각합니다, 스탠저 씨."

팀이 무리하게 장단을 맞추자 잭이 씽긋 웃으며 말했다.

"영광입니다, 스탠저 씨."

"두 사람 모두 날 테드라고 부르세요. 내 얘기 계속해도 되겠습니까?"

잭과 팀은 동시에 고개를 끄덕였다. 스탠저는 잭에게 시선을 돌렸다.

"잭, 당신은 경찰 의뢰를 받고 토니 살인사건 수사를 돕고 있다고 하던데?"

"네, 의뢰를 받은 건 사실입니다."

"그래서, 당신들끼리 작년도 PGA챔피언십 이야기를 하고 있는 모양인데, 나는 닉이 우승하는 장면을 18번 그린 옆에서 보고 있었어요."

잭은 다시 고개를 끄덕였다. 테드 스탠저는 그 최종일, 닉 로빈슨이 속한 3조 앞에서 라운드하고 있었다. 그리고 맹렬한 추격전을 벌여서 1타 차이의 단독 2위로 먼저 홀아웃했다. 즉 우승 가능성을 여전히 남겨두고 있었던 것이다.

스탠저가 계속 말했다.

"닉이 18번 그린에 왔을 때, 나는 동반 경기자와 스코어 확인을 마치고 스코어카드를 제출한 참이었어요. 평소라면 플레이오프 가능성에 대비해서 연습장으로 갔겠지만, 그날은 바로 18번 그린으로 돌아왔죠. 골프 역사에 남을 순간이 찾아올지 모른다고 생각하니 아무래도 내 눈으로 직접 보고 싶어서."

스탠저는 쑥스러움이 희미하게 묻어나는 미소를 지었다.

"닉은 내 우상입니다. 사실 나는 그를 롤 모델로 삼아 프로골퍼가 되었어요. 그리고 이건 나도 처음 느껴본 감정이었는데, 솔직하게 말하면……."

그 대목에서 스탠저는 망설이는 것처럼 말을 끊었다가 진지한 표정으로 다시 이었다.

“그때 나는 승부의 당사자이면서도 닉이 그 칩샷을 넣어서 우승하기를 진심으로 바랐습니다. 그래서 프로골프계에 투어 83승 메이저 20승이라는 찬란한 금자탑을 세우기를 바랐죠. 그러면 닉은 전설이 되고 골프계는 더욱 융성해지겠지, 나는 그런 생각으로 닉의 뒷모습을 보며 노력했습니다. 내 우상이 남긴 위대한 기록을 언젠가는 내 손으로 경신하기 위해서요.”

“그 바람은 이루어졌죠.”

잭의 말에 스탠저는 고개를 크게 끄덕였다. 그리고 조용한 목소리로 말했다.

“작년 PGA챔피언십에서 있었던 일은 이제 그만 잊어요.”

“네?”

팀은 말뜻을 알아듣지 못해 멍하니 입을 벌렸다.

스탠저는 창밖으로 시선을 돌려 눈이 부신 듯 바라보았다. 바깥은 쾌청했다. 티끌 하나 없이 파란 하늘에 부드러워 보이는 솜털구름이 떠 있었다. 초록빛 나무들이 미풍에 흔들리고 어디선가 작은 새가 지저귀고 있었다.

스탠저는 시선을 잭에게로 돌렸다.

“잭, 그 시합에서 닉이 취한 행동에 세 가지 의문점이 있다고 했는데, 닉 대신 내가 설명해주죠.”

“스탠저 씨가요?”

잭이 놀라 물었다. 스탠저는 식탁 위에 손을 모으고 이야기를 시작했다.

"우선 닉이 그 시합을 끝으로 은퇴한 것은 팀이 말한 것처럼 모든 기록을 경신하여 목표가 사라졌다는 점도 있겠죠. 하지만 무엇보다 결정적인 이유는 왼쪽 팔꿈치의 부상이에요. 왼쪽 팔꿈치가 오랜 혹사 탓에 부상이 심해서 이제 스스로 만족할 만한 플레이를 할 수 없는 상태였습니다."

잭은 고개를 끄덕이지 않을 수 없었다. 로빈슨이 고질병인 왼쪽 팔꿈치 부상으로 고통받고 있다는 것은 잘 알려진 사실이었다. 스탠저는 계속했다.

"다음으로, 닉이 프리샷 루틴을 건너뛴 것은 그때 토니에게 그립을 닦게 하고 싶지 않았기 때문입니다."

"토니의 권유를 무시하고 다른 클럽을 택했으니, 그것을 닦게 하기가 미안했다는 겁니까?"

잭이 물었다. 스탠저는 고개를 가로저었다.

"아니, 그게 아니에요. 닉은 6번 아이언을 뽑을 때 이미 최고로 집중한 상태에 들어가 있었고 샷의 이미지도 명확하게 그리고 있었어요. 그럴 때 클럽을 토니에게 넘겨서 그립을 닦게 하다가 집중이 흐트러지는 것을 원하지 않았던 거죠."

"로빈슨이 그런 집중 상태에 들어간 것이 전에 없던 일인가요?"

잭의 질문에 스탠저가 되물었다.

"투어 최다승과 메이저 최다승, 투어 최연장자 승리 기록이 모조리 걸린 한 타가 지금까지 몇 번이나 있었을 것 같습니까?"

잭은 반론할 수 없었다. 스탠저는 다시 설명을 이었다.

"그리고 마지막으로 그 생크 말인데, 닉이 그런 실수를 하다니 하며 나도 물론 내 눈을 의심했어요. 그러나 그것도 왼쪽 팔꿈치의 부상 탓일 거예요. 내가 보기에 그 샷에서만 닉의 움직임이 어색해 보였어요."

"잘 알았습니다!"

팀은 양 무릎을 탁 치며 고개를 크게 끄덕이고 잭에게 삿대질을 했다.

"자, 들었지? 전부 깨끗이 설명되잖아. 그때 로빈슨과 우승을 다툰 테드 씨가, 더구나 18번 그린 바로 옆에서 우승 장면을 직접 본 테드 씨가 말씀하시잖아. 이상한 거 전혀 없다고."

잭은 그 말에는 대답하지 않고 말없이 스탠저의 얼굴을 바라보았다. 스탠저는 그 시선에 개의치 않고 잭에게 말했다.

"그러니 잭, 당신에게 협조를 청한 형사에게 전해주세요. 범인을 최대한 빨리 찾아서 체포해달라고. 그리고……."

그때 높은 목소리가 스탠저 뒤에서 들려왔다.

"그리고 이번 주 US오픈을 예정대로 개최할 수 있게 해달라고 전해요."

잭과 팀, 그리고 스탠저가 목소리를 낸 주인공을 쳐다보았다. 파란 눈, 듬직한 체구에 짧은 은발머리. 세계 최고의 레프티 새미 앤더슨이 하얀 폴로셔츠에 샌드컬러 치노바지를 입고 서 있었다.

40세, PGA투어 35승, 메이저 6승. 실적은 스탠저에 미치지 못

해도 쾌활한 성품과 공격적인 플레이 스타일로 스탠저와 인기를 양분한 미국 프로골프계의 슈퍼스타였다.

팀은 입만 빼끔거리며 앤더슨을 손으로 가리켰다. 앤더슨은 빙긋 웃으며 뒤에서 스탠저 어깨에 손을 얹고 친근한 투로 말했다.

"우리 동료들 중에 범인이 있을 것 같지는 않아요. 아마 골프와 무관한 사람이 외부에서 들어와 저지른 범행이겠죠. 아, 물론 여기 덩치 훌륭한 캐디가 말한 나무의 재앙이 아니라 인간이 범인이라면 말이지만."

네 사람이 있는 식탁 주위에서 일제히 웃음이 터졌다.

잭과 팀은 주변을 둘러보고 흠칫 놀랐다. 레스토랑에 있는 선수들이 전부 이 식탁을 주목하고 있었던 것이다. 그럴 만했다. 들리는 소문으로는 결코 사이가 좋다고 할 수 없는 두 슈퍼스타 스탠저와 앤더슨이 한 식탁에서 만나고 있기 때문이다.

스탠저가 미간을 찡그렸다.

"그 농담은 달갑지 않군요, 새미. 사람 하나가 죽었습니다. 더구나 죽은 사람이 당신도 잘 아는 토니 라이언이잖습니까."

앤더슨은 어깨를 으쓱해 보였다.

"나는 죽은 토니를 위해서라도 US오픈은 개최되어야 한다고 봅니다. 토니도 일 년에 딱 한 번 열리는 골프 축제가 자기 때문에 취소된다면 천국에서 몹시 자책할 거예요. 성품이 그렇게 착실한 분이니까 말이에요."

"뭐, 그럴지도 모르죠."

스탠저는 앤더슨의 말에 고개를 끄덕이고 잭에게 몸을 돌렸다.

"지금부터 새미를 비롯한 동료 골퍼들과 상의를 해야겠어요. 그래서 선수와 캐디의 총의를 모아 경찰과 US오픈위원회에 US오픈 개최를 청원해봐야죠."

잭과 팀은 저도 모르게 스탠저와 앤더슨을 번갈아 쳐다보았다.

"잭, 경찰에 연줄이 있는 것 같은데, 우리 뜻을 전해줬으면 좋겠어요. US오픈이 예정대로 개최된다면 우리는 일요일까지는 확실히 여기 머물게 돼요. 얼마든지 의심하고 얼마든지 조사하라고 해요. 우린 도망치지도, 숨지도 않을 테니까요."

"일요일까지 있으려면 예선에 탈락하지 말아야겠지요. 뭐, 테드는 그런 걱정을 요만큼도 하지 않는 것 같지만."

앤더슨이 빈정거리며 이야기했다.

"실은 오늘도 연습 라운드에 나가고 싶은데, 그게 안 된다면 연습장이라도 개방해주었으면 좋겠어요. 음, 잭이라고 했죠? 당신 친구인 형사 나리한테 부탁해줄 수 없나요? 이렇게 매일 맛난 요리로 배를 채우고 호텔 방에 갇혀 지내다가는 온몸의 근육이 고베 비프처럼 차돌박이가 되어버리겠어요."

앤더슨은 잭과 팀의 뒤로 돌아가 양손으로 두 사람의 어깨를 동시에 다독였다.

"잘 부탁해요."

그리고 두 사람에게 윙크를 하고 자기 자리로 걸어갔다. 스탠저도 일어섰다.

"당신들도 US오픈 개최 청원에 동참하겠죠?"

잭과 팀은 스탠저를 올려다보며 대답했다.

"다수 의견에 따르겠습니다."

"물론이죠, 시합을 하고 싶어요."

스탠저는 고개를 끄덕이고 앤더슨이 간 쪽으로 몸을 돌렸다.

"저어, 스탠저 씨, 아니, 테드."

잭이 불쑥 일어나 테드 스탠저를 불러 세웠다.

스탠저가 뒤를 돌아보자 잭이 다가가 그의 바로 앞에 섰다. 그리고 주위에 들리지 않도록 작은 소리로 물었다.

"스탠저 씨는, 무엇을 숨기시는 거죠?"

스탠저는 잠시 가만히 있다가 조용히 되물었다.

"숨긴다고?"

"왜 굳이 작년 PGA챔피언십을 잊자고 하신 거죠? 우리가 하던 잡담은 그냥 내버려둬도 좋았을 텐데요, 왜죠?"

스탠저는 대답 없이 잭의 얼굴을 가만히 쳐다보았다.

"테드, 혹시 내가 의심을 가진 것 이상으로 로빈슨 씨의 그날 행동을 이상하게 생각하신 거 아닌가요?"

스탠저는 계속 침묵했다. 그의 표정에서는 아무것도 읽어낼 수 없었다.

잭이 내처 말했다.

"혹시 스탠저 씨는 로빈슨 씨가 이상하게 행동한 이유를……."

잭의 말을 자르고 스탠저가 입을 열었다.

"난 아무것도 몰라. 정말 아무것도 몰라요. 그리고 더 이상 아무것도 알고 싶지 않고 생각하고 싶지도 않아요."

스탠저는 거기서 입을 다물었다. 그리고 잠시 사이를 두었다가 다시 입을 열었다.

"잭, 당신도 아무것도 알려고 하지 않는 게 좋을 겁니다. 더 이상 생각하지 말아요. 잊으라고요."

그의 목소리는 여전히 차분했다. 그리고 잭에게 등을 돌리고 앤더슨이 있는 쪽으로 걸어갔다.

"이봐, 스탠저랑 무슨 이야기를 한 거야?"

팀이 안달하며 물었다.

"팀, 너, 아까 내가 수사에 협력하는 거 그만두는 게 낫겠다고 했지?"

"어? 응, 그랬지."

잭은 걸어가는 스탠저의 뒷모습을 쳐다보았다.

"그게 나을지도 모르겠어."

잭은 지친 목소리로 말했다.

"네 말대로 나는 이제 이 사건에서 손을 떼는 게 좋을지도 모르겠어."

팀은 잭의 얼굴을 보고 당황했다. 비장하다 해도 좋을 만큼 골똘한 표정이었다. 팀은 잭의 내면에 이변이 일어나고 있음을 느꼈다.

"잭. 너, 설마 범인을 찾는 단서를……?"

"아니, 아직 아무것도 몰라. 아무것도."

잭은 말끝을 흐리며 손목시계를 보았다.

"이제 곧 9시네. 팀, 나는 지금 클럽하우스 지하에 있는 도서관에 가서 휴즈 형사를 만나야겠어. 기회가 되면 테드와 새미의 요청사항도 전달해야지."

"그래, 이대로 있다가는 선수들을 수습할 수 없겠어."

팀도 불안한 표정으로 고개를 끄덕였다.

09

수요일
도서관 오전

홀리파인힐 골프코스의 도서관은 호텔과 연결된 클럽하우스의 지하에 있었다. 지하라고 해도 건물 둘레에 드라이 에어리어를 파 놓아서 어느 공간에나 햇살이 잘 들어 의외로 밝았다.

잭은 클럽하우스 로비에서 폭이 넓은 나무계단을 통해 지하로 내려갔다. 고풍스러운 꽃무늬 융단이 깔린 지하 복도를 걷자 맨 끝에 커다란 쌍여닫이 나무문이 나타났다.

잭이 문으로 다가가니 활짝 열린 문 안쪽에서 남자 여러 명이 누군가를 다그치는 소리가 들렸다.

"뭘 알고나 하는 소립니까? US오픈은 미국골프협회가 상금 총액 950만 달러를 걸고 해마다 딱 한 번 치르는 중요한 행사란 말입니다. 1895년부터 작년까지 세계대전으로 두 차례 중단된 것을 제외하면 110회가 넘도록 개최되었습니다. 그걸 알면서도 여전히 중지하란 소리를 한단 말입니까?"

"결국 화요일에 연습 라운드도 못 하고 오늘이 벌써 수요일입니다. 예정상 목요일인 내일이 대회 첫날이에요. 지금 당장 코스와 연습장, 연습용 그린을 선수들에게 개방하세요. 언제까지 연금 상태를 유지할 겁니까?"

잭이 도서관 입구에서 안을 들여다보았다.

소파에 앉은 휴즈 형사를 세 남자가 에워싸고 있었다. 이야기를 들어보니 아무래도 미국골프협회 산하 US오픈위원회 위원들 같았다. 세 사람 중 양쪽에 있는 두 사람이 휴즈 형사에게 강력히 항의하고 있었다.

"언제까지 이렇게 있으라는 겁니까?"

휴즈 형사는 역시 감정이 전혀 실리지 않은 낮은 목소리로 대답했다.

"그야 범인이 잡힐 때까지지요."

그 말이 위원들의 분노에 기름을 끼얹었다.

"그럼 대체 범인은 언제 체포한다는 겁니까? 당신들 능력으로는 도저히 해결하지 못할 사건 같은데?"

"관객도 들이지 마라, 트로피클럽을 닫아라, 파빌리온도 폐쇄하라, 방송 중계차도 내보내고 언론도 입 다물어라. 이러면 우리는 입장료고 방송권료고 스폰서비고 다 돌려줘야 한단 말입니다. 그 피해액이 얼마나 될지 당신들이 알기나 합니까? 만약 이대로 US

오픈을 중지시킨다면 경찰을 상대로 손해배상청구소송도 검토하지 않을 수 없습니다. 그래도 괜찮습니까?"

휴즈 형사가 소파에서 천천히 일어섰다. 일어서고 보니 세 사람보다 머리 하나는 더 컸다. 형사는 마지막으로 발언한 왼쪽 위원에게 한 발 다가서서 낮은 목소리로 말했다.

"사람이 죽지 않았습니까?"

그 위원이 뭔가 말하려다 꿀꺽 삼켜버렸다.

"위원님들은 이 흉악한 살인범을 놔두고 살인 현장에서 공치기 놀이나 하시겠다는 겁니까?"

"고, 공치기 놀이라니, 골프를 모욕하지 마십시오!"

휴즈는 그의 분노에 아랑곳없이 감정이 배제된 목소리로 말을 이었다.

"계속 이렇게 수사를 방해하면 공무집행방해죄로 체포하겠습니다. 게다가 위원님들은 지금 경찰을 악의적으로 매도하고 넌지시 거금을 요구하기까지 했습니다. 그 말을 취소하지 않으면 모욕죄와 공갈죄가 추가될 겁니다."

양쪽 위원들은 화들짝 놀라 눈이 휘둥그레졌다.

"무슨 억지를!"

"협박은 바로 형사가 하고 있군!"

세 사람 중에 가운데 있던, 백발노인이라 해도 좋을 남자가 마침내 입을 열었다.

"두 분 모두 침착하세요."

미국골프협회, US오픈위원회 위원장 제임스 호프먼이었다. 호프먼 위원장은 휴즈 형사에게 위엄 있는 목소리로 말했다.

"형사님, 우리는 PGA투어에서 오랜 세월 활약한 토니 라이언 씨의 불행을 매우 슬퍼하고 있습니다. 그리고 범인이 체포되기를 진심으로 바라고 있습니다. 실제로 우리는 사건이 일어난 이래 경찰이 요구하는 대로 수사에 전면적으로 협조해왔습니다."

휴즈 형사는 말없이 호프먼 위원장의 말을 들었다.

"이제 호텔에 묵는 사람들에 대한 심문이 다 끝났다고 들었습니다. 신분 확인도 전부 끝났을 겁니다. 만약 관객과 관계자들의 출입을 허가해준다면 우리가 책임지고 모든 사람들에 대한 신원조회를 돕겠습니다. 어떻습니까, 유서 깊은 US오픈을 올해도 개최할 수 있도록 도와주시겠습니까?"

휴즈 형사가 입을 열었다.

"살인범은 지금도 이 호텔 안에 있습니다."

호프먼 위원장은 의심이 묻어나는 투로 물었다.

"근거 있는 말입니까?"

"지금 그것까지 설명할 시간은 없습니다, 호프먼 위원장님."

휴즈 형사가 차갑게 말했다.

"이 시설이 봉쇄되는 동안엔 범인도 움직이지 못합니다. 그런데 시합을 개최해서 범인을 자유롭게 풀어놓아 증거를 없앨 기회를 주고, 연인원 10만 명이나 되는 관객과, 아무 데나 들쑤시고 다니는 기자들을 무제한으로 불러들여서 살해 현장을 짓밟고 돌아다니게 하다니, 그런 어리석은 짓이 어딨습니까? US오픈인지 뭔지는 결코 허용할 수 없습니다."

그때 호프먼 위원장의 슈트 안주머니에서 스마트폰이 울렸다.

"잠깐 실례."

호프먼 위원장은 천천히 스마트폰을 꺼내 버튼을 누르고 통화를 시작했다.

"……감사합니다. ……네, 잠깐만요."

호프먼 위원장은 스마트폰을 휴즈 형사에게 내밀었다.

"바꿔달라는군요."

휴즈 형사는 호프먼 위원장의 얼굴을 지그시 쳐다보다가 스마트폰을 받아 왼쪽 귀에 갖다 댔다. 그리고 잠시 상대방의 이야기에 귀를 기울였다.

"말씀은 알겠습니다. 하지만……."

휴즈 형사는 통화 상대에게 낮은 목소리로 말했다.

"당신, 진짜 역겹군. 슈워제네거 주지사."

휴즈 형사는 통화를 끝내자 무표정한 얼굴 그대로 스마트폰을 왼손으로 꽉 움켜쥐었다. 스마트폰이 우드득 소리를 내며 일그러졌다. 플라스틱 조각이 몇 개 바닥에 떨어졌다. 그리고 단말마처럼 부르르 진동하더니 기능을 완전히 잃어버렸다. 휴즈 형사는 스마트폰의 잔해를 호프먼의 재킷 가슴주머니에 푹 꽂아 넣었다.

그는 세 사람의 얼굴을 차례대로 쳐다보고 나서 얼음장 같은 목소리로 말했다.

"주지사를 내세우다니, 대단하시군요."

"흥."

호프먼 위원장이 콧방귀를 뀌었다.

"이유가 뭐든 110년 넘게 내려온 US오픈의 역사를 끊을 수는 없습니다. 그게 전붑니다. 오늘까지는 봉쇄를 감수하겠습니다. 몇 년 전에도 날씨 때문에 연습 라운드를 실시하지 못한 전례가 있었으니까. 하지만……."

호프먼 위원장은 휴즈 형사 못지않은 무표정으로 말했다.

"내일, 목요일 오전 7시에는 관객, 숍 직원, 중계차, 기자, 운영진, 자원봉사자, 메이커 관계자 등을 전부 입장시키고 예정대로 US오픈을 개최하겠습니다. 물론 경찰은 라이언 씨 살인사건을 계속 수사하면 됩니다. 우리도 모든 협력을 아끼지 않을 겁니다."

휴즈 형사는 문을 향해, 말하자면 잭 쪽을 향해 턱짓을 했다.

"손님이 왔습니다. 그럼, 가서 일들 보시죠."

세 위원이 일제히 잭을 돌아보았다.

휴즈 형사는 다시 소파에 앉아 세 사람이 벌써 사라지기라도 한 것처럼 앞에 놓인 탁자에 펼쳐진 서류를 들춰보기 시작했다.

"스마트폰은 보험에 가입돼 있습니다. 청구서를 보내진 않을 테니 안심하십시오."

호프먼 위원장이 여전히 표정 없이 말하고 걸음을 떼었다.

세 사람이 문을 향해 걸어갔다. 잭을 스쳐갈 때 그들은 힐끔 곁눈을 주었지만 이내 흥미를 잃고 걸어 나갔다.

잭은 도서관으로 들어섰다. 정면으로 보이는 벽면은 위쪽 4분의 1이 채광창이었다. 그곳으로 간접광이 쏟아져 들어오고 있다.

오른쪽 벽 중앙에는 장작을 때는 매립식 프랑스제 벽난로가 있다. 와인셀러 온도 관리를 위해 개발된, 내열 유리창을 끼운 안전한 대륙식 난로이다.

왼쪽 벽에는 좁고 기다란 유리 진열장이 있어 오래된 골프클럽이나 공, 색 바랜 울 재킷, 니커보커스 등이 전시되어 있다. 그 옆에는 이 방의 고전적 분위기에서 이채를 발하는 매트블랙 대형 액정모니터. 체리 원목으로 된 선반에는 여러 종류의 비디오플레이어가 수납되어 있다.

그런 집기와 기기를 제외하면 벽면은 대부분 서가로 이루어졌다. 그리고 동서고금의 골프 관련서나 잡지, 오래된 비디오테이프나 DVD 같은 기록매체가 빼곡히 채워져 있었다.

방 중앙에는 낮은 커피테이블을 가운데 두고 2인용 소파세트가 두 개, 그 한쪽에 휴즈 형사가 앉아 서류를 보고 있다. 수사국 본부가 메일로 보낸 보고서를 출력한 서류 같았다.

형사는 오늘도 다크그레이 슈트에 좁은 넥타이 차림이다. 바지에는 다림질선이 칼날같이 서 있고 와이셔츠도 풀을 먹여 빳빳하고 까만 가죽구두는 반짝반짝 닦여 있다. 올백 머리도 완벽하게 다듬었고 수염도 깨끗하게 면도했다. 하지만 기분 탓인지 잭은 그 얼굴에서 살짝 피로한 기미를 느꼈다.

잭이 건너편 소파에 앉자 휴즈 형사는 고개를 들고 서류를 간추려 테이블에 내려놓았다. 그리고 실내를 빙 둘러보았다.

"이 도서관에 있는 방대한 책과 잡지, 비디오 자료가 다 골프에 관한 겁니다."

잭이 미소 지으며 고개를 끄덕였다.

"지금도 전 세계에서 골프 책과 잡지, 비디오가 수도 없이 발행되고 있어요. 전문 텔레비전방송국도 많죠. 전 세계에 약 3만 2,300개의 골프장이 있고 골프 인구는 약 6,400만 명에 달한다고 합니다."

"골프가 그렇게 매력적인 게임입니까?"

의심스럽다는 듯 휴즈 형사가 물었다.

"조사에 따르면 당신은 하버드대학 심리학부를 수석으로 졸업했더군요. 학자가 될 수도 있었고 원하는 회사에 취직해서 좋은 대우를 받을 수도 있었을 텐데 왜 학력이 전혀 도움 안 되는 프로골퍼라는 직업을 택했습니까?"

잭은 곤혹스러운 양 어깨를 으쓱해 보였다.

"물론 프로골퍼는 언제 질병이나 부상으로 쓰러질지 모르고 유급휴가도 보너스도 없죠. 비행기 표도 호텔 요금도 자비 부담이고, 예선을 통과하면 상금이 나오지만 탈락하면 1센트도 못 받고 적자를 감수해야죠. 랭킹이 떨어지면 투어 자격을 상실하여 시합 출전도 못 합니다. 그렇게 가혹한 세계죠. 하지만……."

잭은 빙긋이 웃었다.

"그게 마음에 들었어요. 모든 걸 나 혼자 책임진다는 거. 이기면 내가 잘한 거고 지면 능력이 모자란 거죠. 다른 스포츠와 비교하면 채점 경기가 아니어서 판정 때문에 억울해할 일도 없고, 단체경기가 아니므로 다른 사람 때문에 결과가 좌우되는 일도 없습니다. 무엇보다 골프는 스포츠 중에서 유일하게 심판이 없는 경기입니다."

"심판이 없다? 프로 경기에서도?"

휴즈 형사가 반사적으로 물었다.

"네, 세상에는 심판 눈을 속이는 것도 기술이라고 하는 스포츠도 있죠. 골프에는 경기위원이 있지만 규칙을 확인하기 위해서지 선수의 반칙을 감시하기 위해서가 아닙니다. 그러므로 골퍼는 양심과 자존심을 걸고 규칙을 지키며 정직하게 플레이합니다. 아무도 보고 있지 않을 때라도. 그런 점이 마음에 들었습니다."

휴즈 형사는 어이가 없다는 표정을 지었다.

"게다가 다른 프로스포츠 선수는 늦어도 40대면 은퇴하잖아요? 골프에는 쉰 살이 되기 전에는 출전할 수 없는 프로투어도 있습니다. 원하기만 하면 죽을 때까지 매주 일확천금을 노리며 아이처럼 벌판을 뛰어다닐 수 있는 겁니다. 재밌죠? 골프는 정말 이상한 경기예요. 아, 참!"

잭이 문득 눈동자를 반짝였다.

"골프가 얼마나 재미있는지를 말해주는 일화가 있어요."

잭이 헛기침을 한번 하고 나서 이야기를 시작했다.

"어떤 사람이 친구와 둘이서 라운드를 하는데 코스 옆 도로로 영구차 한 대가 지나갔어요. 그러자 그는 플레이를 중단하고 모자를 벗어 영구차를 향해 묵도했습니다. 친구가 감탄했죠. '자네가 그렇게 신심이 깊은 줄 몰랐네.' 그러자 그는 영구차를 바라보며 감개무량하게 말했죠."

잭은 천천히 이야기를 이었다.

"'어쨌거나 40년이나 붙어산 마누라니까.'"

이야기를 마치며 잭은 의기양양하게 휴즈 형사의 얼굴을 쳐다보았다. 그러자 형사가 전혀 웃지도 않고 입을 열었다.

"질문이 있습니다."

"아, 뭐죠?"

잭은 당황했다. 설마 질문이 나올 줄은 예상치 못했다.

"그 남자가 영구차를 향해 묵도한 것과 부인과 40년을 살았다는 사실에 어떤 관계가 있다는 겁니까?"

잭은 당혹스러웠다. 아무래도 휴즈 형사한테는 이런 농담이 통하지 않는 듯했다. 어쩔 수 없이 설명해주었다.

"영구차에 있는 사람이 그 사람의 부인이거든요."

휴즈 형사가 내처 질문했다.

"부인의 직업이 영구차 운전사였습니까?"

"아뇨, 그게 아니라, 그……."

이 지경이 되자 잭도 결국 체념했다.

"그러니까 말이죠. 그 남자는 골프가 너무 좋아서 자기 아내가 죽었는데도 장례식에 참석하지 않고 친구랑 골프를 치고 있었다, 뭐 그런 얘기죠."

"그래요?"

휴즈 형사는 고개를 끄덕였다.

"형편없는 자로군요."

"그렇죠."

길게 한숨짓는 잭에게 휴즈 형사가 진지한 표정으로 물었다.

"부인의 사인은?"

"그거야 저도 모르죠."

잭은 앞으로 휴즈 형사한테는 절대 농담을 하지 않겠다고 굳게 다짐했다. 그리고 마음을 가다듬고 말했다.

"하지만 역시 골프의 재미는 직접 골프클럽을 잡고 공을 쳐보기 전에는 알 수 없죠. 괜찮으시면 제가 잠깐 레슨해드릴까요?"

"남한테 배우는 건 성미에 안 맞아요."

휴즈 형사는 소파에서 일어섰다. 그리고 서가 한쪽으로 걸어가 몸을 숙이고 그곳에 진열된 책들을 살펴보았다.

그곳은 레슨 서적 코너였다. 휴즈 형사는 잠시 서가를 살펴보다가 검은 가죽 케이스에 든 오래된 책에 검지를 대고 그것을 천천히 뽑아냈다. 그리고 케이스의 장정을 살펴보더니 케이스에서 책을 꺼내 팔랑팔랑 페이지를 넘겨본 다음 이리저리 뒤집어가며 고루 살펴보았다.

"이게 좋겠군."

그가 고른 책을 보고 잭은 놀라지 않을 수 없었다. 1957년 출판된 『모던 골프』 초판본이다. PGA투어 64승, 그 가운데 메이저 9승이 포함된 전설의 천재 골퍼 벤 호건이 쓴 골프의 바이블이라 불리는 레슨 교재였다.

잭이 보기에 '골프 스윙의 진리'를 언급한 유일한 책이며, 그 자신도 몇십 번을 읽었는지 모른다. 초판본은 처음 볼뿐더러, 이렇게 훌륭하게 장정된 책이었다는 것은 미처 알지 못했다. 휴즈 형사는 미심쩍은 이론을 다룬 책들도 섞여 있는 수많은 레슨 교재 중에서 주저 없이 그 책을 골라낸 것이다.

잭이 엉겁결에 물었다.

"벤 호건을 아세요?"

"아니, 처음 들어보는 이름인데요."

"그럼 왜 그 책을 선택한 거죠?"

당연한 걸 왜 묻느냐는 듯 휴즈 형사가 대답했다.

"이렇게 오래된 책이 희귀본 서가가 아니라 레슨 서적 코너에 꽂혀 있다는 건 반세기를 살아남은 이론, 다시 말하면 본질적인 이론이 실려 있다는 증거입니다. 그리고 이쪽 방면의 실용서라면 간단한 장정으로 출판될 것 같은데 이렇게 훌륭한 하드커버로 만들어졌다는 건 금방 잊힐 책이 아니라고 편집자가 판단했다는 얘기고요."

책을 다시 케이스에 넣으며 휴즈 형사는 계속 말을 이었다.

"그리고 자주 들춰본 흔적을 목차부터 마지막 페이지까지 두루 확인할 수 있습니다. 모든 내용이 흥미진진하다는 증거죠. 무엇보다 본문 삽화에 등장하는 인물의 자세가 매우 아름답군요. 올바른 동작은 아름다운 동작과 통하지요."

이렇게 두뇌가 명석한데 어째서 농담 하나 이해하지 못할까? 잭은 이중의 의미에서 휴즈 형사에게 감탄했다.

"형사님은 골프 재능을 타고났는지도 모르겠는걸요."

잭도 소파에서 일어섰다. 그리고 진열장 앞으로 걸어가 손잡이를 잡아당겼다. 자물쇠가 잠겨 있지 않았다. 잭은 안으로 손을 뻗어 목제 드라이버를 잡았다.

"19세기 후반 영국제 드라이버군요. 헤드는 감나무, 샤프트는 가래나무입니다. 골프의 여명기 16세기에 영국에서는 헤드에는 너도밤나무, 호랑가시나무, 서양배나무, 사과나무를, 샤프트에는 물푸레나무나 개암나무를 썼지만, 19세기 이후 미국에서 감나무나 가래나무가 수입되자 이것들이 금세 골프클럽의 기본 재료가 되었죠. 참고로 말씀드리면……."

잭은 휴즈 형사를 힐끔 쳐다보고 계속 말했다.

"감나무 퍼시먼과 가래나무 히커리라는 이름은 각각 아메리카원주민 알곤킨족과 포하탄족 말에서 유래합니다. 그들이 쓰던 목재가 영국으로 건너가 골프클럽을 완성시킨 거죠. 아메리카원주민과 골프는 인연이 적지 않다고 할 수 있죠."

"그리고 이번에 골프장에서 원주민의 전설을 방불케 하는 끔찍한 사건이 일어났지요."

휴즈 형사는 오래된 드라이버를 지그시 쳐다보았다.

잭은 다시 진열장에서 오래된 골프공을 꺼냈다.

"거터퍼처 공입니다. 거티라고도 하죠. 천연고무를 단단히 굳혀서 만든 것으로, 20세기 초까지 만들어졌습니다."

잭은 그 드라이버와 공을 들고 진열장 문을 닫았다.

"잠깐 이걸 잡아보실래요?"

"배울 맘 없다고 했습니다."

"그냥 잡아보기만 하면 됩니다. 공은 여기 놓습니다. 저쪽 벽과 평행이 되게 서보세요. 음, 상의는 벗는 게 좋겠군요. 옆구리가 터질지 모르니까."

잭이 멋대로 부지런을 떨자 휴즈 형사는 체념한 듯 상의를 벗어 소파 등받이에 던졌다.

상의를 벗은 휴즈 형사의 모습에 잭은 가슴이 철렁했다. 형사는 흰 셔츠 위에 검은 가죽으로 만든 권총 홀스터를 차고 있었다. 홀스터에서 스미스앤드웨슨의 M649의 일부가 보였다. 일명 보디가드. 품에서 꺼낼 때 옷에 걸리지 않도록 격철을 반 내장형으로 만들어 사복형사용 권총으로 알려졌다.

휴즈 형사는 홀스터를 착용한 채 잭이 내민 오래된 드라이버를 어색하게 받아 들었다. 잭은 검은 홀스터를 보며 말했다.

"그건 벗는 게 어때요?"

"괜찮아요. 잠잘 때 말고는 늘 착용하니까."

"휴즈 형사님."

잭은 진지한 표정으로 고개를 저었다.

"그 형사다운 자세는 존경합니다. 하지만 골프를 칠 때는 제발 그런 건 착용하지 말아주세요."

형사는 잭의 얼굴을 빤히 쳐다보다가 이윽고 홀스터를 벗어 스트랩으로 총 케이스 부분을 둘둘 감아 소파 위에 얹어놓았다. 잭은 슬며시 웃음을 짓고 공을 나뭇바닥에 내려놓았다.

"그럼 이걸 치겠다는 마음으로 자세를 잡아보세요."

휴즈 형사는 어색한 동작으로 드라이버 헤드를 공 옆에 놓고 양손으로 그립을 쥐고 허리를 구부렸다.

"이렇게?"

"아주 훌륭한 자세, 라고 말씀드리고 싶지만."

잭은 공손한 얼굴로 말했다.

"비유하자면 장작을 패려고 도끼를 휘둘렀는데 도끼가 받침대에 콱 박혀서 빼내지도 못하고 쩔쩔매는 나무꾼 로봇 같다고나 할까요."

휴즈 형사의 얼굴에 갑자기 붉은 기운이 올라왔다. 손도 희미하게 떨리고 있었다.

그러자 이번에는 잭의 얼굴에서 핏기가 가셨다. 이런, 또 흥분해서 쓸데없는 소리로 화를 돋우고 말았네…….

"죄, 죄송해요. 하지만 정말 그런 인상이었어요."

갑자기 휴즈 형사가 쿡쿡 웃음을 터뜨렸다.

그것이 신호였는지 참았던 웃음이 터져 잭도 둑이 뚫린 듯 큰 소리로 웃고 말았다.

두 사람은 바닥에 주저앉아 한바탕 웃어댔다.

"형사님도, 이렇게, 웃을 때가 있군요."

거침없이 말하는 잭에게 휴즈 형사는 평소의 무표정한 얼굴로 돌아가 대답했다.

"나도 평범한 인간입니다. 해마다 몇 번은 웃어요."

온전한 사람이라면 좀 더 자주 웃지 않나, 하고 잭은 생각했다.

두 사람은 소파에 마주 앉았다. 휴즈 형사는 슈트 상의를 벗은 채 권총이 담긴 홀스터를 옆에 두고 넥타이도 느슨하게 조절한 모습이었다. 와이셔츠도 목 단추를 하나 더 풀고 소매도 걷어붙였다. 잭은 그 모습을 휴즈 형사가 자기에게 마음을 연 거라 해석하고 내심 기뻐했다.

휴즈 형사가 입을 열었다.

"당신에 대한 평가를 두 가지 확정했습니다."

"펴, 평가요?"

이 사람은 언제나 상대방을 관찰하는가 보다.

"우선 매우 무례하다는 것."

잭은 고개를 떨어뜨렸다. 역시 화났구나.

"또 하나는, 정직하다는 겁니다."

그 말에 잭은 기대를 품고 물었다.

"그럼, 제 혐의는 풀린 건가요?"

"이건 내가 유일하게 능력을 인정하는 어느 살인사건 담당 형사의 말인데."

휴즈 형사는 차가운 눈으로 잭을 쳐다보며 대답했다.

"형사도 범인에게 호의를 품을 때가 있죠. 경우에 따라서는 존경심까지 갖는다는 겁니다."

잭은 맥이 풀렸다. 휴즈 형사는 잭이 범인일 가능성을 여전히 지우지 않은 걸까? 잭에게 호감을 느꼈다고 말하고 싶었는지 모르지만, 형사에게 호감 사는 용의자가 되느니, 미움을 받더라도 용의자가 아닌 편이 낫겠다는 생각이 들었다.

"흠, 의미심장한 말이군요. 그 형사는 형사님의 선배인가요?"

"로스앤젤레스 시경의 콜롬보 형사* 입니다."

잭은 농담인지 진담인지 판단이 서지 않았다.

"흠, 그런데 휴즈 형사님."

잭은 화제를 바꾸었다.

"아까 주지사가 전화로 형사님에게 뭐라고 한 겁니까?"

휴즈 형사는 무표정한 얼굴 그대로 답했다.

"주지사가 수사국장에게 이 리조트 시설에 대한 봉쇄를 목요일 오전 7시를 기해 풀어주라고 강력히 요구했다는군요."

영화배우 출신인 현 캘리포니아 주지사는 관광 정책에 역점을 두고 있다. 미국골프협회와 PGA투어의 요청을 받고 검토한 결과, 전 세계에서 수십만 명이 모여들 것으로 예상되는 US오픈이라는 행사를 취소하게 해서는 안 된다고 판단했을 것이다.

"그럼, 오늘 하루밖에 없군요."

---

* 1960년대 말에 제작된 미국 TV드라마 〈형사 콜롬보〉의 주인공.

"정확하게는 21시간 남았습니다."

손목시계를 보며 휴즈 형사가 말했다. 현재 시각은 오전 10시.

"물론 시설을 봉쇄한 상태에서 수사하지 못하게 된 것은 범인 체포에 매우 부정적인 영향을 미치겠지만……."

형사는 잠깐 말을 끊었다가 계속했다.

"나는 오늘 대규모 과학수사팀을 추가로 불러들일 예정이었습니다. 유류물질에 대한 상세한 분석을 위해 18번 홀 그린과 주위 지표를 사방 30센티미터 조각으로 도려내서 분석실로 옮기고, 나아가 지하 2미터까지 굴착 조사를 실시하려는 겁니다. 그 팀을 부를지 말지를 앞으로 21시간 안에 결정해야 합니다."

잭은 간이 오그라드는 것 같았다. 그런 식으로 조사한다면 골프 경기에서 가장 중요한 무대인 18번 그린이 흔적도 없이 사라질 것이다. 또 그것은 주지사의 요청과 수사국장의 명령을 깨끗이 무시하는 것을 뜻한다. US오픈은 취소될 수밖에 없기 때문이다.

"그렇게 하면 형사님은 어떻게 될까요?"

잭의 물음에 휴즈 형사는 고개를 살짝 갸웃거리고 무표정을 유지한 채 대답했다.

"옷을 벗거나, 운 좋으면 강등과 함께 한직으로 좌천되겠죠."

휴즈 형사는 이렇게 덧붙였다.

"그리고, 백 년 이상 계속돼온 US오픈을 전쟁 이외의 이유로 최초로 중단시킨 것은 살인범이 아니라 바로 나라는 사실이 기록으로 남겠죠."

잭은 휴즈 형사의 강고한 신념에 한없이 기가 질렸다.

현재 테드 스탠저와 새미 앤더슨은 선수와 캐디의 뜻을 모아 경찰에 US오픈 개최 보장을 청원하는 작업을 추진하고 있다. 잭도 출전 선수로서 그 청원에 찬성했다.

그래도 휴즈 형사는 아마 18번 그린에 대한 굴착 조사를 단행할 것이다. 그 결과 US오픈은 취소되고, 그래도 범인을 체포하지 못하면 모든 책임을 형사 혼자 지게 될 것이다.

잭은 이 사람이 그런 궁지에 빠지지 않기를 바랐다. 그러려면 어떻게 해야 할까? 대답은 하나밖에 떠오르지 않았다.

내일 아침 7시까지 토니 라이언을 살해한 범인이 누구인지 밝혀내는 수밖에 없다.

"휴즈 형사님."

잭은 진지한 얼굴로 물었다.

"형사님이 그렇게 되지 않도록 제가 할 수 있는 일이 뭐죠? 상황이 이렇게 되었으니 뭐든 돕겠습니다."

휴즈 형사는 고개를 끄덕였다.

"당연하죠. 그게 미합중국 시민의 의무 아닙니까."

역시 형사다운 반응이었다.

"그럼 내가 지금까지 고찰해온 바를 얘기하죠. 내 이야기를 듣다가 의문이 생기면 얘기 중간에라도 좋으니 그때그때 질문하도록. 그다음에 당신 생각을 듣겠습니다."

"알겠습니다."

잭이 긴장해서 고개를 끄덕였다.

"조사국에 911 신고가 들어온 것은 화요일 오전 5시 5분이었습니다. 30분 뒤인 오전 5시 35분에 내가 이 골프장에 도착했고요. 곧장 18번 그린으로 달려가 오전 5시 40분에 처음으로 토니 라이언의 시체를 보았습니다."

휴즈 형사는 조용히 이야기했다.

"나는 무엇보다 먼저 그린 주변의 이상한 상황에 눈길을 빼앗겼습니다. 그린에 꽂힌 깃대에 시체의 복부가 꿰뚫려 있었기 때문이죠. 너무 이상한 살해 방법이었으니까. 그리고 살해 현장에서 세 가지 의문을 느꼈습니다."

형사는 담담하게 이야기를 계속했다.

"먼저 첫 번째 의문은 '전설과 일치'한다는 점이에요. 살해 현장은 이 지역에 내려오는 원주민 전설을 고스란히 재현해놓은 듯한 상황이었습니다. 라이언은 작년에 신의 나무에 올라간 적이 있다고 하는데, 범인이 그 행위를 징벌하기 위해 그를 죽였던 걸까? 아니면 다른 이유로 살해하고 수사를 교란하기 위해, 혹은 짓궂은 농담으로 전설을 모방한 걸까? 어느 쪽이든 전혀 이해할 수가 없었습니다. 왜 이렇게 수고가 많이 드는 방법을 택해야 했을까?"

그것은 잭도 내내 생각했음에도 답을 찾지 못한 의문이었다.

"두 번째 의문은 '흉기'예요. 부검해보니 깃대가 몸을 관통한 것 말고는 외상이 전혀 없었어요. 그렇다면 깃대가 흉기였다는 말이지요. 그러나 깃대는 주요 부분의 지름이 약 19밀리미터입니다. 컵

바닥에 있는 구멍에 꽂기 위해 끝이 가늘게 되어 있지만, 그곳의 지름도 약 10밀리미터였어요. 더구나 그린을 손상하지 않도록 끝이 둥글게 처리되어 있었고요.

범인은 라이언을 그의 옷과 함께 깃대로 찔러서 관통시켰고, 게다가 라이언의 몸을 관통한 깃대를 들어 올려서 컵에 꽂았습니다. 상황을 보면 그렇게 봐야겠지요. 그러나 과연 인간이 그런 일을 할 수 있을까요? 그리고 왜 굳이 깃대로 찔러 죽여야 했을까요?"

듣고 보니 잭도 사건의 기이함을 새삼 깨달았다. 휴즈 형사가 말한 대로 옷을 입고 있는 사람을 깃대로 꿰뚫었다면 범인의 힘은 보통이 아니다. 프로레슬러라면 모를까, 보통 사람에게는 불가능한 일이라고 할 수도 있다.

그렇게 생각하니 잭은 오싹해졌다.

이 역시 원주민 전설과 일치하지 않는가?

조금 전 식당에서 잭도 팀에게 말했었다. '끝이 둥근 원주민 나무기둥에 시체가 꿰뚫릴 리가 없어. 그러니까 그 전설은 지어낸 이야기야.' 끝이 둥글고 지름이 10밀리미터인 깃대로, 옷을 입고 있는 사람을 찔러 죽이는 것도 불가능할 것이다.

그러나 이것은 지어낸 이야기가 아니라 실제로 일어난 사건이다. 가령 모종의 방법으로 가능했다고 해도 무엇 때문에 굳이 깃대를 흉기로 사용했는지 전혀 이해할 수 없었다.

"그리고 세 번째 의문은 '장소'입니다. 이곳은 이번 주에 US오픈이 열리는 골프장이라 매일 관객 수만 명이 몰려들고 카메라를 가진 기자들이 수백 명이나 돌아다니고 있습니다. 또 호텔에 묵는 사람들은 대개 서로 안면이 있는 사람들이라 낯선 사람이 들어오면 싫어도 주목을 받게 되어 있어요. 즉 이곳은 살인에는 가장 어울리지 않는 장소 가운데 하나라고 할 수 있지요. 그런데 왜 범인은 이런 장소를 택해서 범행을 저질렀을까?"

잭은 기괴하다는 것을 인정하지 않을 수 없었다.

"현재 단계에서는 세 가지 의문 모두 어떻게 생각해야 좋을지 모르겠군요."

잭이 솔직하게 말하자 휴즈 형사가 고개를 끄덕였다.

"그래서 나는 앞의 두 가지 의문을 잊기로 했습니다."

"잊어요?"

잭이 놀라서 물었다.

"그래요. 이대로 수수께끼를 풀려고 궁리하다가는 미로에 빠져 헤어나지 못할 것 같더군요. 그래서 전설과 일치한다는 점과 흉기라는 두 가지 불합리에는 눈을 감고, 왜 이 장소에서 살해되어야 했는가, 라는 현실적인 의문부터 풀어보기로 했습니다. 처음 두 가지 의문이 장소에 관한 추리와 모순되지만 않으면 됩니다. 그리고 범인이 체포되면 모든 의문에 대한 해답은 범인 스스로 진술하게 되겠죠."

잭은 휴즈 형사의 사고법에 감탄했다. 잭도 살인 현장의 기묘한 상황에 시선을 빼앗기고 있었다. 하지만 심령현상이 아니라 살인 사건이므로 동기를 가진 범인이 있고, 살해할 기회를 포착하여 범행이 이루어졌을 것이다. 이것은 움직일 수 없는 사실이다.

"죽은 말을 타고 있다는 것을 깨달았을 때는 말에서 빨리 내리는 것이 최선이라는 거군요."

휴즈 형사가 눈썹을 꿈틀 움직였다.

"뭐죠, 그 말은?"

"아메리카원주민 다코타족에 전해 내려오는 격언입니다."

"호오."

형사는 고개를 여러 번 끄덕였다.

"원주민에게 좀 더 배울 필요가 있겠군."

그렇게 말하고 휴즈 형사는 주제로 돌아갔다.

"처음 두 가지 의문을 덮어두면, 남는 것은 장소의 특수성에 관한 의문뿐이죠. 나는 장소에 주목하며 한 가지 확신에 다다랐습니다."

"뭐죠, 그 확신이?"

"이건 계획적 범행이 아닙니다. 돌발적인 범행이지."

형사는 단언했다.

"범인은 이 골프장에 왔다가 갑자기 토니 라이언을 살해할 필요가 생겼어요. 그래서 살인에 어울리지 않는 이런 특수한 장소에서 살인을 감행한 겁니다."

잭도 그 말에 납득이 갔다.

살인 현장의 기이한 조건을 보면 범인은 명확한 의도 아래 계획적으로 살인을 저지른 것처럼 보인다. 그러나 이 이상한 조건을 무시하고 범행을 거시적으로 바라보면, '애써 이목을 끌기 쉬운 장소에서 살인을 저질렀다'라는 사실만 남는다. 이곳에서 살인하기로 계획했다기보다 '어쩔 수 없이 이곳에서 죽였다'라고 생각하는 것이 더 합리적일 것이다.

이것이 휴즈 형사가 호텔 투숙객들을 붙들어두고 있는 이유이다. 계속 가둬두고 증거가 드러나기를 끈기 있게 기다리는 것이다. 그리고 사건의 국면이 변하는 순간 범인을 덮쳐서 체포할 생각일 것이다. 악어 같은 태도로군, 하고 생각했지만 물론 잭은 그 생각을 입 밖에 내지 않았다.

"그럼 형사님, 범인이 갑자기 라이언 씨를 살해하지 않을 수 없었던 이유는 뭐라고 생각하세요?"

휴즈 형사가 소파에서 일어섰다. 그리고 소파 주위를 천천히 걸어 다니며 말했다.

"살인의 이유, 즉 동기는 다음의 여섯 가지로 분류됩니다. 먼저……."

흡사 강의하는 대학교수의 말투였다. 당황한 잭은 테이블 위에 있던 볼펜과 메모지를 들고 착실한 학생처럼 받아쓰기 시작했다.

메모지에는 다음 내용이 필기되었다.

살인의 동기

1. 전쟁 · 분쟁 · 테러

2. 이상자(정신이상자 · 이상기호자 · 변태성욕자)

3. 사상(폭력적 단체 · 광신적 단체)

4. 감정(분노 · 원한 · 질투 · 보복 · 연민)

5. 이익 추구(강도 · 유산이나 보험금 · 지위나 명예)

6. 불이익의 회피(공갈이나 폭력의 회피 · 비밀 은폐)

휴즈 형사는 잭을 내려다보았다.

"살인의 동기는 이 여섯 가지 가운데 하나입니다. 착오나 망상에 빠져 살인하는 경우나 살인청부업자 등의 위탁 살인, 제3자를 위한 대리 살인도 있지만, 근본적인 이유로 거슬러 올라가보면 이 여섯 가지로 집약됩니다."

"이 가운데에서 이번 범행의 동기를 찾아보자는 거군요."

잭은 턱을 만지며 차례대로 검토하기 시작했다.

"먼저 첫 번째 동기, 전쟁이나 분쟁이나 테러는 제외해도 좋겠죠?"

휴즈 형사가 어깨를 으쓱해 보였다. 잭은 계속했다.

"두 번째 동기, 이상자. 사체의 기이한 상태를 보면 범인이 이상자일 가능성도 있을 것 같습니다. 그러나 '장소'를 생각하면, 글쎄 어떨지요? 골프장에서 범행을 저질러야 할 필연성은 전혀 없을 것 같습니다."

"동감이에요. 게다가 그런 자들은 예외 없이 여성이나 어린이 같은 약자를 표적으로 삼죠. 범행이 쉽다는 점도 있지만 동시에, 끔찍한 말이지만, 잔학성을 충족시키며 즐길 수 있기 때문입니다."

휴즈 형사는 아무 감정도 섞지 않고 말했다.

잭은 등줄기가 오싹해졌다. 살인사건에 관한 휴즈 형사의 풍부한 경험을 엿본 기분이었다. 대체 이 사람은 얼마나 많은 시체를 보았을까?

잭은 마음을 다잡고 물었다.

"세 번째 동기는 사상. 이 중에 광신자일 가능성이란 점에서 저와 팀과 맥거번 회장이 제일 먼저 의심을 샀군요?"

휴즈 형사가 고개를 끄덕였다.

"수사 초기 단계에는 원주민이 신성시하는 신의 나무를 더럽혔으므로 벌을 주려고 했다는 가설도 그럴듯하게 들렸지요. 깃대에 몸이 꿰뚫린 기이한 상태도 설명이 되니까."

형사는 진지한 표정으로 계속 설명했다.

"그러나 그런 과격한 사상단체가 지금도 있다는 사실은 확인되지 않았습니다. 있다고 해도 라이언이 나무에 올라간 뒤 10개월이나 방치한 채, 다시 방문할지 어떨지 알 수도 없는 라이언을 이 골프장에서 유유히 기다리고 있었다는 것은 합리적이지 못하죠. 또 범행 성명 같은 메시지도 남기지 않았고요. 이런 이유로 세 번째도 제외했습니다."

아무래도 팀과 맥거번 회장은 혐의를 벗은 듯하다.

"네 번째 동기는 감정. 이 가운데 분노, 원한, 질투, 보복은 라이언 씨 살해와 관련해서는 생각하기 힘든 동기입니다. 경찰이 라이언 씨 주변에서 그런 갈등을 발견했나요?"

휴즈 형사는 고개를 가로저었다.

"아직 화요일과 수요일 이틀만 수사했을 뿐이지만, 돈 문제, 대인관계, 여자 문제 등 어떤 것도 확인되지 않고 있습니다. 탐문으로 파악한 것은 라이언이 독실한 크리스천이며, 경기가 없는 날이면 거리나 공원에서 쓰레기를 주웠다거나 교회나 시설에 정기적으로 기부했다거나 가난한 사람들에게 돈이나 물품으로 자선을 베풀었다는 등 피해자에게 호의적인 일화들뿐입니다."

"자기 돈이나 물품으로 자선까지?"

잭이 놀라자 휴즈 형사는 고개를 끄덕였다.

"25년간 함께한 부인을 3년 전 병으로 여윈 이래 라이언은 애인도 전혀 없었습니다. 술은 마시지 않고 담배도 안 피우고 도박도 안 했고요. 프로캐디라기보다 성직자처럼 생활한 거죠. 물론 엉뚱한 원한을 샀을 가능성도 있으므로 라이언 주변을 계속 탐문하고 있습니다. 하지만 분노, 원한, 질투, 보복 같은 동기라면 이런 장소에서 죽일 이유가 없겠죠."

"맨 나중의 연민이라는 건 어떤 거죠?"

"가령 고통이 극심한 중병이 나 중상자가 불쌍해서 편안하게 해주려고 살해하는 경우죠. 하지만 이번 시체를 보면 라이언을 편안하게 해주려는 의도는 찾아볼 수 없었습니다. 오히려 고통을 주려는 것이 아니었나 하는 생각까지 들더군요."

"그렇죠."

잭도 네 번째 동기는 어느 것도 맞지 않다고 판단하고 이야기를 진행했다.

"다섯 번째 동기, 이익을 목적으로 한 살인이야말로 전형적인 계획적 살인이죠. 그렇게 기이하게 죽일 필요가 없죠."

휴즈 형사도 인정했다.

"아까도 말했지만, 라이언은 수십 년 동안 교회나 시설에 활발하게 기부해왔고, 가난한 사람들에게 개인적으로 자선을 베푼 탓인지 재산이라고 할 만한 게 거의 남지 않았어요. 집도 셋집이고 생활은 매우 검소했습니다. 또 사별한 부인과의 사이에 자식도 없었습니다. 생명보험은 딱 하나 가입했는데, 그것도 부인까지 모두 사망할 경우엔 미국골프협회가 수령하게 되어 있더군요. 골프 발전에 보탬이 되기를 바랐겠지요."

그리고 누군가 라이언을 죽여서 차지할 만한 지위나 명예 같은 것이 있다고 생각할 수도 없었다. 만에 하나 누군가 라이언을 없애고 닉 로빈슨의 캐디로 일하고 싶어 한다고 해도 정작 로빈슨 선수가 은퇴한 상태였다. 다섯 번째 동기도 전멸이었다.

"남은 것은 여섯 번째 동기, 불이익의 회피인데."

잭은 서서히 긴장이 높아지는 것을 느꼈다.

"먼저 라이언 씨가 평소 누구에게 폭력을 휘두르거나 공갈을 일삼았는데, 범인이 그것을 피하기 위해 죽였다. 이 가설은 상정하기가 매우 힘들겠죠."

휴즈 형사도 수긍했다.

"그런 동기였다면 좀 더 눈에 안 띄는 곳에서 계획적으로 죽였겠죠."

"그럼 형사님, 남은 것은……."

휴즈 형사는 동작을 멈추고 잭을 쳐다보았다.

"그렇죠. 살해 동기는 '비밀 은폐'일 가능성이 가장 높습니다. 흔히 말하는 입막음이죠."

휴즈 형사의 말투는 확신에 차 있었다.

"그렇다면 범행 당시의 상황은 이런 걸까요?"

잭은 말했다.

"라이언 씨는 월요일 밤 18번 그린 옆을 지나가다 누가 뭔가를 하고 있는 모습을 우연히 목격하고 말았다. 목격당한 자가 그 자리에서 라이언 씨를 죽였다."

"있을 수 없는 얘기군."

휴즈 형사가 즉각 부정했다.

"그날 밤 라이언 씨가 우연히 18번 그린 옆을 지나갔다고요? 어리석은 얘기예요. 심야에, 그것도 폭우가 몰려올 때 산책을 나갈 리가 있습니까. 라이언은 분명히 누구를 만나기로 하고 18번 그린으로 나갔다가 상대에게 살해된 겁니다."

휴즈 형사는 잭을 내려다보며 계속했다.

"범인은 이 골프장에 와서 토니 라이언이 자신의 중대한 비밀을 알고 있다는 것을 깨달았습니다. 그 비밀이란, 세상에 알려지면 범인이 치명적인 불이익을 당하는 것이겠죠. 그래서 즉각, 한시라도 빨리 라이언을 죽일 필요가 생겼고, 그걸 실행에 옮긴 겁니다."

휴즈 형사는 그렇게 말하고 방금까지 앉아 있던 소파에 다시 앉았다.

"이상이 내 추론입니다."

비밀.

토니 라이언이 누군가의 비밀을 알고 말았다. 그리고 그 누군가가 라이언을 죽였다…….

잭은 상상하고 싶지 않은 방향으로 생각이 흘러가는 것을 느끼고 당황했다.

"저어, 형사님."

잭은 주저하며 입을 열었다.

"역시, 음, 제가 수사를 돕는 것은, 좋지 않은 생각 같습니다."

휴즈 형사가 무표정하게 잭을 보았다.

"흠, 왜죠?"

"아뇨, 저어, 역시 제가 살인사건 수사를 돕는다는 것은, 아무래도……. 이런 일은 전문가에게 맡기는 것이 저어, 가장 좋지 않을까 하는."

휴즈 형사가 천천히 턱을 쳐들었다.

"당신이 그렇게 말하기를 기다리고 있었습니다."

"네?"

휴즈 형사가 날카로운 눈으로 잭을 쳐다보며 말했다.

"당신은 지금까지 내 추론을 듣고 어떤 인물이 범인이 아닐까 하는 가설을 세웠습니다. 그는 골프계에 대단히 중요한 인물이겠죠. 또 인격으로나 경력으로나 골프에 관련된 모든 사람들에게 깊은 존경을 받는 인물이겠죠. 만약 그 사람이 살인범으로 밝혀지면 골프계는 심각한 타격을 입겠지요. 그래서 수사에 협력하기가 두려워진 겁니다. 그렇죠?"

잭은 차마 입을 뗄 수 없었다. 정곡을 찔렀기 때문이다.

휴즈 형사가 조용히 말을 이었다.

"아까 US오픈위원회 사람들에게도 말했지만, 내 말 잘 들으십시오, 이건 살인사건입니다. 범인이 누구든 법의 심판을 받고 죗값을 치러야 합니다. 당신이 두려워하는 대로 설사 범인이 골프계의 최대 거물 닉 로빈슨이라고 해도."

잭은 입술을 깨물었다. 역시 휴즈 형사도 똑같은 추론을 하고 있었던 것이다. 도서관에 잠시 답답한 침묵이 드리웠다.

"왜 로빈슨이 범인일 거라고 추측했죠?"

먼저 침묵을 깬 것은 휴즈 형사였다. 잭은 대답하지 않을 도리가 없었다.

"테드 스탠저에게 들은 이야기가 있어요. 테드는 작년 PGA챔피언십 최종일 18번 홀에서 로빈슨의 플레이를 바로 옆에서 지켜보았습니다."

"테드 스탠저? 작년 PGA챔피언십?"

휴즈 형사의 눈이 스윽 가늘어졌다.

"무슨 이야기죠?"

잭은 상세하게 설명했다.

사실 자신은 작년 PGA챔피언십에서 로빈슨이 미스 샷을 낸 것을 이상하게 생각했다는 것, 스탠저는 그 미스 샷이 아마도 의도적이었으리라고 짐작했다는 것, 10개월 전의 그 의도적 미스 샷이 이번 라이언 살해와 관련이 있는 게 아닐까 하고 스탠저 자신도 막연히 느끼며 불안해하고 있었다는 것…….

"그러니까 그때 로빈슨이 뭔가 이유가 있어서 일부러 미스 샷을 냈다는 건가요?"

"네, 하지만 그 이유가 무엇인지는 지금도 모르겠습니다. 게다가 로빈슨의 행동에는 그 밖에도 몇 가지 마음에 걸리는 것이……."

휴즈 형사의 눈이 문득 광채를 띠었다.

"역시 당신을 수사에 끌어들인 것이 정답이었군요."

잭의 눈에는 형사의 눈이 시퍼렇게 빛나는 것처럼 보였다.

"라이언이 간파한 비밀이란 결국 로빈슨이 미스 샷을 한 이유겠죠? 그리고 라이언이 그걸 알았기 때문에 로빈슨에게 살해당했고."

혼자 고개를 여러 번 끄덕이고 휴즈 형사는 계속 말했다.

"그 비밀이 무엇일까? 한 인간을, 아니, 33년이나 함께한 친구를 죽여서라도 덮어두어야 했던 로빈슨의 비밀이란 대체 무엇일까? 그것을 밝히는 것은 골프를 전혀 모르는 나에게는 불가능한 일입니다. 하지만 프로골퍼인 당신이라면 가능할지 모르죠."

잭은 어떻게 해야 좋을지 알 수 없었다. 골프계 정점에 군림한 전설적인 제왕 닉 로빈슨이 살인범이라는 것을 증명한다……. 그런 일을 경찰관도 아니고 더구나 똑같은 프로골퍼인 자신이 해야 한다는 말인가?

"저어, 형사님."

잭이 부르자 휴즈 형사는 말없이 그의 얼굴을 쳐다보았다.

"만약에, 이건 정말 만에 하나 얘긴데요, 로빈슨이 입막음을 위해 라이언 씨를 죽였다면 이미 성공한 셈이고, 따라서 저어, 감추려고 한 비밀이 무엇인지를 지금부터 캐내는 것은 음, 저어, 이미 힘들지 않을까요?"

휴즈 형사는 여전히 말이 없었다. 잭은 자신이 꼬리 내린 것을 간파한 형사 앞에 앉아 있기가 거북해졌다.

휴즈 형사가 조용히 입을 열었다.

"물론 로빈슨이 범인이라고 단정하는 데는 무리가 있겠죠."

"네?"

잭은 어안이 벙벙해졌다.

"무, 무슨 말이죠, 그게?"

"범행 추정 시각은 월요일 밤 11시부터 오전 4시 사이입니다. 기억하나요?"

"네, 그렇게 들었습니다."

"닉 로빈슨은 그 시간대에 완벽한 알리바이가 있습니다."

잭은 눈을 크게 떴다.

"정말입니까?"

휴즈 형사는 다시 검은 가죽수첩을 꺼냈다.

"밤 10시 45분, 로빈슨이 객실에서 프런트에 몸 상태가 좋지 않다고 전화를 했습니다. 5분 뒤, 호텔에 상주하는 의사가 로빈슨의 객실로 급히 올라가 그를 들것에 눕혀 의무실로 옮겼습니다. 그리고 로빈슨은 지금도 의무실 침대에 누워 있습니다."

토니 라이언이 살해된 시각에 로빈슨이 호텔 의무실에 누워 있었다는 것이다.

"여, 여전히 침대에 누워 있다니…… 심각한 병입니까?"

"그렇진 않아요. 의사 진단에 따르면 저혈당증입니다. 불규칙한 식생활과 과로 때문일 수도 있고, 그 밖에 당뇨병 초기증상일 수도 있고, 만성 스트레스나 심인성으로도 일어날 수 있다고 합니다. 현재 포도당 링거를 맞는 중인데, 상태가 회복되고 있어서 며칠 안정을 취하면 병원에 입원할 필요는 없다고 하더군요. 도주 염려도 없으므로 의사의 허락이 떨어지는 대로 조사를 시작할 예정입니다."

"……뭐야?"

잭은 온몸에 맥이 풀려 흐느적거리는 몸을 소파 등받이에 내던졌다. 그리고 갑자기 다시 상체를 벌떡 일으키며 빠르게 말했다.

"아, 정말! 그런 얘기는 미리 하셨어야죠. 로빈슨 씨는 범행 시간에 의무실에 있었다고 의사가 증언한 거군요. 그렇다면 그는 절대로 살인범이 아니라는 거잖아요."

"공범이 있다면 얘기가 달라지지만, 비밀 은폐가 목적이라면 그럴 가능성은 낮겠죠. 여하튼……."

휴즈 형사는 말했다.

"로빈슨은 뭔가 비밀이 있는 것처럼 보입니다. 그리고 라이언은 누군가의 비밀을 알았기 때문에 살해된 것으로 보입니다. 그래서 당신이 할 일이 뭐냐 하면."

휴즈 형사는 잭의 눈을 쳐다보았다.

"작년 PGA챔피언십에서 로빈슨이 취한 행동에 대한 의문을 풀고, 그 비밀이 무엇인지를 밝히는 겁니다. 그 비밀이 라이언과 무관하다는 사실이 밝혀지면 로빈슨이 범인이 아님을 증명하게 되는 셈이죠. 그럼 수사를 다음 단계로 진행시킬 수 있습니다."

"아, 그렇군요."

그렇다면 망설일 이유가 전혀 없었다. 휴즈 형사의 말에 잭은 마음을 굳혔다.

먼저 로빈슨의 비밀을 밝혀서 그가 범인이 아님을 증명할 수 있다면 수사는 한 걸음 진전될 것이다. 자신도 마음이 편해질 것이고 진범 색출에 도움도 될 것이다.

잭은 소파에서 힘차게 일어섰다.

"형사님, 지금 도서관 자료를 이용해도 되나요? 그리고 제 캐디 팀을 여기로 불러도 될까요? 생각을 정리할 때는 대화 상대가 있는 게 좋거든요."

"마음대로 하세요."

휴즈 형사가 그렇게 말할 때 전자음이 울렸다. 형사가 바지 왼쪽 주머니에서 스마트폰을 꺼내 왼쪽 귀에 갖다 댔다.

"접니다."

휴즈 형사는 아무 대꾸도 없이 상대방 이야기를 듣기만 했다. 그리고 마지막으로, 알았습니다, 라고 말하고 통화를 마쳤다.

그는 스마트폰을 꽉 쥔 채 침묵했다. 노 가면*을 닮은 평소의 무표정이 아니었다. 얼굴에 곤혹스러움과 초조함이 분명하게 드러나고 있었다. 심상치 않은 일인가 보다, 하고 잭은 짐작했다.

"저어, 급한 상황이면 가서 일을 보시죠. 저는 여기 남아서 조사를 시작할 테니까요."

"두 구가 되었군."

내뱉듯이 말하며 휴즈 형사가 스마트폰을 주머니에 넣었다.

"두 구? 뭐가요?"

잭이 영문을 몰라 물었다.

"시체."

"뭐라고요?"

잭의 얼굴이 창백해졌다.

휴즈 형사는 소파로 걸어가 스미스앤드웨슨 M649가 들어 있는 홀스터를 집어 들고 스트랩을 어깨에 걸었다.

그리고 스트랩을 단단히 조이며 잭을 쳐다보았다.

"이 리조트 근처 절벽 밑에서 또 다른 남자 시체가 발견되었습니다. 더구나 그 시체도 복부가 흉기에 관통되어 있다는군요."

---

* 일본의 전통 가무극 '노가쿠'에서 이용하는 가면.

10

수요일
도서관 오후

강력한 허리케인이 이 도서관 내부만 휩쓸고 지나갔나? 아니면 빈집털이가 떼로 몰려왔다가 버스를 타고 도망치기라도 했나? 도서관에 들어선 순간 팀 브루스는 그렇게 생각했다.

내부는 온통 어질러져 있었다. 커피테이블은 물론이고 소파 위, 바닥의 거의 전면에 엄청나게 많은 잡지들이 펼쳐진 채 흩어져 있었다. 말 그대로 발 디딜 틈도 없는 상태였다.

왼쪽 구석에 있는 대형 액정모니터 앞에 잭 아키라 그린필드가 있었다. 그는 그 자리에 소파 하나를 옮겨놓고 앉아 있었다. 그리고 왼쪽 넓적다리에 팔꿈치를 괴고 오른손에 리모컨을 든 채 화면 속 영상에 몰두하고 있었다.

"이봐, 잭, 비자금 숨겨둔 곳이라도 까먹은 거야? 서가를 닥치는 대로 뒤집어놓았잖아."

팀이 말을 걸어도 잭은 모니터에 집중하는지 대답이 없었다.

"뭐야. 같이 수사에 협조하자고 나를 부른 줄 알았는데, 겨우 대청소 도와달란 거였어?"

팀은 양손을 허리에 얹고 길게 한숨을 지었다. 그리고 문득 아래를 내려다보고 쪼그리고 앉아, 펼쳐진 잡지를 주워 들었다.

"어, 만지지 마!"

잭이 돌아다보며 소리쳤다.

"여기 펼쳐놓은 건 전부 내가 읽고 있는 기사야. 어떤 기사가 도움이 될지 몰라서 한눈에 내려다보려고 펴놓았어."

그렇게 말하고 잭은 다시 모니터 화면으로 시선을 돌렸다. 팀은 당황해서 손에 든 잡지를 가만히 원래 자리에 돌려놓고 징검다리 건너듯 잭의 뒤로 다가갔다.

팀은 잭의 어깨 너머로 대형 액정모니터를 들여다보았다. 화면에는 PGA투어 골프가 중계되고 있었다. 현재 진행 중인 시합이 없으므로 당연히 녹화 영상이다. 음성은 전혀 들리지 않는다. 화면에 집중하기 위해서인지 음량을 완전히 줄여놓은 듯하다.

"이거 혹시 작년도 PGA챔피언십?"

팀의 물음에 잭은 화면을 쳐다본 채 고개를 끄덕였다.

"그래, 최종일. 도서관답게 과거 10년분 4대 메이저 중계 영상이 전부 보존되어 있어. 지난 몇 년분은 블루레이디스크에 녹화해 두어서 화질이 선명하고 장면 검색이나 반복 재생이 아주 편해. 꽤

요긴하네."

화면은 닉 로빈슨이 18번 홀 티샷을 한 직후였다. 슈퍼 슬로우로 리플레이 화면이 재생되고 있었다. 공이 드라이버 헤드에 맞아 일단 일그러졌다가 복원되면서 튀어나가는 모습이 클로즈업으로 극명하게 나오고 있었다.

팀도 잭 뒤에서 자신도 모르게 화면에 집중하기 시작했다. 녹화로 여러 번 봤지만, 이 역사적 게임에는 보는 이의 눈을 사로잡아 놓아주지 않는 긴장감이 있었다.

토니 라이언이 화면에 크게 비쳤다. 그는 신발을 벗으려고 서두르고 있었다. 신의 나무에 올라가기 직전의 영상이었다.

"괴로워서 보고 있을 수가 없군, 이 장면은."

팀은 침통한 표정으로 소리 없는 영상을 바라보았다.

갑자기 화면 속에서 로빈슨의 동반경기자 테리 루이스가 뛰기 시작했다. 그 뒷모습을 보여주는 영상이 위아래로 크게 흔들린다. 카메라맨도 그를 따라 뛰어가며 촬영하는 것이다. 카메라 화면이 바뀌고 라이언이 당황한 모습으로 신의 나무를 내려오기 시작하는 장면이 나왔다. 이때 로빈슨의 공이 발견된 것이다.

러프에서는 로빈슨이 허리를 구부려 양손을 무릎에 짚고 공을 살펴보고 있었다. 카메라가 접근하여 그 모습이 점점 클로즈업된다. 그 옆에서 한 남자가 공을 손가락으로 가리키며 경기위원에게 뭐라고 설명하고 있다. 공을 발견한 관객일 것이다.

그곳에 루이스가 도착했다. 로빈슨과 경기위원과 루이스 세 사람이 잠시 대화를 나눴다. 로빈슨이 공을 픽업했다. 루이스와 경기 위원이 순서대로 공을 직접 확인하고 로빈슨의 공이 틀림없다는 판정이 나왔다.

로빈슨은 라이언이 지켜보는 가운데 공을 원래 위치에 돌려놓고 캐디백에서 스스로 6번 아이언을 뽑아 들었다. 그리고 공을 향해 신중하게 왜글을 반복하고 두 번째 샷을 했다. 공은 하늘로 높이 날아올라 그린 바로 앞 에이프런까지 가서 낮게 튀다가 정지했다.

잭이 그 장면에서 리모컨 버튼을 눌러 플레이어를 멈췄다.

"정말이구나……."

잭이 감탄한 듯 중얼거렸다.

"응? 뭐가?"

"연습 라운드 때 테리가 말한 대로야. 18번 홀에서 세컨드 샷을 할 때 로빈슨 씨는 캐디 라이언 씨가 클럽을 건네주기 전에 제 손으로 뽑아 들었어."

잭은 미간을 찡그렸다.

"첫날 1번 홀에서 최종일 18번 홀까지 로빈슨 씨의 플레이를 전부 보았는데, 여기 녹화된 모든 샷에서는 분명히 매번 판에 박은 것처럼 동일한 순서로 이루어졌어."

"프리샷 루틴 말인가?"

"그래, 어느 클럽을 사용할지를 먼저 캐디 라이언 씨와 상의해. 클럽이 정해지면 라이언 씨가 백에서 그것을 뽑아 들고 수건으로 그립을 닦지. 로빈슨 씨가 클럽을 받아 들고 왜글을 한번 하고 나서 마침내 샷……. 그런데 이때만은 로빈슨 씨가 직접 클럽을 결정하고 손수 뽑아 들었단 말이야."

"너, 아침 먹을 때도 말했지만, 그게 그렇게 중요한 건가? 스탠저 씨가 말했듯이 극도로 집중해 있었기 때문이라는 설명으로는 납득이 안 되는 거야?"

팀이 고개를 갸웃거렸다.

"이 장면을 소개한 기사가 있었지."

잭이 바닥의 빈 자리를 발끝으로 디디며 얼른 창가로 이동하여 잡지 한 권을 주워 들었다.

"《골프저널》 작년 11월호에 실린 〈PGA챔피언십—전체 기록〉이야. 이 특집에서 기자가 최종일 최종 18번 홀의 드라마를 소개하기 위해 라이언 씨와 인터뷰를 했어. 골프 잡지에 캐디 인터뷰가 실리는 일은 드물지. 귀중한 자료야. 알겠어?"

그렇게 말하고 잭은 기사를 읽기 시작했다.

18번 홀 퍼스트 샷. 공이 발견된 러프에서 핀까지의 거리는 221야드였습니다. 깊은 러프지만 다행히 풀이 거의 없는 자리의 한복판이라 높은 공을 치는 데는 아무 문제도 없고 플라이어 걱정도 없는 상황이었습니다.

그때 저는 닉에게 3번 아이언을 제안하려고 했습니다. 그의 공격적 플레이 스타일을 고려할 때 여기에서도 직접 핀을 노릴 거라고 생각했기 때문입니다. 닉의 3번 아이언 비거리는 230야드. 연습 라운드 때부터 닉의 샷을 보아온 경험으로 보아 러프에서 먹히는 거리와 고지에서 버는 거리가 상쇄되어 거리가 딱 맞을 거라고 계산했습니다.

그런데 닉이 웬일로 클럽을 백에서 손수 뽑아 들더군요. 6번 아이언이었습니다. 6번 아이언으로 친 세컨드 샷은 역시 그린에 미치지 못해 닉도 유감스러워했지만, 그래도 공은 멋지게 에이프런에 멈췄습니다.

서드 샷에서는 닉답지 않게 실수가 있었지만, 아시는 대로 포스 샷을 멋지게 칩인시켜 그 절체절명의 위기를 파로 극복하고 완전하게 달아날 수 있었습니다.

역사적 우승을 장식한 샷이므로 6번 아이언을 선택한 것은 결과적으로 옳은 판단이었습니다. 혹은 그게 바로 닉 특유의 본능이랄까 승부 감각이겠죠.

"뭐야, 전부 상상한 대로잖아."

팀은 입을 삐죽거렸다.

잭은 잡지를 원래 자리에 돌려놓으며 말했다.

"팀, 루틴을 건너뛴 것은 제쳐둔다 해도, 클럽 선택이 33년을 함께한 캐디의 의견과 세 단계나 다르다니, 차이가 나도 너무 나는 거 아냐?"

"아니, 뭐 그런 일도 있을 수 있잖아. 왠지 평소보다 멀리 날아갈 것 같은 느낌이 드는 날도 있어. 마침내 이것이 승부가 걸린 샷이라고 생각하면 아드레날린도 마구 솟아날 테고."

"그런 상황을 수없이 겪은 것이 33년 묵은 콤비라고 생각하는

데."

"으음."

팀은 반론할 말이 궁했다.

"그럼 이쪽 기사는 어때? 이건 처음 안 사실인데, 더 이상하달까 도무지 알 수 없는 사건이거든."

잭은 다시 까치걸음으로 잡지들을 피해 위태롭게 이동하여 이번에는 소파 위에 펴놓은 잡지를 집어 들었다.

"《월간 이글》 올해 1월호. 연재기사 〈명코스 탐방〉인데, 이 홀리파인힐 골프코스를 특집으로 다뤘어. 지배인이 직접 코스를 소개하는데, 그중에 작년 PGA챔피언십 뒷얘기가 나오더군."

제가 닉 로빈슨 씨라는 프로골퍼가 얼마나 대단한 사람인지 알게 된 일화가 있는데, 그걸 소개할까 합니다. 역사에 남을 PGA챔피언십이 끝나고 이튿날이었어요.

아침에 저희가 코스를 정비하려고 하는데 닉 로빈슨 씨가 드라이버와 공을 들고 불쑥 나타나 18번 홀에서 드라이버로 샷을 해볼 수 없겠느냐고 부탁하더군요. 그분이 말하기를 최종일 18번 드라이버샷이 아무래도 납득이 가질 않는데, 한 번이라도 좋으니 스스로 납득할 만한 샷을 해보고 클럽을 놓고 싶다고 하더군요.

놀랐습니다! 격렬한 게임이 끝난 이튿날 새벽이잖아요. 우승까지 했고요. 더구나 은퇴 발표까지 했잖아요.

골프에 대해서는 한 치도 타협하지 않는 사람입니다. 그러니까 PGA

투어 83승, 메이저 20승이라는 전례 없는 대기록을 세웠겠지요. 물론 저희는 로빈슨 씨에게 18번 홀에서 만족할 때까지 얼마든지 치라고 했습니다.

"굉장한 얘기네."

팀이 감탄하며 말했다.

"역시 닉 로빈슨 씨군. 이것도 전설 가운데 하나로 남을 게 틀림없겠어."

하지만 잭은 팀의 반응에 만족하지 못한 눈치였다.

"그래? 하지만 좀 이상하지 않아? 하루 전에 은퇴한 사람이잖아. 은퇴한 이튿날 왜 드라이버 연습을 하지?"

"거기 다 나오잖아! 전날 실패한 18번에서 스스로 납득할 만한 샷을 하기 전에는 만족스럽게 은퇴할 수 없다고."

"흐음."

잭은 팔짱을 끼고 생각에 잠겼다. 그리고 고개를 들어 팀의 발치를 가리켰다.

"팀, 네가 아까 만졌던 잡지가 이거야. 작년 《골프프레스》 10월호에 로빈슨의 짧은 인터뷰가 실려 있어. 밑줄 그어놓은 데를 읽어줄래?"

"이거?"

팀이 그 잡지를 다시 주워 들고 펼쳐져 있는 페이지를 보았다. 잭의 말대로 닉 로빈슨의 인터뷰 기사가 양면에 실려 있었다.

"이봐, 이것도 이 도서관의 장서 아냐? 함부로 밑줄을 그어놓으면 어떡해?"

"상황이 상황이잖아. 어쩔 수 없지."

"몰상식한 놈이네. 이 페이지? 음, 보자."

기자: 그런데 로빈슨 씨, 컵에서 꺼낸 공을 갤러리에게 던져주는 것이 당신의 정해진 우승 세리머니였습니다. 그런데 은퇴 시합이 된 올해 PGA챔피언십에서는 본인 바지 오른쪽 주머니 속으로 던졌더군요. (웃음) 실망한 팬도 많았을 것 같습니다만.

로빈슨: 팬 여러분께는 죄송했습니다. 하지만 모처럼 기념품을 직접 챙긴 게 큰 잘못은 아니겠지요. 30년 넘게 투어를 해왔지만 마지막 PGA챔피언십은 저에게 그만큼 의미가 깊은 시합이었습니다.

팀이 낭독을 마치자 잭은 머리를 북북 긁으며 팀에게 메모지 한 장을 내밀었다.

"어제 세 가지 의문이 있다고 했지만, 다양한 기사를 읽어보니 의문이 배 이상 늘어나고 말았어."

팀은 메모를 받아 들여다보았다. 거기에는 이렇게 적혀 있었다.

1. 캐디의 판단보다 세 단계나 짧은 클럽을 선택했다.
2. 루틴을 무시하고 손수 클럽을 뽑아 들었다.
3. 서드 샷 전에 에이프런에서 한참 멈칫거렸다.

4. 지극히 단순한 라이에서 생크를 냈다.

5. 우승 공을 처음으로 직접 챙겼다.

6. 우승 직후 뜻밖의 은퇴 발표를 했다.

7. 은퇴 이튿날 18번 홀에서 드라이버 연습을 했다.

"이봐, 팀, 이건 대체 뭘 말하는 걸까?"

"생크는 몰라도 다른 항목들은 특별히 고민할 게 아닌 것 같은데?"

팀이 고개를 들고 곤혹스러운 표정을 지은 채 말했다. 잭은 결연하게 입을 열었다.

"아직 중요한 조각이 빠져 있어. 이 직소퍼즐 그림이 완전하게 드러나려면 뭔가 다른 조각 하나가 채워져야 해."

잭은 불쑥 바닥에 두 손을 짚고 거기 펴놓은 잡지들 위를 기어 다니기 시작했다. 다양한 잡지 기사들을 재점검하며 다니는 모양이었다. 그 모습을 보고 팀은 마치 주방 같은 곳에 흔히 출몰하는, 이름도 떠올리고 싶지 않은 검게 빛나는 벌레 같다고 생각했다.

"그런데 잭, 눈이 요렇게 째진 그 무서운 형사 아저씨는 뭐 하고 있어?"

팀은 양손 검지로 자신의 양 눈꼬리를 치켜올렸다. 잭은 바닥을 기는 자세 그대로 잡지들을 내려다보며 대답했다.

"휴즈 형사님은 또 다른 시체를 조사하러 갔을 거야."

"뭐? 또 다른 시체?"

팀이 깜짝 놀라서 외쳤다.

"그건 또 무슨 소리야? 처음 듣는걸."

"방금 전 흉기에 몸통이 꿰뚫린 시체가 이 근처에서 또 발견되었대."

"모, 모, 몸통이, 꿰, 꿰뚫린……."

팀은 겁에 질린 목소리로 잭의 말을 따라 발음했다. 잭은 바닥을 기는 자세로 고개만 팀에게 돌렸다.

"아직 자세한 상황을 알 수 없어서 그것에 대해선 아예 생각도 않고 있어. 하지만 살해된 것이 며칠 이내라면 라이언 씨의 죽음과 무관하다고 하기 힘들겠지."

팀의 낯이 파랗게 질렸다.

"그야 당연히 관계가 있지. 꿰뚫렸다며. 신의 나무잖아. 역시 재앙이 맞아. 아니면 사람을 꼬치 꿰듯 찔러 죽이는 게 취미인 작자일 텐데, 설마 그런……."

그때 도서관 문 쪽에서 목소리가 들렸다.

"재앙인지 어떤지는 몰라도, 아무래도 무관하지는 않은 것 같습니다."

두 사람이 돌아다보니 다크그레이 슈트를 입은 휴즈 형사가 도서관 문 앞에 서 있었다.

"희생자가 소지하고 있던 운전면허증에 따르면 성명은 앤서니 스미스, 37세, 주소는 플로리다 주 올랜도."

휴즈 형사는 잡지를 밟지 않기 위해 조심하며 두 사람이 있는 곳까지 걸어와 가슴주머니에서 예의 그 검은 가죽수첩을 꺼내어 말했다.

"발견 장소는 이 리조트 시설로 통하는 유일한 도로 옆의 낭떠러지 아래. 수위가 지키는 대문에서 약 1킬로미터 떨어진 지점입니다. 가드레일을 넘어 떨어진 것으로 보입니다. 급한 비탈을 미끄러져 떨어지다가 10미터 밑 바위너설로 떨어졌는지 온몸에 심한 타박상과 복합골절이 발견되었습니다. 직접적 사인은 두개골 함몰에 의한 뇌좌상. 후두부가 석류처럼 깨지고 한쪽 안구가 튀어나오고 다른 한쪽은 파열되었더군요. 사진을 보겠습니까?"

"아, 아뇨! 됐습니다!"

"아뇨, 저어, 필요하면 나중에요!"

잭과 팀은 둘 다 얼굴이 굳어진 채 급하게 도리질했다. 휴즈 형사는 어깨를 으쓱해 보이고 설명을 재개했다.

"그리고 시체 몸통 중앙을 굵고 곧은 나뭇가지가 관통해 있었습니다. 그 나뭇가지는 시체가 발견된 강가에 흔히 굴러다니는 레드시더 유목입니다."

잭과 팀은 입이 떨어지지 않았다.

토니 라이언의 시체에 이어서 발견된 앤서니 스미스라는 남자의 시체. 이 시체 역시 라이언과 마찬가지로 몸이 꿰뚫려 있다니.

휴즈 형사는 여전히 담담하게 사실만을 나열했다.

"시체의 목격자는 낭떠러지 아래 계곡으로 낚시하러 온 노인으로, 현장에서 5킬로미터쯤 떨어진 하류에 사는 주민입니다. 도로에서 하천관리용 계단을 내려가다가 강가에 시체가 있는 것을 보고 즉시 경찰에 신고했다고 합니다. 노인은 지난 일요일 오후에도 그곳에서 낚시를 했는데, 그때는 시체가 없었답니다."

수첩을 넘기며 휴즈 형사는 계속 설명했다.

"시체의 모발이나 의류 및 소지품에는 장시간 비를 맞은 흔적이 있었습니다. 월요일 심야에서 화요일 새벽에 걸쳐 이 지방을 쓸고 지나간 폭우로 짐작됩니다. 아직 부검이 끝나지 않았지만 현장과 시체 상황으로 볼 때 일요일 저녁부터 월요일 심야 0시 사이에 사망한 것으로 보입니다. 이상입니다."

팀이 머뭇거리며 말했다.

"자살은 아닌 것 같은데요."

"유서는 발견되지 않았습니다."

휴즈 형사는 수첩을 덮으며 신중하게 대꾸했다.

일요일 저녁에서 월요일 심야 0시. 스미스의 죽음도 살인사건이고, 라이언을 죽인 자의 소행이라고 한다면 라이언을 살해하기 직전에 죽였을 가능성이 높다.

"유서는 없지만 상의 주머니에 이번 주 US오픈 7일간을 전부 관람할 수 있는 티켓이 있었습니다. 연습 라운드 첫날인 월요일부터 본선 최종일인 일요일까지 입장할 수 있는 티켓입니다. 상당한 골프 팬이었던 것 같은데. 유감스럽게도 티켓 요금만 날린 셈이죠."

"상당한 골프 팬……."

잭은 그 말을 곱씹어보았다. 팀이 조심스레 물었다.

"형사님, 그 흉기로 꿰뚫린 거 말인데, 스미스가 강변으로 추락할 때 원래 그 자리에 서 있던 유목 위로 떨어져서 우연히 꿰뚫렸을 가능성은 없나요?"

"몸통을 관통하고 복부 위로 튀어나온 나뭇가지 끝이 뭔가 딱딱하고 둥근 물건에 얻어맞은 것처럼 뭉개져 있었습니다. 아마 누군가 강변의 돌 같은 것을 망치처럼 사용해서 시체에 유목을 때려 박았을 겁니다. 그리고……."

휴즈 형사는 그 대목에서 잠깐 주저하듯 말을 멈추었다.

"시체에 꽂혀 있던 유목이 조금 부자연스러웠어요."

"뭐, 뭐가 부자연스러운데요?"

팀이 흠칫거리며 물었다.

"때려 박은 자국이 있는 쪽이 굵고 등에서 튀어나온 쪽이 가는데, 그 가는 쪽도 지름이 족히 10센티미터는 되더군요. 그렇게 굵은 유목을 어떻게 시체에 박았는지 모르겠더라고요."

"여, 역시! 라이언 씨의 깃대와 같군요. 그리고 그 전설에 나오는 원주민 나무기둥하고도……."

팀의 얼굴이 굳어졌다.

"신의 나무의 재앙입니다, 형사님! 그렇게 생각할 수밖에 없어요. 인간이 어떻게 그런 짓을 하겠어요?"

"그 주장에는 별로 찬성하고 싶지 않지만……."

휴즈 형사의 말투에 곤혹스러움이 배어났다.

"관통할 수 없는 물건이 관통돼 있다는 점에서 전설 속의 기병대 시체, 토니 라이언의 시체와 마찬가지라는 것은 분명하군요."

팀이 공포와 분노에 덜덜 떨며 말했다.

"재앙이 아니라면 라이언 씨 사건과 동일범입니다. 틀림없어요. 이건 완전히 악마와 같은 짓이잖아. 빌어먹을!"

휴즈 형사가 설명을 보충했다.

"그리고 이 스미스라는 자는 작년에 여기서 열린 PGA챔피언십도 관전했다고 하더군요. PGA투어 티켓 구매자 목록에 이름이 남아 있어요."

"작년에 PGA챔피언십을 관전하고 올해 US오픈도……."

잭은 잡지 위에 주저앉아 양 무릎을 감싸 안았다. 그리고 무표정한 얼굴로 정면을 바라본 채 꼼짝도 하지 않았다. 뭔가 복잡한 추리를 개시한 듯했다.

휴즈 형사가 잭의 얼굴을 힐끔 쳐다보고 말했다.

"라이언 사건과 달리 이번에는 시체에 박힌 나뭇가지가 땅에 수직으로 꽂혀 있지 않았습니다. 또 유목을 깃대로 간주한 흔적도 없습니다. 벼락을 맞은 흔적도 없고. 이런 차이점을 어떻게 생각해야 하는가가 문제인데…… 잭?"

"조용히 해주세요!"

잭은 등을 구부리고 앉은 채 오른손을 재빨리 쳐들며 날카롭게 외쳤다. 휴즈 형사도 그 날카로운 목소리에 압도되어 엉겁결에 눈을 휘둥그레 뜨고 입을 다물었다. 팀은 그 모습을 보고 이 형사도 마음만 먹으면 눈을 크게 뜰 수 있구나 하고 감탄했다.

"죄송해요. 잠깐만 기다리세요. 곧 들어맞을 것 같아요."

"들어맞는다고?"

휴즈 형사가 의아해하는 얼굴로 묻자 팀이 잭을 대신하여 작은 소리로 대답했다.

"머릿속에서 직소퍼즐을 맞추고 있나 봐요."

휴즈 형사는 잭을 쳐다보았다. 머릿속은 초고속으로 회전하는지 모르지만 얼굴은 아무리 봐도 아무 생각 없는 맹한 표정이었다.

"아니야, 그게 아니지……."

그렇게 중얼거리고는 잡지가 펼쳐져 있는 바닥에 큰대자로 벌렁 드러누웠다. 그리고 후우, 하고 숨을 내쉬고 천장을 바라본 채 넋이 나간 것처럼 온몸의 힘을 풀었다.

팀과 휴즈 형사는 서로 얼굴을 마주 보았다. 형사가 팀에게 속삭였다.

"잘 맞지 않는 모양이군."

"그런가 보네요."

팀도 작은 소리로 대답했다. 휴즈 형사가 다시 속삭이는 소리로 물었다.

"이 친구, 평소에도 이러나요?"

"늘 이렇게 이상하냐고 물으신 거라면, 그렇습니다."

잭은 다시 자기 세계에 틀어박힌 듯했다. 큰대자로 누운 자세로 투덜거리고 있다.

"나 참, 하여튼 엉뚱한 놈이라니까. 어? 이건?"

팀은 바닥에서 뭔가를 주워 들었다. 그것은 누렇게 바랜 골프공이었다.

"거티 아냐? 오, 오래간만에 보네. 어릴 때 증조할아버지 책상 서랍에서 발견하고서 늘 바깥에 들고 나가 나무막대기로 치며 놀았는데."

오전에 잭이 진열장에서 꺼내 휴즈 형사에게 자세를 가르쳐줄 때 내려놓았던 거터퍼처 공이었다.

"그렇게 오래된 것인가요?"

휴즈 형사가 물었다. 팀은 고개를 크게 끄덕이고 그리움에 젖은 눈빛으로 말을 시작했다.

"이건 예전에 장인들이 고무를 굳혀서 수제로 만들던 시대에 나온 겁니다. 어렸을 때 허락 없이 가지고 놀다가 증조할아버지에게 호되게 꾸중을 들었는데, 그것도 그럴 만해요. 역사적인 유물이니까."

팀은 낡은 공을 손으로 만지작거리며 이야기를 계속했다.

"요즘 공은 이것과 전혀 달라요. 코어, 중간부, 커버, 도료 등 네다섯 층으로 구성되는데, 층마다 전용으로 개발된 최첨단 소재가 사용되고, 딤플이나 내부 구조는 전부 컴퓨터를 이용한 3D로 설계되고 있어요. 화학, 물리학, 공기역학 등 최첨단과학의 결정체라고 할 수 있죠."

팀의 손끝에 있는 공을 보며 휴즈 형사가 물었다.

"딤플이라면 골프공 표면에 수없이 난 곰보자국 같은 걸 말하나요?"

"그렇습니다. 옛날 골프공은 이렇게 표면이 매끌매끌했어요. 그러다가 많이 사용해서 상처가 난 공이 왠지 더 곧게 날아간다는 것을 알게 되자 일부러 긁어서 상처를 내거나 곰보자국을 깎아 만들게 되었죠. 그것이 딤플의 시작이라고 합니다."

일곱 살부터 골프를 해온 팀이므로 골프공에 대한 지식이 상당했다.

"딤플이 공의 회전수를 변화시키고 비거리와 고도와 방향성을 좌우한다는 것을 알게 되자 제조사들은 딤플의 수, 형태, 배치 등을 연구하느라 열을 올렸죠. 그런데도 이 잭이란 친구는 말이죠."

팀은 잡지 위에 큰대자로 누워 있는 잭을 한숨을 지으며 내려다보았다.

"다양한 공을 써보고 싶다는 이유로 어느 공 제조사하고도 스폰서 계약을 맺지 않지 뭡니까. 연습 라운드 때도 스폰서 계약을 하라고 입이 닳도록 말했는데."

"계약을 하지 않는 이점도 있는 거 아닌가요? 자기한테 맞는 공을 원하는 대로 선택할 수 있으니까요."

팀은 휴즈 형사에게 몸을 돌리고 혀를 끌끌 차며 검지를 세워 좌우로 살살 흔들었다.

"실례입니다만 형사님, 그게 아마추어의 짧은 생각이라는 겁니다. 투어 프로가 시합에 사용하는 공은요, 막 개발이 끝나 아직 시판도 되지 않은 따끈따끈한 프로토타입이 많습니다. 물론 규격 검사는 통과한 것들이지만."

"아직 발매되지도 않은 공이라고요?"

"그래요. 그래서 이 친구가 골프용품 할인점에서 새로 발매된 비싼 공을 악착같이 값을 깎아서 사도 다른 선수들은 그것보다 더 성능이 좋은 최신형 공을……."

"팀."

"응?"

팀이 돌아다보니 몇 센티미터 눈앞에 입을 절반쯤 벌린 무표정한 얼굴이 자신을 바라보고 있었다.

"억!"

깜짝 놀란 팀이 펄쩍 뛰었다가 잡지가 펼쳐진 커피테이블에 요란한 소리를 내며 엉덩방아를 찧었다. 네 개의 다리가 접합부에서 동시에 부러지면서 테이블이 팀의 엉덩이 밑에서 쾅 소리를 내며 납작해졌다.

"어이구, 야, 놀랐잖아! 언제 뒤에 와 있었어?"

허리를 짚으며 일어서려고 하는 팀 앞에서 잭이 가만히 입을 열었다.

"프로토타입?"

그러고는 고개를 천천히 끄덕였다. 팀은 잭의 이상한 분위기에 불안해졌다.

"뭐, 뭔데. 내가 뭐 잘못 말했냐?"

잭이 갑자기 무릎을 꿇고 잡지 위를 무서운 속도로 움직여 대형 액정모니터 앞으로 갔다. 그 갑작스러운 움직임에 깜짝 놀란 팀과 휴즈 형사가 잭의 뒷모습을 시선으로 좇았다.

잭은 모니터 앞 소파에 급하게 앉아 리모컨을 재빨리 조작하여 어떤 장면을 틀었다. 그리고 갑자기 모니터 가장자리를 양손으로 잡고 화면에 코가 닿도록 얼굴을 갖다 대는 것이 마치 화면 전체를 핥으려는 것처럼 보였다. 그는 다시 리모컨을 조작하여 다른 장면을 찾아내고 이번 역시 얼굴을 화면에 바짝 갖다 대고 자세히 들여다보았다.

그렇게 가까이서 TV를 보면 눈 나빠져, 하고 팀이 잔소리하려는 순간, 잭이 불쑥 커다란 목소리로 외쳤다.

"뭐야, 이게?"

동시에 잭은 리모컨을 내던지며 기지개 켜듯 양 주먹을 위로 찔러 올렸다. 그리고 천천히 뒤로 넘어져 쾅, 하는 커다란 소리를 내며 소파와 함께 뒤쪽 바닥으로 쓰러졌다. 잭은 그대로 움직이지 않았다.

"괘, 괜찮아? 이봐, 잭?"

팀이 조심스럽게 그를 불렀다. 바닥에 뒤통수를 호되게 찧었을 텐데, 아무래도 바닥에 흩어져 있던 잡지들 덕분에 부상은 면한 듯했다.

그때 휴즈 형사의 차분한 목소리가 울렸다.

"퍼즐이 딱 맞았나요?"

잭은 뒤로 넘어진 채 눈을 몇 번 깜빡이다가 천장을 향해 중얼거렸다.

"휴즈 형사님, 교활하시군요. 저를 속이셨죠?"

"뭘?"

변함없이 감정이 실리지 않은 목소리로 휴즈 형사가 물었다. 잭은 천장을 올려다보는 자세 그대로 움직이지 않고 물었다.

"닉 로빈슨에게 정말 알리바이가 있는 겁니까? 형사님은 처음부터 범인은 로빈슨 말고는 있을 수 없다고 생각하고 있었죠?"

"이봐, 자, 잠깐만, 로빈슨 씨라니?"

팀은 혼란에 빠졌다. 잭은 그제야 일어나 차가운 표정으로 오른팔을 수평으로 쳐들어 휴즈 형사의 얼굴을 가리켰다.

"형사님은 로빈슨에게 알리바이가 있다고 하면서 진범이 따로 있을 가능성을 내비쳤어요. 그래서 나는 마음 놓고 로빈슨이 작년 PGA챔피언십에서 취한 행동에 대해 궁리하고 있었던 겁니다. 그 결과……."

잭은 아랫입술을 깨물었다.

"내가 할 수 있는 최악의 상상에 다다르고 말았어요."

잭이 그렇게 말하고 오른손을 맥없이 떨어뜨리며 입을 다물었다.

"속였다는 말은 정확하지 않습니다."

휴즈 형사가 무표정하게 대답했다.

"닉 로빈슨에게는 알리바이가 있어요. 그건 틀림없습니다. 그러나 나는 그런 알리바이 따위는 언제든지 뒤집을 수 있다고 생각했습니다. 그런 거였죠."

"통 모를 말씀이군요. 두 사람 다 대체 무슨 소리를 하는 겁니까?"

휴즈 형사가 잭에게 다가섰다.

"그럼 마침내 로빈슨이 라이언을 살해한 증거를 찾았습니까?"

"뭐라고?"

팀이 깜짝 놀라는 것에 아랑곳없이 잭은 고개를 가로저었다.

"어림없어요."

잭은 숨을 토하며 말하기 시작했다.

"전설과의 일치와 흉기는 여전히 수수께끼로 남아 있습니다. 왜 라이언 씨 시신은 인디언 전설과 같은 모습이었는가, 범인은 왜, 그리고 어떻게 라이언 씨를 깃대로 찔러 죽였는가, 이 두 가지 의문을 풀지 못하면 로빈슨 씨가 범인이라고 단정할 수 없습니다. 그리고 무엇보다 로빈슨 씨에게는 알리바이가 있어요."

그리고 잭은 고개를 숙였다.

"하지만, 두 번째 시체가 발견됨으로써 작년 PGA챔피언십에서 로빈슨이 취한 행동의 의문점들이 전부 풀렸습니다."

휴즈 형사가 단어를 신중하게 골라가며 잭에게 확인했다.

"로빈슨에게는 누군가를 살해해서라도 감춰야 할 중대한 비밀이 있었다, 그 비밀이 무엇인지 알아냈다, 그런 말입니까?"

"네."

잭은 체념한 얼굴로 인정했다.

팀은 낯을 찡그리며 고개를 좌우로 천천히 저었다.

"말도 안 돼. 어떻게 그런 일이. 닉 로빈슨 씨가 자기 캐디이자 친구인 라이언 씨를 죽이다니."

"죽였다고 하지는 않았어. 로빈슨 씨가 감추고 있는 비밀은 라이언 씨를 죽일 만한 동기가 될 수 있다고 했을 뿐이지."

잭은 시선을 팀에게서 휴즈 형사에게로 옮겼다.

"동기가 있다는 것이 살인의 증거가 되지는 않잖아요. 그렇죠?"

"뭐 그야 그렇죠."

휴즈 형사도 그 말에는 동의했다.

"게다가, 다시 말하지만, 전설과의 일치와 흉기 수수께끼에 대해서는 아직 아무것도 알지 못합니다. 만약 범인이 로빈슨 씨라면 더욱 알 수 없는 일이죠."

"로빈슨이 왜 살해 현장을 원주민의 전설처럼 연출해놓았는지 모르겠군요. 왜 라이언을 깃대로 찔러 죽였는지, 어떻게 그 굵은 깃대로 몸통을 관통해서 시체와 함께 그린 위에 수직으로 세웠는지도 모르겠고요. 그리고 로빈슨에게는 알리바이가 있는데……."

휴즈 형사는 눈썹을 찡그린 채 오른손으로 턱을 만지작거렸다.

잭은 넘어진 소파를 일으키고 바닥에 떨어진 리모컨을 주워 들었다. 그리고 다시 소파에 앉아 리모컨 버튼을 눌러 세팅해둔 디스크를 재생했다. 휴즈 형사와 팀도 잭의 뒤로 와서 액정모니터에 시선을 고정했다.

화면 영상은 작년 PGA챔피언십 최종일, 로빈슨의 18번 홀이 시작되는 장면이었다. 잭은 빨리넘기기 버튼을 눌러 영상을 넘기다가 일시정지 버튼으로 화면을 정지시켰다.

"휴즈 형사님, 이 사람이 두 번째 시체로 발견된 앤서니 스미스 맞죠?"

화면에는 한 남자의 얼굴이 비치고 있었다.

충격을 받은 휴즈 형사가 몇 초 뒤에야 목소리를 쥐어짜냈다.

"스미스가 어떻게 TV중계 영상에……. 아니, 그보다 당신은 어떻게 이자가 스미스라는 것을 알았죠?"

팀도 입을 멍하니 벌리고 있었다.

"여, 여기, 이 사람이, 이 사람이 스미스라고?"

잭은 고개를 끄덕였다. 그리고 휴즈 형사에게 다시 질문했다.

"스미스에게 어린…… 그러니까, 네 살에서 열두 살쯤 되는 자녀가 있나요?"

"아니, 없어요. 스미스는 독신이고 결혼한 기록도 없습니다."

잭은 천천히 고개를 끄덕이다가 휴즈 형사를 쳐다보았다.

"필기할 것 좀 빌릴까요?"

휴즈 형사는 주머니에서 수첩을 꺼내 한 장을 찢어 볼펜과 함께 잭에게 내밀었다. 잭은 그것을 받아 들고 뭐라고 적더니 돌려주었다. 형사는 그 종이로 시선을 떨어뜨렸다.

www.la.com

www.egulf.com

형사가 의아해하는 얼굴로 잭을 쳐다보았다.

"웹사이트 주소?"

"그래요. 아마 스미스는 이 두 사이트의 회원이었을 겁니다. 양쪽 사업자에게 문의해서 스미스에 관한 기록을 전부 뽑아주세요. 기간은 가입 때부터 작년 PGA챔피언십 최종일까지면 됩니다."

"어린 자녀가 없으면…… 이 두 사이트의 회원이라고요?"

휴즈 형사의 눈에는 명백히 곤혹스러운 빛이 떠올라 있었다.

"스미스의 경제 상황도 조사해주세요. 최근 몇 개월 사이에 갑자기 돈에 쪼들리게 되었을 겁니다. 아마 도박 같은 데 손을 댔겠지만."

"잭, 어떻게 그런 것까지……."

휴즈 형사가 참지 못하고 질문하려 했지만 잭은 KO패 당한 직후의 복서처럼 소파에 앉아 바닥만 내려다보고 있었다. 형사는 질문을 그만두고 스마트폰을 꺼내 버튼을 눌렀다. 그리고 전화를 받은 상대편에게 잭이 부탁한 조사 내용을 짤막하게 전했다.

전화를 끊은 형사가 잭을 쳐다보았다.

"이 조사로 뭘 알 수 있죠?"

잭은 바닥으로 시선을 떨어뜨린 채 감정이 느껴지지 않는 목소리로 대답했다.

"스미스도 로빈슨 씨의 비밀을 알고 있었다는 겁니다."

"잠깐만! 그 말은 곧……."

팀이 당황해서 잭에게 물었다.

"스미스도 닉 로빈슨 씨가 죽였다는 거야?"

"만약, 혹시라도 라이언 씨를 죽인 것이 로빈슨이라면……. 그렇게 생각하는 것이 자연스러울지 모르지."

"세상에……."

팀은 고개를 좌우로 저으며 허공을 응시했다.

잭도 가만히 한숨을 짓고 휴즈 형사를 바라보았다.

"사건을 완전하게 해명하기에는 아직 정보가 부족합니다. 그 뒤로 경찰 수사로 뭐 새로 알아낸 것은 없나요?"

형사는 재킷 안주머니에서 접힌 서류 몇 장을 꺼냈다.

"먼저 살해 현장인 18번 그린에 관한 감식반의 보고입니다."

그는 서류를 펴고 읽기 시작했다.

"첫째, 피해자 이외의 족적. 족적은 무수하게 확인되지만 누구 것인지 특정하지 못함. 마찰 대전帶電 검출도 시도했지만 판별하지 못함. 표층이 족적이 남기 힘든 잔디인 데다 몇 시간에 이르는 강우, 더욱이 낙뢰에 의한 현장의 대전이 치명적.

둘째, 피해자 이외의 혈흔이나 그 밖의 체액 등 DNA샘플이 검출되지 않음. 루미놀 반응이 없고, 자외선 및 적외선 반응도 없음. 단 강우에 의해 표층에서 하층으로 침투했을 가능성은 부정할 수 없음.

셋째, 피해자 이외의 지문. 흉기인 깃대에는 선수와 캐디의 지문이 많음. 그러나 그 밖의 지문은 검출되지 않음. 그린 표층에서는 현재지문, 잠재지문, 압압押壓지문* 등이 모두 검출되지 않음.

넷째, 범인이 남긴 그 밖의 미세잔류물. 검출되지 않음. 단 이것도 강우에 의해 표층에서 하층으로 침투했을 가능성은 부정할 수 없음. 이상."

휴즈 형사는 잭을 힐끗 보고 이렇게 결론지었다.

"즉 범인의 흔적을 아무것도 검출하지 못했습니다. 상세한 분석은 과학수사반 출동과 그린 굴착 조사가 필요하다는 겁니다."

"겨, 경찰이 대단한 일들을 하는군요."

팀이 감탄했다. 그러나 결국 감식반의 조사로 판명된 것은 현장에서는 아무것도 발견할 수 없었다는 사실뿐이었다.

가령 뭔가 잔류물이 발견되었다고 해도 연습 라운드가 치러진 월요일만 해도 300명 이상의 선수와 캐디가 18번 그린을 밟았다. 누가 남긴 물건인지 판단하는 것은 불가능하리라고 잭은 생각했다.

"다음으로, 라이언이 체크인한 객실에 관한 감식반의 보고예요."

휴즈 형사는 다시 서류로 시선을 떨어뜨렸다.

"지문은 과거 숙박객의 것으로 보이는 오래된 지문 흔적을 제외하면 라이언 본인, 호텔 벨보이와 청소부 것입니다. 캐디백에서는 로빈슨의 지문이 검출되었지만, 로빈슨의 소유물이므로 살인과 연결할 수는 없습니다."

그 말투에 아쉬워하는 울림이 있었다.

---

* 점성이 있거나 유연한 물체에 물리적으로 찍혀 있는 지문.

"라이언 씨의 객실에 뭐 수상한 물건이나 흔적이 남아 있지는 않았습니까?"

잭이 물었다. 휴즈 형사는 다시 서류로 시선을 떨어뜨렸다.

"객실에 있던 것은 갈아입을 옷가지나 세면도구 등이 든 라이언의 트렁크, 그리고 로빈슨의 캐디백뿐이에요. 다만……."

"다만?"

잭의 미간이 움찔거렸다.

"먼저, 라이언은 객실의 인덕션레인지와 주전자로 물을 끓인 듯합니다. 하지만 커피 캡슐도 티백도 미개봉 상태로 있었습니다. 약을 먹기 위해 물을 끓인 것도 아닙니다. 방에 있는 컵과 유리잔도 사용된 흔적이 없으니까. 그냥 물을 끓인 것으로 보입니다. 이유는 알 수 없습니다."

"그냥 물을 끓였다……."

잭은 생각에 잠겼다. 휴즈 형사는 계속했다.

"다음으로, 객실 바닥에서 한번 열에 녹았다가 다시 경화된 파란 나일론이 발견되었습니다. 감식반에 따르면 종이상자를 묶는 비닐 끈이라고 하는군요. 4~5센티미터 길이로 자른 것 세 토막이 로빈슨의 캐디백 주머니에 들어 있었습니다. 라이언은 이 나일론 끈을 라이터나 다른 무언가로 가열해서 녹인 듯합니다. 이것도 이유는 알 수 없습니다."

"비닐 끈을 불로 녹이다니, 뭘 하려고 한 거죠? 냄새가 역할 텐데. 게다가 왜 캐디백 속에 그런 것이?"

팀이 의아한 듯 고개를 갸웃거렸다.

"그리고 라이언은 살해되던 날 밤, 카드키를 객실에 둔 채 18번 홀로 나갔다고 추정됩니다. 객실 벽에 있는 메인스위치를 겸한 슬릿에 카드키가 꽂힌 채 남아 있었습니다. 만약 그날 밤 라이언이 아무 일도 없이 객실로 돌아왔다면 당직 프런트 담당자를 귀찮게 했겠지요. 그렇게 되지 않았지만."

잭이 잠시 생각한 뒤에 질문을 던졌다.

"범인이 라이언 씨를 죽인 뒤, 라이언 씨가 소지하고 있던 카드키를 꺼내 객실로 들어가 뭔가 중요한 물건을 들고 사라졌을 가능성은요?"

휴즈 형사는 고개를 가로저었다.

"라이언의 트렁크에는 다이얼 잠금장치가 있었고 객실 내부를 뒤진 흔적도 없었습니다. 침대나 소파도 건드린 흔적이 없고요. 누군가 뭔가를 가지고 나갔다고는 생각하기 힘듭니다."

"그래요?"

잭은 실망한 목소리로 말했다.

휴즈 형사는 주머니에서 다른 서류를 꺼내며 말했다.

"마지막으로 라이언의 부검 결과예요. 특징적인 것은 세 가지. 먼저 첫 번째, 라이언의 체내에서 복수의 오피오이드가 검출되었습니다."

"오, 오피, 오드? 이봐, 잭, 설마 고양이의 그걸 말하는 건 아니겠지?"

팀이 묻자 잭이 당황하며 고개를 내저었다.

"아니, 아니, 오피움, 아편 유연물질을 말하는 거야. 제일 유명한 것으로 모르핀이 있지."

"모르핀이라면 마약 아냐? 왜 라이언 씨가 그런 걸?"

휴즈 형사가 대답했다.

"진통제입니다. 라이언은 암이 췌장에서 뼈로 전이되어 의사에게 살날이 반년밖에 남지 않았다는 진단을 받았습니다. 그것이 시신의 두 번째 특징이죠."

잭과 팀은 깜짝 놀랐다. 휴즈 형사는 담담하게 설명을 계속했다.

"뼈로 전이되면 허리나 팔다리 등 온몸에 심한 통증을 느끼기 때문에 라이언은 의사에게 처방받은 염산모르핀과 펜타닐 정제를 복용하고 있었습니다. 의사의 증언도 받아뒀습니다."

"살날이 반년밖에……."

팀이 힘 빠진 목소리로 중얼거렸다.

그러고 보니……. 잭은 라이언과의 만남을 떠올렸다.

월요일 연습 라운드에서 만났을 때, 라이언은 피곤하다고 말했다. 그날 밤 파티에서도 컨디션이 나빠 보였다. 그러나 원래 마른 체구이기도 하거니와 설마 암 말기인 줄은 생각도 하지 못했다.

라이언이 늘 격심한 통증에 시달리고 있었으리라는 것은 상상하기 어렵지 않다. 그러나 33년지기 로빈슨의 영광스러운 기념식 전에 찬물을 끼얹는 일이 없도록 강인한 정신력으로 자신의 통증을 숨기고 있었을 것이다. 남은 수명은 불과 반년. 라이언은 그 반년

짜리 목숨마저 빼앗기고 만 것이다. 잭의 마음에 더욱 깊은 슬픔이 그림자를 드리웠다.

휴즈 형사는 다시 손말의 서류로 시선을 내렸다.

"세 번째 특징적인 것은 라이언의 사인입니다. 라이언은 지름 19밀리미터의 깃대로 복부 중심을 꿰뚫렸지만, 복부대동맥은 손상을 면했습니다. 그 이유는 복부대동맥류를 수술한 이력이 있어서, 복부대동맥이 폴리에스테르섬유제 인공혈관으로 교체되어 있었기 때문입니다. 이 대동맥류 검사 과정에서 췌장암과 골 전이가 발견되었던 것이고."

몸 여기저기가 삐걱거리고 있어……. 잭은 라이언이 그렇게 말한 것을 기억했다.

"따라서 라이언의 직접적 사인은 실혈사가 아니라 낙뢰의 감전에 따른 심정지입니다."

"자, 잠깐만요! 그렇다면 그 말은……."

휴즈 형사의 말에 팀의 얼굴이 창백해졌다.

"라이언 씨가 깃대에 꿰뚫린 채로 그린 위에 떠 있는 동안에도 살아 있었다는 겁니까?"

형사는 말없이 고개를 끄덕였다.

팀은 시선을 허공 여기저기로 던지며 헛소리처럼 중얼거렸다.

"용서할 수 없어. 살아 있는 사람을 그린에 박아두다니. 그대로 내버려두고 도망친 거야. 어떻게 그런 끔찍한 짓을……."

잭도 처연한 얼굴로 고개를 가로저었다.

"팀, 로빈슨이, 아니 범인이 라이언 씨에게 고통을 주려고 그런 짓을 했는지 어쨌는지는 알 수 없어."

"그래도! 하느님은 뭐 하는 거야?"

팀이 입술을 떨며 외쳤다.

"그렇게 잔혹한 짓을 왜 그냥 놔두시는 겁니까, 하느님! 그렇게 선량한 분을, 그것도 산 채로. 그렇게 새카만 숯덩이로 최후를 맞게 하다니! 너무하시는 거 아닙니까? 젠장……."

팀이 소리 내어 울었다. 잭은 아무 말도 할 수 없었다. 팀의 오열이 도서관에 울려 퍼졌다.

"만약 하느님이란 것이 정말 존재한다면."

휴즈 형사가 혼잣말처럼 말문을 열었다.

"라이언이 더 이상 고통받지 않도록 자비롭게 벼락을 내려서 하늘로 불러 올린 것은 아닐지."

팀은 눈물에 젖은 얼굴을 들고 휴즈 형사의 얼굴을 쳐다보았다. 잭도 놀란 얼굴로 형사의 얼굴을 빤히 쳐다보았다. 설마 이런 말을 하는 사람일 줄은 짐작하지 못했던 것이다.

"왜 그래요?"

두 사람의 시선을 느낀 휴즈 형사가 여전히 표정 없이 물음을 던졌다.

"아, 아뇨, 아무것도."

"아무것도 아닙니다."

두 사람은 똑같이 대답했다.

팀은 아이처럼 오른손으로 주먹을 쥔 채 손등으로 눈물을 훔쳤다. 서서히 안정을 찾는 듯했다.

만약 닉 로빈슨이 범인이라면……. 잭은 생각했다.

현장에 도저히 알 수 없는 수수께끼가 있기는 해도 동기만 본다면 단순 살인사건으로 보인다. 그러나 이 사건의 깊은 곳에 뭔가 복잡한 진상이 숨어 있는 것은 아닐까? 인간 내면의 어둠이라고 할 만한 뭔가가 있는 것은 아닐까?

잭은 방금 휴즈 형사의 철가면 아래 가려진 뭔가를 슬쩍 본 것 같다고 느꼈다. 만일 휴즈 형사가 인간 내면의 어둠에까지 파고들어가 이 사건을 풀어낸다면 자신의 주제넘는 수사 협조에도 의미가 생겨날지 모른다. 잭은 그렇게 생각하며 형사의 옆얼굴을 훔쳐보았다.

순간 형사가 한 말이 잭의 머리를 스쳤다.

'하느님은 자비롭게 벼락을 내려서 하늘로 불러 올렸다.'

잭은 무심결에 오른손을 얼굴에 갖다 댔다. 그 말에 어떤 중대한 의미가 숨어 있는 것 같았다.

"아, 그리고 또 하나."

휴즈 형사가 다시 서류를 보았다.

"일요일 밤, 관객의 분실물을 찾으러 코스에 나간 직원이 있었습니다."

"네? 아아, 밤 11시 지나서 18번 홀 그린을 돌아보았지만 그때는 시체가 없었다고 증언한 사람이죠."

잭이 고개를 끄덕였다.

"그래요, 그 직원이 그때는 18번 그린에 깃대가 꽂혀 있지 않았던 것 같다고 했습니다."

잭이 미간을 찡그리며 말문을 열었다.

"깃대가 꽂혀 있지 않았다고요?"

팀도 고개를 들었다.

"그렇다면…… 흠, 어떻게 되는 거죠?"

"범인은 먼저 18번 그린에 있던 깃대를 들고 다른 곳으로 갔다, 그리고 어느 다른 장소에서 라이언을 깃대로 찔러 죽이고 다시 밤 11시 이후에 깃대가 관통된 시체를 18번 그린으로 옮겨서 그곳에 세웠다는 건가? 그렇다면 살해 현장은 다른 곳이라는 말인데."

그냥 물을 끓인 것으로 보이는 주전자, 불로 태운 포장용 비닐 끈, 그리고 사라진 깃대.

수사가 진행됨에 따라 상황이 명백해지기는커녕 도리어 점점 복잡기괴해지고 있었다. 잭은 복잡하게 길이 갈라진 동굴 속을 헤매듯 초조해졌다.

그때였다. 도서관 입구에서 높은 목소리가 울렸다.

"탐정놀이도 좋지만 설마 자신이 프로골퍼라는 사실을 잊고 있는 건 아닌가요, 잭?"

세 사람은 일제히 입구를 돌아다보았다. 거기에는 세계 최강의 레프티 프로골퍼 새미 앤더슨이 서 있었다.

그 옆에는 갈색 피부의 세계 랭킹 1위 프로골퍼 테드 스탠저가 함께했다.

11

수요일
콘코스

수요일 오후 3시.

홀리파인힐 골프코스의 캐디마스터실 앞 콘코스는 맑은 하늘 아래 수많은 남자들로 북적거렸다. 300명은 넘어 보였다. 이번 주에 열릴 예정이던 US오픈 출전 선수와 그 캐디들이었다.

그 군중의 맨 앞 열에 테드 스탠저와 새미 앤더슨이 있었다. 휴즈 형사와 잭, 그리고 팀은 클럽하우스를 등지고 그 300명이 넘는 무리와 마주 보는 구도로 서 있었다.

팀이 거북한 듯 잭에게 소곤거렸다.

"이봐, 잭. 우리, 이쪽 편에 있는 게 이상하지 않아? 본래 저쪽에 있어야 하는데."

"그래. 어쩌다 보니 휴즈 형사와 나란히 서게 되었네."

잭도 주눅 든 모습으로 그렇게 소곤거렸다.

동료 프로골퍼와 캐디들이 의아해하는 표정으로 이쪽을 보고 있었다. 잭과 팀은 PGA투어 시합에 출전한 적이 없다. 그래서 스탠저와 앤더슨, 그리고 테리 루이스 말고는 두 사람을 아는 선수가 없었다.

잭은 저도 모르게 루이스의 얼굴을 찾았다. 루이스는 군중 뒤쪽에서 캐디 로이와 함께 걱정스러운 눈빛으로 이쪽을 보고 있었다.

"주목해주세요, 여러분."

스탠저가 오른손을 쳐들고 뒤를 돌아보며 맑은 바리톤으로 외쳤다. 웅성거리던 군중이 금세 조용해졌다. 스탠저 옆에서 앤더슨이 웃음을 지으며 팔짱을 끼고 있었다.

"알다시피 오랫동안 닉 로빈슨 씨의 전속 캐디로 일하던 토니 라이언 씨가 이 골프장에서 불행한 사건으로 타계하셨습니다."

모두 쥐죽은 듯 조용히 스탠저의 말에 귀를 기울였다.

"라이언 씨, 아니, 평소처럼 친근하게 토니라 부르죠. 투어 역사에 남은 토니의 찬란한 실적을 돌아보면서 따뜻하고 성실한 인품을 떠올리니 그를 잃어버린 것이 정말로 가슴 아픕니다. 그는 우리의 좋은 친구이고 형이고 아버지이며, 그리고 골프를 진심으로 사랑한 훌륭한 프로페셔널이었습니다. 여기서 여러분과 함께 토니의 명복을 빌며 묵념을 올리고자 합니다."

스탠저는 성호를 긋고 눈을 감았다. 모두 말없이 그를 따랐다.

스탠저는 프로골퍼 동료들이 토니 라이언을 장송하기를 바라는 것이다. 잭은 그렇게 짐작했다. 라이언의 시신은 아직 경찰병원에 있다. 그리고 그를 아는 골퍼와 캐디들은 호텔에 발이 묶여 있다. 정식 장례식을 언제 치를 수 있을지 알 수 없었다.

마침내 눈을 뜬 스탠저가 다시 말을 시작했다.

"새삼스럽지만 소개하겠습니다. 이쪽은 이번 사건에서 수사를 지휘하는 캘리포니아 주 수사국의 크리스토퍼 휴즈 형사입니다."

짝짝짝, 하는 박수소리가 저주라도 하듯 일어났다. 휴즈 형사는 어떻게 반응해야 할지 몰라 하는 모습이었다.

그는 뒷짐을 진 채 여전히 무표정한 얼굴로 군중을 쳐다보았다. 골프웨어 무리 앞에 다크그레이 슈트를 입고 서 있는 그는 명백히 강력한 위화감을 조성하고 있었다.

"그리고, 그 옆에 있는 분이 잭, 음, 실례지만 나머지 이름이?"

"잭 아키라 그린필드입니다. 이쪽은 캐디 팀 브루스입니다."

"그렇다고 합니다. 잭과 팀은 US오픈에 출전하기 위해 이곳에 왔지만, 휴즈 형사의 강력한 요청으로 이번 사건을 함께 추리하고 있습니다. 말하자면 셜록 홈스와 왓슨이라고 할까요."

살짝 웃음소리가 일어났다. 박수치는 사람도 있었지만, 두 사람에게가 아니라 앤더슨의 유머에 보내는 박수 같았다.

앤더슨은 만족스레 고개를 끄덕이고 말을 이었다.

"US오픈에 출전 예정인 여러분, 한창 바쁘실 텐데, 아니, 연금 상태라 연습도 못 하고 외출도 못 해서 몹시 지루하실 텐데, 라고 해야겠죠?"

선수와 캐디들 사이에서 자조의 웃음이 일어났다.

"여러분께 굳이 모여주십사 한 것은, 그리고 민완형사와 명탐정 콤비께도 참석해주십사 부탁한 것은 다른 이유가 아닙니다. 실은……."

"내가 이야기하죠, 새미."

테드 스탠저가 끼어들었다. 앤더슨은 목을 움츠리고 양 손바닥을 얼굴 옆에 펴 보이며 말했다.

"아, 미안합니다. 툭하면 농담을 던지는 게 저의 못된 버릇이라서."

그 말을 흘려들으며 스탠저가 말하기 시작했다.

"여기 세 분을 모신 것은 비난하기 위해서가 아닙니다. 잭과 팀은 물론 우리 동료로서 이 자리에 나온 겁니다. 그리고 휴즈 형사에게 참석을 부탁한 것은 이번 주에 US오픈을 개최하기를 바라는 우리의 강력한 의지를 전하고자 함입니다."

선수들과 캐디들이 고개를 끄덕이며 스탠저의 말을 경청했다. 스탠저는 계속했다.

"US오픈은 110년이 넘는 역사를 자랑하고 프로와 아마추어를 아우르는 전 세계 골퍼에게 가장 의미 있는 대회입니다. 우리도 물론 토니의 비극에 대한 경찰 수사가 잘 진행되기를 바랍니다. 그러나 토니도 이 역사적인 대회가 취소되는 것은 원하지 않을 겁니다. 토니를 추모한다는 의미에서도 우리는 이번 주에 반드시 US오픈이 개최되기를 바라고 있습니다. 휴즈 형사님?"

스탠저는 휴즈 형사의 얼굴을 쳐다보았다.

"예정대로 내일 목요일부터 US오픈이 개최될 수 있도록 미국골프협회 위원들이 현재 경찰 측과 협의 중이라고 들었습니다. 정말 기쁜 소식이지만, 한편 그렇게 되면 경찰 수사에 더 많은 어려움과 부담이 있으리라는 것도 상상하기 어렵지 않습니다."

휴즈 형사는 스탠저의 말을 가만히 듣고 있었다.

"하지만 휴즈 형사님, 우리 선수와 캐디 전원이 원하는 바가 무언지, 또 타계한 토니를 향한 우리의 심정이 어떠한지 헤아리셔서 부디 US오픈이 개최될 수 있도록 협조해주셨으면 합니다. 그렇게만 해주신다면 우리도 수사에 적극 협조하겠습니다."

선수와 캐디 모두가 휴즈 형사를 주목했다.

휴즈 형사가 가만히 입을 열었다.

"오늘 아침 미국골프협회 위원에게서 내일 아침 7시를 기해 이 시설의 봉쇄를 해제하고 관객, 숍 관계자, 기자 외 모든 운영 스태프를 입장시켜달라는 요청을 정식으로 받았습니다. 동시에 캘리포니아 주지사는 수사국장에게 US오픈을 개최하게 하라고 강력하게 요구했습니다. 따라서 나는……."

모두들 마른침을 삼키는 가운데 휴즈 형사는 이렇게 말했다.

"수사 책임자로서 US오픈 개최를 승인했습니다."

300명이 넘는 무리로부터 오오, 하는 밝은 환호와 박수가 터져 올랐다. 모자 여러 개가 허공으로 날아올랐다. 여기저기서 하이파이브와 악수가 오갔다.

스탠저와 앤더슨은 저도 모르게 얼굴을 마주 보았다. 둘 다 놀라움과 안도가 섞인 표정이었다.

"뭐야, 맥 빠지는군. 정말 아량이 넓은 형사님이잖아요, 테드."

그렇게 말하며 앤더슨은 스탠저에게 오른손을 내밀어 악수를 청했다. 스탠저도 어이없어하는 웃음을 지으며 그 손을 맞잡으려 한 순간 휴즈 형사가 다시 입을 열었다.

"나도 여러분에게 부탁이 있습니다."

스탠저의 손이 뚝 멈췄다. 그 말에서 불온한 울림을 느낀 것이다. 앤더슨도 악수 직전에 손을 멈추었다. 두 사람은 동시에 휴즈 형사를 쳐다보았다. 와글거리던 무리도 심상치 않은 기미를 느꼈는지 이내 조용해졌다.

휴즈 형사는 스탠저와 앤더슨을 힐끗 쳐다보고 300명이 넘는 선수와 캐디를 둘러보며 말을 이었다.

"여러분에게 이야기할 필요는 없다고 생각했지만 방금 테드 스탠저 씨의 간곡한 말씀을 듣고 생각을 바꾸었습니다. 앞으로 경찰이 할 일에 대하여 미리 여러분의 양해를 구하고 싶군요."

팀이 잭에게 속삭였다.

"이봐, 잭, 무슨 말을 하려는 거지?"

"휴즈 형사가 각오를 굳힌 거야."

잭이 심각한 표정으로 대꾸했다. 팀이 잭의 말을 이해하지 못해 되물으려고 할 찰나 휴즈 형사가 다시 이야기를 시작했다.

"살인 현장인 18번 홀 그린, 그리고 그 주변의 땅을 사방 30센티미터 조각으로 도려내어 수사국 본부로 옮기고 미량물질 분석을 실시하고자 합니다. 그 밑의 흙도 깊이 2미터까지 파내서 반출할 겁니다. 이 조사에 대해 여러분의 양해를 구하고 싶습니다."

콘코스가 쥐죽은 듯 조용해졌다. 휴즈 형사가 무슨 말을 했는지 바로 이해하지 못한 것이다.

마침내 서서히 웅성거리기 시작했다.

"지금 그린을 몽땅 파내겠다고 하지 않았어?"

"하, 하지만, US오픈 개최는 승낙했는데?"

"흙을 깊이 2미터나 파낸다고?"

"어디 흙을?"

"18번 그린."

서서히 상황이 파악되자 다들 시끄럽게 떠들어댔다. 혼란과 분노의 외침이 어지럽게 오갔다. 휴즈 형사에게도 욕설이 날아왔다.

"이봐, 그런 무식한 얘기가 어딨어?"

"18번 그린은 골프코스에서 제일 중요한 곳인데!"

"거길 파내면 어떻게 시합을 해?"

"US오픈을 망칠 셈이야?"

테드 스탠저가 양손을 쳐들며 무리에게 외쳤다.

"조용히 합시다!"

세계 랭킹 1위의 존재감은 압도적이었다. 스탠저의 한마디에 서서히 소동이 가라앉아 마침내 아무 소리도 들리지 않게 되었다.

소란이 잦아들자 스탠저는 휴즈 형사에게 돌아서서 내면의 동요를 억누르며 차분한 목소리로 물었다.

"휴즈 형사님, 당신은 이런 얘기를 하고 싶은 겁니까? US오픈은 개최해도 좋다, 관객과 기자와 스태프도 입장해도 좋다, 단 18번 홀은 수사를 위해 남김없이 파내겠다."

"그렇습니다."

휴즈 형사는 표정 없이 고개를 끄덕였다.

"당신 말은 모순이군요."

스탠저는 분노를 숨기지 않고 따졌다. 관자놀이에 땀방울 한 줄기가 흘러내렸다.

"US오픈을 개최하게 하겠다고 하지 않았습니까? 18번 홀 그린은 골프 경기에서 나흘간의 승부가 결판나는 가장 중요한 무대입니다. 그곳을 파내면 경기 자체가 불가능해집니다."

"이 유례없이 기이한 살인사건을 해결하려면……."

휴즈 형사는 사무적이고 냉정한 말투로 설명했다.

"최첨단 과학적 조사가 반드시 필요합니다. 살인 현장인 18번 그린에는 피해자와 범인이 남긴 미량의 유류물이 반드시 존재할 겁니다. 그것을 채취해서 분석하지 않고는 결코 충분하게 수사했다고 할 수 없지요. 또 이 조사는 US오픈이 끝난 뒤에는 너무 늦습니다. 시합이 시작되면 당신들 300명이 넘는 사람들이 나흘간 번갈아가며 그린을 밟고 다닐 겁니다. 어느 것이 피해자와 범인의 흔적인지 구별할 수 없게 됩니다."

"형사, 지금 오기를 부리는 거요?"

새미 앤더슨이 발끈해 날카로운 목소리로 형사를 공격했다.

"당신은 US오픈을 취소시키고 이 홀리파인힐 골프코스를 계속 봉쇄해놓고 느긋하게 수사하고 싶겠지요. 하지만 주지사나 위원회가 압력을 넣어 대회 개최를 허용하지 않을 수 없게 됐어요. 그래서 그 분풀이로 18번 그린을 파내서 오기로라도 대회를 망치려고……."

"오기?"

휴즈 형사의 눈이 스윽 가늘어졌다.

"그런 하찮은 감정은, 미안하지만 처음부터 품지 않았습니다. 내 신념은 직무에 충실한 것, 그것뿐입니다."

앤더슨이 그 말을 물고 늘어졌다.

"수사국장이 US오픈을 개최하게 하라고 명령했을 텐데? 직무에 충실하려면 국장 명령에 따라야 하잖습니까!"

휴즈 형사도 앤더슨을 똑바로 쳐다보았다.

"상사 지시에 맹목적으로 따르는 게 직무에 충실한 겁니까? 그건 아니죠. 직무를 수행할 때는 자기가 믿는 정의에 따라 행동해야죠. 그것이 직무에 충실한 겁니다."

"궤변이야! 당신 말은 억지라고! 당신이 믿는 정의가 뭐야?"

앤더슨은 분노에 겨워 양손을 휘두르며 휴즈 형사에게 소리쳤다. 하지만 휴즈 형사는 전혀 동요가 없었다.

"앤더슨 씨, 골프는 심판이 없는 유일한 스포츠라고 들었는데, 내가 잘못 알고 있습니까?"

허를 찔린 앤더슨이 대답하지 못하자 휴즈 형사가 말을 이었다.

"골프 경기에서는 규칙 확인을 위해 경기위원이 있을 뿐 심판은 없다고 들었습니다. 그래서 당신들 골퍼는 어떤 상황에서나 자기 마음속에 있는 정의에 따라 행동한다고요. 무엇이 옳은지를 아는 것은 자신뿐이니까."

앤더슨은 반론을 펼치지 못했다. 스탠저는 잠자코 뭔가를 생각하는 듯했다. 300명이 넘는 골퍼와 캐디도 누구 하나 입을 열지 못했다.

휴즈 형사는 누구에게랄 것도 없이 낮은 목소리로 말했다.

"토니 라이언 씨의 죽음을 슬퍼하고 이 끔찍한 사건을 증오하며 평온이 회복되기를 간절히 바라는 쪽은, 아무래도 여러분이 아니라 저인 것 같군요. 매우 유감입니다."

휴즈 형사의 말은 스탠저와 앤더슨, 그리고 그 자리에 있던 골퍼와 캐디들의 가슴에 날카로운 가시로 박히고, 그 끝이 부러져 몸속에 남았다. 잭과 팀도 그 점에서는 마찬가지였다.

형사는 그 자리에 모인 모두에게 소리 높여 말했다.

"18번 그린과 그 주변을 굴착 조사하는 데 찬성하는 사람은 손을 들어주십시오!"

형사는 스스로 오른손을 들고 사람들의 반응을 기다렸다.

잭이 천천히 손을 들었다. 사실은 장례조차 치르지 못하는 라이언을 위해서라도 여기 있는 동료들과 추모 라운드를 하고 싶었다. 전 세계에서 이만한 골퍼와 캐디가 한자리에 모일 기회는 또 없을 거라는 생각도 들었다.

그러나 범죄를 강렬하게 증오하는 휴즈 형사의 모습에도 마음이 흔들렸다. 이 세상이 평온해야 골프도 할 수 있고 관객을 기쁘게 할 수 있다. 잭은 새삼 그렇게 생각했다.

팀은 어떻게 해야 좋을지 몰라 주위를 두리번거리며 엉거주춤하다가 마침내 번쩍 손을 쳐들었다. 다른 선수와 캐디 중에도 손을 드는 사람이 몇 명 있었다.

하지만 스탠저와 앤더슨을 비롯하여 300명 넘는 사람들 대부분은 손을 들지 않았다. 잭은 그들이 반대한다기보다 팀이 그랬던 것처럼 사태가 너무 심각한 탓에 사고정지 상태에 빠진 것이라고 짐작했다.

휴즈 형사는 조용히 고개를 끄덕였다.

"다수의 찬성을 얻지 못했으니 굴착 조사는 그만두겠습니다. 자, 그럼 여러분, US오픈에서 건투하기를 바랍니다."

그는 몸을 돌려 클럽하우스를 향해 걷기 시작했다. 표정과 마찬가지로 뒷모습 역시 아무런 감정도 드러내지 않는 의연한 걸음이었다.

그러나 잭은 휴즈 형사의 뒷모습을 보며 그 견고한 갑옷 아래 가려진 마음속의 안타까움을 헤아리고는 가슴이 저려왔다.

"이봐요, 테드!"

불쑥 새미 앤더슨이 큰 소리로 테드 스탠저를 불렀다.

"골프가 왜 18개 홀을 도는 거죠?"

스탠저는 미간을 찡그렸다. 이런 상황에서 왜 그런 질문을 하는지 납득할 수 없었다.

"아마 스코틀랜드에 있는 세인트 앤드루스 링크스의 홀 수가 그 시초라고 기억하는데, 그건 왜요?"

"호오, 그 골프의 성지 세인트 앤드루스 말인가요?"

앤더슨의 말투에는 연극대사 같은 각별한 울림이 섞여 있었다.

잭의 심장박동이 빨라졌다. 앤더슨이 뭔가 새로운 것을 생각해냈다는 사실을 알아차린 것이다.

잭은 멀어지고 있는 휴즈 형사의 뒷모습을 향해 얼른 소리쳤다.

"형사님, 잠깐만요!"

휴즈 형사는 걸음을 멈추고 어리둥절한 표정으로 잭을 돌아다보았다.

"돌아서시기엔 아직 이른 것 같은데요."

휴즈 형사가 잭의 시선을 좇았다. 그 시선 끝에는 새미 앤더슨과 테드 스탠저가 마주 보며 서 있었다.

앤더슨이 스탠저에게 물었다.

"그럼 세인트 앤드루스 링크스는 왜 18개 홀이죠?"

"새미, 그걸 꼭 지금 대답해야 합니까?"

노골적으로 귀찮아하는 스탠저의 모습에도 아랑곳없이 앤더슨은 내처 재촉했다.

"그래요, 그게 마음에 걸려 못 참겠어요. 대답을 듣지 못하면 오늘 밤 잠도 못 잘 것 같아요. 자, 부탁합니다!"

스탠저는 하는 수 없이 설명을 시작했다.

"세인트 앤드루스 링크스는 원래 원웨이 12개 홀이었는데, 2라운드 때 1번 홀로 돌아가야 하는 것이 번거로워 12개 홀 가운데 면적이 넓은 10개 홀을 더블그린으로 개조하여 왕복으로 라운드할 수 있게 했어요. 그래서 총 22개 홀이 되었습니다. 그런데……."

"호, 그런데?"

"어느 홀 옆에 냇물이 흐르는데, 그 하류가 근처 마을 여자들의 빨래터였습니다. 어느 날 한 골퍼가 친 공이 빨래하던 여자에게 날아가 부상을 입히고 말았어요. 관리 책임을 추궁당한 시는 냇물에 가까운 홀 두 개를 몰수했죠. 남은 20개 홀을 놓고 거리를 고려하여 재편성한 결과 코스는 전부 18개 홀이 되었습니다. 그 뒤로 신설되는 코스는 모두 세인트 앤드루스 링크스를 따라 18개 홀로 만들어지게 되었답니다."

"아하, 그런 거였군!"

앤더슨이 감탄한 듯 고개를 끄덕이다가 멍한 표정이 되어 이렇게 물었다.

"그럼 골프장이 18개 홀이 된 것은 스코틀랜드 여자들의 빨래터를 고려해서 정한 거였군요?"

스탠저의 얼굴에 이내 경악하는 표정이 번졌다. 그제야 그도 앤더슨이 시작한 문답의 의도를 알아차린 것이다.

스탠저는 헛기침을 한번 하고 이야기를 재개했다.

"뭐, 그렇게 말할 수도 있지요. 그런 의미에서 골프장이 꼭 18개 홀이어야 할 필연성은 전혀 없습니다."

팀이 눈빛을 반짝이며 잭의 옆구리를 팔꿈치로 쿡 찔렀다.

"이봐, 잭!"

"으, 응."

잭도 흥분해서 고개를 끄덕였다. 새미 앤더슨과 테드 스탠저. 견원지간으로 알려진 프로골프계의 슈퍼스타 두 사람이 지금은 똑같은 바람을 품고 찰떡궁합으로 대화를 이어가고 있다.

앤더슨이 말했다.

"PGA투어가 열리는 골프장 중에도 파72가 아닌 코스가 많습니다. 파71도 있고 파70도 있으니까."

스탠저가 고개를 끄덕였다.

"그렇죠. 그러니까 일반적인 코스보다 네 개나 적은 파68 코스가 있다고 해도 그리 이상할 건 없겠죠."

앤더슨이 불안한 얼굴로 고개를 갸웃거렸다.

"하지만 미국골프협회와 PGA투어의 높은 양반들이 뭐라고 하려나. 아무래도 4대 메이저 가운데 하나잖아요. 17개 홀, 파68로 치러진 시합을 정식 US오픈으로 인정해줄까요?"

"17개 홀에 파68?"

휴즈 형사가 저도 모르게 그 말을 따라 했다.

"협회가 인정해주지 않아도 돼요. 그 때문에 관객이 한 명도 들지 않더라도, 설사 하루 만에 끝나더라도 상관없어요."

스탠저가 단호하게 말했다.

"누가 뭐라든 전 세계에서 치러진 예선이나 선정 기준을 통과해서 선발된 우리가 여기 모여 승부를 겨루는 거니까 이게 바로 US오픈이지. 안 그렇습니까?"

갑자기 군중 속에서 커다란 목소리가 터졌다.

"맞아요!"

스탠저와 앤더슨은 무심코 그 소리가 날아온 쪽을 쳐다보았다.

소리친 사람은 PGA투어에서 이제 막 시즌 첫 승을 차지한 24세의 일본인 선수 이시하라 류였다.

"시합을 합시다! 모처럼 이렇게 아름답고 훌륭한 코스에 왔는데 아무것도 못하는 건 너무 억울하잖아요!"

"나도 그렇게 생각합니다."

이시하라 옆에서 또 한 사람이 오른손을 들었다. 이번 시즌에 이미 2승을 올려 상금왕 경쟁을 벌이는, 역시 일본의 젊은 실력자 마쓰오카 히데토였다.

"US오픈을 열게 해주세요. 여기서 플레이하고 싶습니다. 타계한 라이언 씨 몫까지."

"찬성입니다!"

두 사람에 이어 또 다른 목소리가 들렸다. 북아일랜드 출신의 젊은 유럽 챔피언 로이 맥캘란이었다.

"모처럼 이런 시골 산꼭대기까지 왔잖아요. 합시다. 홀이 몇 개고 파가 몇이든 간에 요컨대 점수가 제일 좋은 사람이 이기는 거잖아요."

"뭣하면 매치플레이라도 좋잖아요?"

화려한 의상으로 유명한 세계 랭킹 5위 폴 잉글램이 소리쳤다. 매치플레이란 두 선수가 매 홀마다 승부를 겨루는 방식이다.

"전부터 골프는 매치플레이가 기본이었어요. 솔직히 말해서 잉글랜드 출신인 나로서는 스트로크플레이는 답답해서 마음에 안 들어요."

"좋은 생각이군요, 폴!"

앤더슨이 큰 소리로 대답했다.

"그럼 아예 스킨스로 할까?"

피지 출신이며 레귤러와 시니어 양쪽에서 활약하는 신드라 아리한트였다.

"모피를 걸고 게임을 한다고 해서 스킨스매치라고 해요. 원래 아메리카원주민 풍습에서 나온 말이지요. 원주민 마을이 있었다는 홀리파인힐 골프코스에 가장 어울리는 게임 방식 아닐까요?"

"그래, 좋아, 그럼 그 모피는 어떻게 마련하죠?"

남아프리카 출신의 메이저 챔피언 타니 웰스가 말했다.

"협회가 상금을 내주지는 않겠죠. 뭐, 상금이 없어도 상관은 없지만."

"그건 곤란합니다!"

오스트리아의 스타 앨런 스토크가 고개를 저었다.

"전 세계 최고 선수들이 이 US오픈 개최에 맞춰 몸을 단련하고 기술을 연마하고 컨디션을 최상으로 관리해왔습니다. 상금도 없이 플레이할 수는 없죠."

앤더슨이 몇 번이고 고개를 크게 끄덕였다.

"맞아요. 사실 우리는 요즘 보기 드문 상금으로 먹고사는 사람들이에요. 말하자면 현상금 사냥꾼들이죠. 상금이 있고 없고에 따라 퍼트 자세부터 달라져요."

스탠저가 손을 들었다.

"내가 상금을 기부하겠습니다."

그 자리에 있던 모두가 그를 쳐다보았다. 스탠저는 진지한 표정으로 말했다.

"나는 골프 덕분에 과분한 대우를 받아왔습니다. 덕분에 주니어 육성을 위한 기금도 조성할 수 있었어요. 안 그래도 이제는 투어 스폰서가 되어도 좋지 않을까 하고 생각하던 참이었습니다."

성실한 인품의 소유자 스탠저가 싱거운 농담을 섞으며 제안했다. 선수와 캐디들은 어떻게 반응해야 할지 몰라 혼란스러운 표정을 지은 채 서로 얼굴을 마주 보았다.

그때 커다란 목소리가 울렸다.

"그건 안 돼, 테드!"

투어 우승 39회, 메이저 우승 8회를 기록한 59세의 케빈 워츠였다. 그는 주름투성이 얼굴에 웃음을 띠고는 스탠저에게 천천히 걸어와 어깨를 두드렸다.

"자네가 어마어마한 부자라는 건 잘 알아. 하지만 혼자 튀려고 하면 곤란하지. 그렇게 돈이 남아돌면 내 마누라 모르게 조금만 꿔주겠나?"

커다란 웃음소리가 터졌다.

"죄송합니다, 케빈. 뒬 의도는 없었습니다."

스탠저는 위대한 투어 선배 앞에 송구스러워하며 모자를 벗어 사과했다.

"알지. 자네 마음이야 다들 잘 알 거야. 그럼, 대신 그 모자나 빌려주겠나?"

케빈 워츠는 스탠저에게 검은 모자를 받아 들고 사람들을 둘러보며 커다란 목소리로 말했다.

"자, 여러분! 우리 프로골퍼들은 공짜 시합을 좋아하지 않습니다. 반면에 너무 거금이 걸리면 심장에 좋지 않겠죠. 그래서 말인데."

군중이 쥐죽은 듯 조용해졌다. 워츠는 빙긋 웃었다.

"우리 모두 1달러씩 내서 상금을 만들고 우승한 사람에게 수여하는 게 어떨까요? 물론 더 내고 싶다는 기특한 사람이 있다면 얼마든지 더 내도 좋습니다. 그리고 돈이 남으면 모아두었다가 타계한 토니 이름으로 어린이들에게 도움이 될 만한 사업이라도 시작해보는 게 어떻겠습니까?"

우레와 같은 박수와 환성이 터져 올랐다. 엉뚱한 아이디어가 열화 같은 호응을 이끌어낸 것이다.

앤더슨이 그 소란에 묻히지 않으려고 목청을 높였다.

"좋습니다. 여러분, 이제 스코어카드를 여러분께 나눠드리겠습니다! 본인 이름과 내고 싶은 금액을 적어서 모자에 넣어주세요. 아, 설마 정말로 1달러라고 쓰는 분은 없겠죠? 이혼 소송 중이라고 해도 지금은 통 크게 적어주세요!"

한바탕 소동이 벌어졌다. 300명 넘는 사람들이 앞다투어 스탠저의 모자에 스코어카드를 집어넣었다. 심지어 어느새 모자가 여러 개로 늘었다. 캡모자, 중절모, 헌팅캡 여러 개가 군중의 머리 위를 오갔다. 그 속으로 잇달아 스코어카드가 담겨졌다.

워츠가 겸연쩍어하는 웃음을 지으며 손가락으로 누군가를 가리켰다.

"이런, 아마추어분들은 돈을 내면 안 됩니다! 아마추어 규정에 어긋나니까. 돈 대신 자신의 자부심을 걸고 플레이해주세요. 분하면 빨리 프로로 전향하시고!"

이 소동을 잭과 팀, 그리고 휴즈 형사가 놀란 얼굴로 바라보고 있었다. 그때 스탠저와 앤더슨이 세 사람에게 다가왔다.

"뭐, 상황은 묘하게 되었지만."

스탠저가 어깨를 으쓱해 보이고 슬며시 한숨을 내쉬었다.

"우리는 내일 예정대로 US오픈을 시작합니다. 올해는 방식을 조금 바꿔서 1번부터 17번까지 총 17개 홀, 파68로 우승을 겨루게 되었군요."

앤더슨이 유쾌하게 말했다.

"미국골프협회와 PGA투어는 정식 US오픈으로 인정해주지 않을지도 모르죠. 그렇게 되면 내일 1라운드만으로 끝날 수도 있어요. 나중에 많은 선수들이 연장전을 벌이게 되기 십상이겠죠. 샷건 스타트가 좋지 않을까요?"

샷건 스타트란 세 개 이상의 홀에서 선수들이 일제히 라운드를 시작하는 방식이다. 예전에 샷건 발포를 신호로 동시에 경기를 시작한 예가 있어서 이렇게 불리게 되었다.

공식 토너먼트 대회는 1번 홀과 10번 홀에서 순서대로 시작하는 것이 일반적인데, 스타트 순서에 따라 종료 시각에 큰 차이가 생긴다. 그러나 샷건 스타트 방식이라면 모든 선수가 거의 동시에 경기를 마칠 수 있다.

"좋은 생각이군요. 그렇게 하자고요."

스탠저가 미소를 지으며 휴즈 형사를 향해 돌아섰다.

"그런 연유로 휴즈 형사님, 우리는 내일 18번 홀을 이용하지 않습니다. 물론 그린도. 나머지는 당신 판단에 맡기겠습니다."

바지주머니에 양손을 집어넣고 서 있던 휴즈 형사는 말없이 바닥으로 시선을 떨어뜨렸다. 그리고 다시 고개를 들고 스탠저와 앤더슨의 얼굴을 차례대로 쳐다보았다.

"반드시, 범인을 검거하겠습니다."

조용한, 그러나 강력한 의지가 담긴 목소리로 그는 단언했다.

"하지만 당신들이 도저히 받아들이기 힘든 매우 고통스러운 결과가 나올 수도 있습니다."

스탠저는 휴즈 형사의 눈을 가만히 쳐다보았다.

"당신은 당신 할 일만 하면 됩니다. 우리도 마찬가지고."
휴즈 형사도 입가를 살짝 쳐들었다.
"예수 그리스도처럼 말씀하시는군요."
그리고 스탠저에게 오른손을 내밀었다. 스탠저는 그의 손을 힘주어 잡았다.
"그럼 나도 예수님 말씀을 인용해도 되겠습니까?"
앤더슨이 끼어들었다.
"내일 일을 걱정하지 말아라. 내일 걱정은 내일에 맡겨라."
앤더슨은 레프티답게 휴즈 형사에게 왼손을 내밀었다. 휴즈 형사는 스탠저의 오른손을 잡은 채 나머지 손으로 앤더슨의 왼손을 힘주어 잡았다.

테드 스탠저와 새미 앤더슨은 선수와 캐디들에게 돌아갔다. 이 두 사람이 말하자면 간사가 되어 내일 US오픈을 운영할 계획인 듯했다. 물론 그들이라면 누구보다 매끄럽게 진행할 수 있을 것이다.
"휴즈 형사님."
잭이 말을 건넸다.
"과학수사로 뭐든 찾아낼 거라는 확신은 있는 건가요?"
"모르겠네요."
휴즈 형사는 선선히 답했다.
"그러나 할 일은 하나도 빠뜨리지 않고 한다. 그게 내 신조입니다."

팀이 걱정스레 물었다.

"설마 형사님이 옷을 벗게 되는 건 아니겠죠? 주지사 요청과 국장 명령을 무시했다고……."

휴즈 형사는 고개를 살짝 갸웃했다.

"내가 골프에 재능이 있다고 잭이 그러더군요."

정말이야? 하는 표정으로 팀이 잭의 얼굴을 쳐다보았다. 잭은 빙글빙글 웃고 있었다.

"경찰에서 잘리면 프로골퍼를 지원하도록 하죠. 그렇게 되면 잭에게 클럽 잡는 법부터 배워야 하겠지만."

"맡겨만 주세요. 1년이면 US오픈에 출전할 수준까지 훈련시켜 드릴 테니까."

잭이 자신만만하게 말했다.

그때 스마트폰이 울렸다. 휴즈 형사는 바지 왼쪽 주머니에서 단말기를 꺼내 왼쪽 귀에 갖다 댔다.

"접니다."

휴즈 형사는 말없이 상대방 이야기를 듣다가, 알겠습니다, 라고만 말하고 전화를 끊었다. 그리고 잭의 얼굴을 쳐다보았다.

"두 번째 시체, 즉 앤서니 스미스는 당신 말대로 그 두 웹사이트의 회원이었습니다. 스미스에 관한 모든 기록이 호텔 수사본부에 메일로 들어왔어요."

그렇게 말하고 휴즈 형사는 단말기를 주머니에 집어넣었다.

"설명해봐요, 잭. 작년 PGA챔피언십에서 닉 로빈슨의 행동에 관한 모든 의문을."

잭이 힘주어 고개를 끄덕였다.

"가시죠."

12
수요일
악몽

누가 자기 코를 잡아 쥐어도 그게 누구 짓인지 모를 암흑 속이었다.

여기는 어디지? 서서히 감각이 회복된 나는 코로 풀 비린내를 맡고 귀로는 벌레소리를 들었다. 바깥인 것은 틀림없는 것 같다. 아무래도 나는 한밤의 어둠 속에 있나 보다. 별도 보이지 않는다. 밤하늘에 구름이 낀 탓이겠지. 무겁고 축축한 바람이 얼굴에 느껴진다. 비가 몰려오고 있는 것이다. 눈이 서서히 어둠에 익어간다.

문득 앞에 한 남자가 서 있다는 것을 알아차렸다.

심장이 멎는다 싶을 만큼 놀랐다. 남자의 얼굴이 손을 뻗으면 닿을 만큼 가까이 있었기 때문이다. 입에서 비명이 터지려는 것을 간신히 참았다.

남자의 키는 거의 나와 같지 않을까? 은발을 짧게 쳤고 볕에 탄 얼굴에는 주름살이 새겨져 있다. 50대 중반쯤일까? 내가 잘 아는 남자 같다. 하지만 이름이 떠오르지 않는다.

남자의 얼굴은 일그러져 있다. 울고 있나? 화가 났나? 괴로워하는 건가? 아니면 웃는 건가? 그 어떤 얼굴도 아닌 것 같고, 혹은 그 전부가 섞인 것 같다는 느낌도 드는 야릇한 표정이다.

나는 이 남자가 무서워 견딜 수 없었다. 왠지는 모르지만 이 자리에서 한시라도 빨리 도망치고 싶었다. 이 남자와 같이 있는 것이 못 견디게 무섭다. 그러나 그럴 수가 없다. 왜지? 도망치는 건 쉬운 일이잖아? 몸을 돌리고 두 발을 번갈아 내밀며 뛰면 된다. 그것이 전부다.

도망칠 수 없는 이유를 알았다. 나의 양손이 뭔가를 꽉 쥐고 있는 것이다. 막대기 같은 것이다. 나는 그 막대기를 놓으려 했다. 하지만 손가락 열 개가 접착제로 붙여놓은 것처럼 막대기에서 떨어지지 않는다.

막대기를 쥔 채 도망치면 되지. 나는 그렇게 생각했다. 그래, 그렇게 하면 되겠다. 좋은 생각이다. 나는 막대기를 힘껏 당겼다. 그러나 막대기는 꼼짝도 하지 않았다. 아무래도 막대기 저쪽 끝이 뭔가에 단단히 고정되어 있는 것 같다. 시선을 양손이 쥐고 있는 막대기를 따라 서서히 저쪽으로 옮겨갔다.

막대기 저쪽을 누군가의 양손이 쥐고 있다. 눈앞에 있는 것은 은발의 남자이다. 남자는 자기 복부 중앙, 정확히 배꼽 부근에서 낚싯대를 쥐듯 양손으로 막대기를 꽉 쥐고 있다. 막대기는 남자의 몸쪽으로 뻗어 배에 닿아 있다. 아니, 닿아 있는 게 아니다. 막대기 끝이 남자 배 속으로 사라져 있었다.

즉 막대기가 남자의 배를 깊숙이 찌르고 있었다. 나는 공포에 부들부들 떨기 시작했다. 떨림은 나의 양손을 희미하게 진동하게 하고 꽉 쥔 막대기를 희미하게 흔들었다. 그러자 막대기가 뭔가 물컹거리는 물체에 깊이 묻혀 있음을 알려주는 기분 나쁜 감각이 그것을 쥔 나의 손을 통해 전해졌다.

그리하여 등줄기가 얼어버릴 것 같은 공포가 온몸을 덜덜 떨게 만든 이유를 별안간 알아차렸다.

내가…… 찌른 것이다.

이제야 기억이 난다. 내 머리에는 분명히 기억이 있다. 이 남자의 배를, 뭔가 막대기 같은 것으로 깊숙이 찔러 꿰뚫어버린 기억. 그렇다면 지금 내가 쥐고 있는 이 막대기를 이 남자의 배에 찌른 것은 틀림없이 나다.

그러니까 나는 지금 이 남자를 죽이려고 하고 있다. 그리고 살인의 공포에 떨고 있는 것이다. 그래서 나는 이 자리에서 도망치고 싶어 몸부림치고 있다. 그리고 나의 양손은 엄청난 죄의 무게에 단단히 굳어서 막대기를 놓지 못하는 것이다.

이 공포는 죄 많은 나에게 신이 내린 벌일 것이다……

"이봐, 빼줘."

녹슨 경첩이 달린 문이 삐걱거리듯, 혹은 낡은 기계의 톱니바퀴가 마찰하듯 귀에 거슬리는 목소리가 바로 눈앞에서 들려왔다. 은발 남자의 목소리였다.

"부탁해. 그만 빼줘. 부탁해…… 닉."

나를 향해 그렇게 말하며 은발 남자는 고통스러운 듯 낯을 찡그렸다. 이번에는 표정을 명백히 알아볼 수 있었다.

순간 드디어 그 남자의 이름이 떠올랐다.

나는 그 남자 토니 라이언의 배에 박힌 막대기를 꽉 쥔 채 목이 터져라 공포의 비명을 지르기 시작했다.

13

수요일

의무실 01

“……씨?”

누구를 부르는 목소리가 들렸다. 여자 목소리였다.

“괜찮으세요? 힘드신가요?”

정신을 차려보니 눈앞에 젊은 여성의 얼굴이 있었다.

여성은 목깃 달린 하얀 원피스를 입고 머리에도 하얀 모자 같은 것을 쓰고 있었다. 그녀의 얼굴 뒤에 하얀 빛을 발하는 것이 있었다. 눈이 부시다……. 눈을 꿈쩍거리며 나도 모르게 고개를 옆으로 돌렸다.

그러자 하얗게 칠한 철제 울타리 같은 것이 눈에 들어왔다. 침대 난간이었다. 나는 침대 위에 누워 있는 것이다. 젊은 여성 뒤로 보이는 것은 천장 조명이었다.

침대 머리맡에 크롬 행거트리 같은 것이 서 있다. 맨 위에서 좌우로 뻗은 가지 양쪽 끝에는 투명한 사각 비닐봉지가 하나씩 매달려 있다. 투명한 봉지에는 투명한 액체가 담겨 있다. 두 봉지 밑동에서 가늘고 투명한 튜브가 아래로 내려오고, 두 가닥의 튜브는 조이스트 같은 것으로 하나로 합쳐져 마침내는 붕대 감긴 나의 왼팔에 연결되어 있다. 링거였다.

그렇다면 여기는 병원인가? 그러고 보니 소독용 알코올 냄새가 난다. 내가 사고라도 당한 걸까? 아니면 갑자기 쓰러져 실려 왔나? 기억을 떠올리려고 하자 머릿속이 지끈거렸다. 나도 모르게 낮은 신음소리가 나오고 얼굴이 찡그려졌다.

딸칵, 하고 금속 문손잡이가 회전하는 소리가 났다. 이어서 경첩이 삐걱거리는 소리가 나고 신발 고무바닥 소리가 찰싹찰싹 들려왔다. 누군가 방으로 들어온 듯하다.

"아, 선생님."

젊은 여성이 반가운 목소리로 입을 열었다. 그녀는 역시 간호사인 듯하다.

"깨어나신 것 같군."

수염을 기르고 흰 옷을 입은 중년 남성이 미소를 지으며 침대로 다가왔다. 그는 가슴주머니에서 펜라이트를 꺼내 내 두 눈을 손가락으로 차례대로 벌리고 빛을 비추며 살펴보았다. 이어서 손목시계를 보며 나의 오른손 손목에 엄지를 짚어 맥박수를 측정했다.

그리고 내 파자마를 열어—나는 푸른색의 얇은 파자마를 입고 있었다―가슴을 헤치고, 목에 걸린 청진기 튜브 양 끝을 자기 귀에 꽂고, 다른 한쪽의 둥글고 평평한 끝을 내 가슴에 갖다 댔다.

가슴에 차가운 감촉이 느껴졌다. 그는 조금씩 자리를 바꿔가며 내 가슴의 몇 군데를 진찰하고 나서 고개를 가볍게 끄덕이고 청진기를 거두어 다시 목에 걸었다.

"이제 괜찮습니다. 링거를 바꿀 때 채혈해서 혈당치를 볼 텐데, 아마 정상치에 가까울 겁니다."

그는 그렇게 말하고서 나에게 웃음을 지어 보였다.

간호사도 안심한 듯 미소를 띠고 스테인리스 용기와 탈지면, 체온계 따위를 신발장처럼 생긴 선반에 정돈하기 시작했다.

나는 선생님이라 불린 남자에게 말을 건네려고 했다. 하지만 목이 바짝 말라, 무리하면 기침이 터질 것 같았다. 몇 번이나 침을 삼킨 뒤에야 목소리를 쥐어짜낼 수 있었다.

"여기……."

그가 몸을 굽히고 내 입에 귀를 가까이 댔다.

"여기가 병원인가요?"

도저히 내 목소리 같지 않은, 노인처럼 갈라지고 맥없는 소리였다. 마치 다른 누군가가 내 입을 멋대로 놀려서 말하는 듯했다.

"병원은 아닙니다. 호텔 의무실이죠. 저는 호텔 의무실 의사입니다."

"저……."

"무리하며 말하지 않는 게 좋습니다. 피곤하실 테니까."

의사는 내가 질문하려는 것을 알아채고 고개를 좌우로 저었다.

"저혈당증입니다. 가벼운 당뇨병 징후도 있지만, 직접적인 원인은 피로가 쌓인 탓일 겁니다. 아니면, 정신적인 이유…… 그래요, 지나친 스트레스가 원인인지도 모릅니다. 너무 바빴으니까요."

의사는 흰 옷의 주머니에 양손을 찔러 넣고 고개를 끄덕였다. 마치 전부터 나를 잘 알고 있었다는 말투였다.

"저어……."

"말씀하세요."

의사가 온화한 표정으로 내 부름에 응답했다.

"호텔이라면?"

"네?"

의사는 표정을 유지한 채 고개를 살짝 갸우뚱거리고 나의 다음 말을 기다렸다.

"여기가 대체 어딥니까? 지금 분명히, 호텔이라고 한 것 같은데……."

의사의 표정이 순간 움찔했다.

"기억이 안 나세요?"

나는 고개를 끄덕였다. 의사는 허리를 구부리고 내 얼굴을 들여다보며 물었다.

"그럼, 자기가 누구인지는 기억하십니까? 이름과 직업을 얘기해 보시겠습니까?"

"이름은, 니콜라스 윌리엄 로빈슨. 직업은 프로골퍼. 이미 공식 경기에서는 은퇴했지만."

내 입에서 술술 대답이 나왔다. 다행이다. 기억이 살아 있다. 조금 안심은 되지만 내 목소리가 남의 것처럼 들려온다.

의사도 다행이라는 듯 한숨을 짓고 다시 미소를 띠었다.

"여기는 더 홀리파인힐 리조트 호텔이라고 합니다. 왜 여기 계시는지 기억하세요?"

홀리파인힐, 성스러운 나무 언덕…….

머리 깊은 곳에 찌르르 통증이 느껴졌다. 동시에 페이지를 거꾸로 넘기며 글을 읽는 것처럼 기억이 서서히 돌아왔다.

"아, 그래요, 나는 US오픈 취재와 세계 골프의 전당 기념식에 참석하기 위해 이 골프장에……."

"초조해하실 것 없어요, 로빈슨 씨. 천천히 기억해보세요."

나는 고개를 끄덕였다. 그러나 머릿속에 살아난 기억을 당장 말로 드러내지 않으면 손바닥에 내려앉은 눈송이처럼 금방 사라져버릴 것 같았다. 나는 안간힘으로 기억을 더듬어 말했다.

"협회에서 보내준 차를 타고…… 여기 도착하니 아는 기자들이 입구에서 기다려주었고. 그들과 함께 호텔로 들어서자, 낯선 젊은이…… 신인 선수가 인사하러 다가왔고, 그 청년과 잠시 얘기하고, 객실을 체크인하고…… 그다음은, 선수들 연습 라운드를 보려고 코스로 나갔고……."

의사는 말없이 내 얼굴을 지그시 바라보고 있었다. 옆에 선 간호사의 걱정스러운 표정이 눈에 들어왔다.

"그리고…… 나는……."

그다음이 생각나지 않았다. 정신을 차리고 보니 이 침대 위에 누워 있었다.

의사는 내가 말을 멈추자 고개를 끄덕였다.

"그 밖에 또 기억나는 건 없나요?"

그 질문에 기억하고 싶지 않던 것이 떠오르고 말았다.

"아까, 꿈을……."

나는 힘겹게 말을 짜냈다.

"꿈을 꾸었어요. 무서운 꿈입니다. 아주 무서운……."

의사는 내 말을 예상했는지, 고개를 두어 번 끄덕였다.

"저혈당증은 혈액 내 당이 빠르게 떨어지는 병입니다. 때문에 뇌에 필요한 포도당이 공급되지 않아 중추신경증상, 그러니까 환각이나 환청을 겪거나 악몽을 꾸거나 때로 기억이 혼탁해지거나 아예 망각하기도 합니다. 일시적인 증상입니다. 걱정할 필요는 없어요."

의사는 그렇게 말하고 벽에 걸린 진료차트를 들어 볼펜으로 뭔가를 기록하기 시작했다.

꿈…….

꿈이었을까, 그게? 내 입으로 꿈이라고 말했지만, 꿈치고는 너무나 생생한 광경이었다. 한밤중에 어딘지 모를 풀덤불 속에 있었다. 벌레소리가 끊임없이 들렸다. 내가 아는 한 남자가 눈앞에 있었다.

그리고 나는, 그 남자를…….

"토니는?"

의사가 돌아보았다. 기분 탓인지 그의 얼굴에 얼핏 긴장이 스친 것처럼 보였다.

"토니 라이언은요? 그 친구도 여기 와 있을 텐데요."

"선생님……."

선반 앞에 서 있던 간호사가 낮은 목소리로 의사를 불렀다.

"알아."

의사는 역시 낮은 목소리로 짤막하게 대답하고는 침대에 누워 있는 내 얼굴을, 애써 웃음을 잃지 않은 채 들여다보았다.

"제 말 잘 들으세요, 로빈슨 씨. 당신은 아직 완전히 회복되지 않았습니다. 지금은 푹 쉬며 체력을 회복하는 데만 신경 써야 합니다. 토니 라이언 씨는……."

잠깐 말을 더듬다가 의사는 이렇게 말했다.

"……그래요, 그 소식에 대해서는 나중에 다시 말씀드리죠. 자, 잠깐 눈을 붙이시는 게 어때요?"

간호사가 나를 덮고 있는 이불을 친절하게 고쳐 덮어주었다.

나는 그 악몽이 마음에 걸려 견딜 수 없었다. 정말 꿈이었을까? 혹시 그 장면을 실제로 체험한 것은 아닐까? 공포를 동반한 깊은 불안이 뇌리 깊숙이 뿌리를 내려 아무리 애써도 떨쳐지지 않았다. 토니를 만나야 한다. 왠지 그런 생각이 들어 초조해졌다.

나는 의사에게 부탁했다.

"토니를 만나고 싶어요. 그 친구가 이 호텔에 있다면 불러주시겠습니까?"

"아무 생각도 하지 마세요. 주무세요, 로빈슨 씨."

의사는 그렇게 말하고 창문의 차광 커튼을 닫고 천장 조명을 끄고 간호사를 재촉해 함께 방을 나갔다.

캄캄해졌다.

그 암흑이 머릿속에 다시 악몽의 기억을 불러냈다. 내가 33년지기 토니 라이언의 배를 막대기 같은 것으로 찌르는 꿈이다. 막대기의 딱딱한 감촉과, 그 막대기로 전해지는 토니 몸의 물컹거리는 감촉이 손에 생생하게 살아났다.

갑자기 졸음이 몰려왔다.

링거에 잠을 부르는 성분을 넣은 것일까? 초조했다. 자고 싶지 않았다. 잠이 들면 틀림없이 또 그 무서운 꿈을 꿀 것이다. 그런 확신이 들었다. 엄습하는 수마에 있는 힘껏 저항하려 했다. 하지만 소용없었다.

침대 바닥이 문득 푹신해졌다. 몸이 침대 속으로 쑥쑥 가라앉고 있었다. 마침내 몸은 침대 바닥을 지나 서서히 속도를 붙이며 낙하하기 시작했다. 이것이 저혈당증이 부른 의식의 암전인지, 아니면 그 악몽으로 들어가는 문인지 알 수 없었다.

나는 공포에 질린 나머지 마음속으로 절규했다.

14

수요일
해명

46인치 대형 액정모니터 속에서 한 남자가 페어웨이 옆 러프에서 자기 발치를 가리키며 뭐라고 소리치고 있었다. 남자가 가리키는 러프에 하얀 공의 일부가 보였다. 카메라가 그 남자의 얼굴을 한순간 클로즈업했다. 잭은 그 장면에서 리모컨을 조작해 영상을 정지시켰다.

오후 4시…….

활짝 펴놓은 잡지들이 여전히 어지럽게 널려 있는 도서관에서 잭, 팀, 휴즈 형사 세 사람은 4인용 소파세트에 앉아 있었다. 팀이 커피테이블을 부순 옆자리였다.

그곳에서 세 사람은 작년 PGA챔피언십 영상을 보고 있었다. 최종일 최종 18번 홀, 닉 로빈슨이 신의 나무 쪽으로 보낸 줄 알았던 공이 러프에서 발견되는 장면이다.

“설마…….”

휴즈 형사가 중얼거렸다.

“이 사람이 스미스였다니.”

로스트볼이 선언되기 직전에 로빈슨의 공을 발견한 그 관객이 골프코스 근처 낭떠러지 밑에서 두 번째 시체로 발견된 앤서니 스미스였다.

팀이 휴즈 형사에게 확인했다.

“이 사람이 정말 스미스라고요? 틀림없는 거죠?”

화면을 보며 휴즈 형사가 고개를 끄덕였다.

“틀림없어요. 사진을 보여주죠.”

휴즈 형사는 현장 사진을 꺼내려고 재킷 안주머니로 오른손을 넣었다.

“아, 아뇨! 됐습니다! 이제 형사님을 완전히 믿거든요.”

팀이 당황해서 양손을 급히 휘둘렀다. 휴즈 형사는 못마땅한 듯 고개를 기우뚱하고 오른손을 거뒀다.

“형사님, 아까 부탁한 조사는요?”

잭이 묻자 휴즈 형사가 소식을 전했다.

“메일로 보고가 들어왔습니다. 먼저 스미스의 재정 상황인데, 선물거래에 투자했다가 지난 몇 개월 동안 옥수수 시가가 급락해서 막대한 손실을 입었어요. 이대로라면 결산 때 약 8만 달러를 토해내야 할 상황이었죠.”

“8만 달러나…… 옥수수가 제법 무섭네요.”

팀이 거들었다.

“노름이 아니라 선물거래였나요?”

잭은 납득한 표정을 지었다.

“다음으로, 당신이 말한 두 웹사이트.”

휴즈 형사는 글자가 인쇄된 종이 몇 장을 눈앞에 쳐들었다가 잭에게 내밀었다.

“두 곳 모두 인터넷경매 사이트였어요. la.com이 ‘레전드 옥션’, egulf.com이 ‘이걸프’. 모두 수집가들을 상대로 경매하는 곳이라고 하더군요.”

“이, 인터넷경매요?”

팀이 저도 모르게 잭을 쳐다보았다. 휴즈 형사가 말을 이었다.

“이 서류는 스미스가 두 인터넷경매 사이트에 출품하거나 낙찰한 물품들의 목록입니다. 대부분 낙찰이고, 출품한 것은 몇 점 안 돼요. 작년 PGA챔피언십 최종일까지 거래한 물품은 빨간 글자로 인쇄되어 있습니다.”

“도움이 되겠군요. 다른 낙찰 물품들도 보고 싶었습니다.”

잭이 손을 내밀어 형사가 내민 목록을 받아 들었다. 형사가 창밖을 힐끗 쳐다보았다.

“해가 많이 기울었군요. 설명을 들어볼까요?”

“알겠습니다.”

잭은 마음을 굳힌 듯 고개를 끄덕이고 입을 열었다.

"제 가설이 옳다면 스미스는 어떤 특정 물건을 가지고 있어야 했습니다. 누구에게 받거나 숍에서 구입했을 가능성도 있지만, 그 물건의 특성을 볼 때 인터넷경매로 구했다고 보면 거의 틀림없으리라 생각했었죠."

"어떤 특정 물건?"

휴즈 형사가 미간을 찡그렸다.

"그렇습니다. 그래서 수집가들 사이에 유명한 경매 사이트 두 개를 알아본 겁니다. 저도 예전에 골프클럽이나 골프에 관한 중고책 같은 것을 이 두 사이트에서 찾았거든요. 골프 관련 물품에서는 이 두 사이트가 압도적으로 충실하니까."

그리고 잭은 목록을 들고 첫째 장부터 순서대로 훑어보기 시작했다. 옆에서 팀도 고개를 길게 빼고 목록을 들여다보았다.

"스미스가 낙찰한 것은 정말 골프 관련 물품뿐이군. 더구나 대부분 희귀품이야. 상당한 골프 마니아였어."

투어 유출품이라고 소개된 연철단조 아이언 2번부터 피칭웨지까지 클럽 아홉 개, 퍼시먼 드라이버 미사용품, 유명 선수의 메이저 우승 기념 한정판으로 제작된 퍼터, 인기 캐릭터가 들어간 헤드커버 비매품, 유명 선수가 서명한 스코어카드, 유명 선수의 서명이 들어간 골프 장갑.

수집가용 아이템이라고 해야 마땅한 진귀한 물품들의 나열이었다. 그 밖에도 골프웨어나 인기 골프코스 플레이 할인권, PGA투어 관전 티켓도 있었다. 수집뿐만 아니라 라운드나 관전에도 경매 사이트를 이용했던 모양이다.

잭은 모든 페이지를 훑어본 다음 목록을 간추리고 귀를 정확히 맞추어 탁자에 내려놓았다.

"어떻습니까?"

휴즈 형사가 잭의 얼굴을 가만히 쳐다보았다.

"찾던 물건이 이 목록에 있습니까?"

잭이 목록을 휴즈 형사에게 내밀었다.

"유감스럽게도……."

그리고 그 가운데 하나를 손가락으로 가리켰다.

"있습니다."

휴즈 형사는 잭을 한번 쳐다보고 목록으로 눈길을 내리깔았다. 팀도 잭 오른쪽에 바싹 붙어 목록을 들여다보았다.

초특급 레어 아이템! 닉 골수팬들에게 희소식!

닉 로빈슨이 투어에서 실제로 사용한 위너 프로XV

82번 · 레드닷 어워드

개수 · 1개

상태 최상!

"골프공?"

휴즈 형사가 뜻밖이라는 듯 말끝을 올렸다. 좀 더 특수한 물건이라고 짐작한 모양이었다.

"맞아요, 골프공입니다."

잭이 고개를 끄덕였다.

"중요한 것은 로빈슨이 투어에 실제로 사용한 공이라는 겁니다. 스미스는 그걸 갖고 있었죠. 그리고 작년에 PGA챔피언십을 관전하러 갔다가 로빈슨의 공을 발견한 겁니다. 아시겠어요?"

갑자기 팀이 용수철 인형처럼 소파에서 벌떡 일어섰다. 그의 입이 점점 크게 벌어졌다.

"어어……."

휴즈 형사가 놀라서 눈을 동그랗게 뜨고 팀을 올려다보았다. 하지만 휴즈 형사 이상으로 충격을 받은 팀에게 이번에는 그 커진 눈을 보고 신기해할 여유가 없었다.

"설마, 그런 일이. 그럼…… 그, 그 공은……."

"그래."

잭은 조용히 입을 열었다.

"그런 거였어? 어쩐지……."

팀은 일어선 채 자기 얼굴을 양손으로 찰싹 소리 나게 쳤다. 지금까지 눈치채지 못한 자신의 아둔함이 원통했던 것이다.

"그래서 세컨드 샷은 3번 아이언이 아니라 6번이었나? 그래서 생크였나? 그래서 공을 챙겨서 돌아간 건가? 아아, 젠장, 내가 왜 그걸 몰랐을까? 캐디로서 창피하네, 진짜."

"무슨 소리죠?"

휴즈 형사가 잭과 팀을 번갈아 쳐다보았다.

"팀, 눈치챈 것 같구나."

팀은 고개를 끄덕이고 소파에 풀썩 앉아 단언했다.

"스미스란 자가 공을 낳아준 거예요."

"스미스가, 공을, 낳아줘?"

휴즈 형사는 더욱 혼란에 빠졌다. 잭이 팀에게 속삭였다.

"팀, 형사님은 골프를 쳐본 적이 없어."

"아, 그렇지. 으음, 그러니까 말이죠."

팀은 숨을 길게 내쉬고 휴즈 형사에게 설명하기 시작했다.

"스미스가 발견한 공은 로빈슨이 티샷으로 보낸 공이 아니었어요. 스미스는 집에서 가져간 공을 러프에 슬쩍 떨어뜨려놓고, 여기 있다, 여기 있다, 하고 떠든 거예요."

휴즈 형사는 눈썹을 살짝 모으고 그대로 아무 말 없이 소파 등받이에 몸을 완전히 맡겼다. 가죽소파가 기익, 하는 소리를 냈다.

"그런 뜻인가요? 공을 낳았다는 말이?"

팀이 고개를 끄덕였다.

"프로 시합에서는 들어본 적이 없지만, 아마추어 경기에서는 샷한 공이 발견되지 않을 때나 OB가 날 때, 드물게 사기를 치는 선수가 있어요. 플레이하기 좋은 자리에 엉뚱한 공을 슬쩍 떨어뜨려놓는 겁니다. 당연히 규칙 위반이죠. 이런 사기 행위를 닭이 알을 낳는 것에 비유해서 공을 낳는다고 합니다. ……이런 식인 거죠."

팀은 오른손을 바지 오른쪽 주머니에 찔러 넣으며 설명했다.

"바지주머니 밑을 찢어놓고 그 구멍에 공을 빠뜨려 바짓가랑이를 통해 밑으로 떨어뜨립니다. 가장 많이 쓰이는 수법이죠."

휴즈 형사가 물었다.

"로빈슨이 직접 공을 놓은 것도 아닌데, 규칙 위반이 되나요?"

"물론이죠."

팀이 다시 고개를 끄덕였다.

"티샷으로 친 공은 그 홀을 마칠 때까지 계속 사용해야 합니다. 도중에 다른 공을 치면 '오구'라고 해서 벌타 두 개를 먹습니다. 맞지, 잭?"

"응."

잭은 팀에게 고개를 끄덕여 보이고 설명을 보충했다.

"오구한 경우는 2벌타를 먹고 자기 공을 찾아서 다시 쳐야 합니다. 그때 자기 공을 찾지 못할 경우는 로스트볼이 되어 다시 벌타 하나가 가산됩니다."

"그러니까 그때 로빈슨은 어떻게 해야 했던 겁니까?"

휴즈 형사의 초조함이 묻어나는 물음에 잭이 대답했다.

"본래대로라면 발견된 공이 자기 것이 아니라는 것을 알았을 때 오구가 되지 않도록 샷을 포기하고 자기 공을 더 찾아봐야 했습니다. 그리고 5분이 지나도록 찾지 못하면 로스트볼로 처리하고 티잉 그라운드로 돌아가 다시 쳐야 했습니다. 벌타 하나가 가산되므로 그것이 서드 샷이 됩니다."

휴즈 형사가 또 물었다.

"하지만 그렇게 하지 않았지요. 로빈슨은 그때 스미스가 놓은 공으로 마지막까지 플레이를 계속하고 경기를 마쳤어요. 이럴 경우 규칙대로라면 어떻게 되죠?"

"오구한 것을 알았느냐 몰랐느냐에 관계없이, 아니, 로빈슨이 오구를 몰랐을 리가 없습니다만."

잭은 잠긴 목소리로 말했다.

"오구한 것이 마지막 홀이었으므로 홀아웃하고 그린을 내려간 시점에서 경기는 실격이 됩니다."

"실격."

휴즈 형사는 낮은 목소리로 따라 말했다.

그는 새삼 사태의 심각함을 알아차렸다. 닉 로빈슨의 작년 PGA 챔피언십 우승은 결국 사기극이었다. 투어 통산 83번째 우승도 메이저 통산 20번째 우승도 헛것이었다. 로빈슨은 실격이었다.

"그렇다면 충분한 동기로군."

휴즈 형사의 눈이 반짝 빛났다.

"로빈슨은 캐디 라이언에게 그 부정행위를 들키고 말았다, 만일 공개된다면 마지막 역사적 우승은 취소되고 33년간 쌓아온 모든 영광은 무너지며 명성은 땅에 떨어진다, 그뿐인가. 오히려 뻔뻔스러운 짓을 저지른 골퍼로서 역사에 오명을 남기게 된다, 그래서 공을 챙긴 스미스를 먼저 죽이고, 그다음에 라이언을 죽였다……."

해가 기울어 창밖 풍경은 어느새 붉은 기운을 띠고 있었다. 세 사람이 있는 도서관을 답답한 침묵이 잠시 지배했다.

"확인을 위해 몇 가지 묻겠습니다."

휴즈 형사가 냉철한 목소리로 침묵을 깼다.

"우선 첫 번째 질문. 러프에서 공을 발견했을 때, 동반 경기자 테리 루이스와 경기위원이 공을 들고 점검했지요. 그리고 두 사람 모두 로빈슨 공이 분명하다고 판단하고 경기 속행을 인정했습니다. 이건 어떻게 된 일이죠? 왜 루이스와 경기위원은 공이 바뀐 것을 알지 못했죠?"

팀이 오른손으로 자기 목덜미를 두드리며 말했다.

"아, 그렇지……. 그걸 설명해야겠군요."

"부탁해."

잭도 고개를 끄덕였다. 팀은 격식 차린 말투로 설명을 시작했다.

"골프 경기에서는 시작하기 전에 오구 방지를 위해 자기 공에 표시를 해둬야 합니다. 하지만 이건 어디까지나 다른 선수의 공이나 코스에 떨어져 있던 엉뚱한 공을 자기 공으로 착각하는 사태를 방지하기 위해서이지 개개의 공을 구별하기 위한 게 아닙니다."

"개개의 공을 구별하기 위한 것은 아니다?"

휴즈 형사가 의미를 확인하려는 듯 반복해 말했다. 팀의 설명을 이번에는 잭이 이어주었다.

"선수는 동일한 제품이라면 홀과 홀 사이에 공을 교체해도 됩니다. 몇 번이라도요. 경기 중에 연못에 빠지거나 해서 잃어버리는 경우도 있고요. 그래서 프로골퍼들은 누구나 한 다스가 넘는 동일한 공들을 가방에 넣어두고 또 그 전부에 똑같은 표시를 해두는 겁니다."

"모든 공에 똑같은 표시를 해둔다?"

휴즈 형사가 뜻밖이라는 듯 말했다.

"그렇습니다. 시합 중에 교체할 상황이 생길 수 있기 때문에 개개의 공에 똑같은 표시를 해두어야 하죠."

팀이 끼어들어 이렇게 보충했다. 잭은 설명을 계속했다.

"프로골퍼는 몇 년 동안이나 동일한 표시를 하는 사람이 많습니다. 그런 사람은 써넣는 숫자도 늘 같습니다. 똑같은 숫자나 마크로 행운을 바라는 거죠. 로빈슨의 경우, 숫자는 통산 승수인 82, 마크는 숫자 옆에 빨간 동그라미였어요. 이것은 마지막으로 우승했던 12년 전부터 내내 바뀌지 않았습니다."

시판되는 공 중에 82 같은 특정 숫자가 인쇄된 공은 존재하지 않는다. 이것도 루이스와 경기위원이 오구가 아니라고 판단한 근거였다고 잭이 보충설명을 했다.

"또 대부분의 프로골퍼들이 동일한 브랜드의 공을 오랫동안 사용합니다. 비거리나 회전수, 타격감이 변하는 것을 싫어하니까요. 로빈슨은 데뷔 이래 늘 위너 사와 용품 사용 계약을 맺어왔고, 3년 전 프로XV라는 공이 개발된 뒤로는 그것만 이용했습니다."

휴즈 형사가 입을 열었다.

"로빈슨은 그 경기 때까지 말하자면 2년 동안 동일한 숫자가 인쇄된 위너 사의 프로XV에 똑같은 표시를 해왔다, 그러므로 테리 루이스도 경기위원도 로빈슨이 그날 사용한 공과, 스미스가 가져온 공을 구별하지 못했다……."

팀이 고개를 끄덕이며 보충했다.

"만약 로빈슨 본인이나 캐디 라이언 씨가 공을 발견했다면 루이스 씨도 경기위원도 혹시 알을 낳은 것은 아닌가 하고 의심했을지도 모르죠. 하지만 공을 발견한 것은 관객이었고, 발견하는 순간 두 사람 모두 공에서 상당히 떨어진 곳에 있었어요. 설마 다른 공이라는 생각은 아무도 하지 못했을 겁니다."

휴즈 형사가 납득하고 고개를 끄덕였다. 그리고 다시 입을 열었다.

"두 번째 질문입니다. 로빈슨이 과거에 사용한 공이 왜 인터넷 경매 사이트에 흘러나온 거죠?"

먼저 잭이 대답했다.

"프로선수가 사용한 공이 경매에 나온다면, 하나는 우승했을 때의 공일 가능성이 있습니다. 로빈슨도 우승할 때마다 그 공을 늘 관객에게 던져주곤 했습니다. 하지만 작년을 제외하고 가장 최근에 우승한 것은 12년 전이었고, 그 당시엔 프로XV가 존재하지 않았습니다. 따라서 작년에 우승할 때의 공은 그 전에 우승했을 때의 공들과 다릅니다."

이어서 팀이 입을 열었다.

"아까도 나온 얘기지만, 프로골퍼는 경기 중에 공을 계속 새것으로 교체합니다. 오물이 묻거나 상처가 생기면 성능이 떨어지기 때문이지만, 꼭 그런 이유가 아니라도 계속 교체합니다. 공은 한 번이라도 때리면 일그러진다는 설도 있고, 미스 샷을 했던 공을 계속 사용하기가 왠지 내키지 않기도 하고, 그냥 기분전환을 위해 바꿀 때도 있어요. 공은 용품 사용 계약을 맺은 제조사가 공짜로 주니까 아낄 필요가 없거든요."

잭이 이어서 설명했다.

"사용하고 난 공은 어떻게 하느냐 하면, 홀과 홀 사이를 이동할 때 팬서비스로 관객에게 선물하는 경우가 많습니다. 대개는 어린이에게 주죠."

"어린이들은 앞으로 오래도록 팬으로 남을 테니까 잘해줘야지."

팀은 팔짱을 끼고 고개를 크게 끄덕였다.

휴즈 형사가 생각난 듯 대꾸했다.

"그래서 스미스에게 어린 자녀가 있느냐고 물었던 겁니까?"

잭이 고개를 끄덕였다.

"네, 스미스에게 어린 자녀가 있다면 과거에 관전하러 데려왔을 때 로빈슨의 공을 받았을 가능성이 있을 거라고 생각했습니다. 하지만 스미스에겐 자녀가 없었죠. 그렇다면 로빈슨에게 공을 받은 다른 누군가가, 그 사람도 자녀를 앞세워 받았을 가능성이 크지만 용돈벌이로 인터넷경매 사이트에 출품한 걸 스미스가 낙찰했을 것이다, 그렇게 생각한 겁니다."

휴즈 형사는 고개를 끄덕이고 다시 잭을 쳐다보았다.

"세 번째 질문."

"아, 또 있나요?"

놀라는 팀에 아랑곳하지 않고 휴즈 형사는 질문을 계속했다.

"스미스는 작년 PGA챔피언십을 관전할 때 왜 그 낙찰한 공을 가져왔을까요?"

"그것은, 으음……."

팀이 문득 불안해하는 표정으로 잭의 얼굴을 쳐다보았다.

"치매 예방에 좋다고 주머니 속에서 만지작거렸다거나?"

"그렇다면 두 개를 낙찰했겠지."

그렇게 말하고 나서 잭은 설명했다.

"스미스는 프로골퍼의 사인 굿즈를 수집하고 있었거나 되팔아 수익을 올리고 있었을 겁니다. 낙찰품 목록에 프로골퍼 사인이 들어간 굿즈가 여러 개 있거든요."

팀은 얼른 목록을 들춰보았다. 목록을 곁눈으로 훑으며 잭이 계속 말했다.

"낙찰한 로빈슨의 공을 시합에 가져가면 선수 본인에게 사인을 받을 기회가 있을지도 모른다. 그렇게 되면 컬렉션 혹은 매물로서 공의 가치가 크게 뛴다. 스미스는 그렇게 생각하지 않았을까요?"

휴즈 형사는 양손을 무릎 위에 깍지 끼고 잠시 침묵했다. 마침내 잭과 팀을 차례대로 쳐다보며 입을 열었다.

"그리고 스미스는 로스트볼 위기에 빠졌을 때 마침 가지고 있던 공을 슬쩍 놓았다……."

휴즈 형사는 고개를 크게 한 번 끄덕였다.

"충분하군."

그 말에 만족스러워하는 울림이 있었다.

"부정을 저지른 로빈슨은 그 사실을 아는 스미스의 입을 막을 필요가 있었다. 그리고 라이언도 로빈슨의 의도적 오구를 알아차리고 말았다. 비밀을 들킨 로빈슨은 어쩔 수 없이 스미스에 이어 라이언까지 살해했다."

휴즈 형사는 확고하게 단언했다.

"그럼 잭, 로빈슨의 부정행위를 간파한 계기가 되었다는 작년 PGA챔피언십에서 로빈슨이 보인 행동을 설명해줄 수 있나요?"

잭은 재킷 안주머니에서 종이쪽지를 꺼내 탁자에 놓았다. 그 종이쪽지에는 번호가 붙여진 채 이렇게 적혀 있었다.

1. 캐디의 판단보다 세 단계나 짧은 클럽을 선택했다.
2. 루틴을 무시하고 손수 클럽을 뽑아 들었다.
3. 서드 샷 전에 에이프런에서 한참 멈칫거렸다.
4. 지극히 단순한 라이에서 생크를 냈다.
5. 우승 공을 처음으로 직접 챙겼다.
6. 우승 직후 뜻밖의 은퇴를 발표했다.
7. 은퇴 이튿날 18번 홀에서 드라이버 연습을 했다.

"이것이 작년 PGA챔피언십 당시 로빈슨 씨의 행동에서 느낀 일곱 가지 의문입니다."

잭은 다시 비디오 리모컨을 눌러 영상을 틀었다. 휴즈 형사와 팀은 화면으로 시선을 옮겼다. 화면에서는 닉 로빈슨이 캐디백에서 아이언을 뽑아내는 참이었다.

"나중에 라이언 씨는 잡지 인터뷰에서 3번 아이언을 제안했다고 했습니다. 그러나 이때 로빈슨은 어쩐 일인지 6번 아이언을 뽑습니다. 이것이 첫 번째 의문이었어요."

"이유는?"

휴즈 형사가 물었다. 잭도 팀을 쳐다보았다.

"그 이유는 뭐지, 팀?"

팀이 힘없이 고개를 끄덕이고 설명을 시작했다.

"공을 그린에 올려버리면 라이언 씨에게 공이 바뀐 것을 들키겠죠. 그래서 로빈슨은 절대로 그린온을 원하지 않았습니다. 그래서 그린까지 닿기 힘든 짧은 클럽을 선택한 겁니다."

"왜 그린에 올리면 부정이 발각되지요?"

휴즈 형사가 미간을 찡그렸다.

"골프에서는 특수한 트러블일 때를 제외하면, 원칙상 플레이 중에 공을 만질 수 없습니다. 아무리 진흙이 덕지덕지 묻더라도요. 하지만 유일하게 그린 위에 공이 있을 경우에는, 그 위치를 마크하기만 하면 언제든 주워서 닦을 수 있습니다."

휴즈 형사는 팀의 설명에 가만히 귀를 기울였다.

"로빈슨의 서드 샷이 그린에 올라가버리면 라이언 씨는 반드시 로빈슨 씨에게 공을 줍게 하고 그 공을 건네받아 반짝반짝하게 닦았을 겁니다. 흙이 조금이라도 묻어 있으면 공의 움직임이 달라지니까요."

팀은 커다란 손으로 작은 공을 닦는 시늉을 했다.

"프로골퍼 캐디는 그린에 오를 때면 반드시 공을 닦아줍니다. 그래서 공에 묻은 오물이나 검불, 찌그러짐이나 색상 등 아주 사소한 변화도 금방 알아챕니다. 하물며 라이언 씨는 그때까지 2년 동안 로빈슨의 프로XV를 계속 닦아주었으니까요. 공이 도중에 바뀌었다면 틀림없이 알아챘을 겁니다."

휴즈 형사는 잭에게 확인했다.

"그러니까, 이 일곱 가지는 전부……."

잭이 그 말을 받아서 말했다.

"네, PGA챔피언십 최종일 18번 홀에서 로빈슨의 공이 티샷 이후 다른 공으로 바뀌었다는 사실 때문에 일어난 결과들이라는 겁니다."

휴즈 형사가 방심한 목소리로 말했다.

"그렇다면 두 번째 의문도 설명이 되는군요. 라이언에게 이의를 제기할 틈을 주고 싶지 않았기 때문이에요. ……그렇죠?"

"네."

잭은 고개를 끄덕이려다가 갑자기 어렴풋이 불안을 느꼈다.

여기까지 이렇게 명료하게 정리했다. 그러나 정말 그뿐일까? 로빈슨이 루틴을 건너뛴 데는 뭔가 더 깊은 의미가 있었던 게 아닐까? 문득 그런 질문이 떠올랐다.

"왜죠?"

휴즈 형사가 잭의 얼굴을 바라보고 있었다. 그러자 잭은 고개를 끄덕였다.

"아뇨, 그렇게 보면 될 겁니다."

휴즈 형사는 고개를 끄덕이고 다시 이야기를 계속했다.

"세 번째 의문. 에이프런에서 서드 샷을 할 때 로빈슨이 동작을 한참 멈춘 이유는?"

잭이 설명했다.

"캐디 라이언 씨가 공을 만지지 않게 하고 홀아웃하려면 방법은 딱 하나뿐이죠. 공을 그린 밖에서 직접 컵에 넣는 수밖에 없습니다. 그래서 세컨드 샷에서 로빈슨 씨는 컵을 직접 노릴 수 있는 에이프런으로 공을 보내둔 것이고……."

팀이 끼어들었다.

"하지만 직접 집어넣지 않아도 바짝 붙여만 둬도 되잖아? 30센티미터 이내라면 공을 줍지 않고 그대로 탭인*할 수 있잖아."

잭은 고개를 가로저었다.

"아니, 직접 넣어야 해. 들어가기만 하면 우승이 결정되는 마지막 퍼트일 경우, 거리가 아무리 짧아도, 설사 몇 센티미터라 해도 일단 마크하고 주웠다가 동반 경기자들이 모든 홀아웃한 뒤 마지막으로 치게 되어 있어. 이것이 투어 우승을 결정짓는 관례니까."

"아, 그렇지!"

* 탭인(tap in): 가까운 곳에서 살짝 퍼트하여 홀인하는 것.

팀은 제 이마를 찰싹 쳤다. 잭은 설명을 계속했다.

"그러나 그 에이프런에서 컵까지는 예상보다 훨씬 긴 거리였던 겁니다. 그래서 거기에서 확실하게 칩인할 자신이 없었죠. 어떻게 하면 좋을까? 로빈슨 씨를 보고 있던 사람들은 모두 그가 긴장 때문에 동작을 멈춘 거라고 생각했습니다. 실은 그게 아니라, 어떻게 하면 좋을지를 필사적으로 궁리하고 있었던 겁니다. 그리고 로빈슨 씨는 마침내 유일한 해답에 다다랐죠."

"그것이, 생크인가?"

"네, 서드 샷을 미스 샷처럼 꾸미고, 그린 밖에서 컵을 노리기 가장 쉬운 위치에 쳐둔다. 그리고 그곳에서 포스 샷으로 직접 컵인한다. 그것이 로빈슨의 모 아니면 도 식의 일생일대의 도박이었던 겁니다. 그리고 이 도박에서 이겼죠. 그것은 미스 샷은커녕 고도의 기술을 구사한 완벽한 샷이었던 겁니다."

휴즈 형사는 감탄했다.

"네 번째 의문. 의도적으로 생크를 낸 것은 칩인을 노렸기 때문이었나요?"

팀도 놀란 표정이었다.

"하지만 설마 굵기가 고작 1센티미터밖에 안 되는 넥으로 공을 칠 수 있을까? 그런 위험한 샷은, 나는 생각해본 적도 없어."

잭이 덧붙였다.

"아주 드물지만 프로골퍼는 의도적으로 클럽 넥으로 공을 치는 경우가 있습니다. 가령 벙커 가장자리처럼 수직에 가까운 내리막

비탈에서 공이 잔디에 걸려 페이스로 치기 힘들 때입니다. 1밀리미터의 오차도 허용할 수 없는 샷이지만."

세계 랭킹 1위 테드 스탠저는 이 생크가 의도적이었다는 것을 간파하고 있었다. 즉 스탠저 역시 넥 샷이라는 기술을 가지고 있었던 것이다.

"애초에 내가 그 생크가 의도적인 것이 아닐까 의심한 것은 로빈슨 씨가 생크를 낸 직후의 포스 샷에서 다시 똑같은 어프로치웨지를 사용했기 때문입니다. 일반적인 경우라면 미스한 클럽에는 나쁜 감정이 남죠. 그래서 그걸 다시 사용하는 데 강한 심리적 저항을 느낍니다. 게다가 에이프런에 있는 공이라면 퍼터로 노리는 방법도 있어요."

잭은 두 사람을 번갈아 쳐다보았다.

"그런데 로빈슨은 궁지에 몰린 그 상황에서 생크를 범한 클럽을 다시 사용했어요. 그것은 그 생크가 실수가 아니라 의도한 대로 나온 완벽한 샷이었기 때문입니다."

휴즈 형사는 고개를 크게 끄덕이고 이야기를 진행했다.

"다섯 번째 의문. 로빈슨이 우승 공을 처음으로 직접 챙겨서 돌아간 것도 교체된 공이었기 때문인가요?"

잭은 고개를 끄덕였다.

"그렇습니다. 그 공은 누구한테도 보여줄 수 없었죠. 아마 로빈슨 씨는 시합 직후 불태우거나 절단해서 벌써 없애버렸을 겁니다."

"그랬겠죠."

휴즈 형사는 유감스럽다는 표정으로 고개를 끄덕였다.

"그렇다면 여섯 번째 의문. 갑자기 은퇴를 발표한 이유는……?"

휴즈 형사는 잠깐 뜸을 두었다가 계속했다.

"속죄였을까요?"

"그렇겠죠. 로빈슨 씨는 우승이 결정된 후 부정행위와 라이언 씨를 속인 것에 깊은 죄책감과 자기혐오를 느꼈어요. 때문에 모든 골프 경기에서 은퇴하기로 결심했을 겁니다."

"로빈슨 씨는……."

팀이 자기 무릎을 팍, 치며 분개했다.

"왜 사기를 친 거지? 들통나는 순간 그 훌륭한 업적이 다 무너져 버릴 짓을!"

"바로 그것이 이 사건의 가장 커다란 수수께끼야."

잭이 입술을 깨물었다.

"나도 모르겠어. 로빈슨 씨가, 왜 그 인격자가, 골프의 상징 같은 사람이 왜 이런 부정을 저질렀는지."

휴즈 형사가 조용히 말했다.

"페이라스모스."

"뭐, 뭔데요, 그게?"

당황해서 묻는 팀에게 휴즈 형사가 설명했다.

"성서에서 말하는 '악마의 유혹'이에요. 당시 동반 경기자 테리 루이스와 경기위원도 발견된 공이 로빈슨의 것이 분명하다고 인정하고 플레이 재개를 재촉했죠. 공을 그린에 올리지만 않으면 누구도 눈치채지 못한다……. 그렇게 생각한 순간, 로빈슨의 마음속으로 악마가 비집고 들어왔겠죠."

'로빈슨 씨, 당신의 공이 맞습니까?'

'그래요, 제 공이 틀림없습니다.'

경기위원이 물었을 때 로빈슨은 그렇게 대답했다. 이때 양심의 가책은 크지 않았으리라고 잭도 생각했다. 왜냐하면 그것은 정말로 그의 공이었으니까.

휴즈 형사는 리모컨을 들고 버튼을 눌렀다. 모니터 영상은 로빈슨의 공이 발견되는 장면부터 움직이기 시작했다. 휴즈 형사는 화면을 응시하며 말하기 시작했다.

"영상을 보면 그때—18번 홀 러프에서 공이 발견되었을 때, 주위 사람들이 이상하게 흥분한 상태더군요. 모두 미친 듯이 떠들고 환호하고 눈물을 흘리며 기적이다, 기적이야, 하고 소리치고 있어요. 마치 예수가 죽은 청년을 살려냈을 때의 나인성 주민들처럼. 거의 종교적 체험에 가까운 것이었겠죠."

잭도 팀도 모니터 화면을 주시했다. 카메라는 열광하는 관객들을 패닝샷으로 보여주고 있었다. 박수치는 사람, 울면서 소리치는 사람, 모자를 벗어 들고 흔드는 사람, 발로 땅을 구르는 사람. 그야말로 눈앞에서 기적을 본 사람들의 반응이었다.

"그때 시합에 관여한 모든 사람들이—관객만이 아니라 자원봉사자도, 경기위원도, PGA투어 임원도, 다른 출전 선수들도 로빈슨이 우승하기를 바랐습니다. 그리고 TV중계를 시청하는 전 세계의 수백만, 수천만 골프 팬도 모두 갈망하고 있었죠. 다시는 우승하지 못할 줄 알았던 노장이 기적의 우승을 차지하고 골프 역사를 다시 쓰는 감동적인 드라마를."

잭은 고개를 끄덕였다. 테리 루이스도 마찬가지였다. 테드 스탠저는 자기가 우승할 가능성이 있었는데도 로빈슨이 우승하기를 바라고 있었다.

"당신은?"

휴즈 형사가 잭에게 불쑥 물었다.

"잭, 당신이 로빈슨이었다면 어땠을까요?"

잭은 허공을 지그시 쳐다보다가 이윽고 입을 열었다.

"나는 골프 시합에서 절대로 부정행위를 하지 않는다고 신 앞에 맹세할 수 있습니다. 그리고 닉 로빈슨 씨를 만나 대화해보고 그 역시 그럴 거라고 믿었습니다. 그래서 지금도 믿기지 않는 겁니다. 그 인격자가, 골프의 제왕이 이런 짓을……."

잭은 다음 말을 잇지 못했다.

"골프의 신이 총애하는 사람."

휴즈 형사는 조용히 말했다.

"그것이 로빈슨의 또 다른 이름이더군요. 신에게 사랑받는다는 건 곧 모든 인간을 위해 신 앞에 제물이 된다는 것입니다."

그럴지도 모른다고 잭은 생각했다.

신에게 사랑받은 덕분에 로빈슨은 왕좌에 올랐다. 그리고 왕이기 때문에 무수한 군중이 기대하는 기적을 일으켜 보여야 했다. 그 기대에 부응코자 부정행위를 감행하고 그리고 라이언 씨를…….

잭이 문득 돌아보니 도서관은 어둑해져 있었다.

"이제 남은 것은 마지막인 일곱 번째 의문입니다. 로빈슨이 우승한 이튿날 18번 홀에서 드라이버 연습을 한 것은 무슨 이유죠?"

창밖의 어둠으로 힐끗 시선을 던지고 잭은 설명을 재개했다.

"PGA챔피언십이 끝난 뒤에 18번 홀에 남아서는 안 되는 것이 계속 남아 있었습니다."

"아, 그거다!"

팀이 이마를 짚고 의자 등받이로 몸을 젖히며 소리쳤다. 그리고 다시 몸을 벌떡 일으키며 말했다.

"그건 정말 시한폭탄이나 마찬가지지. 어떻게든 처리하지 않으면 큰일 날 수 있으니까."

"팀, 네가 설명해줘."

잭의 말에 휴즈 형사도 팀을 눈짓으로 재촉했다.

"요컨대 '나무는 숲속에 숨겨라'라는 거죠."

팀은 두 사람 얼굴을 번갈아 쳐다보았다.

"로빈슨이 18번에서 친 티샷 공이 18번 홀에 남아 있었던 겁니다. 시합이 끝나면 이튿날부터 바로, 시합으로 손상된 코스를 수리하기 시작합니다. 전날 티샷한 공이 만일 신의 나무에 올라가 있다면 코스 관리직원들에게 발견될 가능성이 있죠."

"그런 거였나요?"

휴즈 형사는 납득하고 천천히 고개를 끄덕였다.

"그걸 어떻게든 처리하지 않으면 공이 발견되는 순간 큰 소동이 벌어질지 모르죠. 신의 나무 위에 로빈슨의 공이 있다니? 경기 나흘 동안 그가 이곳으로 공을 보낸 적이 있었나? 최종일뿐이었다고? 이게 그 공 아냐? 그럼 그때 러프에서 발견된 공은 뭐지? 이렇게 되겠죠."

팀은 흥분해서 열띤 목소리로 말했다.

"그렇다고 이튿날 공을 찾으러 근처를 어슬렁거리는 것은 스스로 무덤을 파는 꼴이죠. 우선 찾을 수 있을지 어떨지도 알 수 없고요. 그래서 로빈슨 씨는 아침 일찍 신의 나무 근방으로 공을 잔뜩 쳐 보낸 겁니다. 그렇게 해두면 가령 공이 발견되더라도, 아하, 아침에 연습한 공이군, 하고 넘어가겠죠."

"나무는 숲속에 숨겨라, 공을 숨기려면 공들 사이에 숨겨라, 이런 말인가요?"

휴즈 형사는 한숨을 길게 토했다. 잭이 설명을 보충했다.

"실제로 코스 관리직원들이 꼭 공을 발견하란 법은 없습니다. 설사 발견된다고 해도 연습 라운드 때 쳤던 공이라는 식으로 얼마든지 변명할 수 있을 겁니다. 하지만 로빈슨 씨의 심리상태에서는 진실이 드러날 가능성이 조금이라도 있다면 그 싹부터 잘라버리고 싶었을 겁니다."

"잘 알았습니다."

휴즈 형사가 고개를 크게 끄덕이고 잭과 팀을 쳐다보았다.

"일곱 가지 의문에 대한 당신의 설명은 모두 한 가지 사실을 뒷받침하고 있군요. 로빈슨의 공이 중간에 다른 공으로 바뀌었다는 사실입니다. 하지만…….”

“하지만?”

팀과 잭이 휴즈 형사를 쳐다보았다.

“증거가 없어요.”

휴즈 형사는 고개를 천천히 좌우로 저었다.

“유감이지만 당신들 이야기는 전부 추측을 기반으로 성립해 있습니다. 스미스는 분명히 로빈슨이 전에 사용했던 공을 가지고 있었습니다. 하지만 스미스가 그것을 골프장에 가져가 러프에 떨어뜨리고 로빈슨이 그 공으로 시합을 했다는 증거가 없어요.

가령 로빈슨이 우승할 때 썼던 공을 입수했다고 합시다. 그러나 그 제조사의 동일한 공에 같은 표시가 되어 있다면 공이 바뀌었다는 것은 도저히 증명할 수 없는 거 아닌가요?”

“그, 그렇네요…….”

팀이 의기소침해져 말했다.

“무엇보다 로빈슨은 바뀐 공을 벌써 없애버렸을 거에요. 게다가 라이언도 스미스도 죽어버렸고요. 증거도 없고 증인도 없어요. 이제 증명할 방법이…….”

“있습니다.”

잭이 착 가라앉은 목소리로 말했다.

“그래요?”

휴즈 형사의 눈이 조금 커졌다.

"증거가 있습니다."

그렇게 말하고서 잭은 리모컨을 조작했다.

"우선 이걸 보세요. PGA챔피언십 최종일에 로빈슨 씨가 18번 홀에서 티샷하는 장면입니다."

액정모니터 화면에 공의 로고가 크게 확대되어 있었다. 워너 사에서 만든 프로XV였다. 그 공 왼쪽으로 드라이버 헤드가 천천히 접근했다. 잭이 고속촬영 리플레이 화면을 줌 기능을 이용해 더 확대한 것이다.

잭이 갑자기 리모컨 일시정지 버튼을 눌러 영상을 멈추었다.

"여길 보세요. 잘 봐야 알 수 있어요."

잭은 소파에서 일어나 액정TV까지 걸어가 화면에 나오는 공을 손가락으로 가리켰다.

"응? 어디를?"

팀은 상체를 숙이며 화면을 들여다보았다. 휴즈 형사도 자연스럽게 얼굴을 화면 쪽으로 내밀었다.

"여기입니다. 공 중앙에 팔각형 딤플이 보이죠?"

대부분의 딤플이 원형이었지만 잭이 가리킨 딤플은 팔각형이었다. 모서리가 둥글게 처리되어서 겨우 각을 알아볼 정도였지만 분명히 팔각형이었다.

"워너 사의 프로VX에는 전부 336개의 딤플이 있는데, 이 영상에서는 팔각형 딤플이 상하좌우 모두 대칭이 되는 위치에 총 여덟 개 있습니다. 아마 사이드 스핀 수를 안정시키는 효과가 있을 것으로 짐작되지만……. 저도 할인점에서 프로XV를 사서 써본 적이 있습니다. 하지만 이런 딤플이 있는 공은 한 번도 본 적이 없어요."

잭은 화면에 확대된 공을 손가락으로 짚었다.

"작년 PGA챔피언십에서 로빈슨이 사용한 공은 아직 시판되지 않은 2세대, 즉 프로토타입이었던 겁니다."

잭은 빨리넘기기로 화면을 넘기다가 어떤 장면에서 다시 재생을 시작했다.

"이건 같은 18번 홀에서 로빈슨 씨가 서드 샷에서 생크를 범하는 영상입니다. 역시 초고속화면이죠."

다시 공이 확대되었다. 이번에는 웨지 헤드가 천천히 왼쪽에서 공으로 다가가 그 목 부분이 공에 맞았다. 잭은 리모컨으로 영상을 일시정지시켰다.

"이 공의 딤플은 전부 원형입니다. 내가 사용해본 프로XV도 그랬습니다. 말하자면 이 공은 티샷에서 쳤던 프로토타입이 아닙니다. 지금도 시판되는 초대 프로XV입니다."

누가 봐도 명백했다. 18번 홀 중간에서 닉 로빈슨의 공은 다른 공으로 바뀌어 있었던 것이다.

"딤플 여덟 개만 다른 건가요?"

휴즈 형사가 물었다.

"잘 보면 로고 서체가 조금 가늘고 번호 서체도 미묘하게 달라 보입니다. 그러나 평소 사용하지 않는 사람은 알 수 없는 차이일 겁니다. 위너 사에 문의하면 작년 PGA챔피언십에서 로빈슨이 준비한 공은 2세대 프로토타입이고, 여덟 개만 팔각형인 딤플이 있었다는 것을 확인할 수 있을 겁니다."

휴즈 형사는 스마트폰을 꺼내 버튼을 눌렀다. 상대방이 받자, 그는 워너 사의 투어 담당자에게 급히 연락하도록 지시하고 통화를 마쳤다.

"그렇군. 그래서 로빈슨은 러프에서 발견된 공을 보았을 때, 딤플로 다른 공이라는 것을 알았던가요?"

단말기를 바지주머니에 넣으며 휴즈 형사가 숨을 내쉬었다.

"이건 루이스 씨도 경기위원도 눈치채지 못하지. 제조사 이름, 모델명, 번호, 표식이 동일하니까. 미묘한 서체나 딤플 차이 같은 것을 몰랐다고 해도 무리가 아냐."

팀이 고개를 좌우로 저었다.

"루이스 씨가 사용하는 공은 파어웨이 사 제품이었어. 다른 회사의 공, 게다가 아직 발매하지도 않은 프로토타입에 어떤 특징이 있는지 알 도리가 없었겠지."

잭도 고개를 끄덕였다.

"좋습니다."

휴즈 형사는 오른손을 가볍게 쳐들었다.

"로빈슨이 부정행위를 저지른 게 틀림없는 것 같군요. 그리고 당신들 이야기를 종합해보면 아마도 진상은 이러했을 겁니다."

휴즈 형사는 확인하려는 듯 이야기를 정리했다.

"스미스는 옥수수 선물 투자에 실패해서 경제적으로 어려워졌습니다. 그래서 자기만 아는 비밀을 가지고 로빈슨을 협박하기로 했죠."

아마도, 라고 했지만 휴즈 형사의 말은 확신에 차 있었다.

"스미스는 사람들에게 늘 주목받는 로빈슨이 아닌 캐디 라이언에게 접근했다, 그래서 라이언도 로빈슨의 부정행위를 알게 되었다, 로빈슨은 부정행위가 드러날까 두려워 스미스를 살해하고 이어서 라이언도 살해했다……. 이렇게 보니 앞뒤가 잘 맞는군요."

"하지만 휴즈 형사님."

잭이 끼어들었다.

"지금까지 나온 이야기는 로빈슨 씨가 PGA챔피언십에서 부정을 저질렀다는 근거에 불과합니다. 그 부정행위는 라이언 씨와 스미스를 죽일 만한 동기가 될 수 있다는 것일 따름입니다. 중요한 건 지금부터인데……."

그리고 잭은 입을 다물었다.

잭을 고민하게 하는 것은, 흉기가 몸통을 관통했다는 두 시신의 납득할 수 없는 모습, 이해할 수 없는 그 방법, 그리고 로빈슨이 가진 완벽한 알리바이였다.

그때 누군가 도서관 문을 급하게 노크했다. 세 사람이 동시에 문을 돌아보았다.

휴즈 형사가 문을 향해 말했다.

"들어와요."

문이 열리고 제복을 입은 젊은 경관이 잰걸음으로 들어왔다. 그는 휴즈 형사에게 경례를 하고 잭과 팀을 힐끔 쳐다보았다.

"급한 보고가 있습니다, 형사님."

"괜찮으니까 말해요."

경관은 잡지가 어지럽게 흩어진 바닥을 내려다보고 당황한 표정으로 잠시 휴즈 형사를 쳐다보다가, 더 다가오지 않은 채 그 자리에서 직립부동자세로 말문을 열었다.

"닉 로빈슨의 의식이 돌아왔습니다. 지금은 다시 잠들었다고 합니다. 의사 이야기로는 상태도 많이 안정되었으므로 다음에 깨어났을 때 검사 결과에 이상이 없으면 조사를 허가한다는 것입니다."

휴즈 형사의 눈이 반짝 빛났다. 잭과 팀은 저도 모르게 얼굴을 마주 보았다.

"수고했습니다. 그만 가봐요."

휴즈 형사가 말하자 젊은 경관은 다시 경례를 하고 잰걸음으로 도서관을 나갔다.

문이 닫히자 휴즈 형사가 일어섰다.

"잭, 덕분에 로빈슨의 비밀은 밝혀졌습니다. 그 비밀을 감추기 위해 라이언과 스미스를 살해한 거라면, 동기가 밝혀진 지금, 자백을 받는 것도 가능합니다."

"자백이라고요?"

잭이 놀라서 말했다. 휴즈 형사는 잭을 내려다보며 고개를 끄덕였다.

"잠깐만요!"

잭이 당황하며 일어섰다. 그리고 휴즈 형사의 얼굴을 똑바로 쳐다보았다.

"아직 의문이 다 풀린 게 아니잖아요. 로빈슨 씨에게 동기가 있다 해도 라이언 씨나 스미스를 죽였다는 구체적 증거는 아무것도 없습니다."

"증거? 그런 건 장본인 입에서 직접 끄집어내서 보여주죠."

휴즈 형사는 천천히 턱을 쳐들고 말문을 뗐다.

"로빈슨에게 자백하게 해서 모든 의문을 스스로 설명하게 하면 됩니다. 본인 아니면 알 수 없는 사실을 직접 실토하게 하면, 그것으로 사건은 끝나는 겁니다."

팀은 휴즈 형사의 얼굴을 보고 흠칫했다. 아닌 게 아니라 자기라도 형사에게 심문받는다면 끝까지 비밀을 감출 자신이 없다. 뭐든 술술 불어버리고 말 것 같았다.

그러나 잭은 물러서지 않았다.

"만약 로빈슨이 범행을 끝까지 부정하면 어떻게 할 겁니까? 무엇보다 로빈슨 씨에게는 완벽한 알리바이가 있지 않습니까?"

"그럼, 역으로 묻겠는데."

휴즈 형사는 잭을 똑바로 쳐다보았다.

"당신이 남은 의문을 풀 수 있나요? 왜 라이언의 몸이 신의 나무 전설과 똑같은 모습으로 남았는지, 로빈슨이 왜, 그리고 어떻게 깃대로 라이언을 찔러 죽였는지, 라이언이 살해된 시각에 의무실에 누워 있던 로빈슨이 어떻게 범행을 저지를 수 있었는지, 스미스를 왜 그리고 어떻게 굵은 유목으로 찔러 죽일 수 있었는지, 이런 의문들을 다 설명할 수 있나요?"

잭은 할 말이 궁해 입을 다물었다.

휴즈 형사는 잭을 위로하는 듯한 말투로 조용히 말했다.

"설명할 수 있을 리가 없죠. 너무나 어처구니없고 어리석고 비합리적인 의문들이니까. 그런데 설명할 수 있는 사람이 딱 한 사람 있습니다. 살인을 저지른 장본인 닉 로빈슨이죠."

그렇게 말하고 휴즈 형사는 잡지가 밟히는 것에 개의치 않고 문을 향해 빠른 걸음을 옮기기 시작했다.

이제 그를 말릴 말이 잭에겐 남아 있지 않았다.

휴즈 형사는 도서관 문을 열고 밖으로 나갔다.

쿵, 하는 커다란 소리와 함께 문이 닫혔다.

15
닉

우아! 멋져요, 아빠.

"그래, 파란 하늘, 푸른 잔디, 새하얀 모래, 저 너머엔 빨간 단풍. 그 모든 게 연못에 비치지……. 정말 아름다운 홀이구나."

오길 잘했어요, 아빠!

"정말 오길 잘했구나. 자, 여기는 파3홀이고, 핀까지는 정확히 70야드야. 우선 그린 주변이 어떻게 생겼는지를 잘 봐야 해."

음, 앞에 커다란 연못이 있어요.

"그래, 커다란 연못이 있지."

저기에 공이 빠지면 큰일이에요.

"왜 큰일인데?"

공을 잃어버리잖아요.

“그렇지. 귀한 공을 잃어버리지. 하지만 연못에 빠지면 더 심각한 일이 벌어진단다. 알겠니?”

더 심각한 일이라고요?

“잘 들으렴. 연못에 빠졌으니 1타, 연못에서 나와서 2타, 그것을 또 치니까 3타. 연못에 공이 빠지면 그린에 올리기 위해 쓸데없이 두 번을 더 쳐야 해.”

하나, 둘, 셋…… 정말이네.

“그러니 연못에 빠뜨리지 않게 쳐야 해. 자, 어느 클럽을 사용하면 좋을까?”

9번! 나, 9번 아이언으로 70야드를 보낼 수 있어요.

“그래? 하지만 잠깐 저기 깃발을 보렴. 위에 달아놓은 깃발이 어느 쪽으로 향하지?”

우리 쪽을 향해 펄럭이고 있어요.

“그렇지. 그러니까 강한 바람이 이쪽으로 불고 있는 거야. 자, 정말 9번 아이언이 적당할까?”

아, 좀 더 멀리 치지 않으면 공이 연못에 빠져버리겠네요.

“그렇지, 그럼 어느 클럽으로 치면 될까?”

으음, 7번?

“옳지, 네가 가진 하프세트 중에서 9번 다음으로 큰 것은 7번이니까. 정답이야.”

그럼 나, 7번으로 칠게요.

“좋아! 자, 7번 아이언이다.”

고맙습니다, 아빠!

"잠깐만. 손이 미끄러지지 않게 수건으로 그립을 닦아줄게."

고맙습니다, 아빠!

"자, 왼손으로 꼭 잡아. 먼저 연습해보는 거 잊지 말고."

네, 아빠, 지금 쳐도 괜찮죠? 에잇!

"좋아, 날아간다. 그대로 멈춰. 됐어, 올라갔다."

성공! 올라갔어요, 아빠!

"굉장하구나! 멋진 샷이다, 얘야!"

정말? 정말 잘 친 거예요?

"응, 아빠도 저런 멋진 샷은 자주 못 쳐."

우아! 기분 좋다!

"컵까지 겨우 5미터 남았다. 저 위치라면 버디도 노릴 수 있지?"

아빠 말대로 하니까 그린에 올라갔어요!

"아빠 덕분이 아냐. 네가 스스로 생각하고 잘 친 결과지."

아니에요. 아빠가 말해준 대로 하면 언제나 멋지게 칠 수 있어요.

"하하하, 그래? 아무튼 방금 그건 굉장한 샷이었어. 정말 놀랐단다."

정말요?

"정말이고말고."

그럼, 아빠.

"응?"

저, 프로골퍼가 될 수 있을까요?

"되고 싶니?"

네, 되고 싶어요!

"누구처럼 되고 싶니?"

파커처럼요!

"어빙 파커? 오, 정말 굉장한 목표구나."

어려울까요? 파커처럼 될 수 없어요?

"그렇지 않아. 넌 재능이 있어. 틀림없이 파커 같은 대단한 프로 골퍼가 될 수 있을 거야."

정말요?

"응, 하지만 그러려면 더 열심히 연습해야 해."

연습할래요. 나, 골프가 너무 너무 너무 좋아요.

"하하하, 그래? 아빠도 골프가 아주 좋단다."

근데, 아빠?

"응?"

내가 프로골퍼가 되면 아빠가 캐디 해주실래요?

"프로골퍼가 되면 훌륭한 프로캐디를 고용해야 한단다."

하지만 난 아빠가 곁에 없으면 멋지게 칠 수 없어요.

"아빠는 그냥 아마추어이고, 게다가 몸이……. 아빠는 내일 병원으로 돌아가야 해. 그건 너도 알지?"

금방 나을 거죠? 금방 낫는다고 했잖아요.

"응, 걱정할 필요 없어. 금방 퇴원할 거야."

아빠가 피곤하지 않게 캐디백은 내가 멜래요. 아빠가 공을 찾으러 다니지 않게 열심히 연습해서 공을 똑바로 보낼 거예요. 그러니까 아빠가 캐디 해주세요.

"잘 들으렴. 프로캐디는 대단한 사람이란다. 아무리 어려운 그린 경사라도 전부 읽어내고 코스에서 어려움에 빠질 때는 언제라도 방법을 가르쳐주거든. 프로캐디는 틀림없이 아빠보다 도움이 될 거다."

정말로요?

"그럼. 그러니까 네가 프로골퍼가 되면 골프를 잘 알고 인품도 존경할 만하고 평생 친구가 될 수 있는 캐디를 찾아야 해. 그리고 두 사람이 함께 노력하는 거야. 그러면 메이저 챔피언도 될 수 있어."

네, 아빠 말대로 그렇게 할래요.

"좋아! 이제 그린으로 가자. 다음 퍼트는 버디 트라이지?"

버디, 버디!

"오, 뛰지 마라! 땅을 잘 보고 걸어야지. 그러다 넘어질라. ……얘, 닉, 닉!"

16

수요일
의무실 02

내가 두 번째로 깨어났을 때 병실은 어둑했다. 모든 것이 황금빛에 물드는 석양이 지나고 밤의 장막이 드리울 즈음이었다.

악몽은 변함없이 몇 번이나 토막토막 찾아왔다. 언제 또 그 무서운 꿈을 꾸려나 생각하니 공포로 몸이 떨렸다.

그러나 방금 꾼 꿈은 그런 악몽이 아니었다.

꿈에서 나는 다섯 살이었다. 그리고 당시 살던 집 근처 작은 골프장에 아버지와 함께 있었다.

그곳은 그리운 추억의 장소였다. 푸른 나무들이 우거지고 물새가 헤엄쳐 놀고 페어웨이 옆으로 맑은 냇물이 흐르는 아담한 미니어처 정원 같은 퍼블릭코스. 나는 그곳에서 난생처음 골프클럽을 잡고 공을 쳤다. 휴일이면 아버지와 함께 날이 저물 때까지 골프를 즐겼다.

문득 머리맡에 서 있는 링거 스탠드를 보았다. 투명한 비닐봉지가 두 개에서 하나로 줄어 있었다. 서서히 회복되고 있는 것일까? 온몸을 푹 적셨던 식은땀도 줄어든 것 같고 컨디션도 조금 나아진 듯하다.

목이 마른 것을 느꼈다. 링거 때문인지 공복은 그리 힘들지 않았다. 머리맡을 보니 코드가 연결된 간호사 호출 버튼이 있었다. 급한 일이 아니라 누르기가 조금 망설여졌지만, 갈증을 견디기 힘들어 버튼을 눌렀다.

옆방에서 버저 울리는 소리가 들렸다. 곧 문이 열리고 눈에 익은 젊은 간호사가 급히 들어왔다.

"무슨 일이세요, 로빈슨 씨?"

"아…… 물을. 목이……."

"아!"

간호사는 쌩긋 웃으며 고개를 끄덕였다.

그녀는 왜건에 놓여 있던 뚜껑 절반이 뚫린 티포트 같은 용기에 페트병의 생수를 따랐다. 환자용 물통이었다. 그리고 나를 덮고 있는 이불을 알뜰하게 매만져주고, 이마에 맺힌 땀을 수건으로 가볍게 두드리듯 닦아주고, 내가 누워 있는 침대를 리모컨을 조작하여 절반쯤 세워주었다. 모터 소리와 가벼운 진동이 느껴지고 상반신이 서서히 일으켜 세워졌다.

상체가 들리자 전에 어머니에게 들은 이야기가 떠올랐다. 아버지는 내가 여섯 살이 되기 직전에 폐암으로 돌아가셨다. 아버지가 병석에 눕자 병원 간호사들은 생계를 위해 일을 다니는 어머니 몫까지 더해서 아버지를 헌신적으로 돌봐주었다고 한다.

나는 아버지의 임종을 지키지 못했다. 병원에서 심야에 갑자기 상태가 나빠져 그대로 세상을 떠나셨기 때문이다. 어머니는 아직 어린 나이의 내가 충격을 받을까 염려해서 아버지가 먼 데로 일하러 갔다고 전하셨다. 그래서 내가 아버지의 죽음을 알게 된 것은 훨씬 훗날이었다.

살날이 얼마 남지 않았음을 알았을 때 아버지는 병원의 허락을 얻어 잠시 집에 돌아왔을 것이다. 아버지와 나는 그 작은 퍼블릭코스에 가서 단둘이 라운드했다. 그 가슴 설레던 즐거움과 아침 안개로 희뿌연 코스의 아름다움은 지금도 바로 어제 일처럼 생생하게 떠오른다.

굉장해, 멋진 샷이다, 얘야!

문득 아버지 목소리가 들린 것 같았다. 함께 골프 치러 가면 늘 아버지는 나의 플레이를 열심히 칭찬해주었다. 그것이 좋아서 나는 매일 클럽을 휘둘렀다.

그래, 혹시 방금 그 꿈이 그 시절의 풍경일까?

간호사가 물을 마시게 해주자 마치 그것을 어디선가 지켜보고 있었던 것처럼 의무실 문이 열리고 두 남자가 들어왔다. 한 사람은 이 의무실의 의사, 그리고 또 한 사람은 처음 보는 남자였다.

30대 중반쯤 되었을까? 다크그레이 슈트, 풀 먹인 하얀 셔츠, 폭

좁은 검은 넥타이, 검은 가죽구두. 짧은 검은 머리를 올백으로 말끔하게 넘겼다. 긴 눈매가 강한 인상을 풍기는 얼굴은 웃음기도 없고 노려보는 것도 아닌 것이, 아무 표정도 엿보이지 않았다. 분명 의사는 아니다. 골프 관계자도 아닌 것 같았다.

"일어나셨군요. 안색도 많이 좋아졌어요."

의사가 말했다. 나는 고개를 살며시 끄덕이고 의사 옆에 있는 남자를 힐끔 보았다. 남자의 눈은 의무실에 들어올 때부터 나를 응시하던 시선을 거두려 하지 않았다. 나는 살짝 한기를 느끼고 무심결에 그에게서 눈길을 비켰다.

"소개하지요. 이분은 크리스토퍼 휴즈 형사님입니다. 로빈슨 씨와 잠깐 이야기 나누고 싶다고 하십니다. 괜찮겠습니까?"

"아, 괜찮습니다. 그런데, 무슨 일로?"

나는 다시 형사를 보았다. 내가 불안한 표정을 하고 있는지, 의사는 나에게 미소를 지어 보이고는 형사에게 돌아서서 작은 소리로 말했다.

"다시 말씀드리지만 휴즈 형사님, 대화는 최대한 짧게 부탁드립니다. 그리고 이 환자는 반응성저혈당증에 의한 종합실조와 역향성 건망증, 으음, 그러니까, 지난 며칠간의 기억이 분명하지 않습니다. 그 점을 유의하십시오."

형사는 그 말에 대답은커녕 의사를 쳐다보지도 않고 나에게 불쑥 말을 건넸다.

"이건 어디까지나 수사에 협조해달라는 개인적인 부탁입니다.

내키지 않으면 거절해도 좋습니다."

낮고 조용한 목소리였다.

"아뇨, 괜찮습니다."

내가 갈라진 목소리로 대답하자 형사는 고개를 끄덕이고 말을 이었다.

"긴 답변으로 피곤하게 만들 생각은 없습니다. 제 질문에 네, 아니요로만 대답하면 됩니다. 괜찮겠습니까?"

"네."

내가 그렇게 대답하자 형사는 바로 질문을 시작했다.

"당신 이름은 니콜라스 윌리엄 로빈슨, PGA투어 등록명은 닉 로빈슨, 맞죠?"

"네."

"연령은 55세인가요?"

"네."

"출신지는 오하이오 주 콜럼버스고요?"

"네."

"최종학력은 오하이오주립대학입니까?"

"네."

단순한 질문이 이어졌다.

마음이 놓였다. 다행이군. 적어도 이런 것쯤은 제대로 기억하고 있는 것이다.

처음 깨어났을 때는 내가 누구인지도 몰라 발아래 땅이 사라진 듯한 공포감에 시달렸다. 의사 말로는 저혈당증 탓에 체험을 기억하거나 기억을 유지하는 데 필요한 당분이 뇌에 공급되지 않기 때문이라고 했다. 컴퓨터에 비유하자면 전압이 부족한 상태로 사용한 탓에 기록 파일이 보존되지 않거나 파괴된 상태라고 할까?

지금도 내가 쓰러지기 전후에 대해 거의 기억나지 않는다. 아니, 쓰러진 것부터 기억에 없다.

"직업은 프로골퍼입니까?"

"네."

"토니 라이언 씨를 아세요?"

"네."

심방박동이 갑자기 빨라지는 것을 느꼈다.

물론 안다. 토니를 모를 리가 있나? 33년간 함께 투어에서 싸워온 전우이고 친구이다. 그런데 무슨 까닭인지 토니 이름을 듣는 순간 오한과 비슷한 불안이 엄습했다.

형사는 나를 지그시 관찰하고 있었다. 그리고 이렇게 물었다.

"라이언 씨가 죽은 건 알고 있습니까?"

내 눈이 휘둥그레졌다. 말이 나오지 않았다.

토니가?

설마…… 어떻게 그런 일이?

작년 PGA챔피언십 이래 벌써 1년 가까이나 만나지 않았지만, 아니, 그게 아니지. 토니라면 아주 최근에도 만나서 이야기했는데, 그게 언제였지?

아, 생각났다. 그래, 월요일 밤이었다. 작년 PGA챔피언십에서 우승할 당시에 사용한 내 클럽 세트가 세계 골프의 전당에 들어가게 되어, 그 증정식에서 토니와 함께 단상에 올랐다. 나는 그 행사를 위해 이곳에—이름이 뭐였지?—이 골프장에 딸린 호텔에 왔던 것이다.

아니, 나는 그것 말고도 다른 볼일이 있었다. PGA챔피언십 관전기를 써달라는 잡지사의 의뢰를 받고 이곳에 왔다. 그리고 지금도 나는 이 골프장 호텔에 있다. 처음 깨어났을 때 의사가 분명히 말했다.

토니가 죽어? 형사가 그렇게 말했다. 하지만 설마 어떻게 그런 일이…….

"정말입니까? 토니가, 왜?"

"네, 아니요면 됩니다."

형사가 아무 감정도 담기지 않은 목소리로 대꾸했다.

토니가 죽은 것을 알고 있느냐고? 알고 있을 리가 없다. 월요일 밤 파티에서도 같이 있었다. 그때 단상에서 토니는 내가 가져온 클럽이 지저분하다고 불평했다. 깨끗하게 닦아서 창고에 넣어두었을 텐데, 어째서 그렇게 더러워져 있었을까?

토니는 클럽을 깨끗하게 닦아주고 싶다며 내 캐디백을 들고 자기 객실로 돌아갔다. 나는 그대로 연회장에 남아 지인들과 잠시 환담을 나누고, 그다음에…….

그리고, 그다음에, 내가 무엇을 했더라?

갑자기 날카로운 두통이 찾아왔다. 동시에 뇌리에 그 끔찍한 악몽의 한 토막이 스쳤다. 눈앞에 토니가 있었다. 복부에 뭔가 막대기 같은 것이 박혀 있었다. 그 막대기를 내가 양손으로 꽉 쥐고 있었다.

그래…… 그 악몽에서 나는 토니를 막대기 같은 것으로 찔러 죽이려고 했다. 하지만 그건 어디까지나 꿈이다. 정말 있었던 일이 아니다. 그 순간 내 양손에 몸뚱이의 물컹물컹한 감촉이 생생하게 살아났다. 내 입에서 가느다란 비명이 흘러나왔다.

형사는 대답을 재촉하지 않은 채 내 얼굴만 응시하고 있었다.

"로빈슨 씨, 괜찮으세요?"

의사가 당황해서 묻고는 형사를 쳐다보았다.

"형사님, 오늘은 여기까지 하시죠. 환자가 아직 완전히 회복되지 않았습니다. 내일이라도 다시 상태를 봐서……."

"괜찮……."

의사가 나를 돌아보았다. 그것은 내 목소리였다. 형사는 여전히 내 얼굴을 쳐다보고 있었다.

"괜찮아요, 의사 선생님."

나는 간신히 목소리를 내는 데 성공했다.

솔직히 말하면 괜찮지는 않았다. 마치 전력질주라도 하고 난 것처럼 심장이 격하게 뛰고 있었다. 귓속에 둑둑, 하는 맥동이 울렸다. 그 리듬에 맞춰 머리가 몹시 지끈거렸다. 그러나 토니가 죽었다는 말을 들은 이상, 이야기를 여기서 중단할 수는 없었다.

설마 그 악몽은, 뭐라고 해야 할까…… 그래, 예지몽이나 환시 같은 것이었을까? 토니는 긴 막대기 같은 것에 찔려 죽었나? 누구에게?

"질문을 다시 시작해도 되겠습니까?"

형사가 무표정하게 물었다.

"……네."

내가 그렇게 대답하자 형사가 고개를 끄덕였다.

"같은 질문을 하겠습니다. 라이언 씨가 죽었다는 것을 알고 있었습니까?"

갑자기 머릿속에 무서운 생각이 날아들었다.

그 악몽이 꿈이 아니라 실제였다면?

아니, 내가 토니를 죽일 리가 없지 않은가? 소중한 친구 토니에게 그런 짓을 할 이유가 없다. 무엇보다 그 악몽의 장소가 어디인지도 모른다.

그러나, 그렇다면 왜 형사가 이 병실에 찾아왔지? 형사가 찾아온 것을 보면 범죄가 있었다는 것 아닌가? 토니가 누구에게 살해된 것이 아닐까? 그리고 이 형사는 왜 나에게 질문을 하지? 내게서 대체 무슨 이야기를 듣겠다는 거지?

한 가지 무서운 가능성에 생각이 다다랐다.

의사의 말에 따르면 나는 지난 며칠간의 기억이 온전치 않다. 그러니까 내 기억은 정확하다고 할 수 없다.

내 기억이 잘못이고 그 악몽이 사실이라면? 너무도 무서워서 마음속 깊이 감추어두었던 사건이 악몽이라는 모습으로 기억의 표층을 서서히 스미어 나온 거라면?

내가
토니를
죽였나?

"대답이 뭡니까?"

비로소 형사가 대답을 재촉했다.

어떻게 대답해야 할지 망설였다. 내 기억을 믿는 수밖에 없다. 나 자신을 믿지 않으면 무엇을 믿겠나? 그래, 나는 당연히 토니를 죽이지 않았다.

"아니요."

"정말로요?"

"네, 나는 아닙니다."

형사의 눈이 스윽 가늘어졌다.

"깜박 잊고 말하지 않았는데, 이 대화는 전부 녹음되고 있습니다."

형사는 재킷 가슴주머니에서 작은 은색 기계를 꺼내 보여주었다. 전자녹음기였다. 빨간 램프가 깜빡여 녹음 중임을 나타내고 있었다. 형사는 그것을 다시 맨 위의 마이크 부분만 드러나게 해서 가슴주머니에 천천히 꽂아 넣었다.

"폴리그래프라는 장치가 있습니다."

형사는 혼잣말처럼 말하기 시작했다.

"혈압, 맥박, 체온, 발한, 호흡 등의 변화를 전기신호나 물리신호로 표시하여 상대방의 발언에 허위가 있는지 알아내는 장치입니다. 거짓말탐지기라고도 하죠."

마치 대학교수가 강의하는 말투였다.

"과거에 경찰에서 용의자를 심문할 때 폴리그래프를 사용한 적이 있습니다. 다만 그 증거능력은 매우 의심스러워요. 화이트 코트 신드롬이 보여주듯 인간의 혈압이나 맥박은 다양한 이유로 쉽게 변하니까요. 도리어 폴리그래프에는 용의자에게, 요란한 장치를 장착했으니 거짓말은 반드시 들킨다는 암시를 줌으로써 진실만 말하도록 강한 심리적 압박을 준다는 데 실질적 의미가 있었던 것으로 보입니다."

그 대목에서 형사는 다시 내 얼굴을 보았다.

"하지만 의도적으로 거짓말을 하면 반드시 정신적 갈등을 겪게 되고, 그 영향은 신체로 파급되어 눈에 드러나게 됩니다. 이건 사실입니다."

형사는 그 대목에서 입을 다물었다. 형사의 옆얼굴을 의사가 불안스레 쳐다보았다.

형사가 다시 말을 시작했다.

"왜냐하면 거짓말이라는 행위는 정신에 적지 않은 부담을 주기 때문입니다. 머릿속에 사실과 허위를 섞어두면 자기 생명을 위험에 노출하기 쉽습니다. 깊은 호수 표면에 언 얇은 얼음을 견고한 지면이라고 믿는다면 그 위를 걷게 됩니다. 사실은 사실이고 거짓은 거짓이죠. 이것을 인식하지 못한다면 걷는 것도 두렵겠지요."

이유는 알 수 없지만 서서히 답답해지기 시작했다. 형사가 하는 이야기를 듣지 않으려고 애썼다. 그러나 그의 말은 귀에서 뇌로 가차 없이 파고들었다.

"그래서 거짓말을 하는 사람의 뇌는 그 부담의 고통을 피하기 위해 자신을 속이기 시작합니다. 즉 거짓을 진실이라고 믿으려 합니다. 그러나 아무리 믿으려 해도 마음 깊은 곳에서는 사실이 아니라는 것을 알고 있지요. 그리고 어딘가에서 언동에 파탄이 납니다. 모순과 혼란이 생기는 거죠. 폴리그래프 같은 게 없더라도 그런 모순이나 혼란은 발견할 수 있지요."

차가운 땀이 등을 축축이 적시고 있었다.

"당신은 지금 혼란에 빠진 모습을 보였어요."

"네?"

엉겁결에 묻는 나를 향해 형사가 내처 말했다.

"질문에 네, 아니요로만 대답하라고 제한하면 오히려 자꾸 다른 말로 보충하고 싶어집니다. 자신도 모르게 나온 그 말에 진실이 얼핏 드러나는 겁니다."

그렇게 말하고서 형사는 나에게 날카로운 시선을 던졌다. 나는 심장박동이 빨라지는 것을 느꼈다.

"내 질문은 '라이언 씨가 죽은 걸 알고 있는가'였습니다. '살해되었다'는 말은 전혀 하지 않았어요. 그런데 당신은 '나는 아니다'라고 대답했습니다."

혈압이 단숨에 치솟는 것을 느낄 수 있었다. 온몸에서 더 많은 땀이 솟아났다.

"그 이유는, 당신에게 라이언이 죽었다는 사실은 라이언이 살해되었다는 것과 같은 뜻이기 때문입니다. 다시 말해 당신은 라이언이 살해된 것을 알고 있었던 겁니다."

아니야, 아니야……. 그건 토니가 살해되는 악몽을 꾸었기 때문이야.

"라이언 씨가 살해된 것을 당신은 알고 있었습니까?"

나는 대답할 수 없었다. 알고 있었을 리가 없지 않은가? 다만 꿈을 꾸었을 뿐이다. 꿈에 보았다 해서 알고 있었다고 말할 수 있을까?

그러나 나는 아니요, 라고 말할 수도 없었다. 토니는 살해되었다—나는 왠지 그렇게 확신하고 있었기 때문이다. 쉬익쉬익, 하고 바람 새는 소리가 들리기 시작했다. 내 목에서 나오는 숨소리였다. 어느샌가 호흡까지 거칠어져 있었다.

"휴즈 형사님, 환자 상태가 안 좋아지고 있습니다. 그만해주세요. 의사로서 더 이상 면담을 허용할 수 없습니다."

의사가 진지한 표정으로 형사에게 다가섰다.

"그럼, 질문을 바꿔보지요."

형사는 의사의 말이 전혀 안 들리는 것처럼 굴었다.

"당신의 투어 승수는 투어 최다기록인 83승입니까?"

누군가 손톱을 길게 기른 손으로 내 심장을 콱 움켜쥐는 느낌이었다.

이 사람은 나의 마지막 우승을 거론하고 있다. 작년 PGA챔피언십에서 거둔 우승, 그것은 진정한 우승이었나? 나의 승수는 83회가 아니라 실은 한 번을 뺀 82회 아닌가? 이 형사는 그 말을 하고 싶은 것이다.

"형사님, 그만하세요!"

의사가 뒤에서 형사의 어깨를 거칠게 흔들었다. 하지만 그는 전혀 개의치 않았다.

"대답하세요. 네입니까, 아니요입니까?"

이 사람은 알고 있다. 어째서인지는 모르지만 내 비밀을 알고 있다. 절대로 남이 알아서는 안 되는 내 비밀을, 무덤까지 가져가려고 했던 내 비밀을.

"긴장을 풀어요, 로빈슨 씨."

형사는 내 눈을 가만히 응시하며 조용하고 낮은 목소리로 다시 입을 열었다.

"평생 살얼음판을 딛는 공포에 떨면서 걸어갈 겁니까? 그건 지옥이에요. 영혼의 안식 따위는 결코 없을 겁니다."

그렇다……. 나는 기다리고 있었던 것이다.

그 비밀을 절대로 들키지 않으려 하면서도 한편으로는 초조하게 기다리고 있었다. 누군가 내 비밀을 알아채고 만천하에 드러내주기를. 그리고 나는 알고 있었다. 그렇지 않고서는 내가 구원받을 수 없다는 것을.

신의 벌이다……. 나는 그렇게 생각했다.

언제였던가, 내가 아직 젊었을 때, 나는 세미러프에서 공을 건드린 것을 솔직하게 신고했다. 그래서 나는 금세 프로골프계에서 성공을 거두고 빛나는 영광을 차지할 수 있었다. 그래, 그때 나는 신의 시험에 들었던 것이고, 그 시험을 이겨내고 신에게 총애를 받았던 것이다.

그리고 나는 작년 PGA챔피언십에서 그 비밀을 들키지 않고 우승을 차지했다. 그때 나는 신의 시험에 빠져 실격한 것이다. 그리고 신의 기대를 배반한 대가로 가장 소중한 친구 토니 라이언을 영원히 잃어버렸다.

이 얼마나 잔혹하고 무거운 벌인가. 그러나 이 벌의 무게는 내가 지금까지 신에게 받아온 수많은 찬란한 영광의 무게이다. 신의 저울은 늘 수평을 유지한다.

지금 나는 신의 세 번째 시험에 들었다. 내가 아는 것을, 안다고 말해야 한다. 신 앞에서 모든 것을 정직하게 말해야 한다.

나는 못 견딜 정도로 이 모든 것을 알고 싶었다.

누가 가르쳐주었으면 좋겠다.

그 악몽은 무엇인가?

정말 있었던 일인가?

토니는 살해되었나?

그리고 살해한 것은 누구인가?

나인가……?

나는 나를 내려다보는 형사를 올려다보았다.

이 남자가 나에게 모든 것을 가르쳐줄까? 그래서 나를 구원해 줄까? 그렇게 생각한 순간, 뜨거운 것이 나의 양 볼을 타고 떨어졌다. 그것은 눈물이었다.

"다, 당신은……."

나는 힘겹게 입을 열었다.

"내가 한 일을, 전부, 알고 있습니까?"

형사는 턱을 천천히 치켜들고 이렇게 말했다.

"네."

17
수요일
도서관 밤

잭은 도서관 소파에 얼 나간 얼굴로 맥없이 앉아 있었다.

그러나 속에서는 불이 붙은 듯 안달하고 있었다. 아직 살인 현장 상황의 의문은 아무것도 풀리지 않았는데, 휴즈 형사는 동기만을 근거로 닉 로빈슨을 살인범으로 단정하고 자백을 얻어내 사건을 단숨에 해결하려 하고 있다.

만약 로빈슨이 범인이 아니라면 무고한 사람을, 두 사람을 죽인 살인범으로 만들고 있는 셈이다. 그것은 동시에 휴즈 형사에게 무고를 저지르게 하는 것이나 마찬가지다.

뭔가 엉뚱한 실수를 저지르고 있는 것은 아닐까……?

순간 잭은 등에 얼음덩어리가 닿은 기분이었다.

나의 추론에 오류는 정말로, 절대로 없는 걸까? 아니, 로빈슨이 작년 PGA챔피언십에서 부정행위를 숨기고 우승한 것은 틀림없다. 거기까지는 확신한다. 그러면 휴즈 형사가 말하는 대로 로빈슨이 부정행위를 감추려고 토니 라이언과 앤서니 스미스를 살해했을까?

스미스라면 몰라도, 그만한 이유로 33년이나 고락을 함께한 친구 라이언을 살해했을까? 라이언이 궁지에 빠진다면 로빈슨은 자신을 희생해서라도 친구를 구할 사람이 아닌가? 라이언도 로빈슨을 위해서라면 뭐든지 감수할 그런 관계가 아닌가?

가령 나라면 파트너인 팀을 죽일 수 있을까? 절대로 그럴 수 없다. 그야 뭐, 내가 팀을 죽이려고 해도 완력으로는 도저히 당해낼 수 없으니 역공을 당할 게 뻔하고, 무엇보다 상대방은 무슨 짓을 해도 죽을 것 같지 않은 완강한 놈인데…….

생각이 샛길로 빠지려 할 때 잭은 문득 팀이 곁에 없다는 것을 깨달았다.

"어? 팀?"

문득 돌아보니 도서관 내부는 캄캄했다. 생각에 몰두해 있는 동안 밤이 되고, 팀은 어디로 가버린 모양이다.

그때 도서관 입구에서 목소리가 들려왔다.

"왜 불도 안 켜고 있어? 이런 데서 전기를 절약한다고 네 은행 잔고가 늘어나는 것도 아니잖아?"

도서관 천장에서 촛대 샹들리에를 모방한 조명이 켜졌다. 눈이 부신 잭이 눈을 가늘게 뜨고 목소리의 주인공을 쳐다보았다. 파트너 팀 브루스였다.

"네가 너무 심각하게 생각에 빠져 있어서 말 걸기도 뭣하고, 너무 심심하기도 해서 이걸 빌리러 갔었어."

팀은 오른손에 들고 있는 빨간 금속 상자를 쳐들어 보였다.

"그게 뭐지?"

"목공 연장. 낮에 여기 테이블을 부숴놓았으니 들키기 전에 살짝 고쳐놓으려고."

팀은 옆의 커피테이블을, 정확하게는 커피테이블이었던 것을 턱짓으로 가리켰다. 테이블은 다리 네 개가 상판에서 깨끗하게 분리되어 호랑이 가죽처럼 납작해져 있었다.

"탁자 수리도 할 줄 알아?"

잭이 의심스러워하는 목소리로 묻자 팀이 가뿐하게 대답했다.

"지켜봐. 내가 체구는 이래도 손재주가 좋거든. 어릴 때부터 가끔 울타리나 선반을 수리했지."

팀은 부서진 테이블 옆에 목공 공구상자를 내려놓고는 쪼그려 앉아 테이블 상판을 뒤집어놓고 다리가 있던 자리를 살펴보았다.

"아, 이건 곤란한데. 못을 사용하지 않았어. 구멍을 파고 접착제를 칠한 다음 다리를 끼워 맞춰놓았을 뿐이야. 목질이 단단해서 못 박기가 힘들었나?"

잭도 일어나 팀 옆에 다가와 쪼그리고 앉았다.

"팀, 테이블에 못을 쓰지 않은 것은 무늬가 멋진 원목에 못 자국을 만들지 않기 위해서가 아닌가? 이건 마호가니, 그것도 무늬를 보니 쿠바산 최고급품 같아. 내 말이 맞다면 수출 규제가 시작된 1946년 이전에 수입된 아주 귀한 목재라고."

"하지만 이 공구상자에는 목공용 접착제가 없어."

팀은 투덜거리며 공구상자 뚜껑을 열고 안을 구석구석 뒤진 끝에 마침내 망치와 굵은 못이 든 종이봉지를 꺼냈다.

"다리 하나당 굵은 못 네다섯 개를 상판에 박으면 코끼리가 올라가도 부서지지 않을 거야!"

팀은 봉지 속의 못을 오른손으로 몇 개 집어 들어 아무렇게나 입에 물었다. 팀의 입술에서 못이 머리를 나란히 하고 튀어나와 있는 것을 보고는 잭이 말했다.

"팀, 목수들이 흔히 그렇게 하기는 하지만, 입안이 괜찮겠어? 무엇보다 위생상 그다지……."

"너두, 모르릉 게, 이구나."

"엉? 뭐라고?"

팀은 입에서 일단 못을 빼냈다.

"너도 모르는 게 있구나, 라고 했다. 내 말 잘 듣고 기억해둬. 못을 입에 무는 건 못에 침을 바르기 위해서야. 그렇게 하면 나무에 박을 때 잘 박히니까. 그리고 또 하나는 목재 속에서 못 표면이 살짝 녹슬어서 잘 빠지지 않게 되거든."

"호오, 몰랐네. 쓸 만한 정보로군."

"뭐 이런 건 하버드나 MIT에서도 가르쳐주지 않을 테니까."

자신만만해진 팀이 이번에는 못을 열 개 정도 거침없이 입에 던져 넣었다.

"이, 이봐, 팀! 아무리 그래도 못을 그렇게 많이 물면 위험하잖아. 그러다 삼키면 어쩌려고."

"아, 시크러어, 잔자크 오고 이써(아, 시끄러워, 잠자코 보고 있어)!"

그때였다. 팀 바로 뒤에서 우렁찬 목소리가 울렸다.

"오! 팀, 잘 지내고 있나?"

찰스 맥거번 회장이 팀의 등을 오른손으로 힘껏 내리쳤다.

"회장님, 사람을 죽일 셈이에요?"

바닥에 털썩 주저앉은 팀이 숨을 헐떡이며 간신히 말했다. 얼굴에서는 비지땀이 흐르고 바닥에는 뱉어낸 못들이 흩어져 있었다.

"이런, 미안! 정말 미안해. 설마 이런 밤중에 캐디가 도서실에서 입에 못을 잔뜩 물고 있을 줄 누가 상상이나 했나?"

맥거번 회장이 귀 위쪽으로 반질반질한 머리를 긁적였다. 빨간 스티치가 들어간 하얀 슈트에 금색 셔츠. 변함없이 요란한 차림이지만, 트레이드마크인 커다란 깃털장식은 걸치고 있지 않았다. 휴즈 형사에게 의심을 산 뒤로 깃털장식에 정나미가 떨어졌을 것이다.

"대체 왜 뒤에서 슬쩍 다가와 다짜고짜 귓가에 고함을 지르는 겁니까? 심장에 안 좋게."

팀은 좀처럼 분노가 가라앉지 않는 듯했다.

"아니, 놀랠 생각은 없었네. 바닥에 흩어져 있는 잡지를 밟지 않으려고 조심조심 걷다 보니 나도 모르게 살금살금 걸었던 건데…….”

“그런데 회장님은 무슨 일로 오신 거죠?”

잭이 그렇게 묻자 맥거번 회장은 아차, 하며 말했다.

“아, 그렇지! 맞아. 잭, 아까 레스토랑에서 언뜻 들었는데, 내일 선수와 캐디만으로 US오픈을 치른다고 하던데?”

“네, 역시 소식이 빠르시군요.”

맥거번 회장이 빙긋이 웃었다.

“그렇게 흥미로운 소식을 듣고 가만히 있을 수 있어야지. 부디 나도 협찬하게 해주겠나? 정규 상금을 다 채워줄 수는 없지만, 선수들이 돈을 갹출해서 시합을 치르다니, 딱하잖아.”

잭은 그렇게 된 경위를 맥거번 회장에게 설명했다.

18번 홀 그린을 굴착 조사하고 싶다는 휴즈 형사의 계획이 테드 스탠저와 새미 앤더슨의 협조로 통과되어 17홀 파68로 경기를 치르게 되었다는 것, 상금을 선수들이 갹출해서 모으는 것은 케빈 워츠의 제안이라는 것, 상금이 남으면 토니 라이언의 이름으로 어딘가에 기부한다는 것, 그리고 선수와 캐디들은 모두 이 아이디어를 환영한다는 것…….

“그랬나? 역시 골프를 사랑하는 사람치고 훌륭하지 않은 사람이 없다니까.”

맥거번 회장은 감동한 듯 눈을 꾹 감고 고개를 연신 끄덕였다.

“그럼 상금을 내놓겠다는 주제넘는 짓은 하지 말아야겠군. 그 대신 그 라이언 기금에 기부하는 형식으로 협력하고 싶은데, 그건 어떤가?"

"고맙습니다, 회장님. 다들 기뻐할 겁니다. 돌아가신 라이언 씨도……."

그렇게 말하던 중에 잭은 토니 라이언의 살해 용의자로 지목된 닉 로빈슨을 떠올렸다.

대체 로빈슨은 앞으로 어떻게 될까? 분명히 그 말고는 라이언을 죽일 동기를 가진 사람이 보이지 않는다. 하지만 경찰이 그 정도를 근거로 로빈슨을 체포할 수 있을까? 물론 로빈슨이 범행을 인정하고, 그 몸통을 관통한 깃대의 수수께끼와 알리바이의 수수께끼를 납득할 수 있도록 스스로 설명한다면 모르겠지만. 휴즈 형사는 그걸 노리는 건데…….

다시 자기 세계에 빠져 궁리를 시작한 잭을 보고 팀이 어깨를 으쓱해 보였다.

"이런, 그럼 나는 테이블 수리나 해볼까? 회장님, 작업을 해야 하니까 옆으로 비켜주세요."

팀은 맥거번 회장을 내쫓는 손짓을 하고, 값나가 보이는 마호가니 상판에 못을 댄 채 그 너머에 댄 다리 방향으로 사정없이 망치를 휘두르기 시작했다. 하지만 못은 좀처럼 상판에 박히지 않았다.

"우아, 역시 단단하구나."

"어디 내가 좀 볼까? 이럴 때는 말이야……."

맥거번 회장이 공구상자로 손을 뻗었다. 그리고 그 속에서 코르크 오프너처럼 T자형으로 생긴 가느다란 금속 도구를 꺼냈다. 송

곳이었다.

"송곳을 어디에 쓰게요?"

팀이 목을 길게 뽑으며 묻자 맥거번 회장이 자신 있게 대답했다.

"상판에 미리 구멍을 내는 거야. 먼저 가는 구멍을 뚫어두면 아무리 굵은 못이라도 단단한 나무에 구부러지지 않고 깔끔하게 박히거든."

그렇게 말하고 맥거번 회장은 귀한 최고급 마호가니 상판에 송곳을 대고 능숙하게 회전시켜 작은 구멍을 내기 시작했다.

"오, 역시 가난하게 자란 사람답게 손재주가 좋으시네. 내가 해볼게요."

"안 돼."

맥거번 회장의 냉랭한 대답에 팀이 입을 삐죽거렸다.

"네? 왜요?"

"왜냐고? 당신은 '김릿 마시기에는 너무 일러.'"

유명한 하드보일드소설의 한 구절을 농담으로 던지며 맥거번 회장이 만면에 웃음을 지었다. 팀도 반갑게 농담에 응했다.

"오, 레이먼드 챈들러? 그럼 나도."

팀은 오른손을 턱에 대고 낮은 목소리에 연극배우 같은 억양으로 말했다.

"구멍을 뚫을 거면, 아주 진한 걸로 해줘. 인생처럼 진한 거."

"그건 김릿이 아니라 마티니 얘기일 텐데?"

두 사람은 서로 얼굴을 마주 보며 웃음을 터뜨리고 상대방의 어깨를 두드려가며 거침없이 웃어댔다. 아무래도 금방 화해해버린 듯하다.

"자, 이제 됐어."

팀은 그 송곳 구멍에 굵은 못을 대고 망치로 때리기 시작했다. 그러자 못은 맥거번 회장 말대로 가볍게 쳤을 뿐인데도 견고한 마호가니 상판에서 다리를 향해 매끄럽게 똑바로 박혔다.

"오! 쑥쑥 박히네? 정말 쉽네요."

"팀."

"응?"

팀이 못을 박으며 돌아보니 바로 몇 센티미터 앞에 쪼그리고 앉아 팀의 얼굴을 들여다보고 있는 밋밋하고 무표정한 잭의 얼굴이 눈에 들어왔다.

"억!"

놀란 탓에 손이 흔들려 팀은 왼손 엄지를 망치로 호되게 찧고 말았다.

"악!"

망치를 내던지고 왼손을 마구 흔들며 낯을 찡그리는 팀에 아랑곳없이 잭은 쪼그리고 앉은 채 못이 중간쯤 박힌 마호가니 상판을 멍하니 쳐다보았다.

"그런 건가?"

"아무렴, 이것이 견고한 나무판에 못을 박는 요령이지."

맥거번 회장이 흡족한 표정으로 고개를 끄덕이자, 그 곁에서 잭이 맥이 빠진 듯 바닥에 털썩 주저앉았다. 그리고 그 자세 그대로 중얼거렸다.

"그거였구나!"

갑자기 잭이 양 주먹을 불끈 쥐며 힘차게 일어섰다. 팀과 맥거번 회장은 깜짝 놀라 동시에 잭을 올려다보았다.

잭은 벌떡 일어선 채 허공을 응시하며 구시렁거리기 시작했다.

"뭘 사용한 거지? ……아니면 그 안에 있던 것들 가운데 하나겠지. 그렇게 생긴 물건은 달리 구할 수 없어. 그럼, 어떻게 해서? ……그래, 인덕션레인지와 주전자, 그리고 비닐 끈이야. 하지만 왜지? 왜 그 사람은……?"

잭은 금세 다시 맥이 빠져 바닥에 주저앉았다. 팀과 맥거번 회장은 시선을 위에서 아래로 움직이고, 서로 얼굴을 마주 보았다. 계속해서 뭐라고 중얼거리던 잭이 불쑥 소리쳤다.

"성직자! 그리고 프리샷 루틴인가? 알았다!"

잭은 다시 벌떡 일어섰다. 두 사람은 잭의 얼굴을 멍하니 올려다보았다.

"팀, 휴즈 형사님은 어딨지? 벌써 로빈슨 씨를 만나러 가버렸나?"

잭의 기세에 주눅이 든 팀이 왼손 엄지에 입김을 후후 불기를 그치고 말했다.

"응? 아, 아마 지금쯤 만나고 있지 않을까? 형사님이 여기서 나간 지 벌써 한 시간 이상 지났으니까."

잭은 잠시 진지한 표정으로 뭔가 생각하다가 이윽고 마음을 추스른 듯 후우, 하고 숨을 내쉬고 힘차게 고개를 끄덕였다.

"아니, 아직은 참고인에 대한 사정청취 정도의 단계야. 정식 용의자로 보고 심문하게 되면 변호사가 입회해야 해. 아직 늦지 않았군."

"늦지 않았다니? 뭐가?"

의아해하는 팀에게 잭은 한숨을 내쉬었다.

"팀, 내가 중대한 실수를 범했어. 가장 중요한 첫 단계에서 단추 하나를 잘못 채웠어."

"네 단추는 전부 제대로 채워져 있는데?"

맥거번 회장이 의아하다는 투로 말했다.

"아뇨, 내가 입고 있는 폴로셔츠 단추가 아니라 라이언 씨의 불행한 사건에 관한 고찰을 말하는 겁니다."

"잘못 채우다니, 무슨 말이지?"

팀이 묻자 잭이 대답했다.

"앤서니 스미스는 공을 낳지 않았을 거야."

"뭐?"

팀은 놀란 표정이 되었다.

"스미스가 공을 낳은 게 아니라고? 그럼 로빈슨 씨는 오구가 아니라 진짜 자기 공으로 부정행위 없이 우승을……?"

"아니."

잭은 예리한 눈빛으로 부인했다.

"그 18번 홀의 세컨드 샷에서 공이 바뀌었어. 그건 분명해."

"그럼 공은 대체 언제 바뀐 거지? 게다가 공을 낳은 게 아니라면 스미스는 왜 살해되었지?"

잭의 표정이 굳어졌다.

"모든 것은 내일 휴즈 형사님이 있는 자리에서 이야기하자. 아무튼 닉 로빈슨 씨는 라이언 씨도 스미스도 죽이지 않았어."

"그럼, 누구지?"

팀이 잭에게 물었다.

"대체 누가 라이언 씨와 스미스 두 사람을 죽였다는 거야, 잭?"

"그건, 역시……."

잭은 숨을 한번 내쉬고 이렇게 말했다.

"……신, 이라고 할까?"

18

수요일
로빈슨의 진술

진술서

먼저 작년 8월 PGA챔피언십의 최종일 최종 18번 홀에서 있었던 일을 말하겠습니다.

나는 티샷이 홀 오른쪽 신의 나무 방향으로 크게 어긋나서 공을 분실했습니다. 공을 찾는 제한시간 5분이 지나려고 할 때, 70야드쯤 후방의 러프에서 관객 하나가 내 공을 찾았습니다. 그 공은 분명히 내 공이었습니다. 그러나 정확하게 말하면 내가 과거의 다른 시합에서 사용한 공이었습니다.

그것이 티샷에서 친 공이 아니라는 것을 나는 대번에 알았습니다. 왜냐하면 발견된 공은 위너 사의 초대 프로XV인데, 그 시합에서 내가 사용한 공은 개발 중인 2세대 모델, 즉 프로토타입이었기 때문입니다.

그러나 경기위원도 동반경기자 테리 루이스 씨도 1세대와 2세대 프로토타입의 차이를 알지 못했습니다. 두 사람 모두 공이 발견된 것을 진심으로 기뻐해주고 어서 경기를 속행하라고 재촉했습니다.

당연히 그럴 만했습니다. 두 공 모두 동일한 제조사에 동일한 브랜드이고, 번호도 같고, 똑같이 빨간 동그라미가 표시되어 있었기 때문입니다. 프로토타입의 달라진 점은 프로XV라는 글자의 서체가 조금 가늘다는 것, 번호의 서체가 다르다는 것, 그리고 일부 딤플이 팔각형이라는 것 등 세 가지뿐입니다. 늘 사용하는 사람이 아니면 알 수 없을 게 분명합니다.

발견된 공이 다른 공이라고 신고할까 하고 잠깐 생각해봤습니다. 하지만 결국 말하지 않았습니다. '이대로 쳐도 아무도 모를 것이다'라고 생각했기 때문입니다. 요컨대 나는 그 시합에서 꼭 우승하고 싶었습니다. 그것이 내가 부정을 저지른 이유입니다.

다음으로, 앤서니 스미스 씨 살해에 대하여 말하겠습니다.

작년 PGA챔피언십에서 러프에 슬쩍 다른 공을 놓아둔 사람이 시신으로 발견된 스미스 씨라고 경찰이 말하더군요. 사실대로 말하면 나는 스미스 씨를 죽인 기억이 없습니다. 아니, 앤서니 스미스라는 인물에 관한 기억은 전혀 나지 않습니다.

그러나 그를 죽인 것이 나라고 한다면 납득할 수는 있습니다. 공을 놓아둔 스미스 씨가 나의 부정행위를 들이밀며 나를 협박했겠지요. 그렇다면 내가 위기를 면하기 위해 그를 죽였다고 해도 이상할 것이 전혀 없습니다. 달리 범인이 없다면 아마 내가 죽였을 겁니다. 남 일처럼 말해서 미안합니다.

그리고 스미스 씨 시신이 유목에 관통되어 있었다고 하는데, 이것도 나는 기억이 전혀 없습니다. 따라서 내가 왜, 어떤 방법으로 스미스 씨를 찔러 죽였는지 설명할 수 없습니다. 경찰이 설명해주면 기억이 날지도 모르겠습니다. 꼭 설명해주었으면 합니다. 기억이 없다고 생각하니 정말 불안합니다.

그리고 친구 토니 라이언 살해에 대하여 말하겠습니다.

이것은 희미하게나마 기억이 있습니다. 내가 그의 복부를 긴 막대기 같은 것으로 찌르던 기억입니다. 정확하게는 그 광경을 꿈에서 보았는데, 그때 나는 토니가 깃대에 찔려 죽었다는 사실을 전혀 몰랐습니다. 그렇다면 꿈에서 본 것은 나의 기억이었다고 해야겠지요. 즉 내가 토니를 막대기 같은 뭔가로 찔러 죽인 겁니다.

왜 토니를 죽였는지에 대해서는 스미스 씨 경우와 마찬가지로 전혀 기억이 없습니다. 추정하건대 스미스 씨가 나를 협박하려고 먼저 토니에게 연락한 것은 아닐까요? 그래서 내가 작년 PGA챔피언십에서 저지른 부정행위가 토니에게 알려지고, 따라서 비밀을 지키기 위해 토니를 죽였을 겁니다.

나는 정말 무서운 짓을 저지르고 말았습니다. 아무리 인정하기 힘들어도 내가 그를 막대기로 찌르던 기억이 남아 있으므로 사실로 받아들이는 수밖에 없습니다.

토니를 살해하는 데 깃대를 사용한 이유도 알 수 없습니다. 가령 목을 조르기가 두려웠던 걸까요? 아니면 다른 흉기는 물증이 남을까 두려웠을까요? 어떻게 하면 끝이 뭉툭한 깃대로 사람을 찔러 죽일 수 있는지, 그것은 나도 모릅니다. 그렇게 죽어 있었으니 내가 그렇게 했을 것이라고밖에 말할 수 없습니다.

그 깃대를 토니의 시신과 함께 그린 컵에 꽂아 세운 이유도 생각나지 않습니다. 굉장한 힘이 필요한 일로 보이고, 나도 55세가 되어 근력이 예전 같지 않습니다. 하지만 '투쟁-도피반응*'이라는 것이 있습니다. 이 점에 대해서도 토니의 몸을 꿰뚫은 깃대가 컵에 세워져 있었으므로 내가 그렇게 했을 거라고 말할 수밖에 없습니다.

마지막으로 말합니다.

나는 작년 PGA챔피언십에서 프로골퍼로서 용서받을 수 없는 중대한 부정행위를 저질렀습니다. 그리고 그 행위가 발각될까 두려워 두 사람의 존엄한 생명을 빼앗았습니다. 분명한 기억은 없지만 두 사람을 모두 죽일 이유를 가진 인물은 나 말고는 없겠지요. 그렇다면 내가 범인이라는 데 의심의 여지는 없습니다.

나는 두 사람을 살해한 것을 인정하지만, 토니, 그리고 스미스 씨 살해의 상세한 상황에 대해서는 기억이 없어서 설명할 수 없습니다. 부

* 긴급 상황 시 자동적으로 나타나는 생리적 각성 상태.

디 경찰이 진실을 전부 밝혀주기를 바랍니다. 그렇게 된다면 나도 내가 저지른 일을 기억해낼지 모릅니다.

앞으로 경찰과 사법부의 판단에 모든 것을 맡기겠습니다. 어떠한 중형도 각오하고 있지만, 만약 극형을 면하게 된다면 남은 인생 전부를 참회하고 속죄하고 두 사람의 명복을 비는 데 바치고자 합니다.

니콜라스 윌리엄 로빈슨

19

수요일
휴즈 형사

책상 위에 있던 전자녹음기가 음성 재생을 마치고 정지했다.

크리스토퍼 휴즈 형사는 의자에 앉아 미동도 않은 채 재생 상태를 알리는 초록 램프가 꺼지는 것을 가만히 바라보고 있었다. 녹음된 로빈슨의 진술을 듣는 것이 이것으로 세 번째였다.

휴즈 형사는 왼팔에 찬 얇은 다이버 시계를 흘끔 보았다. 밤 11시 15분을 가리키고 있었다.

호텔 맨 꼭대기 층에 있는 스위트룸. 화요일 오전에 잭을 심문하던 객실이다. 천장 샹들리에는 꺼져 있고, 어둑한 실내에 켜진 조명은 탁자에 놓인 빨간 갈레 유리 탁상램프뿐이었다. 붉은 불빛이 탁자의 정교한 상감세공과, 그 위에 놓인 은색 전자녹음기, 그리고 휴즈 형사의 고뇌에 찬 표정을 비추고 있었다.

이래서는 영장 신청을 못 한다……. 휴즈 형사는 아랫입술을 깨물었다.

동기는 있다. 닉 로빈슨은 작년 PGA챔피언십에서 저지른 부정행위 때문에, 공을 몰래 갖다 놓은 앤서니 스미스에게 협박당하고 있었다. 또 그 부정행위가 캐디 토니 라이언에게도 알려지고 말았다. 스미스와 라이언을 살해할 동기를 가진 인물은 로빈슨 말고는 아무도 없다.

하지만 로빈슨이 스미스와 라이언을 살해한 증거가 될 새로운 사실은 끝내 로빈슨의 입에서 나오지 않았다.

아니지. 새로운 사실이 하나 나왔다. 로빈슨에게는 라이언을 막대기 같은 것으로 찌른 기억이 남아 있다. 하지만 그 기억의 내용이 너무나 모호하다. 로빈슨은 흉기를 '막대기 같은 것'이라고밖에 말하지 않았다. 짓대였다는 것도 기억하지 못하고 있다. 게다가 라이언을 살해하는 과정도 기억하지 못하고, 찔러 죽인 이후의 행동도 기억에 없다고 거듭 진술했을 뿐이다.

이런 상태로는 라이언 살해 용의로 기소해도 유죄를 받아내기 매우 어렵다. 변호사는 '우연히 비슷한 내용을 꿈꾸었을 뿐이다'라고 주장할 것이다. 혹은 '그런 꿈은 꾸지 않았는데, 경찰의 집요한 유도심문 때문에 그렇게 증언했다'라든지 '경찰에 의해 허위 기억이 이식되었다'고 역공을 펼 가능성도 있다.

더욱 곤란한 것은, 범행 추정 시각을 포함하여 로빈슨이 의무실에서 내내 혼수상태에 있었다는 것을 의사와 간호사가 증언하고 있다는 것이다. 완벽한 알리바이가 있다. 뭔가 잔꾀가 있었을 테지만, 로빈슨은 기억이 없다는 말밖에 하지 않았다.

실행범이 따로 있는 것일까? 휴즈 형사는 이내 그 생각을 지웠다. 로빈슨에게 라이언을 찌른 기억이 있고, 그것이 진술에 응하게 된 이유이다. 애초에 비밀을 감추려고 라이언을 죽인 것인데 또 누군가를 끌어들여 공범을 만들었다고 추정할 수는 없었다.

아니면, 설마 육체를 의무실에 둔 채 유체이탈을 하여 라이언을 살해하기라도 했단 말인가? 물론 그런 일은 있을 수 없다. 그러나 그런 엉뚱한 상상에까지 이를 만큼 현실적으로 불합리한 상황이었다.

게다가 스미스 살해에 대해서는 완전히 두 손 든 상태였다. 로빈슨은 스미스를 살해하는 것은 고사하고 애초에 스미스라는 사람에 관한 기억을 전부 잃었다.

무엇보다 알 수 없는 점은 이렇게 증거가 부족한데도 로빈슨이 '내가 라이언과 스미스를 죽였다'고 분명하게 인정한 것이다.

상식적으로 생각할 때 이것은 있을 수 없는 일이었다. 경범죄라면 몰라도 살인사건인 데다 시체도 두 구나 된다. 만약 유죄가 인정된다면 징역 수십 년은 피할 수 없다. 캘리포니아 주에는 사형제도 존재한다.

로빈슨의 자백은 경찰에게는 도리어 불리했다. 살인을 뒷받침할 사실은 아무것도 기억나지 않는데 자기가 했다고 인정하고 있다. 변호인 측은 그야말로 승기라도 잡은 양 경찰이 자백을 유도한 거라고 공세를 펼 것이다.

어떻게 하면 좋을까? 휴즈 형사는 자문했다.

로빈슨이 라이언과 스미스를 살해한 것은 의심할 수 없다. 두 사람을 살해할 만한 동기를 가진 인물이 달리 존재하지 않는다. 그러나 결정적인 증거가 없다. 반면에 알리바이는 확실하다. 그런데도 자기가 살해했다고 인정했다.

남은 방법은 18번 홀 그린과 그 주변에 대한 과학적 조사뿐이다.

그러나 만약 그렇게 해도 증거를 찾아내지 못한다면?

휴즈 형사의 등에 식은땀이 흘렀다.

그때 스위트룸의 중후한 문을 거침없이 노크하는 소리가 들렸다.

"뭐지?"

휴즈 형사가 무심코 거친 소리를 냈다.

잠금 풀리는 소리가 나고 문이 주저하듯 천천히 열리면서 얇고 푸른 제복을 입은 젊은 경관이 객실에 들어왔다. 경관은 문 앞에 직립부동자세를 취하고 긴장한 표정으로 입을 열었다.

"실례합니다. 저어, 휴즈 형사님께 전하라는 메모가 왔습니다."

"메모?"

휴즈 형사는 눈살을 찌푸렸다.

"누가요?"

"프로골퍼 잭 아키라 그린필드라는 분입니다."

그래, 잭이 있었지. 휴즈 형사는 지칠 대로 지친 몸이 갑자기 살아나는 것을 느꼈다. 이렇게 꽉 막힌 절체절명의 상황이라도 그 사람이라면 뭔가 기적을 보여줄지 모른다.

"내용은?"

"네, 읽겠습니다."

젊은 경관은 손에 쥔 메모로 시선을 떨어뜨렸다.

"토니 라이언 씨의 유년기 가정환경을 조사하여 가족 중에 알코올중독자가 있었는지를 확인해주세요. 내일 정오에 신의 나무 앞에서 기다리겠습니다. 닉 로빈슨 씨를 데리고 나와주세요. 전당에 기증된 닉 로빈슨 씨의 클럽 세트도 잊지 마시고요."

"뭐라고?"

휴즈 형사는 몹시 혼란스러웠다.

왜 피해자 라이언을, 더구나 유년기의 가정환경을 조사해야 하는가? 라이언의 유년기라면 40년 이상 지난 일 아닌가? 그렇게 오래전 상황이 이번 살인사건과 무슨 관계가 있다는 것인가?

게다가 알코올중독자라고? 왜 잭은 라이언 가족 중에 알코올중독자가 있을 거라고 생각했단 말인가? 그리고 골프 세트를 가져다가 뭘 하겠다는 걸까? 설마 18번 홀에서 골프를 치겠다는 건가?

그리고 이런 조건들이 다 충족되면 이 사건이 해결된다는 것일까? 이 전대미문의 불가해하고 비합리적인 의문투성이 사건이……?

휴즈 형사는 날카로운 표정으로 입을 다물고 있었다.

"저어, 형사님."

젊은 경관이 조심스레 말을 건넸다.

"내용이 더 있습니다만."

휴즈 형사는 저도 모르게 젊은 경관 쪽으로 상체를 기울였다.

"어서 읽어요."

"아, 네! 음……."

젊은 경관이 황망히 메모를 쳐다보았다.

"……그럼 저는 내일 US오픈을 위해 잠을 자두겠습니다. 내일은 꼭 굉장한 스코어를 보여드리죠. 안녕히 주무세요. ……저어, 이상입니다."

휴즈 형사는 눈을 감고 의자 등받이에 온 체중을 던졌다. 살아나는 듯했던 몸에서 이내 기운이 다시 빠져나갔다. 피로감이 온몸을 덮쳤다.

그러나 고민해봐야 방법이 없었다. 할 수 있는 일은 전부 해보는 수밖에. 그리고 달리 방법이 남아 있는 것도 아니었다. 휴즈 형사는 마음을 다잡았다.

"본부에 전화해요. 피해자 토니 라이언이 어릴 때 살던 집 주소를 알아내고 당시 가정환경을 조사해서 가족 중에 알코올중독자가 있었는지 확인하라고."

"넷, 알겠습니다!"

젊은 경관은 몸을 돌려, 엉덩이를 걷어차인 것처럼 스위트룸을 뛰어나가며 쾅, 소리가 나도록 힘차게 문을 닫았다.

휴즈 형사는 아무도 없는 객실에서 혼자 넋을 놓고 있었다.

내일 정오에 신의 나무 앞에서 기다린다…….

잭은 그렇게 전했다. 용의자 닉 로빈슨을 데려오라고 했다.

아무래도 잭은 내일 정오에 모든 의문을 해명할 생각인 모양이다.

모든 사건이 비롯된 저 신의 나무 앞에서…….

20
목요일
US오픈

오전 11시 40분.

쾌청한 하늘 아래 9번 홀 티잉 그라운드에 세 선수가 각자 캐디를 데리고 올라왔다. 세계 랭킹 1위 테드 스탠저, 2위 새미 앤더슨, 그리고 PGA투어 첫 참가자 잭 아키라 그린필드이다.

골프계의 양대 스타가 한자리에 있는데도 골프코스는 쥐죽은 듯 조용했다. 관객이 한 명도 없다. TV방송국 직원도 카메라맨도 없다. 스코어보드를 들거나 관객을 유도하거나 공 옆에 작은 깃발을 세우는 자원봉사자들도 보이지 않는다.

선수와 캐디만으로 운영되는 최초의 US오픈이 이곳 홀리파인힐 골프코스에서 개최된 것이다.

18번 그린에서 굴착 조사를 결행한다.

크리스토퍼 휴즈 형사의 통고에 따라 미국골프협회와 PGA투어는 이번 주에 예정되어 있던 US오픈을 취소하고 예매한 티켓의 환불과 일정 연기를 결정했으며, 나아가 경찰에 대한 손해배상청구를 검토한다고 언론에 발표했다.

한편 출전 선수와 캐디들은 미국골프협회, PGA투어, 그리고 경찰에 대하여 18번 홀을 제외한 17개 홀로 US오픈을 실행한다고 선언했다. 휴즈 형사가 이끄는 캘리포니아 주 수사국의 수사반은 목요일 하루만이라는 조건부로 코스와 연습 레인지, 연습 그린 봉쇄를 풀었다.

미국골프협회와 PGA투어는 당연히 이를 정식 US오픈으로 인정하지 않았다. 다만 선수와 캐디만으로 운영되는 개인적 라운드로 간주하고 일절 관여하지 않겠다는 태도를 표명했다. 요컨대 경기 개최를 묵인한 것이다.

단 하루, 그것도 17개 홀을 이용한 경기였지만, 선수들에게는 틀림없는 US오픈이었다. 세계 랭킹, 세계 각 투어의 상금 랭킹, 세계 각지의 예선에서 선발된 일급 선수들 156명이 한자리에 모인 이 대회는 누가 세계 최고의 골퍼인지를 결정하는 경기이다.

게다가 이 시합은 불행하게 죽은 베테랑 캐디 토니 라이언을 추모하는 시합이라는 의미도 있었다. 아니, 언제 장례를 치를지도 알 수 없고, 장례식에 모두 모일 수 있을지도 알 수 없는 만큼, 선수와 캐디들에게 이 경기는 라이언 '골프 장葬'이었다. 투어 동료 모두에게 사랑받던 라이언 앞에서 아무렇게나 플레이할 수는 없다. 다들 그렇게 다짐하고 있었다.

하루 전 모금에서는 아마추어선수 여섯 명과 그 캐디를 제외한 총 300명의 선수와 캐디로부터 10만 달러 넘는 돈이 모였다. 하지만 우승자가 차지하는 것은 불과 300달러. 나머지는 전부 라이언의 이름으로, 가난한 어린이를 위한 장학기금으로 기부하기로 결정되었다.

세 명의 선수들 중에서 제일 먼저 9번 파5의 티마크로 나선 것은 잭이었다.

잭은 티잉 그라운드에 서자 눈부시도록 청명한 하늘을 올려다보며 고원의 맑은 공기를 가득 들이마셨다. 그리고 미소를 지으며 드라이버를 몇 번 호탕하게 휘둘러보았다. 골프에 딱 좋은 날씨, 최고의 동반자들과 겨루는 라운드를 진심으로 즐기는 듯했다.

그러나 잭의 뒤에 있는 캐디 팀 브루스는 웃고 있지 않았다. 스탠저와 앤더슨, 그리고 그들의 캐디 두 명도 진지하기 짝이 없는 표정이었다. 아니, 잭을 제외한 전원이 명백히 긴장하고 있었다. 다섯 사람 모두 딱딱한 표정으로 숨을 죽인 채, 붕붕 소리 내며 드라이버를 휘두르는 잭의 뒷모습을 말없이 쳐다보고 있었다.

그때 9번 홀에 종을 깨는 듯한 목소리가 울려 퍼졌다.

"어어이! 잭! 오, 팀! 오늘 컨디션은 어때?"

티잉 그라운드 옆의 카트 도로에 진초록 빛깔의 무개 전동카트가 다가왔다.

터질 것같이 꽉 끼는 하얀 슈트를 입은 남자가 한 손에 핸들을 쥐고 있다. 관객이 없는 US오픈을 자유롭게 관전하고 있는 유일한 인물, 맥거번프런티어제약회사의 찰스 맥거번 회장이었다. 그는 이 경기의 취지에 찬성하고 라이언 기금으로 쌈짓돈 5만 달러를 기부했다.

"이런, 늦어서 미안하네. 아침부터 회사에서 주주총회 건으로 호텔에 전화가 와서 말이야. 휴즈 형사의 허락을 얻어서 지시를 내려두었지만, 우리 전무, 영 못쓰겠더라고. 머리가 아둔해. 괜한 일로 사람 시간을 빼앗고 말이야."

"쉬잇!"

팀이 당황해서 손가락을 입술에 갖다 댔다.

"회장님, 조용히 하세요. 지금 잭이 티샷하기 직전인 거 모르시겠어요?"

"응? 아, 그야 알지만 아직은 연습하는 중이잖아? 뭘 그렇게 예민하게 구나?"

맥거번 회장은 의아해하는 표정으로 팀에게 대꾸하고 카트를 티잉 그라운드 옆에 대고서 풋 브레이크를 밟아 잠가두었다.

"아, 회장님 아니세요?"

잭이 드라이버를 휘두르며 웃는 낯으로 회장을 돌아다보았다.

"오늘은 컨디션이 최고네요. 이렇게 몸이 가뿐한 것은 생전 처음인 것 같아요."

"호오, 그렇게 말할 정도라면 오늘은 신들린 듯 버디를 몰아치겠군."

"네, 현재 9언더입니다."

"오오, 그래, 정말 훌륭하군."

그렇게 말하고 나서야 맥거번 회장은 자기 귀를 의심했다.

9언더? 작년 PGA챔피언십에서 한 사람도 언더파를 내지 못한 이 난코스에서 9언더라고?

"잭, 여기가 9번 홀이지?"

"맞아요."

"그런데 자네가 지금 9언더라고?"

"네."

잭은 드라이버를 휘둘러보고 씩 웃으며 대답했다.

"와, 그래? 자네들은 후반 10번 홀에서 출발했지? 그렇다면 이 9번 홀이 마지막 17번 홀이 되네. 그런데 어떻게 그런 굉장한 스코어를……."

"회장님, 우리 조는 아웃 1번 스타트예요."

팀이 바로잡아주었다.

맥거번 회장은 눈을 동그랗게 떴다.

"그럼 잭은, 으음, 역시 아직 여덟 개 홀밖에 돌지 않은 건가? 그런데도 9언더라면……."

여기서 테드 스탠저가 입을 열었다.

"잭은 지금까지 파3, 파4를 전부 버디로 끝내고 파5에서는 이글을 해낸 겁니다."

스탠저는 매우 긴장한 표정이었다.

"정말 대단합니다. 오늘 아침 잭은 스타트 시간에 아슬아슬하게 도착해서 준비운동도 없이 라운드를 시작했는데 말이죠."

새미 앤더슨이 고개를 가로저었다. 그의 이마에 살짝 땀이 솟아 있었다.

"아, 아깐 미안했어요. 친구 두 명을 잠깐 만나고 오느라고."

잭이 유들유들한 말투로 사과했다.

8번 홀을 마쳤을 때 스탠저는 이븐파*, 앤더슨은 1오버였다. 그래도 작년에 이 코스에서 열린 PGA챔피언십이었다면 충분히 우승을 노릴 수 있는 위치였다. 단지 유일하게 잭의 스코어만이 다른 세상의 숫자를 보여준 것이다.

9번 홀은 592야드에 파5. 이곳 9번 홀이 아웃코스의 두 번째 파5이다. 만약 여기에서도 이글을 해낸다면 잭의 아웃코스 스코어는 11언더인 25. 하프라운드, 즉 아홉 개 홀의 '세계기록'에 버금가게 된다.

"자, 팀! 이 홀은 어떻게 공략할까?"

잭은 드라이버 스윙 연습을 마치고 공 뒤로 돌아가 페어웨이를 바라보며 명랑한 목소리로 물었다.

---

* 이븐파(even par): 더도 덜도 아닌 규정 타수를 치는 것.

"그야 이글로 아웃코스를 멋지게 끝내는 것이 최고이지만……."

팀이 바짝 마른 입술에 침을 발라가며 페어웨이 저쪽을 가리켜 보였다.

"유감이지만 잭, 이 파5에서만은 이글이 절대로 무리야."

페어웨이 중앙을 말라버린 시내 같은 넓은 바위밭이 가로지르고 있었다.

티잉 그라운드에서 그 바위밭까지 250야드. 바위밭의 폭은 평균 약 120야드. 즉 바위밭을 넘으려면 캐리로 370야드를 가야 한다. 오늘은 강한 맞바람이 분다. 아무리 고지대라 해도 그것은 절망적인 거리였다.

바위밭을 피하려면 바로 앞에 떨어뜨리는 수밖에 없다. 그렇게 되면 세컨드 샷은 핀까지 342야드가 남는다. 그린 바로 앞에 냇물이 있기에 그 앞부터 굴려서 그린에 올릴 수는 없다. 팀이 말하는 대로 2온은 아무래도 불가능해 보였다.

팀은 한숨을 지으며 잭을 곁눈으로 쳐다보았다.

"드라이버는 다시 넣어둬. 티샷은 3번 아이언으로 낮게 쳐서 바위밭 바로 앞 240야드 지점에 떨어뜨려. 세컨드 샷은 3번 우드로 260야드를 치면 90야드가 남지. 거기에서 서드 샷으로 승부를 건다."

"그건 너무 어려운 작전인데……."

잭이 떨떠름한 표정으로 중얼거리자 팀이 타박했다.

"뭐? 제일 쉽고 안전한 작전이잖아."

"하지만 티샷을 레이업* 하라는 거잖아. 서드 샷 90야드에서 직접 컵인하지 못하면 이글은 날아가는 거야. 아무리 나라도 그리 쉬운 게 아냐."

잭의 이 말에 팀은 오래간만에 분노를 터뜨렸다.

"이번 홀은 이글이 절대로 불가능하다고 처음부터 말했잖아! 너는 사람 말을 안 듣나? 아니면 귓구멍이 귀지로 꽉 막혔어? 잘 들어. 네 머릿속에서 이글이란 단어를 깨끗이 지워버려. 맨 앞의 e부터 맨 뒤의 e까지 다 쓰레기통에 처넣으라고!"

"하지만 팀, 오늘은 워낙 공이 잘 맞고, 지금까지 모처럼 세계기록 페이스로 왔잖아. 티샷부터 이글을 포기하고 치라니, 아깝지 않아?"

"티샷으로 저 넓은 바위밭을 넘지 못하면 2온은 힘들잖아. 캐리로 370야드를 보내지 못하면 저 바위밭은 통과할 수 없어. 네 드라이버 거리는 진짜 운 좋게 잘 맞아서 최고로 멀리 날아간다고 해도 320야드 정도야. 이렇게 쌩쌩 부는 맞바람 속에서 어떻게 캐리로 370야드를 보내겠다는 거야? 아, 진짜!"

울어버릴 것 같은 팀을 달래려는 듯 잭이 오른손을 살짝 쳐들며 말했다.

"알았어. 그럼 팀, 여기서 너한테 퀴즈 하나 내볼까?"

---

* 레이업(lay up): 페어웨이 샷이나 어프로치 샷 등으로 샷을 치는 것. 그린을 더 안정적으로 공략하기 위한 차선책.

"퀴, 퀴즈?"

뜬금없는 질문에 팀은 맥이 풀려버렸다.

"잘 들어봐. 너는 프로골퍼인데, 사랑하는 여인에게 프러포즈를 했어. 그랬더니 여인이 '이번 일요일이 내 생일인데, 그날 우승을 선물해주면 결혼할 수 있어'라고 대답한 거야. 그리고 그 시합 최종일. 마지막 조에 속한 너는 1위와 2타 차로 최종 18번 홀을 맞았어. 그 18번 홀이 여기야. 우승하지 못하면 그녀하고는 끝장이야. 1위를 따라잡으려면 무슨 일이 있어도 여기서 이글이 필요해. 자, 너라면 어떻게 할래?"

"어, 뭐? 으음……."

팀은 곤혹스러워하며 신음소리를 흘렸다.

"마지막 18번이, 이 홀이라고?"

"그래."

"그리고 2타 차로 지고 있다고?"

"그래, 그러니까 이글을 못하면 우승 가능성은 사라지는 거지."

"……잠깐만. 1분만 줘."

팀은 눈을 감고 팔짱을 낀 채 머리를 굴리기 시작했다. 팀 뒤에서 앤더슨이 스탠저에게 속삭였다.

"이 퀴즈, 당신이라면 어떻게 대답하겠어요, 테드?"

스탠저는 진지한 표정으로 대답했다.

"티샷을 바위밭에 최대한 가깝게 붙여놓고 세컨드 샷을 드라이버로 치겠어요. 기대한 대로 맞아준다면 350야드 떨어진 그린에 도착할지도 모르죠."

앤더슨은 고개를 갸웃했다.

"드라이버로 직접 노린다? 하지만 이런 강풍 속에서? 아무리 당신이라도 그린 바로 앞 냇물로 빠지지 않겠어요?"

"그럼 당신이라면 어떻게 하겠어요, 새미? 우승을 포기할 겁니까?"

스탠저의 말에 앤더슨은 어깨를 으쓱해 보였다.

"물론 우승은 노려야지요. 다른 여자 생일에."

팀은 여전히 중얼거리며 궁리하고 있었다.

"티샷에서 레이업하면 이글은 절대로 할 수 없어. 그렇다고 드라이버를 사용하면 공은 틀림없이 바위밭으로 직행하겠지. 바위밭에 떨어지면 공이 어느 쪽으로 튈지 전혀 예상할 수 없고."

갑자기 팀이 눈을 크게 뜨고 고개를 들었다.

"왜 그래, 팀?"

잭이 흥미진진해하는 얼굴로 팀의 얼굴을 들여다보았다.

"저기는, 바위밭이야……. 즉 연못도 아니고 냇물도 아니란 말이지."

팀은 헛소리하듯 중얼거렸다.

"물에 빠지면 공은 가라앉아. 하지만 바위밭이라면 공은 바위에 맞고 튀겠지. 바로 위로 튀어서 다시 바위밭에 떨어지면 경기는 망치는 거고, 좌우로 튀어서 코스를 벗어나면 OB가 나겠지. 어느 경우든 1벌타 받고 다시 쳐야 해. 하지만 앞뒤로 튀어서 바위밭을 벗어난다면, 그 위치는 페어웨이겠지. 뒤쪽으로 튀면 레이업이나 마찬가지 결과가 될 테고, 혹시 운이 좋으면…….”

잭은 드라이버를 옆구리에 끼고 박수를 치며 활짝 웃었다.

“바위밭 너머로 나갈 수도 있지. 정답이야, 팀. 이번 홀은 저 바위밭이 갬블 포인트야.”

팀은 팔짱을 끼고 상체를 약간 뒤로 젖힌 채 우쭐댔다.

“헤헤헤, 놀랐냐? 녀석, 뭘 그렇게 놀라. 사람은 어떤 위기가 닥치더라도 죽기를 각오하고 궁리하면 방법이 나오게 마련이지.”

“그럼, 팀. 지금은 드라이버로 가야지?”

“……아.”

속았다…….

팀은 이를 부드득 갈며, 생글생글 웃고 있는 잭을 원망에 찬 시선으로 노려보았다. 그 뒤쪽에서 스탠저와 앤더슨이 어이없다는 표정으로 마주 보았다.

잭은 티업한 공을 향해 드라이버를 겨누었다. 팀이 잭의 등을 향해 커다란 목소리로 외쳤다.

“잭, 높이 날려야 해!”

“오케이!”

“저기 한복판에 있는 커다란 바위를 노려!”

“넵!”

“젖 먹던 힘까지 짜내서 힘껏 때려!”

"알겠습니다!"

뭐야, 두 사람, 방금 전까지 다투던 거 맞아? 스탠저와 앤더슨이 어안이 벙벙해져 쳐다보는 가운데 잭은 우아하다 할 만큼 매끄러운 백스윙을 하고는 갑자기 맹렬한 속도로 드라이버를 휘둘렀다.

딱, 하고 헤드 한가운데 맞는 견고한 소리와 함께 하얀 공이 맑은 창공을 향해 드높이 날아올랐다. 그리고 역풍을 뚫고 앞으로 쭉쭉 뻗어나갔다.

"어디 보자……."

피니시 자세로 잭이 중얼거렸다.

"젠장, 쭉쭉 뻗어라!"

팀도 공을 향해 외쳤다. 스탠저와 앤더슨도 시선으로 탄도를 좇았다. 맥거번 회장도 공을 쳐다보며 흥분한 목소리로 경탄을 금치 못했다.

"오오, 이 청년들은 도대체 뭔 생각을 하는지 통 알 수 없지만, 아무튼 굉장한 샷이야!"

공은 바위밭 상공을 향해 똑바로 날아갔다. 그리고 300야드 넘는 곳에서 마침내 낙하를 시작했다. 공은 맞바람에 밀리며 서서히 바위밭으로 떨어지고 있었다. 바로 밑에는 바위밭에서도 유난히 커다란 바위가 있었다.

하얀 공이 그 커다란 바위로 똑바로 떨어져 높이 튀어 올랐다. 티잉 그라운드에서는 바로 위로 튀어 오른 것처럼 보였다. 적어도 좌우로 튀지는 않았다.

"어디로 튀는 거지? 앞쪽인가? 뒤쪽인가? 설마, 바로 위?"

팀이 목울대가 꿈틀거리도록 침을 꿀꺽 삼켰다. 잭은 피니시 자세 그대로 공을 가만히 추적하고 있었다.

튀어 오른 공이 다시 낙하하기 시작했다. 그 자리에 있던 모든 사람들이 마른침을 삼키며 공의 움직임을 따라갔다.

통, 하고 하얀 공이 착지한 곳은 연초록빛 페어웨이였다. 공은 몇 차례 튀어 오르며 빠르게 앞으로 굴러가다가 마침내 멈췄다.

바위밭을 지나 약 60야드 떨어진 페어웨이에 잭의 공이 자리잡았다. 총 비거리는 런을 포함하여 약 410야드. 공에서 컵까지는 약 180야드. 이제 미들아이언* 거리밖에 남지 않았다.

"야호! 넘었다, 넘었어! 보라고, 젠장!"

팀이 펄쩍 뛰며 오른손을 휘둘렀다. 잭도 드라이버를 꼭 쥔 채 양손을 번쩍 쳐들어 보였다. 그리고 서로 손바닥을 힘차게 맞부딪쳤다.

"바로 이거야……."

맥거번 회장이 감격해서 카트 핸들을 꼭 쥔 채 넋 나간 얼굴로 잭을 바라보았다.

"이걸 보고 싶어서 저 친구를 후원하는 거지. 이런 기적을 보여주는 사람을!"

앤더슨이 질렸다는 표정으로 고개를 설레설레 저었다.

---

* 미들아이언(middle iron): 120~150미터의 중거리 샷에 쓰는 4, 5, 6번 아이언.

"이런, 이런. 이런 막무가내 골프는 처음 보네요. 하지만 정말 손에 땀을 쥐게 하는군요. 무엇보다 플레이하는 본인들이 제일 즐거워 보여요. 하긴 도박이란 것은 장본인이 제일 즐거운 법이죠."

스탠저도 진지한 얼굴로 고개를 끄덕였다.

"도박인 것은 분명하지만 공이 바위밭 너머로 건너갈 확률을 높이려고 몇 가지 궁리를 했군요. 우선 공을 과감하게 높이 올려서 역풍에 밀리면서 떨어지도록 했어요. 밀리면서 바위에 떨어지면 건너편으로 튈 가능성이 높아지니까. 게다가……."

앤더슨이 말을 이었다.

"그래요, 튀어 오를 때 좌우로 벗어날 것을 대비해서 바위밭 한가운데를 노렸고, 더구나 맞힐 바위까지 정해서 정확하게 노렸어요. 하지만 아깝군요. 관객이 저 약장수 할아버지 한 명이라니."

스탠저와 앤더슨은 모두 4번 아이언으로 티샷을 했다. 두 사람의 공은 바위밭 바로 앞 페어웨이 중앙, 대략 235야드 근방에 떨어져 나란히 멈췄다.

"자, 가자, 팀!"

"응!"

기운차게 티잉 그라운드를 뛰어 내려가는 잭과 팀의 뒷모습을 향해 맥거번 회장이 소리쳤다.

"잭! 세컨드 샷을 망치면 안 돼! 이글을 놓치면 계약금 몰수야!"

잭과 팀은 멈춰 서서 뒤를 돌아보고 맥거번 회장을 향해 웃음을 던지며 나란히 엄지손가락을 들어 보였다. 그리고 바위밭을 건너가기 위해 왼쪽 가장자리에 있는 다리를 향해 뛰어갔다. 맥거번 회장이 미소 가득한 얼굴로 카트를 몰고 두 사람을 쫓아갔다.

스탠저와 앤더슨의 세컨드 샷은 모두 그린까지 360야드 남은 자리였다. 스탠저가 먼저 클럽을 잡고 어드레스에 들어갔다.

"새미, 핀 앞 100야드 자리예요."

스탠저는 이렇게 예고하고 손에 쥔 2번 아이언을 날카롭게 휘둘렀다. 공은 지상 2미터쯤 되는 낮은 높이를 유지한 채 실을 끌듯 직선을 그리며 역풍 아래를 날아가 바위밭을 넉넉히 넘겨 착지하고 그대로 런으로 가다가 260야드 거리에서 멈췄다. 스탠저의 장기인 초저탄도 샷이다.

"역시 훌륭합니다. 그럼."

왼손잡이 앤더슨은 5번 우드를 풀스윙했다. 드높이 날아오른 공은 그린 바로 앞 냇물에 떨어지나 싶었지만, 그곳에서 역풍을 받아 페이드 궤도가 되어 스탠저의 공 오른쪽 옆에 떨어져 딱 멈췄다.

두 사람 모두 핀까지 정확히 100야드 남았다. 약 1미터 거리를 두고 멈춰 있는 공 두 개를 확인하고 스탠저와 앤더슨은 서로 마주보며 씽긋 웃었다. 아무래도 두 사람 사이에서는 스코어 승부와 동시에 전혀 다른 차원의 승부가 벌어지는 듯했다.

잭의 세컨드 샷은 페어웨이 거의 중앙이고, 핀까지는 183야드였다. 역풍을 고려하여 6번 아이언으로 친 공은 멋지게 그린에 떨어져 컵까지 3미터 되는 자리에 멈췄다. 이글 기회.

이어서 스탠저와 앤더슨의 서드 샷. 두 사람의 공은 컵을 가운데

두고 양쪽으로 날아가 컵에서 1미터 떨어진 자리에 멈췄다. 모두 절호의 버디 기회.

"그런데 내가 지금 몇 위지?"

그린을 향해 걷던 잭이 불쑥 질문을 던졌다.

"이봐, 무슨 그런 불길한 소리를. 당연히 단독 1위지."

팀이 옆에서 걸으며 어이가 없다는 듯 말했다.

"하지만 골프에 절대라는 것은 없어. 나는 다른 선수의 스코어는 거의 보지 않는 편이지만, 남들 스코어를 전혀 모르는 것도 문제겠지."

"당연하지. 새삼스러운 말이지만 투어 스태프나 자원봉사자들에게 고마워해야지."

팀이 고개를 몇 번이나 끄덕였다.

"어?"

9번 홀 그린에 도착한 잭은 별안간 외마디소리를 냈다. 그린 안쪽에 있는 리더 보드에 선수 이름과 각각의 스코어가 적혀 있었기 때문이다.

팀도 놀라서 보드를 올려다보았다.

"이봐, 잭. 선수 스코어가 전부 눈에 익은 그 독특한 서체로 적혀 있어. 이거 고맙군."

곧이어 그린에 도착한 스탠저와 앤더슨도 보드를 보고 깜짝 놀랐다.

"어떻게 된 거지? 보드 담당을 포함해서 스태프가 한 명도 없을 텐데."

"대체 누가 기록해준 거지?"

그때 리더 보드 뒤에서 한 노인이 나타났다.

모두들 일제히 노인을 쳐다보았다. 고급스러운 회색 슈트에 넥타이를 단정하게 매고 골프용 흑백 콤비 가죽구두를 신었다. 잭은 그 노인이 오른손에 굵은 펠트펜을, 왼손에 지우개를 들고 있는 것을 보았다.

낯이 익은 노인이었다. 만난 것은 어제 오전 9시, 장소는 클럽하우스 지하의 도서관. US오픈 개최를 놓고 휴즈 형사와 대립했던 미국골프협회 US오픈위원회의 제임스 호프먼 위원장이다.

잭은 그에게 다가가 말을 건넸다.

"호프먼 위원장님이시군요. 그런데 여기서 뭘 하시죠?"

"보면 모르나? 스코어를 기록하고 있지."

호프먼 위원장은 웃지도 않고 대답했다.

"하지만 위원장님이 속한 미국골프협회는 이 시합을 US오픈으로 인정하지 않겠다고 결정하지 않았나요?"

잭이 내처 질문하자 호프먼 위원장은 흥, 하고 콧방귀를 뀌었다.

"당연하지. 이런 장난을 US오픈으로 인정할 수는 없네. US오픈은 곧 일정을 바꿔서 규정대로 개최할 거야. 지금 그 날짜와 장소를 검토하는 중이네. 그렇지만 오늘은."

그는 잠깐 말을 멈추었다가 다시 이었다.

"날씨도 좋고 너무 지루해서 말이지. 심심해서 나왔네. 예전엔 이게 내 일이었거든."

앤더슨이 한숨을 내쉬고 장난스러운 웃음을 지으며 호프먼 위원장에게 말을 걸었다.

"정말 할아버지들의 고집은 못 말리겠군요. 위원장님이 직권을 이용해서 지금도 시간만 나면 코스에 나와 많은 시합들을 관전하고 있다는 것은 잘 압니다. 우리 선수들을 보고 싶었다면 솔직하게 그렇다고 말씀하시는 게 어때요?"

스탠저도 모자를 벗고 미소를 지었다.

"고맙다는 말씀을 드리고 싶습니다. 덕분에 선수들이 다른 선수들의 스코어를 확인하고 전략을 짤 수 있어요. 여느 메이저대회처럼 말이죠."

호프먼 위원장은 두 사람의 말을 못 들은 척하고 여전히 뚱한 얼굴로 잭에게 시선을 돌렸다.

"이보게, 선수들의 스코어카드를 모아주게. 보드에 기록하고 돌려줄 테니까."

잭은 세 사람의 스코어카드를 모아 호프먼 위원장에게 건네주었다. 호프먼 위원장은 순서대로 그것을 펼쳐보다가 잭의 스코어에서 손동작을 딱 멈췄다. 그리고 잠시 그 카드를 말없이 들여다보다가 고개를 들고 심각한 표정으로 말했다.

"자네가 잭 아키라 그린필드로군. 이건 진짜 US오픈도 아니고 정식 투어 경기도 아니야. 하지만 이 스코어는 기억해두지."

"영광입니다, 호프먼 위원장님."

잭은 씽긋 웃고 하얀 헌팅캡 챙에 손가락을 가져갔다.

"흠, 그럼 경기를 계속하게. 플레이 퍼스트!"

호프먼 위원장은 리더 보드 앞 접사다리에 올라가 세 사람의 스코어를 옮겨 적기 시작했다.

세 사람은 그린으로 올라섰다. 퍼트 순서는 공이 제일 먼 잭부터였다. 이 공을 컵에 넣으면 이글이며, 하프25 세계기록과 타이를 이룬다.

팀이 핀을 뽑고 잭의 뒤로 돌아와, 라인을 읽고 있는 잭의 귓가에 속삭였다.

"잘 들어, 잭, 침착해야 해. 침착한 거지?"

"응."

"이글이니 세계기록이니 하는 건 생각하지 않는 거지? 침착해야 해."

"그래."

"라인은 오르막 스트레이트야. 차분하게 똑바로 치면 반드시 들어갈 거야."

"알았어."

"쇼트만은 절대로 안 돼. 차분하게 공 한가운데를 정확히 쳐. 그렇다고 너무 세게 치는 것도 곤란하겠지."

"아, 정말 시끄럽네."

잭은 뒤를 돌아보며 짜증 섞인 목소리로 말했다.

"팀, 좀 조용히 있어주면 안 돼? 침착해라, 차분해라, 귀에 못이 박히게 말하지만, 침착하지 못한 건 너잖아?"

"그, 그런가? 미안."

잭이 갑자기 아무렇게나 퍼트를 했다. 그 자리에 있는 사람들 모두가 숨죽이고 쳐다보는 가운데 공은 잔디 위를 미끄러지듯 똑바로 굴러 컵 속으로 똑 떨어졌다.

이글. 이것으로 스코어는 11언더. 하프25 세계타이기록을 달성했다.

"오, 해냈구나!"

팀은 핀을 한 손에 든 채 프린지에 주저앉아 맥 빠진 목소리를 냈다. 스탠저와 앤더슨이 잭에게 말했다.

"잭, 멋진 하프였습니다."

"내가 졌네요. 지금까지는."

잭은 공을 컵에서 꺼내며 씽긋 웃었다.

"고맙습니다. 하지만 그래도 타이기록인걸요."

이어서 스탠저, 그리고 앤더슨도 공을 컵에 넣었다. 두 사람 모두 버디. 이로써 스탠저는 1언더, 앤더슨은 이븐파로 스코어를 개선했다.

"테드가 4, 새미도 4, 그리고 잭이 3이로군."

호프먼 위원장이 그렇게 말하면서 리더 보드에 숫자를 적어 넣었다.

세 선수와 그 캐디들이 보드를 확인했다. 현재는 11언더인 잭이 물론 단독 1위, 단독 2위는 1언더인 스탠저, 그리고 이븐파인 앤더슨은 3위 그룹에 올랐다.

"열 타 차이인가?"

스탠저가 어깨를 으쓱해 보였다.

"아직 후반이 있어요. 여덟 개 홀밖에 남지 않았지만, 따라잡을지 어떨지 한번 해봐야죠."

앤더슨도 보드를 보며 결의를 다졌다.

"자, 나도 슬슬 본색을 드러내볼까? 골프에서는 무슨 일이 일어날지 알 수 없으니까."

아무래도 두 사람은 아직 우승을 포기하지 않은 듯했다.

"테드, 그리고 새미."

잭이 갑자기 하얀 헌팅캡을 벗고 두 사람에게 오른손을 내밀었다.

"덕분에 최고의 라운드를 즐길 수 있었어요. 정말 고맙습니다."

스탠저가 당혹스러운 얼굴로 잭을 쳐다보았다.

"벌써 악수를? 아직 여덟 개 홀이나 남았는데."

앤더슨도 얼굴을 찡그렸다.

"여기서 라운드를 중단하면 실격인데? 300달러라는 우승상금이 물거품이 된다고요."

잭은 미소를 지으며 두 사람을 번갈아 쳐다보았다.

"저도 정말 안타깝습니다. 하지만 휴즈 형사님과 만나기로 한 시간입니다. 이번 주에 여기서 일어난 사건을 마무리지어야 하거든요."

스탠저의 표정이 굳었다.

"그럼 당신이 그 무서운 사건의 의문점을 전부……."

"아마도요. 앞으로 휴즈 형사님이 제 가설을 증명해주겠죠."

잭도 진지한 얼굴로 고개를 끄덕였다.

팀이 조심스럽게 끼어들었다.

"하지만 잭, 정말 여기서 중단해도 괜찮겠어? 이런 굉장한 멤버들이 함께하는 시합에서 세계기록 페이스로 가고 있는데……."

"끝내야 해, 그 사건을."

잭은 조용히, 그러나 단호하게 말했다.

"전 세계에서 선발된 골퍼들이 바로 지금 여기서 온 힘을 다해 싸우고 있어. 라이언 씨 영혼을 위로하기 위해, 그리고 골프가 정말로 훌륭한 게임이라는 것을 증명하기 위해. 그렇다면 나도 내가 아니면 안 되는 방법으로 함께하고 싶어. 아마 그것이 내게 주어진 사명일 테니까."

"그런가……."

스탠저는 아래쪽을 바라보고 토니 라이언을 떠올리는지 잠시 고개를 숙이고 있었다. 그러고는 곧 고개를 들어 잭에게 말했다.

"사건의 진상이 무엇인지는 짐작도 할 수 없지만."

스탠저는 천천히 모자를 벗고 잭을 향해 오른손을 내밀었다.

"앞으로 어느 누구도 슬퍼하는 일이 없도록 기도하겠습니다."

잭은 스탠저의 손을 꼭 잡고 말없이 고개를 크게 끄덕였다.

앤더슨도 잭에게 왼손을 내밀었다.

"그 무서운 형사한테 안부 전해줘요. 사건이 해결되면 한잔하자고 말이에요."

잭은 앤더슨하고도 힘주어 악수를 나누었다. 팀도 두 사람과 악수했다.

"두 분의 건투를 빕니다. 그럼 갈까, 팀?"

"그래!"

잭과 팀은 호프먼 위원장을 향해 오른손을 쳐들어 보이고, 조금 떨어진 카트 도로에서 관전하던 맥거번 회장에게 손을 크게 흔들고는 인접한 18번 홀을 향해 걸어갔다.

"자, 그럼, 지금부터는 사이좋게 투섬이군. 테드, 살살 해줘요."

"나야말로."

앤더슨과 스탠저는 나란히 9번 홀 그린에서 내려왔다. 그리고 호프먼 위원장에게 가볍게 손을 들어 인사하고 10번 홀로 이어지는 통로로 향했다.

스탠저는 나무들 사이로 난 통로를 잰걸음으로 걷다가 문득 이를 드러내며 분노를 참지 못하겠는지 꽉 쥔 오른손 주먹으로 왼손바닥을 힘껏 쳤다.

"그래도 분하잖아! 하프25라고? 잭이란 놈, 다음에 같은 조가 되면 흠씬 두드려 패줄 겁니다."

앤더슨도 스탠저 옆을 걸으며 매서운 눈빛으로 히죽거렸다.

"그 녀석 일찌감치 밟아놓지 않으면 나중에 골치 아파지겠어요. 나를 열불나게 만든 걸 조만간 후회하게 만들어주겠습니다!"

선수들이 사라진 9번 홀 그린 옆에 두 사람이 남아 있었다.

한 사람은 스코어보드 앞에 서 있는 제임스 호프먼 위원장, 또 한 사람은 무개 골프카트의 운전석에 앉아 있는 찰스 맥거번 회장.

뒷짐을 진 호프먼 위원장이 불쑥 혼잣말처럼 중얼거렸다.

"재미있는 골퍼가 또 하나 등장했군. 이 늙은이가 더 오래 살고 싶어졌어. 저 친구의 앞날을 지켜보려면 말이야."

맥거번 회장이 카트 핸들에 양팔과 턱을 맡긴 채 빙긋 웃었다.

"자네 같은 열렬한 골프 팬이 있으니 PGA투어도 당분간은 안심해도 되겠군."

"흥."

호프먼 위원장이 코웃음을 치며 맥거번 회장을 힐끔 쳐다보고 여전히 표정 없는 얼굴로 말했다.

"정말 그렇게 생각한다면, 맥거번 회장, 부디 새 토너먼트 스폰서 건을 잊지 마시게."

"두말하면 잔소리지. 그런데 제임스."

맥거번 회장은 재킷 안주머니에서 가늘고 긴 물건을 꺼냈다. 그리고 개구쟁이처럼 웃으며 얼굴 앞에서 살살 흔들어 보였다.

"다음 조가 그린에 올 때까지, 어때?"

시가였다. 호프먼 위원장이 그제야 슬며시 웃었다.

"좋지. 여기엔 잔소리할 마누라나 딸도 없으니까."

"자네 가족들도 그 모양인가?"

두 사람은 카트 시트에 나란히 앉아 동시에 시가 끝을 이로 물어 끊어내고 기름 라이터로 서로 불을 붙여주었다. 그리고 온통 초록인 코스가 한눈에 들어오는 자리에서 잔디 위를 흘러가는 산들바람을 쐬며 하얀 연기를 뻐끔뻐끔 뿜어내기 시작했다.

맥거번 회장이 흡족한 듯 크게 기지개를 켜며 끄응, 하고 소리를 냈다.

"골프장이야말로 이 세상의 천국이지."

"아무렴."

시거를 문 호프먼 위원장이 웃음기 없이 맞장구쳤다.

"만약에 말인데."

맥거번 회장이 호프먼 위원장의 얼굴을 보며 말했다.

"이 세상에 골프가 없었으면 자넨 뭘 했을까?"

"흥."

호프먼 위원장은 페어웨이를 바라보며 쓸데없는 소리 말라는 투로 코웃음을 쳤다.

"그때는 내가 골프를 발명했겠지."

진초록 카트에서 하얀 연기 두 줄기가 푸른 하늘로 피어올랐다.

연기는 그대로 하얀 구름 속으로 녹아들며 사라졌다.

21

목요일
신의 나무

시야가 갑자기 환하게 열렸다. 어둑한 숲에서 18번 홀 페어웨이로 나선 것이다.

잭과 팀의 뺨에 상쾌한 고원 바람이 스쳤다. 눈앞에는 연둣빛 융단 같은 아름다운 잔디밭. 그 위로 티 없이 푸른 하늘과 흰 구름. 그 한가운데를 콘도르일지 모를 커다란 새가 유유히 헤엄치듯 호를 그리며 날고 있다.

그 아름다운 페어웨이 건너편 숲에 이상하게 생긴 거목이 서 있었다. 배배 뒤틀린 굵고 하얀 줄기는 공룡의 뼈처럼 보이기도 하고 불길이 그대로 화석으로 굳어버린 것처럼 보이기도 한다. 하늘로 뻗은 가지에는 작은 잎들이 무수하게 달려서, 싹튼 지 4,500년이나 지난 지금도 왕성한 생명력을 과시하고 있다.

홀리파인힐 골프코스의 주인으로서 주변 일대를 흘겨보는 이 거목이야말로 오래전 인디언의 비극을 현재에 전하는 전설의 나무 '신의 나무'였다.

그 앞에서 눈부시게 쏟아지는 햇빛을 받아 환한 페어웨이에 세 사람이 서 있었다. 그 세 사람을 향해 잭과 팀이 걸어갔다.

다크그레이 슈트를 입은 남자는 양손을 바지주머니에 찔러 넣고 있다. 크리스토퍼 휴즈 형사였다. 그 오른쪽에 흰 가운을 입은 사람은 의무실 의사이다. 의사는 휠체어의 그립을 양손으로 잡고 서 있었다.

그 휠체어에 세 번째 인물이 앉아 있었다. 갈색 가운을 걸치고 무릎에 체크무늬 담요를 덮고 있다. 사자를 방불케 하는 금발, 장년에 접어들어서도 여전히 근육을 갑옷처럼 두른 육체. 얼굴에 연륜처럼 팬 주름살은 오랜 투쟁의 내력을 말해주는 한편 제왕의 풍격을 자아내고 있었다.

사상 최강이라 불리는 프로골퍼, 골프 신의 총애를 받은 남자 닉 로빈슨이었다.

"오, 자네는……."

로빈슨은 잭을 보자 눈을 가늘게 뜨며 기억을 더듬었다.

"네, 월요일 호텔 로비에서 만났죠. 잭 아키라 그린필드입니다. 이쪽은 캐디……."

"팀 브루스라고 합니다. 저어, 만나 뵈서 영광입니다."

팀이 긴장한 표정으로 인사했다.

로빈슨은 두 사람을 차례대로 쳐다보고 고개를 천천히 끄덕였다.

"휴즈 형사가 날 만나고 싶어 하는 사람이 있다고 하더니, 자네들이었나? 우선 고맙다는 인사를 해야겠군."

"인사요?"

잭이 궁금해하자 로빈슨이 미소를 지었다.

"자네들 덕분에 그 흰색 일색인 따분한 병실을 나와서 다시 초록빛 골프코스에서 공기를 마실 수 있게 되었네. 이제 이곳에는 다시 올 수 없을 줄 알았는데."

로빈슨은 눈을 감고 조용히 심호흡을 했다.

"공기가 좋군. 내가 가장 좋아하는 곳이야."

휴즈 형사는 아무 말 없이 로빈슨과 잭의 대화를 듣고 있다가 이윽고 의사에게 얼굴을 돌렸다.

"미안하지만, 잠깐 자리를 비켜주시죠."

"하지만."

주저하는 의사를 로빈슨이 고개를 돌려 올려다보았다.

"나는 괜찮아요. 아주 기분이 좋습니다. 잠시 이 젊은 친구들과 이야기를 했으면 하는데."

의사는 휴즈 형사의 얼굴을 불안해하며 쳐다보았지만, 이윽고 체념했는지 휠체어 스토퍼를 조작하고 로빈슨에게 말했다.

"담요를 한 장 더 가져오죠. 한 시간 뒤에 오겠습니다."

의사는 호텔을 향해 떠났다.

의사가 떠난 뒤에도 로빈슨은 뒤를 돌아본 채 뭔가를 지그시 응시하고 있었다. 잭은 로빈슨의 시선이 향하는 곳을 바라보았다.

그곳에 신의 나무가 있었다.

"전설은 사실이었나 보군……."

로빈슨은 먼 옛날을 회상하는 눈빛을 하고 있었다.

"역시 그때 내가 토니를 저 나무에 오르게 하는 게 아니었어. 어떻게든 말렸어야 했어. 그때는 죽음의 신이 바로 나일 줄은 상상도 못 했지만."

그리고 로빈슨은 잭을 보며 슬픈 미소를 지었다.

"잭, 나한테 할 얘기가 있겠지? 허영심 때문에 신성한 골프 규칙을 어기고, 또 그 사실을 감추려고 두 사람을 해친 이 죄 깊은 나한테……."

그리고 로빈슨은 왼쪽에 서 있는 휴즈 형사를 올려다보았다.

"여기 휴즈 형사에게 모든 것을 말했네. 정확하게 말하자면, 기억나는 것은 전부 말했다고 해야겠지만. 사실 나는 저혈당증인지 뭔지 때문에 지금도 기억이 여기저기 모호하네만."

"그건 사실이 아닙니다."

잭은 부드러운 표정을 짓고는 고개를 가로저었다.

"당신은 일시적으로 사건 전후의 기억을 상실했는지도 모릅니다. 하지만 지금은 이미 완벽하게 기억이 살아났을 겁니다."

휴즈 형사가 몸을 조금 움직이며 잭을, 그리고 로빈슨을 천천히 쳐다보았다. 로빈슨은 말없이 미소를 짓고 있었다.

잭이 내처 말했다.

"로빈슨 씨, 당신은 아무도 죽이지 않았습니다. 친구 토니 라이언 씨도, 낭떠러지 밑에서 발견된 앤서니 스미스 씨도, 그 어느 쪽도 죽이지 않았어요."

"뭐라고?"

휴즈 형사가 억누를 새도 없이 날카로운 목소리를 내질렀다. 팀은 할 말을 잃고 어쩔 줄 모르겠다는 양 세 사람을 둘러보았다.

"잭."

로빈슨이 진지한 얼굴로 입을 열었다.

"나를 비호해주려는 마음은 고맙지만, 친구 토니도, 스미스라는 사람도 다 내가 죽인 거야. 내가 아니면 누가 죽였다는 거지?"

"당신을 비호해드리려는 게 아닙니다. 사실을 말하고 있을 뿐입니다. 누구를 비호하려는 것은 로빈슨 씨 당신입니다."

"이봐요, 잭."

휴즈 형사가 침을 꿀꺽 삼켰다.

"두 사람을 살해한 진범이 다른 곳에 있단 말인가요? 그리고 로빈슨 씨가 그 사람을 비호하고 있다고?"

잭은 여전히 부드러운 표정으로 대답했다.

"뭐라고 해야 할까……. 처음부터 이야기해도 좋을까요, 휴즈 형사님?"

"작년 PGA챔피언십부터 말인가요?"

휴즈 형사의 말에 잭이 고개를 저었다.

"아뇨. 대략 40년 전, 로빈슨 씨와 라이언 씨가 어릴 때부터요."

"40년 전……."

잭을 쳐다보는 휴즈 형사의 눈빛이 흔들렸다.

"형사님, 제가 부탁한 거, 알아보셨나요?"

"네? 아……."

잭의 말에 휴즈 형사가 정신을 가다듬었다.

"당신이 예상한 대로였습니다. 토니 라이언의 아버지는 음주에 따른 폭행과 금전 문제로 십여 차례 체포된 기록이 남아 있어요. 음주로 가정이 파탄에 이르렀다는군요. 요즘이라면 알코올중독증 진단을 받고 갱생의료시설에 수용되었겠지요."

잭은 납득한 듯 고개를 끄덕였다.

"알코올중독증은 임상심리학에서는 알코올의존증이라고 하죠. 라이언 씨의 아버지는 바로 알코올의존증 환자였어요."

"토니에게 들은 적이 있네."

로빈슨이 차분히 말했다.

"술주정으로 어머니를 고생시킨 아버지를 증오한다고 했지. 그리고 자기는 술을 평생 입에 대지 않겠다고 굳게 맹세했다고 했어."

"그랬구나."

팀이 작은 소리로 중얼거렸다. 라이언이 자신은 술을 좋아하지 않는다고 한 말을 떠올린 것이다.

"로빈슨 씨, 라이언 씨 부모가 이혼했는지 여부를 아십니까?"

잭이 묻자 로빈슨은 고개를 가로저었다.

"이혼은 하지 않은 것 같은데. 토니 어머니는 간장 질환으로 고생하던 남편을 임종 때까지 헌신적으로 돌봤다고 하더군. 그런 어머니를 존경한다고 말했네."

잭은 고개를 끄덕이고 다시 말을 이었다.

"알코올의존증 환자가 있는 가정에서는 환자를 구하려고 노력하다가 가족들, 특히 배우자가 이상한 심리상태에 빠지는 경향이 있습니다. '이 사람은 내가 없으면 안 돼' 식으로 믿고 환자를 비호하는 데 기쁨을 느끼고, 그것을 삶의 보람으로 삼습니다. 의존증 환자에게 도리어 의존해버리는 거죠."

"의존증 환자에게 의존……."

휴즈 형사가 혼잣말처럼 말했다. 잭은 세 사람의 얼굴을 차례대로 쳐다보고 나서 이야기를 계속했다.

"이런 심리가 강화되면 자기 삶의 보람을 지키기 위해 무의식적으로 의존증 환자의 회복을 방해하게 됩니다. 이를 '이네이블링Enabling'이라고 합니다. 악벽을 조장한다는 뜻입니다.

의존증 환자에게 의존하는 상태를 심리학에서는 '공의존'이라고 합니다. 아마 라이언 씨 어머니는 남편과의 관계에서 이런 공의존자였던 것으로 보입니다."

"아버지가 의존증 환자이고, 어머니가 공의존증……."

로빈슨이 잭의 말을 따라 했다.

"팀, 어덜트칠드런Adult children이라는 말 들어본 적 있어?"

잭이 팀에게 물었다.

"응? 아, 그러고 보니 들어본 것 같기도 해."

"미성숙한 사람이라는 뜻으로 이해하기도 하지만, 사실 알코올 의존증 환자의 어른이 된 자녀를 가리키는 약칭이야. 그 자녀도 부모와 동일한 의존증에 빠지는 경향이 강하다는 거지."

"의존증 체질을 물려받기라도 한단 말이야?"

팀이 묻자 잭은 고개를 가로저었다.

"아니, 유전하고는 관계없어. 가령 아버지가 폭력을 휘두르는 알코올의존증 환자이고 어머니가 공의존 상태에서 아버지를 비호한다면, 그 자녀는 어떻게 될까? 자녀는 항상 긴장 상태에 노출되겠지. 부모 안색을 살피고 자기 본심을 숨기고 아무 말썽도 안 부리는 착한 아이를 연기하는 것 말고는 가정 내 자기 위치를 확보할 방법이 없는 거야."

잭은 담담하게 말을 이었다.

"그리고 자기라는 존재에 자신감을 갖지 못하고 어른이 되지. 자신에 대한 부정적인 관점에서 오는 불안이 의존증으로 연결되는 거야. 약물이나 악습에 의존하거나 누군가에게 헌신하는 행위에 의지함으로써 자기라는 존재를 확인하려는 거야."

휴즈 형사가 초조하다는 듯 끼어들었다.

"라이언은 어덜트칠드런이었다, 그래서 의존증에 걸리기 쉬웠다, 그런 말을 하려는 건가요? 하지만 그게 이번 사건과 대체 무슨 관계가 있지요?"

"잠깐만 더 들어주세요. 일정한 지식을 공유하기 전에는 제가 나중에 할 이야기를 이해할 수 없을 겁니다."

잭은 이야기를 계속했다.

"의존증 환자와 밀접한 관계에 있는 사람은 의존증 환자에 의존하는 공의존 상태에 빠지기 쉬워요. 사실 이것은 가정에서만 일어나는 일은 아닙니다. 특정 분야의 직업인과 그 고객 사이에서도 일어나기 쉽습니다. 그런 직업을 '약자 지원직'이라고 부를 수 있죠."

"약자 지원직? 그건 무슨 직업이죠?"

휴즈 형사가 이야기를 재촉했다.

"이를테면 의사와 환자, 치료사와 환자, 교사와 학생, 사회복지사와 실업자, 성직자와 신자 등을 말하는 겁니다. 이 관계에서는 양자가 서로에게 의존하는 공의존이 생기기 쉽습니다. 특히 직업의식이 높고 책임감이 강한 성실한 사람일수록 고객과 공의존에 빠지기 쉽습니다."

로빈슨은 잭의 이야기를 가만히 듣고 있었다.

"약자 지원직 종사자는 고객에게 헌신적으로 봉사합니다. 그러나 그 헌신이 직업의 선을 넘어서까지 발휘되면 '문제행동'으로 발전합니다. 가령 근무시간 외에도 상대방을 보살피거나 자기 부담으로 상대방을 경제적으로 지원한다거나 하는 행동입니다."

"응? 하지만 그건 훌륭한 행동 아닌가?"

팀의 질문에 잭이 고개를 끄덕였다.

"그래, 주위 사람들은 자기 직업에 열성적인 사람, 훌륭한 사람, 인격자라고 칭찬하겠지. 하지만 이런 행동은 명백히 직업의 선을 넘어선 거야. 고객에게 헌신하는 데 삶의 보람을 느끼는 상태, 즉 고객에게 의존하는 상태라는 거지. 그리고 어느샌가 그런 삶의 보람을 잃지 않으려고 고객의 상황이 개선되는 것을 방해하게 되지. 그리고 휴즈 형사님?"

잭이 별안간 휴즈 형사를 쳐다보았다.

"생전에 라이언 씨가 성직자처럼 살았다는 수사보고가 있었죠? 그리고 가난한 사람들을 재정적으로 지원하기도 했다죠? 얼핏 미담처럼 들리지만, 이런 행위는 결과적으로 상대방의 자립을 방해하고, 또 자신도 체력적, 경제적으로 피폐해지는 문제행동인 겁니다.

이런 개인적인 금품 제공 행위야말로 상대방과 공의존에 빠졌다는 구체적인 증거입니다."

"토니가…… 마음의 병을 가지고 있었다는 건가?"

로빈슨은 충격을 감추지 않고 물었다.

"공의존이 병인가…… 어려운 문제입니다. 의학적으로는 뇌내물질 결핍이나 과잉 분비도 아니고, 임상심리학에서 말하는 정신질환도 아닙니다. 그러나 문제행동을 일으키는 것은 사실입니다. 문제행동을 근절하기 위해서는 병이라고 인식하는 것이 더 좋을지 모르죠."

로빈슨은 시선을 아래로 떨어뜨리고 무슨 생각에 빠진 모습이었다. 잭은 그것을 바라보면서 하던 이야기를 계속했다.

"사실 진화심리학에서 말하면 공의존은 진화생물학자 로버트

트리버스가 제창한 '호혜적 이타'로도 연결되는…… 흐음, 그러니까 실은 생물 전체에서 널리 볼 수 있는 행동입니다. 예를 들어 어떤 흡혈박쥐는 굶주린 동료에게 자기 피를 빨아마시게 합니다. 이렇게까지 해서 약자를 돕는 거죠.

본래 생물에는 유전자 속에 이런 '상호부조 프로그램'이 존재한다고 여겨집니다. 그리고 인간도 몇 가지 조건이 충족되면 이 프로그램이 발동해서 누구나 공의존이 될 수 있는 겁니다."

"누, 누구나?"

팀이 불안한 얼굴로 잭을 보았다. 잭은 고개를 끄덕이고 다시 이야기를 이어 갔다.

"그리고 약자 지원직 외에도 고객과 공의존 상태가 되기 쉬운 직업이 존재합니다. 내 식으로 이름을 붙이자면 '재능 지원직'이라고 할 만한 직업이죠. 가령 화가에게는 갤러리 경영자, 작가에게는 편집자, 운동선수에게는 코치, 가수나 배우에게는 매니저 등, 재능 있는 사람을 지원하거나 육성하는 직업입니다.

그리고 나는 프로골퍼를 돕는 전속 캐디라는 일도 그 속에 포함된다고 봅니다."

휴즈 형사가 천천히 고개를 끄덕이고 있었다. 잭이 하고자 하는 말이 서서히 파악된 것이다.

"규칙상 경기 중 골퍼에게 조언할 수 있는 것은 캐디뿐입니다. 때문에 프로골퍼는 판단을 망설이게 되는 모든 국면에서 캐디와 상의하고 의견을 묻습니다. 한편 캐디는 그렇게 의뢰받는 것에서 삶의 보람을 느끼고 헌신적으로 행동합니다."

잭은 휠체어에 앉은 로빈슨을 보았다.

"공의존자는 상대방에게 헌신하고 있다고 믿지만 오히려 상대방의 상황이 개선되는 것을 방해하고 맙니다. 더욱 심화되면 '이만큼 노력하고 있으니 내 말을 따라줘야 하지 않나'라며 상대방에 대한 지배욕이 생겨납니다. 상대방을 지배하고 조종하고 싶어지는 겁니다. 로빈슨 씨, 짚이는 게 없습니까?"

로빈슨은 그 물음에 답하지 않고 여전히 뭔가 곰곰이 생각하고 있었다.

"라이언 씨는 당신에게 프리샷 루틴의 중요성을 강조하고 골프백에서 클럽을 뽑아내어 그립을 닦아서 건네준다는 절차를 따르게 했습니다. 보기에 따라서는 이 행위로 자신의 존재이유를 확인하는 동시에 자기 없이는 플레이가 이루어질 수 없는 상황을 만들어 당신에 대한 지배욕을 충족시키고 있었다고도 생각됩니다."

"아, 그 프리샷 루틴이?"

팀이 놀란 표정으로 말했다.

"로빈슨 씨, 당신도 무의식적으로 그걸 느끼고 있었어요. 그래서 PGA챔피언십 18번 홀 세컨드 샷에서 라이언 씨의 클럽 선택에 반발하려고, 말하자면 라이언 씨의 지배에서 벗어나려고 무의식적으로 그 프리샷 루틴을 거부했죠. 그렇지 않습니까?"

로빈슨은 잭을 날카로운 시선으로 노려보았다.

"말도 안 되는 소리! 우연히 그렇게 되었을 뿐이야."

휴즈 형사가 잭의 이야기를 정리했다.

"토니 라이언은 의존증 환자 가정에서 자랐다. 또 자원봉사 활동을 통해 약자들과 공의존 상태에 있었다. 게다가 33년간의 전속 캐디 인생에서 골퍼와 공의존 상태가 되기 쉬운 상황이었다. 실제로 라이언은 로빈슨 씨와 공의존에 빠졌다……."

"그렇습니다. 그것이 작년 PGA챔피언십 18번 홀에서 라이언 씨가 공을 놓은 이유입니다."

잭의 말에 휴즈 형사와 팀이 흠칫 놀랐다.

"라이언이 공을 놓아?"

"공을 놓은 사람은 스미스 아니었어?"

잭은 두 사람의 얼굴을 차례대로 쳐다보았다.

"미안해요. 그래서 내가 첫 단추를 잘못 끼웠다고 말한 겁니다. 성실하고 진실한 인품을 가진 라이언 씨가 설마 부정행위를 했을 리는 없다는 예단에 사로잡혀 있었죠. 하지만 정반대였습니다. 성실하고 진실한 사람이기 때문에 업무 범위를 벗어난 문제행동, 즉 고객을 위한 부정행위로 치달은 겁니다."

"잠깐만! 무슨 소리를 하나 했더니……."

로빈슨이 쥐어짜는 듯한 목소리로 반론했다.

"잭, 자네 상상은 틀렸어! 휴즈 형사에게 말한 대로 공을 몰래 가져다놓은 것은 스미스야. 그래서 내가 스미스를 죽인 것이고, 비밀을 아는 토니도 입막음을 위해 죽였어. 나는 중형에 처해질 걸 알면서도 이렇게 인정하고 있어. 이것 말고 다른 진실은 있을 수 없네."

잭은 고개를 좌우로 저었다.

"당신이 세컨드 샷으로 친 공은 분명히 스미스 씨의 공이었습니다. TV중계 녹화 영상으로 확인했어요. 그러나 그 공을 거기 가져다놓은 사람은 라이언 씨입니다. 라이언 씨는 스미스 씨의 공을 구해서 그 장소에 슬쩍 떨어뜨린 겁니다."

"증거가 있나?"

로빈슨은 필사적으로 말을 이었다.

"토니가 스미스 씨에게 공을 건네받았다는 증거가 있나?"

"증인이 있습니다."

잭이 차분히 답했다.

"그때 로빈슨 씨 동반 경기자였던 테리 루이스의 캐디 로이입니다. 로이가 스미스 씨에게 공을 받아 라이언 씨에게 건네주었어요. 오늘 아침 시합이 시작되기 직전에 직접 로이를 만나 확인했습니다."

"너, 그래서 아침에 하마터면 경기에 지각할 뻔한……."

잭은 팀에게 고개를 끄덕여 보이고 로빈슨에게 시선을 돌렸다.

"로이는 작년 PGA챔피언십 최종일 9번 홀을 마치고 하프턴 이동 중에 로빈슨 씨의 사인을 받고 싶다는 팬에게 공을 받았다고 했습니다. 그 팬의 용모와 연령대를 들어보니 스미스 씨의 특징과 일치했습니다."

로빈슨은 예리한 눈길로 잭을 쏘아보았다. 잭은 개의치 않고 설명을 계속했다.

"스미스 씨는 로빈슨 씨에게 사인받을 기회를 노리고 있었겠지만, 로빈슨 씨와 라이언 씨는 우승을 경쟁하는 와중에 있었기 때문에 도저히 접근할 만한 상태가 아니었습니다. 그래서 동반 경기자 테리의 캐디 로이에게 접근했겠지요. 테리는 전반에 스코어가 크게 무너져 일찌감치 우승 경쟁에서 탈락한 상태였으니까요."

휴즈 형사와 팀은 잠자코 잭의 이야기를 듣고 있었다.

"로이는 스미스 씨에게 '사인을 받아준다는 보장도 없고 공도 돌려받을 수 없을지 몰라요'라고 했지만, 그래도 괜찮다고 우겨 결국 공을 맡아 라이언 씨에게 건네주었다고 합니다. 라이언 씨는 그 공을 흔쾌히 받아서 바지주머니에 넣었다고 합니다. 로이는 오늘까지도 그 사실을 까맣게 잊고 있었어요. 하긴 PGA챔피언십 와중에 있었던 일이니까요."

로빈슨의 어깨가 움찔했다.

"그리고 그 18번 홀입니다. 로빈슨 씨는 티샷을 신의 나무 근방으로 보내고 말았습니다. 라이언 씨는 초조했습니다. 로빈슨 씨에게는 걱정할 거 없다고 했지만, 로스트볼 가능성이 있었으니까요. 공을 찾지 못하면 로빈슨 씨 우승은 물 건너갈 판이었죠. 그때 라이언 씨는 자기 주머니에 팬에게서 받은 공이 있다는 사실을 떠올렸습니다."

로빈슨의 손이 무릎 위에서 희미하게 떨리기 시작했다.

"라이언 씨는 만일을 대비하여 보험을 들어둔 겁니다. 말하자면 신의 나무로 걸어가는 도중에 바지주머니 밑을 찢고 관객이 발견하기 쉬운 로프 옆 러프에 스미스 씨의 공을 슬쩍…….”

“그만!”

로빈슨이 소리쳤다. 잭이 그 소리에 놀라 자기도 모르게 말을 멈추었다.

“부탁하네, 그만하게. 이제 됐어. 그다음은 말하지 말아주게. 다 내 탓이야. 내가…….”

로빈슨이 오열을 토하기 시작했다. 잭은 휠체어에 앉아 흐느껴 우는 로빈슨을 비통한 표정으로 바라보았다.

휴즈 형사가 개의치 않고 의문을 제기했다.

“라이언이 왜 스미스의 공을 떨어뜨려놓았지? 자기가 가지고 있는 진짜 공이 폭로의 우려가 더 적었을 텐데.”

잭은 여전히 어두운 표정을 유지한 채 대답했다.

“그때 라이언 씨 주머니에는 스미스에게서 건네받은 공밖에 없었던 겁니다. 경기 중에 교환할 공들은 캐디백에 넣어두지 주머니에 넣고 다니는 일은 없습니다. 그리고 TV카메라를 비롯해서 많은 사람들이 지켜보는 가운데 캐디백에서 새 공을 꺼내는 것은 너무 위험한 일이죠.”

“하, 하지만 잭.”

팀도 주저하는 기색으로 조심스레 의문을 제기했다.

“진짜 공이 발견되면 라이언 씨는 어떻게 할 생각이었지? 공이 두 개가 되어버리잖아.”

잭은 이렇게 답했다.

"그때는 아마, 흘려놓은 공을 '연습 라운드 때 분실한 공'이라고 둘러대지 않았을까?"

휴즈 형사가 다시 질문했다.

"그럼 공을 맡긴 스미스가, 라이언이 떨어뜨려둔 자기 공을 발견하게 된 이유는 뭐란 말인가요?"

"라이언 씨는 공을 찾아주기만 한다면 그게 누구든 상관없었겠죠. 하지만 스미스는 자기 공이 라이언 씨에게 넘어갔으니 언제 공에 사인해서 돌려주려나 하고 라이언 씨를 내내 주시하고 있었을 겁니다. 그래서……."

잭은 휴즈 형사에게 이렇게 단언했다.

"스미스는 라이언 씨가 공을 낳는 순간을 목격하게 됩니다."

"낳는 장면을 목격했다고? 어, 어떻게 그렇게 단언할 수 있지?"

팀이 당황해서 물었다.

"아니, 그게 아니라면 스미스가 살해된 이유가 설명되지 않아."

휴즈 형사가 고개를 끄덕였다.

"스미스는 로빈슨의 팬이었다. 그래서 우승을 위해 라이언의 연극에 협조했다. 이런 이야기인가요?"

잭은 고개를 갸웃거렸다.

"그것만은 아니라고 봅니다. 그때 로빈슨 씨는 공만 찾으면 우승 가능성이 매우 높았어요. 그렇게 되면 투어 사상 최고인 83승, 더구나 메이저 20승이라는 역사적인 대기록이 수립됩니다.

그러나 로스트볼이 되면 우승은 절망적이었죠. 실례입니다만 연령으로 볼 때 투어에서 승리할 기회는 다시 오지 않을 것으로 보였습니다. 골프 마니아 스미스가 어느 쪽을 바랐을지는 상상하기 어렵지 않습니다."

세 사람의 얼굴을 차례대로 쳐다보고 난 잭은 설명을 계속했다.

"스미스는 그때 자기가 미래를 바꿀 힘을 가지고 있다는 것을 알았겠지요. 말하자면 그는 그 순간 신의 위치에 있었던 겁니다."

인간은 미래를 선택할 수 없다. 그저 운명에 떠밀려 사는 수밖에. 그러나 그 순간 스미스는 분명히 미래를 바꿀 힘을 가지고 있었다. 자기가 지금 공을 발견했다고 소리치면 그 이후의 미래는 자기가 만들어낸 미래가 된다. 미래를 바꿀 수 있다—이런 달콤한 유혹에 스미스는 저항할 수 없었다. 잭은 그렇게 추정했다.

"그 순간만은 스미스가 신이 되었다는 건가……?"

팀이 멍한 얼굴로 입을 열었다. 잭이 고개를 끄덕였다.

"그리고 스미스는 자기가 바라는 미래를 실현시켰어. 하지만 역시 그는 신은 아니었지. 이 행위 때문에 자기가 10개월 뒤에 죽음을 맞는다는 것까지는 예상하지 못했으니까."

휴즈 형사가 쓴웃음을 띤 채 말했다.

"신 행세 하려다 신에게 벌을 받은 건가요?"

잭은 잠시 입을 다물고 있다가 다시 말했다.

"로빈슨 씨는 러프에서 찾은 공의 딤플을 보고 자기가 티샷에서 친 공이 아니라는 것을 알았습니다. 그리고 바로 정직하게 신고하려고 했겠지요.

그러나 그때 한 가지 무서운 가능성이 떠올랐습니다. 공을 낳은 사람이 라이언 씨일지 모른다는 가능성입니다."

로빈슨은 눈을 꾹 감고 말없이 잭의 이야기만 경청하고 있었다.

"만에 하나 그렇다면, 내가 정직하게 신고했다간 라이언의 부정행위가 폭로되고 만다. 아니, 이건 내 공이 아니라고 말하는 것만으로 독실한 크리스천인 라이언은 죄의식을 견디지 못하고 부정행위를 스스로 자백해버릴지도 모른다……."

잭은 계속 설명을 이어갔다.

"그렇게 되면 라이언은 나를 위해 저지른 부정행위 탓에 지금까지 쌓아온 명예를 전부 잃어버린다. 그런 사태를 막으려면 그냥 이 공으로 시합을 계속하는 수밖에 없다. 그리고 이 시합을 나의 마지막 시합으로 하자……. 로빈슨 씨, 당신은 이렇게 작심했던 것 아닙니까?"

"라이언 씨에게 이미 어떤 징후가 있었던 거군요."

휴즈 형사가 휠체어에 앉은 로빈슨을 내려다보며 말했다.

"그렇지 않은데도 자기 캐디를 의심하는 것은 부자연스러운 일이죠."

로빈슨은 시선을 바닥으로 향한 채 입을 열었다.

"토니는 '너를 위해서야'라고 말했습니다."

로빈슨은 천천히 말문을 열었다.

"그 말에 나는 묘한 설렘을 느꼈어요. 돌이켜보면 그건 오래전부터 토니가 늘 해온 말이었어요. 실수를 하고 격분한 나를 달랠 때, 프리샷 루틴을 귀찮아하는 나를 설득할 때, 토니는 늘 나에게 말했습니다. '닉, 너를 위해서야'라고……."

조용한 코스에 로빈슨의 목소리만 흐르고 있었다.

"PGA챔피언십 사흘째가 끝났을 때 나는 단독 1위였습니다. 그날 밤 함께 식사할 때 토니가 진지하게 말했습니다. '반드시 우승하자, 우승을 위해서라면 뭐든지 하겠어. 자네를 위해서.' 보통 때라면 나를 편안하게 해주려고 농담을 던질 사람이 말이죠. 그리고 최종일 18번, 그 신의 나무에 오르기 직전에도 '내가 죽더라도 자네를 우승시키고 말겠어'라고 단호하게 말하더군요."

로빈슨은 고개를 들었다.

"뭔가 이상했어요. 평소의 토니가 아니었죠. 지금은 그 이유를 압니다. 토니는 자기가 암 말기라는 걸 알고 있었습니다. 그래서 토니는 그 PGA챔피언십이 내 골프백을 멜 마지막 시합이라고 확신하고 있었어요."

세 사람은 잠시 말이 없었다. 마침내 잭이 입을 열었다.

"하지만 당신은 라이언 씨 소행이 아닐 가능성도 완전히 포기한 것은 아니었습니다. 아니, 아니지."

잭은 고개를 가로젓고 고쳐 말했다.

"당신은 라이언 씨가 부정을 저지른 것을 믿고 싶지 않았어요. 만약 그 공을 그린에 올렸을 때, 라이언 씨가 태연한 얼굴로 공을 닦아서 건네준다면 라이언 씨가 공을 바꾼 범인이라는 것이 명확히 증명되고 맙니다. 당신은 그게 두려웠죠. 라이언 씨는 그런 사람이 아니라고 믿고 싶었을 겁니다.

그래서 라이언 씨에게 공을 픽업할 기회를 주지 않고 홀아웃하고 싶었어요. 그런 까닭에 세컨드 샷에서 그린에 절대로 올릴 수 없는 6번 아이언을 선택했고, 서드 샷에서 일부러 생크를 내서 그린 밖에 공을 남겼고, 포스 샷에서 칩인을 노린 겁니다."

잭은 한숨을 길게 내쉬었다.

"이것이 작년 PGA챔피언십에서 일어난 일의 전부입니다. 틀린 내용은 없죠, 로빈슨 씨?"

로빈슨은 말이 없었다. 무엇보다 그 침묵이 잭의 추리가 맞았음을 명백하게 대변해주고 있었다. 잭은 나아가 덧붙였다.

"당신이 휴즈 형사님에게 스미스와 라이언 씨를 살해했다고 거짓 자백을 한 것도 친구 라이언 씨의 명예를 위해서죠? 당신은 라이언 씨가 저지른 두 가지 죄, 작년 PGA챔피언십의 부정행위와 앤서니 스미스 씨 살해를 어떻게든 덮어주고 싶었던 겁니다."

"라이언이?"

"스, 스미스를 죽였다?"

휴즈 형사와 팀이 동시에 외쳤다.

"PGA챔피언십의 부정행위도, 스미스 살해도……."

로빈슨이 입을 열었다. 세 사람이 일제히 로빈슨을 쳐다보았다.

"어느 범죄나 다 나를 위해서 토니가 한 일입니다. 그 성실하고 따뜻하고 독실한 크리스천인 토니가 이런 나를 위해서. 그 18번에서 내가 티샷을 실수하지만 않았어도 토니가 이런 일을 저지르지 않았겠지요. 내가 시킨 일이나 마찬가지입니다."

로빈슨은 갑자기 둑이 터진 듯 이야기를 쏟아냈다.

"나는 토니를 전적으로 믿었습니다. 그와 라운드를 하면 언제나 돌아가신 아버지와 함께하는 기분이었어요. 닉, 자, 까다로운 파 3 코스야. 어떻게 공략할래? 닉, 정말 멋진 샷이었어! 이젠 눈 감고 퍼트해도 버디야. 정말 눈 감고 쳐볼래? 닉, 이 정도 위기 가지고 뭘 그렇게 허둥대? 괜찮아, 자네라면 반드시 회복할 수 있어, 닉……."

이야기하는 로빈슨의 눈에서 눈물이 흘러내렸다.

"공의존이라고? 그런 말로 나와 토니의 관계를, 토니에 대한 나의 경애와 우정을 축약하지 말게. 33년간이라고! 미니투어에서 처음 만나 때로는 동틀 때까지 함께 공을 치고, 때로는 주린 배를 안고 차에서 새우잠을 자면서 이를 악물고 33년 동안 함께 싸워왔어! 자네들이 우리에 대해서 뭘 알겠는가?"

거기까지 단숨에 말하고서 로빈슨은 잠시 거친 숨을 몰아쉬었다. 그러나 곧 차분함을 찾고 잭에게 낮은 목소리로 말했다.

"미안하네."

"아닙니다……."

잭은 말을 잇지 못했다.

"솔직하게 말하면……."

로빈슨은 자조가 묻어나는 목소리로 다시 말을 이었다.

"내가 거짓 자백을 해도 유죄가 나오지 않으리라는 계산이 있었는지도 모르지. 실제로 나는 스미스라는 자를 전혀 모르고, 토니가 그런 모습으로 죽어 있던 이유도 전혀 모르니까."

로빈슨은 고개를 저으며 계속 말했다.

"하지만 신성한 규칙을 어긴 이상 나는 이제 클럽을 잡을 수 없네. 골프를 버리고 모든 영광을 뒤로한 채 모든 비난을 감수하며 조용히 살아가면 된다고……."

"더 솔직하게 말하면 원래 이런 게 아니었습니까?"

휴즈 형사가 냉랭하게 말했다.

"그 PGA챔피언십에서는 부디 부정을 들키지 않고 끝나길 바랐다. 그리고 PGA챔피언십 우승으로 많은 기록을 경신해서 골프 역사에 이름을 남기고, 부정에 대해서는 입을 꾹 닫은 채 태연한 얼굴로 투어 인생을 아름답게 마치고 싶었다……."

"어, 이봐요, 형사님!"

팀이 발끈해서 휴즈 형사에게 대들었다.

"너무하는 거 아닙니까? 아무리 의심하는 게 본업이라지만, 해도 되는 말이 있고 해서는 안 되는 말이 있는 거 아닙니까?"

"아니야, 팀. 이 형사님 말이 맞아."

로빈슨이 고개를 끄덕였다.

"그 18번 홀에서 분명히 그런 마음이 있었는지 몰라. 토니의 명예를 위해서라고 나 자신을 달랬지만 아마 속으로는 무슨 일이 있어도 우승하고 싶었을 거야. 우승해서 선배들의 위대한 기록을 갈아치우고 갈채를 받고 싶었을 거야. 그 욕망이 토니를 궁지로 몰아 넣고, 스미스의 목숨을 빼앗게 만들고, 토니까지 죽음으로 내몰았던 거지."

네 사람 사이에 답답한 침묵이 흘렀다. 아무도 차마 입을 열지 못했다.

시간이 얼마나 지났을까. 침묵을 깬 것은 휴즈 형사였다.

"잭, 그럼 다음으로, 스미스의 죽음을 시간 순서대로 설명해보겠습니까? 아까 라이언이 범인이라고 했는데, 그럼 스미스의 시체가 유목에 꿰뚫리게 된 경위도 알아냈나요?"

"……네."

잭도 그제야 무거운 입을 열었다.

"라이언 씨도 스미스도 관통상을 입은 시체로 발견되었습니다. 그래서 우리는 이 두 시체에 누군가의 공통된 의지가 작용했으리라고 추정했죠. 하지만 그건 착각이었어요."

"차, 착각?"

팀이 놀란 목소리로 말했다.

"PGA챔피언십이 끝났을 때 스미스는 자기 혼자만 그 비밀을 알고 있다는 우월감으로 만족하고 있었던 것 같습니다. 그러나 최근에 갑자기 경제적으로 어려워지자 그 공을 빌미로 라이언 씨와 로빈슨 씨를 협박하게 된 거죠."

스미스는 옥수수 선물 투자에 실패하여 재산을 거의 다 잃었다. 휴즈 형사는 그 사실을 떠올렸다.

"스미스는 라이언 씨에게 연락해서 돈을 요구했습니다. 그리고 두 사람이 이번 주 US오픈에 온다는 것을 알고 월요일에 돈을 받기로 약속했을 겁니다.

라이언 씨는 스미스를 자기 차에 태워 여기 홀리파인힐 골프코스로 향했습니다. 그리고 도중에 이를테면 차가 고장 났다는 식으로 둘러대며 스미스를 차에서 내리게 하고 낭떠러지 밑으로 밀어버린 겁니다."

휴즈 형사는 속으로 끄응, 하고 신음했다. 스미스가 살해 현장에 어떻게 왔는지 풀리지 않고 있었는데, 그렇게 생각하니 쉽게 설명된다.

"그런데 스미스 씨를 떨어뜨리고 나서 낭떠러지 밑을 본 라이언 씨는 불안해졌습니다. 스미스의 시신이 도로에서 너무 잘 보였던 겁니다. 이래서는 금방 누군가에게 발견될 것 같았습니다.

라이언 씨는 하천관리용 계단을 통해 밑으로 내려가 시체를 어딘가에 감추려고 했습니다. 하지만 강가에 구덩이를 파려 해도 연장이 없었습니다. 강물로 밀어 넣어 떠내려가게 하면 오히려 더 빨리 발견될지도 모르고요. 그래서 시체를 감추기 위해 어쩔 수 없이 취한 방법이 막대기로 몸을 꿰뚫는 것이었습니다."

"시체를 감추기 위해 막대기로 꿰뚫었다고?"

휴즈 형사가 눈을 크게 떴다.

"그렇습니다. 우선 강변에서 끝이 뾰족한 유목과 커다란 돌을 주워 왔습니다. 다음으로 시체를 낭떠러지 비탈 중간까지 끌어 올렸습니다. 그리고 유목 끝을 시체 복부에 대고 돌로 쳐서 유목을 박고, 낭떠러지 비탈에 세워 고정시킨 겁니다. 이렇게 해두면 낭떠러지 비탈에 자라는 나무들에 가려 위쪽 도로에서는 시체가 보이지 않게 됩니다."

팀이 잭의 이야기에 끼어들었다.

"하, 하지만, 유목이 박힌 스미스의 시신은 아래 강변에 뒹굴고 있었잖아?"

잭이 고개를 끄덕였다.

"월요일에 쏟아진 비 탓이지. 빗물에 낭떠러지 비탈의 땅이 물러지고 스미스의 옷도 무거워져서 몸을 관통한 유목이 빠지고 시체는 강변으로 굴러떨어졌지. 그리고 유목에 묻은 흙도 씻긴 것이고."

휴즈 형사가 또 한 번 끄응, 소리를 냈다.

"실제로 시체가 있던 자리 위쪽 비탈에 소규모 산사태가 난 흔적이 몇 군데 있었습니다. 호우에 무너진 것으로 보고 주목하지 않았지만, 그곳에 스미스의 시체가 박혀 있었단 말인가요?"

문득 기억이 떠올랐는지 잭이 말했다.

"호우로 시체가 떨어질 때 유목 끝이 부러진 것 같아요. 낭떠러지 비탈을 다시 조사해보면 시체가 박혀 있던 자리에 지금도 부러진 유목 토막이 박혀 있을지 모릅니다."

휴즈 형사는 분하다는 듯 입술을 깨물고 스마트폰을 꺼내 낭떠러지 비탈을 다시 조사하라고 지시했다. 통화를 끝낸 형사가 조용히 말했다.

"끝이 뭉툭한 유목으로 꿰뚫은 것은 아니었다. 뾰족한 유목으로 꿰뚫었는데 나중에 유목 끝이 부러진 것이다. 이렇게 간단한 걸 왜 생각해내지 못했을까?"

"모든 것은 원주민 전설, 그리고 라이언 씨 시체와 유사하다는 점 때문이었습니다. 먼저 깃대가 관통한 라이언 씨 시체를 보았을 때, 원주민 전설이 알려져 있던 탓에 무의식적으로 세 시체의 공통점을 찾으려고 했고, 그래서 불가해 범죄가 돼버린 겁니다. 저도 그랬고요."

팀이 조심스레 잭에게 물었다.

"하지만 그걸 라이언 씨가 저질렀다는 증거는 어떻게 찾지?"

"바로 거기서 경찰 과학수사반이 나서야지."

잭의 말에 휴즈 형사가 힘주어 고개를 끄덕였다.

"가설을 세웠으니 증명할 일만 남았군요. 스미스의 시체가 발견된 현장과 이 골프장은 고도 차 때문에 생물상이 다릅니다. 라이언 씨 신발 바닥에 낭떠러지의 흙이 아주 조금이라도 남아 있다면 그린 잔디 밑에도 낭떠러지의 미생물이나 꽃가루 등이 침투했을 겁니다. 그렇다면 토양 분석으로 증명할 수 있죠. US오픈 참가자 중에 라이언 말고 그 낭떠러지 밑으로 내려간 사람이 있다고는 생각할 수 없으니까. 그린과 그 주변 지면은 이미 퍼내어 운반해둔 상태입니다."

"토니는……."

로빈슨이 양손으로 얼굴을 가렸다. 손가락 틈으로 비통한 목소리가 새어 나왔다.

"나를 위해서 스미스라는 자를 죽인 겁니다. 그렇게 끔찍한 일을, 나를 위해서……. 얼마나 고통스러웠을까……."

잭은 로빈슨을 안타까운 눈빛으로 쳐다보다가 말을 건넸다.

"말씀해주시겠습니까? 월요일 밤에, 무슨 일이 있었는지?"

로빈슨은 한동안 얼굴을 양손으로 감싸고 있었다. 잭과 팀, 그리고 휴즈 형사는 그가 차분해지기를 말없이 기다렸다.

마침내 로빈슨이 고개를 들었다. 그리고 벌겋게 부어오른 눈으로 이야기를 시작했다.

"기념식이 진행되는 단상에서 사회자가 말하는 와중에 토니가 내 뒤에서 불쑥 말을 걸어왔습니다. '긴히 할 얘기가 있네. 밤 10시에 18번 홀 그린으로 와주게. 아무도 모르게.' 이야기라면 내 방이나 토니의 방에서 해도 될 텐데 왜 그런 장소냐고 물었지만, 토니는 그저 와달라는 말만 했어요.

나는 하는 수 없이 연회장을 일찌감치 빠져나와 아무도 눈치채지 못하게 비상계단으로 호텔을 나섰고, 밤 10시에 그 장소로 갔습니다."

억양 없는 목소리로 로빈슨은 계속 말했다.

"어둠 속에서 18번 그린으로 갔습니다. 그린에 도착해서 주위를 둘러보니 아무도 없었습니다. 당황해하며 서 있는데, 그린 건너편 가드 벙커에서 모래 밟는 소리가 희미하게 들렸습니다. 나는 벙커로 다가가 안을 들여다보았죠. 그런데 그곳에 토니가 쓰러져 있었어요. 나는 토니를 보고 심장이 튀어나올 것처럼 놀랐습니다. 왜냐하면……."

거기까지 말하고서 로빈슨은 고통스러운 듯 말끝을 흐렸다.

"라이언 씨 복부에 당신의 드라이버 샤프트가 깊숙이 박혀 있었다……. 그렇죠?"

"어떻게, 그걸……?"

경악한 표정으로 로빈슨이 잭을 쳐다보았다.

"드, 드라이버 샤프트?"

"깃대가 아니고?"

팀과 휴즈 형사도 당황한 얼굴이었다.

"계속해주세요, 로빈슨 씨."

잭은 차분한 목소리로 닉 로빈슨을 재촉했다.

나는 황망히 벙커로 뛰어 내려가 토니를 안아 일으켰다.

"이게 무슨 일이야? 대체 누가 이랬어? 정신 차려, 당장 의사를 부를 테니까."

"조용히 해, 닉. 그리고, 의사는 필요 없네."

토니는 오른손을 뻗어, 휴대폰을 꺼내려는 내 손을 제지했다.

"내가, 스스로 찌른 거야. 나는 곧 죽어. 그러니, 이제 아무 걱정 하지 마."

"스스로 찔렀다고? 왜 그런 바보 같은 짓을! 아무 걱정 말라니 그게 무슨 소린가!"

"닉, 침착해. 그것을, 보고 있었다는군."

"보고 있었다고? 무엇을……?"

그렇게 말하며 나는 숨을 삼켰다. 굳이 물을 것도 없었다. 토니는 작년 PGA챔피언십에서 있었던 그 일을 말하는 것이다.

"그 공은, 역시, 자네가?"

토니가 희미하게 고개를 끄덕였다.

"내가 공을 놓는 것을 보았다는 거야. 스미스라는 자가. 그리고 거액을 내놓으라고 하더군. 하지만 아까 낮에 죽이고 왔으니까, 이제 괜찮아."

토니가, 사람을 죽였다고?

그 말에 나는 지금까지 살아온 인생에서 가장 끔찍한 충격을 받았다. 하지만 토니의 다음 말은 그보다 더한 충격이었다.

"그 사실을 아는 사람은 나 하나뿐이야. 그래서 나도 죽기로 했네."

"뭐라고?"

나는 완전히 공황 속에 빠져버렸다.

"스미스의 시체는 숨겨두고 왔네. 하지만 언젠간 발견될 거야. 내가 죽였다는 것도 경찰이 조만간 알아내겠지. 그렇게 되면 살해한 이유도…… PGA챔피언십에서 내가 한 일도 틀림없이 드러날 거야. 내가 멋대로 한 짓 때문에 자네의 영광스러운 인생이 허사가 되고 말아."

"토니, 이제 됐어. 언론에 모든 걸 솔직하게 이야기하자. 그래봐야 규칙 위반이잖아. 자네 목숨이 더 중요하지. 살아야 해, 토니. 우리 함께 속죄하며 살자. 그렇게 해야 해."

나는 필사적으로 토니를 설득하려 했다. 그는 나에게 미소를 지어 보였다.

"나는 말기 암 환자야. 앞으로 반년밖에 못 살아. 지금 목숨을 건져도 결국 통증에 몸부림치며 죽게 될 거야."

토니가 살날이 반년밖에 남지 않은 말기 암 환자라고?

연속된 충격으로 내 머리는 급기야 사고 능력을 상실하는 데 이르렀다.

토니는 타이르는 투로 말했다.

"닉, 여전히 자네는 클럽을 잡지 않을 때는 어린아이로군. 자네는 자신의 처지가 어떤 것인지 전혀 모르고 있어. 자네는 골프의 상징이야. 아니, 자네라는 존재 자체가 골프란 말이야.

자네가 부정을 저질렀다는 사실이 알려지면 골프라는 스포츠의 마법이 풀려버릴 거야. 전 세계가 골프에 환멸을 느끼고 스폰서는 떨어져나가고 투어는 폐지되고 용품 제조사는 도산하고 골프를 하려는 아이들도 없어지게 된다고."

그 대목에서 말을 멈춘 토니는 잠시 호흡을 고르고 나서 다시 말을 이었다.

"계속 숨겨야 해, 닉. 그 시합, 공만 찾으면 자네가 반드시 우승하는 거였어. 공이 없어진 게 이상한 거지, 없어지지 않았다고 생각하면 전혀 부끄러울 것 없어. 게다가 만일 그 시합에서 우승하지 못했어도 자넨 언젠가 반드시 메이저에서 우승했을 거야. 그걸 아주 조금 앞당긴 것뿐이지.”

토니는 필사적으로 말을 이어나갔다.

“더욱이 지금까지 자네가 거둔 수많은 우승들은 전부 실력으로 쟁취한 진짜 우승이잖아. 그런데 단 한 번의 가짜 우승 탓에 여태껏 자네가 33년간 쌓아온 영광 전체가 상처를 받는다니, 그건 너무 이상하지 않아? 그렇잖아?”

토니가 내 손을 잡았다. 의외로 강한 힘이 들어갔다.

“닉, 부탁이 있어. 죽어가는 친구의 마지막 부탁이야. 들어줄 거지?”

나는 대답할 수 없었다. 이제 아무것도 생각할 수 없었다.

“이 샤프트를 빼줘. 그리고 샤프트가 박힌 자리에 저 깃대를 꽂아주게, 뒤에서. 아무래도 나 혼자서는 힘들더군.”

토니의 시선 끝을 바라보니 그린에 꽂힌 깃대가 눈에 들어왔다.

나는 다시 공황 속에 빠졌다.

“어째서…… 그런 짓은 도저히 못 해.”

내가 비명 섞인 목소리로 가까스로 대답하자 토니는 다시 미소를 지었다.

“내 걱정은 할 필요 없어. 암 통증을 없애려고 독한 진통제를 잔뜩 먹어놨거든. 그래서 지금도 별로 아프지는 않아. 샤프트를 깃대로 바꿔도 지금보다 구멍이 조금 더 커져서, 몸뚱이에 바람이 잘 통하게 될 뿐이지.”

“이해가 안 돼, 토니. 왜 그런 짓을……?”

"스미스의 시체가 발견될 때 내가 살아 있으면 곤란하기 때문이야. 그렇다고 내가 자살로 죽은 게 드러나도 곤란해. 내가 스미스를 죽였다고 선언하는 거나 마찬가지니까. 나는 살해되어야만 해. 스미스를 죽인 그 범인에게."

토니의 이야기에 나도 서서히 수긍이 갔다.

스미스와 토니가 '가공의 동일범'에게 살해된 것으로 만든다…….

그것이 토니가 생각해낸 이야기였다. 이를 위해서는 동일한 수법으로 살해되어야 한다. 즉 자신도 스미스처럼 흉기에 복부를 꿰뚫린 시체가 되어야 한다. 또 그렇게 하면 스미스 살해와 무관한 나에게 혐의가 걸릴 일도 없을 것이다. 토니는 그렇게 생각했던 것이다.

게다가 토니는 작년에 신의 나무에 올라간 적이 있다. 인디언 전설대로 두 사람이 복부에 관통상을 입은 시체로 발견되면 경찰은 혼란에 빠지고 수사는 미궁을 헤맬 것이다. 경찰은 가상의 연속 엽기 살인범을 찾아내느라 여념이 없게 되고, 스미스를 살해한 동기는 영원히 어둠에 묻힐 것이다. 토니는 그렇게 나를 설득했다.

연속된 충격과 슬픔으로 내 머리는 이미 판단 정지 상태에 놓였다. 지금 일어나고 있는 무서운 사건이 도저히 현실 같지 않았다. 이것은 틀림없이 악몽이다. 빨리 깨어났으면. 이 악몽을 끝내기 위해서라면 무엇이든지 할 텐데. 내 머릿속은 그 생각뿐이었다. 심한 현기증이 오고 자꾸 욕지기가 일어났다.

정신을 차리고 보니 내가 샤프트를 양손으로 꼭 쥐고 있었다. 그 샤프트가 토니 몸에 깊이 박혀 있음을 알려주는 기분 나쁜 감각이 내 손으로 전해졌다.

"자, 뽑아줘."

녹슨 경첩을 단 문이 삐걱거리듯, 혹은 낡은 기계의 톱니바퀴가 마찰하듯 귀에 거슬리는 목소리가 바로 눈앞에서 들려왔다. 토니의 목소리였다.

"부탁해. 뽑아줘. 부탁한다…… 닉."

"그만 됐습니다."

휴즈 형사가 바닥을 내려다보며 조용히 말하고는 잭을 쳐다보았다.

"잭, 당신은 그 뒤에 일어난 일도 전부 알고 있겠지요? 로빈슨 씨에 대해서는 나중에 정식으로 조서를 작성할 겁니다. 대신 설명해주겠습니까?"

"고맙습니다, 형사님."

잭은 고개를 끄덕이고 차분한 목소리로 설명을 시작했다.

"스미스와 라이언 씨는 동일범에게 살해되었다, 이것이 라이언 씨가 로빈슨 씨의 비밀을 지키기 위해 생각해낸 각본이었어요. 그래서 절대로 자살로 보이지 않는, 타살이라고밖에 볼 수 없는 상황을 만들 필요가 있었습니다. 라이언 씨는 스미스의 시체를 유목으로 꿰뚫은 것과 이 땅에 전해지는 원주민 전설, 그리고 자신이 작년에 신의 나무에 올라간 일을 연결하여 '전설에 편승한 연속 살인

사건'이라는 허구를 그려낸 겁니다."

잭은 침통한 표정으로 말했다.

"로빈슨 씨는 그 후 라이언 씨가 말한 대로 행동했습니다. 먼저 라이언 씨 몸에서 샤프트를 뽑고 대신 깃대를 지문이 묻지 않도록 조심하며 뒤에서 꽂았습니다. 그리고 라이언 씨를 그 자리에 남겨두고, 샤프트와 객실 카드키를 받아 들고 다시 비상계단을 통해 호텔 객실로 돌아갔습니다. 그렇죠?"

로빈슨이 희미하게 고개를 끄덕였다. 잭은 설명을 계속했다.

"라이언 씨 객실에는 샤프트가 뽑힌 드라이버 헤드가 있었습니다. 로빈슨 씨는 샤프트에 묻은 피를 휴지로 닦아내고 그 휴지를 변기에 흘려보내고 헤드를 다시 샤프트에 장착하여 캐디백에 넣어두고 객실을 나왔습니다. 카드키는 처리하기가 곤란해서 지문을 닦아내고 벽에 꽂아두었습니다. 그리고 자기 방으로 돌아가 심한 스트레스와 피로로 저혈당증 발작을 일으켜 밤 10시 45분, 프런트에 전화로 연락한 직후 정신을 잃었습니다."

휴즈 형사가 고개를 끄덕였다.

"대강의 내용은 알겠군요. 한 가지 묻겠습니다. 라이언이 깃대로 찌르기 전에 골프클럽 샤프트로 자기 몸에 구멍을 뚫었다는 것은 어떻게 알았죠?"

잭은 옆에 있는 팀을 쳐다보았다.

"여기 있는 팀과 맥거번 회장님 덕분이죠."

"응? 나와 회장님 덕분이라고?"

손가락으로 자신을 가리키며 어리둥절해하는 팀에게 잭은 고개를 끄덕여 보이면서 말을 이었다.

"간밤에 팀과 맥거번 회장님이 도서관에서 부서진 테이블을 수리하는데, 견고한 상판에 못을 박기 전에 송곳으로 미리 구멍을 뚫어놓더군요. 그것을 보고 라이언 씨도 굵은 깃대를 찌르기 전에 자기 몸에 구멍을 뚫었던 것은 아닐까 하는 생각이 들었던 겁니다."

"아, 그거……."

팀도 그때 일을 환기했다.

"그럼 무엇으로 미리 구멍을 뚫었을까? 그날 라이언 씨가 구할 수 있었던, 가늘고 단단하되 몸을 꿰뚫을 만큼 긴 막대기……. 생각할 수 있는 도구는 클럽 샤프트밖에 없습니다. 샤프트 끝은 지름이 약 8.5밀리미터이고 파이프의 두께는 1밀리미터이며 단면은 매우 예리합니다. 한편 배트 쪽은 지름이 약 15밀리미터이므로 깊이 꽂아넣으면 상처의 지름은 10밀리미터 깃대를 꽂을 수 있을 만큼 넓어집니다."

휴즈 형사가 연속해서 질문했다.

"클럽은 모두 14개예요. 그 가운데 드라이버 샤프트를 사용했다는 것은 어떻게 알았죠?"

"아, 그거요?"

잭은 바로 답을 내놨다.

"로빈슨 씨가 작년 PGA챔피언십에서 사용한 클럽 14개 가운데 페어웨이우드와 아이언, 웨지 등 12개는 전부 스루보어 구조였습니다. 샤프트가 헤드를 관통하는 방식으로 장착하므로 샤프트 교환이 매우 까다로운 구조죠. 퍼터도 벌써 20년 가까이나 애용한 캐시인인데, 이것도 샤프트 탈착이 까다로운 구조입니다. 유일하게 드라이버만이 블라인드 보어 방식이라 장착과 이탈이 쉽습니다."

"그렇다면 드라이버밖에 없겠네."

팀이 납득한 듯 고개를 끄덕였다. 휴즈 형사는, 요컨대 호텔 객실에 있는 도구를 이용해서 샤프트를 쉽게 뺄 수 있는 클럽은 드라이버 말고는 없었던 거라고 이해했다. 동시에 잭이라는 프로골퍼가 수사를 돕지 않았다면 과연 어떻게 되었을지를 상상하며 새삼 식은땀을 흘렸다.

"이번에는 제가 휴즈 형사님께 확인하고 싶은 게 있는데요. 로빈슨 씨 옷에 피가 튀었다면 의무실 의사가 알았을 겁니다. 라이언 씨의 출혈이 아주 적었다는 것이 됩니다만……."

잭의 물음에 이번에는 휴즈 형사가 바로 답을 내놨다.

"베인 상처일 경우, 세동맥과 세정맥이 절단되면서 다량의 출혈이 일어납니다. 그러나 칼이 아닌 물건에 의한 자상일 경우, 모세혈관 손상에 머물러 출혈은 소량에 그치는 경우가 있습니다.

내가 목격한 사고 중에 달리는 트럭에서 떨어진 쇠파이프가 오토바이 운전자의 몸에 박힌 사례, 모터보트 사고로 해상 펜스 기둥이 몸에 박힌 사례가 있는데, 어느 경우나 출혈과다로 죽은 경우는 없고 몇 개월 뒤면 회복하더군요."

휴즈 형사는 캐디백으로 시선을 옮겼다.

"게다가 골프클럽 카본 샤프트는 가늘고 표면도 매우 매끄럽죠. 대동맥을 끊지 않는 한 다량의 출혈은 일어나기 힘들지 않을까요? 그리고 라이언의 복부 대동맥은 질긴 인공장기였습니다."

팀도 침통하게 중얼거렸다.

"가끔 석궁 화살이 꽂힌 새가 발견되죠. 그런 끔찍한 장난을 치는 놈들이 있다는 얘긴데, 정작 새는 신기하게도 팔팔하게 날아다니거든요."

그러고 보니, 하고 잭도 입을 열었다.

"1940년대 네덜란드에서 있었다는 무대 공연가 이야기가 생각나는군요. 미린 다요라는 남자인데, 매일 저녁 무대에서 자기 몸에 펜싱 검을 관통시켜 보였다는 겁니다. 당시 《타임스》에는 '피가 한 방울도 나지 않았다'고 보도되었다죠. 아무래도 그는 피가 나지 않는 관통법을 알고 있었던 것 같아요."

이때 팀이 다시 뭔가를 떠올렸는지 고개를 갸웃거렸다.

"하지만 잭, 호텔 객실에는 바이스도 없고 히트건도 없잖아? 공구가 없는데 라이언 씨가 어떻게 드라이버 샤프트를 빼냈지?"

팀의 말에 잭이 어깨를 으쓱해 보였다.

"샤프트 빼는 건 의외로 쉬워. 라이언 씨 객실에 인덕션레인지로 물을 끓인 흔적이 있었지? 주전자로 물을 끓여 그 증기를 이용한 거야. 10분에서 20분 정도 더운 김으로 넥을 가열하면 수지 커버가 물렁해져서 빠지고 접착제가 녹게 되지. 옛날에 클럽 장인들이 쓰던 방법이야."

"그런 방법으로 샤프트가 빠진다고?"
감탄하는 팀에게 잭은 고개를 끄덕였다.
"여름에 차량 트렁크에 골프클럽을 싣고 다니는 것은 좋지 않은 버릇이라고 하지. 차량을 땡볕 아래 두면 트렁크 내부 온도가 차종에 따라 섭씨 50도에서 60도까지 올라가. 그 온도면 접착제 열화가 일어나지."
팀이 다시 물었다.
"그럼 로빈슨 씨는 샤프트를 어떻게 헤드에 장착했지?"
"상자 묶는 데 쓰는 그 파란 비닐 끈이야. 그렇죠, 로빈슨 씨?"
로빈슨은 고개를 숙이고 가만히 끄덕였다. 잭은 설명을 계속했다.
"전문 샵에서 샤프트를 교환할 때 그런 끈을 가늘게 잘라서 사용해. 헤드와 샤프트를 임시로 장착할 때 그 끈을 사이에 끼워 넣지. 적당한 탄력이 있어서 단단히 결속되고, 무엇보다 주위에 흔하게 굴러다니는 물건이니까. 로빈슨 씨 세대의 프로골퍼는 샤프트 교환도 손수 하거든. 그래서 로빈슨 씨 캐디백에도 파란 끈 토막이 들어 있었던 거야."
휴즈 형사는 하얀 장갑을 끼고, 가져온 캐디백 후드를 열고 드라이버를 꺼내 헤드커버를 벗겼다. 잭이 휴즈 형사에게 물었다.
"샤프트와 헤드 접속 부분에 파란 것이 보이지 않나요? 비닐 끈을 녹인 겁니다."
휴즈 형사는 넥 부위를 자세히 살펴보았다. 팀도 곁에서 들여다보았다.

“정말 파란 플라스틱 같은 것이 아주 조금 튀어나와 있군.”

팀의 말에 잭이 고개를 끄덕였다.

“나일론 녹는 온도는 종류에 따라 다르지만 섭씨 220도에서 260도. 라이터 불에 금방 녹죠. 라이터 불의 온도가 대략 800도는 되니까요. 비닐 끈을 녹여 샤프트 끝에 늘어뜨리고 즉시 헤드에 삽입하면 간단히 장착할 수 있습니다. 비닐은 핫멜트 접착제, 그러니까 고체를 녹여 사용하는 접착제로 쓰일 정도니까요.”

휴즈 형사는 드라이버에 다시 헤드커버를 씌우고 캐디백에 집어넣은 뒤, 장갑을 벗어 주머니에 넣었다.

“18번 홀 벙커에 남은 라이언 씨에게는 마지막으로 해야 할 일이 있었습니다. 자기가 누군가에게 살해된 것처럼 보이도록 상황을 만드는 겁니다. 그런데 그 전에 계산하지 못한 일이 일어났어요.”

잭은 다시 설명을 시작했다.

“라이언 씨가 여전히 깊은 벙커에 있던 밤 11시에 분실물을 찾으러 나온 직원이 카트를 타고 바로 곁을 지나간 겁니다. 그러나 그건 라이언 씨에게는 다행이었어요. 이때 로빈슨 씨는 이미 의무실에 실려가 있었기 때문에 로빈슨 씨의 알리바이가 완성되었으니까요.”

“그래서 이때 18번 그린의 깃대가 없었던 건가요?”

휴즈 형사가 분해하며 고개를 저었다.

"네, 깃대는 깊은 벙커에 있던 라이언 씨 복부에 꽂혀 있었죠."

잭은 고개를 끄덕였다.

"그리고 고지대의 심야시간인 데다 저기압이 접근한 탓에 기온이 빠르게 떨어지기 시작했습니다. 출혈도 심해지고 체온이 점차 떨어지는 것을 느낀 라이언 씨는 마지막 기력을 짜내어 몸을 일으켰습니다. 그리고 벙커 모래를 발로 헤쳐서 핏자국과 로빈슨 씨의 발자국을 지웠습니다. 다음에 그린으로 올라가 등에 꽂힌 깃대의 복부 쪽 끝을 스스로 컵에 꽂아 넣은 겁니다."

"역시…… 토니는, 스스로, 그린으로……."

로빈슨이 목구멍에서 겨우 목소리를 밀어냈다. 참담하기 짝이 없는 목소리였다.

"이것이 원주민 전설과 유사한, 불가해한 상황이 생겨난 까닭입니다."

잭이 침통한 표정으로 그렇게 마무리했다.

"월요일 연습 라운드 당시 라이언 씨는 18번 홀에서 그런 끔찍한 일을 필사적으로 궁리하고 있었던 거구나."

팀이 어두운 표정으로 중얼거렸다. 잭이 고개를 끄덕였다.

"자신의 죽음을 신의 나무 전설에 연결하려면, 시체가 발견되는 장소는 신의 나무 근처가 아니면 안 되었던 거지. 그래서 라이언 씨는 18번 홀 그린을 죽을 자리로 선택한 거야."

휴즈 형사가 무심결에 말했다.

"나도 완전히 속고 말았지. 대단한 각오로군. 제 몸을 이용하면

서까지…….”

잭도 고통스러운 표정을 지었다.

“크리스천에게 자살은 매우 무거운 죄입니다. 라이언 씨는 신앙을 배반하면서까지 그 일을 해낸 거죠.”

그렇게 말하고 잭은 입을 다물었다. 남은 세 사람도 입을 열지 않았다.

“……아, 팀.”

잭이 팀을 불렀다.

“기병대 대장이 원주민 조상을 기리는 나무기둥에 몸이 관통되어 죽었다는 전설 말이야. 내가 전에 그것은 후세 사람들이 지어낸 이야기라고 말한 적이 있지만…… 역시 사실이었는지도 몰라.”

“뭐?”

팀이 놀라는 얼굴이 되었다.

“물론 상식적으로 사람이 몇 미터 위에서 굵은 나무기둥으로 떨어진다고 몸뚱이를 꿰뚫릴 수는 없지. 하지만 대장 몸에 이미 구멍이 나 있었다면 어떨까?”

“그, 그런 일도 있을 수 있나?”

팀이 놀라움을 드러냈다. 잭은 신의 나무를 쳐다보며 말했다.

“그때 신의 나무 위에 또 한 사람이 있던 것은 아닐까? 아마 그는 기병대를 피해 도망친 주민이었겠지. 신의 나무의 보호를 받으려고 나무 위에 숨어 있는데, 그 나무로 기병대 대장이 올라온 거야. 그래서 그는 들고 있던 창 같은 무기로 대장의 복부가 관통되도록 깊이 찔렀어. 그 무기를 뽑아낸 직후 대장은 벼락을 맞았고. 몸이 까맣게 그을린 대장은 구멍이 뚫린 복부를 아래로 향한 채 나무기둥으로 떨어진 거야."

"아……."

말을 잇지 못하는 팀에게 잭은 고개를 끄덕였다.

"그리고 나무 위에 있던 주민은 혼자 살아남아서 이 사건을 후손에게 전하고, 마침내 그것이 전설이 되었다는…… 뭐, 정말로 그랬는지 어땠는지는 알 수 없지만, 가능성이 전혀 없는 건 아니라고 봐."

"너란 놈은 160년이나 지난 사건까지……."

팀의 말에 잭은 고개를 가로저었다.

"이것도 너랑 맥거번 회장님 덕분이지. 미리 구멍을 뚫어놓는다는 발상 덕분에 세 건의 관통 사망 사건의 수수께끼가 풀린 거야."

세 사람이 문득 로빈슨을 쳐다보니 그는 기도라도 하는지 무릎을 덮은 담요 위에 양손을 모으고 있었다. 그 손이 미세하게 떨리고 있었다.

"토니, 얼마나 아팠어? 토니, 얼마나 무서웠어? 토니……."

또렷하지 못한 소리로 로빈슨은 그 말을 속삭이듯 되뇌고 있었다. 세 사람은 그 모습을 잠자코 지켜보는 수밖에 없었다.

이윽고 잭이 입을 열었다.

"마침내 비가 쏟아지기 시작했어요. 그리고 기적처럼 번개가 라이언 씨를 관통한 깃대에 떨어집니다. 마치 죽음을 향해 쇠약해지고 있던 라이언 씨를 통증과 고통에서 건져주려는 것처럼……."
"하느님이 살인범을 도왔다고 생각하고 싶지는 않지만."
휴즈 형사가 차분한 목소리로 말했다.
"결국 그 비가 초동수사를 어렵게 만들고 모든 사실을 은폐했다고 할 수 있겠군요. 두 사람이 벙커에 있던 흔적이 호우에 쓸려 사라졌어요. 벙커에 남아 있었을 라이언 씨의 피도 벙커 가장자리까지 찰 정도로 고인 빗물에 녹아 땅속으로 흡수되었고요. 그리고 벼락이 라이언 씨를 검게 태워서 그가 바라던 전설과의 합치를 만족스러울 만큼 이뤄주었고……."
잭이 후우, 하고 한숨을 토했다.
"이상이 월요일 밤 여기서 일어난 일이었습니다."

모든 수수께끼가 풀렸다. 모든 사실이 백일하에 드러났다.
그러나 사건이 해결된 기쁨과 해방감은 누구의 가슴에서도 솟아나지 않았다. 다만 깊은 슬픔이 네 사람의 마음에 가득 고였다.
"휴즈 형사님……."
팀이 조심스레 입을 열었다.
"로빈슨 씨가 한 일은, 그…… 죄가 되는 겁니까? 결국 누굴 죽인 건 아니잖아요?"
휴즈 형사는 길게 숨을 내쉬고 나서 로빈슨에게 말을 건넸다.
"먼저 경기에서 있었던 부정행위 문제인데, 우승 상금을 불법 수령하기 위해 당신이 라이언 씨의 부정행위에 가담했다고 본다면 사기죄나 사기방조죄가 적용될 겁니다. 하지만 라이언 씨의 부정행위를 은폐하는 것이 목적이었다면 상금 반환을 전제할 때 사기죄에 해당되지 않는다고 판단할 수 있지 않을까 합니다. 사기죄는 어디까지나 이익을 목적으로 한 위법행위를 말합니다. 그것은 PGA투어가 판단하겠지요."

휴즈 형사는 담담하게 말을 이어갔다.

"스미스를 살해한 것은 라이언 씨이고, 라이언 씨의 사망은 낙뢰로 인한 사고사입니다. 그러므로 당신이 한 일은 자상방조입니다. 자해에는 상해죄가 성립하지 않고, 자상방조도 죄를 물을 수 없어요. 저혈당증으로 판단 능력을 상실한 상태였다는 것은 의사도 인정하고 있으니 유기죄도 물을 수 없습니다. 남은 것은 수사 교란에 관여한 것이 위계 업무방해죄에 해당하는지 여부인데, 오늘의 발언으로 도리어 사건 해결에 공헌했다고도 할 수 있습니다. 처벌받을 가능성은 낮을 겁니다."

"저, 정말입니까?"

팀의 얼굴이 확 밝아졌다.

"그렇게……."

로빈슨이 잠긴 목소리로 입을 열었다.

"내 죄가, 그렇게 가벼운 걸까요? 두 사람을 죽음으로 몰아넣었는데. 그런 어처구니없는 이야기가 어디 있습니까? 차라리 중죄를 감당하는 것이 나에게는 구원이 될 겁니다. 앞으로 나는 어떻게 살아가야 합니까……?"

잭이 결연하게 말했다.

"당신에게는 할 일이 있습니다."

"할 일이 있다고?"

고개를 쳐든 로빈슨에게 잭은 고개를 끄덕여 보이고 뒤쪽 숲을 향해 소리쳤다.

"어이, 그만 나와! 오래 기다리게 해서 미안해."

"어? 이, 이봐, 저기 누가 있다고?"

팀, 휴즈 형사, 그리고 로빈슨은 잭의 뒤에 있는 숲을 바라보았다. 마침내 낙엽과 잔가지 밟는 소리가 들리더니 숲에서 누군가 걸어 나왔다.

작은 소년이었다. 대여섯 살이나 될까, 하얀 티셔츠에 하얀 반바지, 하얀 운동화를 신고 나뭇가지를 지팡이처럼 짚으며 걸어왔다. 검은 머리에 검은 눈동자. 아시아계로 보인다.

"어, 연습 라운드 때 만났던 나무의 정령 아냐?"

"나무의 정령?"

휴즈 형사가 의아한 눈초리로 소년을 쳐다보았다.

잭은 길게 한숨을 내쉬었다.

"세상에 나무의 정령이란 게 어딨니? 이 꼬마는 호텔에 숙식하며 청소부로 일하는 사람의 아들이야. 작년에 이 코스에서 PGA챔피언십이 열릴 때 난생처음 프로들의 플레이를 보고 대번에 골프가 좋아졌대. 이번 주에도 숲에 숨어서 연습 라운드를 관전했어. 아빠한테 들키면 혼난다고 하면서."

"그랬구나. 그래서 목에 패스를 걸고 있지 않았던 거군."

아이를 좋아하는 팀은 부드러운 표정으로 소년 앞에 쪼그리고 앉아 커다란 손으로 소년의 머리를 썩썩 쓰다듬어주었다.

"미안, 아저씨가 오해했구나. 하지만 나무의 정령도 좋은 거잖아?"

휴즈 형사는 살짝 웃음을 지었다. 로빈슨도 어느새 웃는 얼굴로 팀과 소년을 바라보고 있었다.

"로빈슨 씨."

잭이 로빈슨을 돌아다보았다.

"이 꼬마가 당신에게 주고 싶은 것이 있답니다."

"나에게?"

소년은 놀라는 로빈슨에게 걸어와 바지주머니에서 뭔가를 꺼내 내밀었다.

골프공이었다.

로빈슨은 휠체어에 앉은 채 오른손을 내밀어 공을 받았다. 그리고 그 공을 살펴보고 시선을 천천히 잭에게로 돌렸다.

"이건, 내 공인데……."

공에 찍혀 있는 숫자는 82. 그 좌우에 빨간 동그라미 표시가 인쇄되어 있었다. 그리고 수많은 딤플 중에 팔각형 딤플이 몇 개 보였다. 로빈슨이 마지막으로 사용한 위너 사의 프로XV 프로토타입이었다.

"로빈슨 씨, 꼬마가 그 공을 어디서 구했을까요?"

잭이 질문하자 로빈슨이 소년의 얼굴을 가만히 쳐다보았다. 소년이 로빈슨 뒤쪽을 손가락으로 가리켰다.

"저기요."

로빈슨이 천천히 뒤를 돌아보았다. 팀과 휴즈 형사도 소년이 가리키는 쪽을 바라보았다. 거기에 신의 나무가 있었다.

잭은 소년의 어깨에 손을 얹었다.

"이 꼬마는 숲속에서 몰래 관전하면서 숲에 떨어진 로스트볼을 모으고 있었던 것 같습니다. 그래서 얘야, 이 공이 신의 나무 어디에 있었다고?"

"구멍 속에요. 공이 모여 있었어요."

소년이 대답했다.

"구멍? 공이 모여 있다고?"

팀이 고개를 갸웃거리자 잭이 소년을 대신하여 설명했다.

"이 꼬마 말로는, 신의 나무 중심에 세로로 길게 틈이 벌어져 있는데, 나무 위로 떨어진 공은 대개 그곳을 타고 내려와 밑에 뚫린 구멍으로 떨어진다고 합니다. 이 코스 주변 숲에 대해서는 뭐든지 알고 있더군요. 대단해요. 그리고 이 공은 시합이 전부 끝난 직후 그 구멍 속에서 찾아낸 거라고 합니다."

"그렇다면, 잭, 이 공은……."

팀이 눈을 동그랗게 뜨고 잭의 얼굴을 보았다.

"그래, 이건 그 PGA챔피언십 최종일에 로빈슨 씨가 드라이버로 친 공이야. 그런데 이 공이 신의 나무, 즉 수리지 내 수목에 떨어져 있었어. 그러니까 그 샷은 룰에 의해 구제되었을 거야. 벌타 없이 바닥에 옮겨놓고 칠 수 있었던 거지. 찾아내기만 했다면."

"찾아내기만 했다면."

휴즈 형사가 로빈슨을 쳐다보았다.

"그 공을 정해진 위치에 드롭해서 그대로 벌타 없이 경기를 속행할 수 있었군. 이제 와서는 아무런 위로도 되지 않겠지만."

"아마 로빈슨 씨라면 파로 마칠 정도로 쉬운 샷이었을 겁니다."

팀도 안타까워하는 목소리로 말했다.

로빈슨이 이윽고 입을 열었다.

"토니의 입버릇을 빌리자면, 그것도 다 신의 뜻이지."

로빈슨은 차분한 목소리로 말했다.

"내 마음을 조금이라도 가볍게 해주려는 여러분의 배려는 고맙게 생각합니다. 하지만 내가 이렇게 되는 것도 신이 정하신 운명입니다. 모르겠군요. 신은 이렇게 죄 많은 나에게 무엇을 바라시는 건지……."

"로빈슨 씨."

잭이 단호하게 말했다.

"물론 당신은 라이언 씨를 비호하기 위해서라고 해도 골프 경기에서 부정행위를 저질렀습니다. 앞으로 사회적으로 무거운 벌을 받게 될 겁니다. 하지만……."

잭은 씽긋 웃었다.

"설사 언플레이어블이 되어도 벌타를 받으면 구제를 받고 다시 플레이할 수 있죠. 그게 골프 아닙니까?"

"구제……."

로빈슨이 잭의 얼굴을 지그시 쳐다보자 잭이 말을 이었다.

"그리고 저는 이미 끝난 일을 두고 이러니저러니 말하려고 굳이 이 꼬마를 오게 한 게 아닙니다. 로빈슨 씨의 미래와 관련해서 부탁드리고 싶은 게 있어섭니다."

"내 미래?"

"물론이죠. 그렇지, 꼬마야?"

잭은 다시 소년의 어깨를 다독이며 얼굴을 들여다보았다.

"골프, 좋아하니?"

소년은 활짝 웃으며 씩씩하게 대답했다.

"네, 아주 좋아해요!"

"쳐보고 싶어?"

"네, 쳐보고 싶어요!"

소년은 눈빛을 반짝이며 잭의 얼굴을 올려다보았다.

"공은 잔뜩 모았지만, 공을 칠 막대기가 없어요."

서운한 표정을 짓는 소년에게 잭이 미소를 지어 보였다.

"좋아. 그럼 이 휠체어 아저씨한테 부탁해보면 어떨까? 골프 좀 가르쳐주세요, 골프를 잘 칠 수 있게 도와주세요, 하고 말이야. 너, 그거 아니? 이 아저씨가 세상에서 골프를 제일 잘 치는 분이야."

"정말요? 아저씨, 굉장해요!"

소년의 동그래진 눈동자에 존경심 같은 것이 어리더니 이내 기뿜으로 얼굴이 환해졌다.

잭이 로빈슨을 쳐다보았다.

"이 꼬마는 아메리카원주민의 피를 물려받았습니다. 유감스럽게도 현재 미국에서는 골프 종목에 인종 핸디캡이 있다는 것을 부정할 수 없어요. 아프리카계 미국인 투어 프로를 봐도 테드 스탠저가 유일한 것이 현실입니다. 뭔가 개선해보고 싶지 않으세요, 로빈슨 씨?"

로빈슨의 눈에 서서히 빛이 돌아왔다. 하지만 동시에 그의 얼굴에 주저하는 기색이 스쳤다.

"하지만…… 내가 그런 일을 해도 좋을까? 이렇게 죄 많은 내가, 순수한 어린이에게 골프를 가르치다니."

소년이 잔디 위에 세워져 있는 캐디백을 쳐다보았다.

"저거, 골프 치는 거예요? 아저씨 거예요?"

"응, 그래."

로빈슨이 답하자 소년이 부러움 가득한 눈빛으로 캐디백을 바라보았다.

"크다. 멋져요. 공 치는 막대기가 들어 있는 거예요?"

"많이 들어 있지. 어디 한번 쳐볼래?"

"제가 쳐도 돼요? 신난다!"

소년이 팔짝팔짝 뛰며 좋아했다. 로빈슨은 휠체어에 앉은 채 휴즈 형사를 올려다보았다.

"안 될까요? 사건 증거일 텐데……."

휴즈 형사가 잭을 쳐다보았다.

"드라이버 말고는 사건과 무관하겠지?"

"그렇습니다, 휴즈 형사님."

형사는 잭의 말에 고개를 끄덕이고 캐디백 후드를 열었다.

"로빈슨 씨, 어느 클럽을 드릴까요?"

"고맙습니다. 그럼 9번 아이언을."

휴즈 형사가 9라는 숫자가 각인된 아이언을 뽑아 로빈슨에게 건네주었다.

"스틸 샤프트라 아이한테는 무겁겠지만……."

로빈슨이 9번 아이언의 그립을 소년에게 내밀었다. 소년은 기쁜 얼굴로 클럽을 받아 양손으로 꼭 쥐었다. 로빈슨이 손을 놓자 소년이 클럽 무게에 비틀거렸다. 로빈슨은 그 모습을 보고 자기도 모르게 미소를 지었다.

"팀, 이걸 쓰게."

로빈슨이 아까 소년에게 받은 공을 팀에게 내밀었다.

"괜찮겠어요?"

팀은 공을 받아 들고 몇 미터 떨어진 페어웨이에 놓았다.

"자, 꼬마야! 여기 공을 놓았지? 이 공을 저기 쭉 뻗어나간 벌판 한가운데로 보내는 거야. 로빈슨 씨 말씀대로 쳐봐!"

소년은 아이에게는 너무 긴 프로골퍼용 9번 아이언을 버겁게, 그러나 소중하게 왼쪽 옆구리에 꼭 끼고 공 앞으로 걸어갔다. 그리고 불안한 눈빛으로 로빈슨을 돌아다보았다.

로빈슨은 미소를 지으며 소년에게 말했다.

"너 편할 대로 잡아도 돼. 마음에 드는 곳을 편안하게 잡는 거야. 그리고 네 마음대로 휘두르는 거야. 빗맞아도 괜찮아. 그래도 골프는 아주 재미있고 신나는 게임이니까."

소년은 로빈슨을 보며 씩 웃었다. 그리고 샤프트 한가운데를 양손으로 움켜쥐고 혀로 입술을 핥고 나서 진지한 표정으로 헤드를 공 앞에 내려놓았다.

아, 그랬었지…….

로빈슨은 자기가 한 말에 자극되어 어린 시절을 기억해냈다.

휴일이면 아버지가 데려가주던 골프장. 그립도 자세도 엉터리였고 공은 어디로 날아갈지 알 수 없었지만, 그래도 골프는 정말 즐거웠다. 집중해서 공을 때리고 열심히 잔디 위를 뛰어다니던 날들.

언젠가 나도 다시 그때처럼 골프를 진심으로 즐길 날이 올까? 그것은 알 수 없다. 하지만 일단 나는 살아 있고, 골프는 변함없이 내 곁에 있다.

아마 푸르른 페어웨이와 파란 하늘과 얼굴을 쓰다듬는 바람은 언제까지고 나를 기다려줄 것이다……. 로빈슨은 그렇게 생각했다.

"자, 꼬마야, 좀 무겁겠지만 힘내!"

팀이 손뼉을 한번 치고 격려했다.

"아주 좋은 자세다."

휴즈 형사가 감탄했다.

"마음껏 휘둘러봐!"

잭이 소리쳤다.

소년은 9번 아이언을 있는 힘껏 풀스윙했다.

딱, 하는 경쾌한 소리가 홀리파인힐 골프코스 18번 홀에 울려 퍼졌다.

잘 맞았다…….

로빈슨, 휴즈 형사, 팀, 그리고 잭, 네 사람은 놀라움과 기쁨이 뒤섞인 표정으로, 날아가는 공을 올려다보았다.

하얀 공은 눈동자를 물들일 것 같은 초록 잔디를 지나 티끌 하나 없는 파란 하늘로 떠올랐다.

"멋진 샷이다, 얘야!"

로빈슨이 그렇게 소리쳤다.

옮긴이의 말

요세미티 국립공원의 그림 같은 풍광 속에 자리 잡은 명문 골프장. US오픈이 열리는 그곳 18번 홀 옆에는 인디언 학살과 관련한 무서운 전설이 내려오는 수령 4,500년의 '신의 나무'가 서 있다. 그 18번 홀 그린에서 벼락에 검게 탄 주검이 깃대에 몸통이 관통되어 공중에 떠 있는 모습으로 발견된다. 그리고 이 끔찍한 모습이 신의 나무 전설에 등장하는 주검의 모습과 일치한다는 점 때문에 수사진은 당혹스러워한다.

『구제의 게임』은 이렇게 엽기적인 모습의 변사체가 발견되면서 사건이 시작된다. 가와이 간지의 전작들을 읽어본 독자라면 다분히 익숙한 모티프라고 느낄 만하다. 『데드맨』 『드래곤플라이』 『단델라이언』에서도 초반에 엽기적 변사체가 발견되는데, 독자는 결말까지 읽고 나서야 변사체의 형상이 사건의 핵심과 직결된 모티프임을 알고 고개를 끄덕이게 된다. 단순히 소설을 충격적으로 시작하려는 작법의 소산이 아니라는 것이다.

『구제의 게임』 역시 그 점에서 다르지 않다. 그 엽기는 범인의 분노의 크기, 망자의 죄의 깊이와는 아무 관련도 없다. 추적자는 여기에서 사이코패스나 소시오패스의 악의보다는 범인의 어떤 은폐된 의도를 느끼는 것이다. 그리고 사건의 진상은 늘 인간의 선의와 절박한 사랑을 보여준다. 이러한 엽기와 선의의 대조가 번번이 인상적이었다.

한국에 다섯 번째 작품으로 소개되는 가와이 간지의 이 소설은 '골프 미스터리'라고 해야 할 만큼 골프라는 스포츠에 밀착되어 있다. 역자가 알기로는, 아마도 '골프 미스터리'는 이 책이 처음인 듯하다. 애거서 크리스티의 『골프장 살인사건』이 출간된 지 오래지만, 그 소설은 시체가 묻히는 장소가 골프장일 뿐, 골프라는 스포츠와 특별한 관계가 있는 이야기는 아니었다.

골프에 어두운 경찰을 대신하여 천재 프로골퍼 잭이 전문지식을 충분히 살려 사건을 파헤치는데, 그가 드러낸 사건의 전모는 엽기적 살인에 어울리지 않는 우정, 명예, 희생이라는 고귀한 가치에서 촉발한 것들이다. 다만 '너를 위해서'라는 우정, '골프계를 위해서'라는 헌신에서 저지른 우발적인 규칙 위반이 당사자의 의도와 관계없이 끔찍한 결과를 부르게 된 것이다.

그 규칙 위반은 우정이었을까, 욕망이었을까. 로빈슨의 진술은 어느 쪽일 수도 있음을 말해줄 뿐 확언하지 않는다. 애초에 사람은 자신의 선의와 욕망을 구분하기 힘든 것인지도 모른다. 문제 행동을 일으키는 심리가 대체로 그렇지 않겠는가. 세상에는 무서운 사건들이 끊이지 않고 있지만, 끔찍한 사건이 늘 악의에 의해서만 촉발하는 것은 아닐 것이다.

골프라는 스포츠는 구제의 게임이다. 잘못을 범하면 범한 만큼 패널티를 감수하고 계속하면 되는 것이다. 잘못의 경중에 따라 1벌타일 수도 있고 3벌타일 수도 있는 것. 골프가 신사들의 게임인 것은 그 흥분의 대가를 스스로 결정하도록 요구하기 때문이다.

골프계를 떠나야 한다고 생각하는 로빈슨에게 책은 '골프는 구제의 게임'이라고 환기해준다. 로빈슨은 어릴 적에 골프는 순수한 즐거움이자 아버지의 사랑이었음을 떠올리고, 가난한 어린이들에게 골프를 가르치는 일을 벌타로 받고 골프 인생을 계속 걸어가기로 한다. 인생을 전부 골프에 바쳐온 로빈슨에게 자못 합당하고 다행한 벌타라는 생각이 든다.

처음 이 책을 건네받고 골프 미스터리라는 것을 알았을 때, 전에 흥미롭게 보았던 〈내 생애 최고의 경기The Greatest Game Ever Played〉(2005)라는 골프 영화를 떠올리며 기대를 했다. 골프라는 스포츠에 얼마나 흥미진진한 스토리가 숨어 있는지를 알게 해준 휴먼 드라마였기 때문인데, 하물며 이 소설은 골프에 얽힌 살인사건 이야기라지 않은가.

이 책은 기대 이상으로 속도감 있게 읽혔고, 사건은 라운드를 하